Die Letzten

Zerfall

Dystopischer Thriller

Oliver Pätzold

©2016
Andreas Otter
c/o Papyrus Autoren-Club
R.O.M. Logicware GmbH
Pettenkoferstr. 16-18
10247 Berlin
www.andreasotter.com
andreas-otter@t-online.de

Lektorat und Korrektorat: Claudia Pietschmann,
www.ebooks-perfekt.de.
Covergestaltung: © Traumstoff Buchdesign traum-
stoff.at.vu
Covermotiv © successo images shutterstock.com

©2018
Herstellung und Verlag: BoD – Books on Demand, Nor-
derstedt.
ISBN- 9 783752 876499

Oliver Pätzold ist ein Pseudonym des Autors Andreas
Otter.
Unter Andreas Otter erscheinen historische Romane.

Über den Autor:

Oliver Pätzold wurde unter seinem Realnamen Andreas Otter am Fuße der Alpen geboren. Heute lebt er im südlichen Bayern. Zahlreiche Reisen in ferne Länder und das Kennenlernen fremder Kulturen erschufen in ihm Geschichten, die er schließlich niederschrieb.

»Geschriebene Geschichten sollen die Herzen der Leser erreichen, sie in andere Zeiten und Orte, in Beziehungen und Rollen führen, Gefühle spürbar machen. Sie sind die Offenbarung anderer Welten.«

Inhalt:

Schöne Welt

Schweiß tropfte von Roberts Stirn auf seine Nase und rann über die Lippen in seinen Mund. Frustriert wischte er sich mit dem Ärmel über das Gesicht und streckte seinen Kopf aus dem Autofenster, um zu erkennen, was den Stau vor ihm verursachte.

Trotz der laufenden Klimaanlage fühlte er sich wie in einem Glaskäfig. Er schüttelte den Kopf, als er auf das Thermometer sah: 38 Grad. Schon wieder. Und es hatte in den vergangenen Wochen keinen Tropfen geregnet. Mit schlechtem Gewissen dachte er an Hanna und stellte sich das genervte Gesicht seiner vierzehnjährigen Tochter vor, die ihm sicherlich auch heute die Schuld an der Verspätung geben würde. Schuld hatte er nach ihrer Auffassung ohnehin an allem. An der Scheidung im letzten Jahr, an ihrem eigenen Zigarettenkonsum, und zudem hielt sie ihm vor, er hätte keinerlei Verständnis für die Belange einer pubertierenden jungen Frau. Vermutlich war er auch für die ungewöhnlich langanhaltende Hitzewelle verantwortlich.

Er versuchte, sie anzurufen, doch Hannas Handy war ausgeschaltet. Typisch; das teuerste Modell haben wollen, aber nicht erreichbar sein, wenn es wichtig war.

Nervös drehte Robert das Autoradio lauter. Sofort wurde seine Aufmerksamkeit auf die Nachrichten gelenkt, die seit gestern nahezu ununterbrochen gesendet wurden. Angeblich hatte es in den USA begonnen, doch nun sprach man auch über Asien, Afrika und die ersten Millionenstädte Europas. Sie berichteten von flächendeckender Panik, von Ausnahmezuständen und von einem durch die WHO ausgerufenen globalen Gesundheitsnotstand, gingen aber nicht auf die Hintergründe ein. Es wurde vor großen Menschenansammlungen gewarnt und immer wieder geraten, bis zur Klärung der Umstände und des Ausmaßes zu Hause zu bleiben.

Neues erfuhr Robert nicht. Was wohl Hanna davon hielt? Sie wartete auf ihn, weil er ihr versprochen hatte, mit ihr zusammen einen Film zu kaufen. Seine Tochter hatte die beiden vergangenen Tage aufgrund eines Magen-Darm-Infektes auf dem Sofa verbracht und wusste womöglich noch gar nichts davon.

Irgendwann löste sich der Stau auf. Um schneller nach Hause zu gelangen, fuhr Robert an der ersten Ausfahrt ab und nahm die Landstraße. Diese führte ihn direkt über die Uferstraße des Ammersees, dessen Parkplätze völlig überfüllt waren. Tausende Menschen badeten und sonnten sich, als würden sie diese gewaltige Hitzewelle noch immer genießen. Hier und da sprangen einige hastig zu ihren Autos, unterhielten sich lautstark miteinander und schienen aufgeregt zu sein, also suchte Robert nach einem anderen Sender. Wohin er auch schaltete, waren nur die Stimmen der Sprecher zu hören. In diesem Augenblick wurde dringend darum gebeten, die eigenen vier Wände aufzusuchen und den Kontakt mit anderen Menschen unbedingt zu vermeiden. Roberts Herz schlug schneller. *Was zum Teufel …?*

Als er kurze Zeit später viel zu schnell in die Hofeinfahrt fuhr, saß Hanna offensichtlich genervt auf der Treppenstufe und sah ihn mit emporgezogenen Augenbrauen an.

»Komm mit rein!«, rief er ihr knapp zu, »wir können jetzt nicht fahren. Hast du nichts mitbekommen?«

»Was? Du hast es versprochen!«

»Ja, habe ich. Komm jetzt mit, und hör es dir selbst an!«

Offenbar war Hanna den energischen Ton ihres Vaters nicht gewohnt, denn sie sagte zu seiner Überraschung nichts mehr und folgte ihm.

»Das Ganze scheint zu eskalieren! Wenn sie doch nur endlich sagen würden, was da los ist!«

»Was eskaliert? Die Sache mit den Kranken? Das ist doch nicht bei uns. Mann, jetzt lass uns fahren.«

»Hast du Informationen?«

»Nur die über Twitter!«

Mit angehaltenem Atem betrat Robert das Wohnzimmer und schaltete den Fernsehapparat ein. Er zappte durch verschiedene Kanäle und blieb bei einer erschrockenen aussehenden Moderatorin hängen.

»... *in nahegelegene Krankenhäuser gebracht. Die WHO warnt ausdrücklich davor, sich anderen Personen zu nähern.*«

Roberts Mund stand offen.

Und dann, als ein Arzt der Weltgesundheitsorganisation gezeigt wurde, starrten beide zutiefst erschrocken auf die Szenen, die sie niemals außerhalb eines Films vermutet hätten, nicht in ihrer Welt und derart real. Der Arzt sprach von einem bisher niemals dagewesenen Zustand, der es verbot, sich größeren Menschenansammlungen anzuschließen. Doch auch er offenbarte keine Hintergründe, keine Erklärungen, die es Robert erleichtert hätten, diese absurde Lage besser verstehen zu können. Der weiße Kittel des Mannes und seine eindrückliche Stimme verstörten Robert. Wie von einer unsichtbaren Faust getroffen setzte er sich.

»Wollen die uns verarschen? Was ist denn da los?«

Hannas schrille Stimme erreichte Robert kaum. Und als er dann doch auf sie achtete, hatte sie nach ihrem Handy gegriffen und unterhielt sich bereits aufgeregt mit ihrer besten Freundin.

»Wo ist Alex?«, unterbrach er sie, doch Hanna schüttelte nur abwehrend den Kopf und verließ das Zimmer. Verängstigt sah Robert auf die Uhr. Sein Sohn hatte Nachmittagsschule und würde bald nach Hause kommen, wenn er nicht wieder bei seinen Kumpels abhing.

Sofort griff er nach seinem Handy, doch in diesem Moment hörte er, dass die Wohnungstür aufgeschlossen wurde.

Erleichtert lief Robert auf Alexander zu.

»Ich komme gerade von Thomas. Was geht denn da ab?«

»Von Thomas? Du hattest doch Schule?«

»Nein, ich war nicht. Und jetzt habe ich erfahren, dass die Schule dichtmacht! Die Lehrer haben gesagt, alle sollen umgehend nach Hause. Haben sie nicht bei dir angerufen?«

»Nein! Keine Ahnung, was da vor sich geht, sie sagen nichts Genaues. Es scheint aber ziemlich schlimm zu sein.« Als Robert auf sein Handy sah, registrierte er einen verpassten Anruf. Erleichtert, aber nicht weniger verstört, nahm er seinen Sohn in den Arm.

Alex setzte sich und sah auf den Fernseher. Robert fiel auf, dass es sich bei der Moderation um eine Aufzeichnung handelte, und er hoffte, die Sender würden baldmöglichst etwas Neues bringen. Unruhig lief er im Kreis und überlegte fieberhaft, was er tun konnte, spürte aber, wie er immer mehr von Panik ergriffen wurde. Noch gestern hatte er sich um fehlende Parkmöglichkeiten am See geärgert, heute wusste er nicht mehr, wo ihm der Kopf stand.

»Hanna, was sagtest du vorhin von den Kranken und Twitter?«

»Dort gibt es Berichte«, antwortete sie, nachdem sie wieder ins Zimmer zurückkam. »Angeblich ist eine Krankheit ausgebrochen.«

»Wer sagt das? Irgendwelche User?«

»Viele. Andere sagen, Menschen würden einfach sterben.«

Nun stellte sich Alexander zwischen sie. »Auf allen sozialen Plattformen sprechen sie von einer Pandemie. Genaues weiß aber keiner.«

»Eine Pandemie?« Robert spürte, wie er von einer Gänsehaut ergriffen wurde. »Aber warum sagen sie uns nichts Offizielles?«

Während Alexander nur die Schultern zuckte, trat Hanna zwischen sie.

»Ich gehe zu Jessica!«

Robert fühlte sich, als hätte ihn ein Pferd getreten. »Du gehst nirgendwo hin! Hast du nicht zugehört? Wir sollen zuhause bleiben und größere Ansammlungen meiden!«

»Jessica ist alleine, eine größere Ansammlung ist nur hier in unserer Wohnung.«

»Du bleibst!«, brüllte er lauter, als er vorgehabt hatte. Notfalls hätte er sie auch festgehalten.

Offensichtlich beeindruckt sah sie Robert einige Augenblicke an und verschwand in ihrem Zimmer, nachdem auch ihr Bruder nichts entgegnete.

Robert hatte sie niemals zuvor derart angeschrien. Sofort tat es ihm leid, doch er war froh, damit Erfolg gehabt zu haben.

»Was sollen wir tun?«, wollte nun Alexander wissen.

Robert schüttelte nur den Kopf und sah auf den Fernseher. Wieder war der Arzt der WHO zu sehen, danach aber erneut die Moderatorin, und diesmal sagte sie etwas anderes.

»Achten Sie auf den Verbrauch Ihres Wassers sowie Ihrer Lebensmittel. Bleiben Sie über Radiosender oder TV-Programme empfangsbereit. Wir halten Sie auf dem Laufenden. Ich wiederhole: Bleiben Sie in geschlossenen Räumen und meiden Sie größere Menschenansammlungen. Wenn Sie an sich oder anderen Personen grippeähnliche Symptome erkennen, treten Sie mit dem Betroffenen nicht in Kontakt. Ich wiederhole ...«

»Was ist, wenn uns Mutter übermorgen nicht holen kann?« Jäh riss Alexander Robert aus seiner Aufmerksamkeit.

»Das werden wir dann sehen. Mein Gott, was ist da nur passiert?« Um etwas Neues zu erfahren, schaltete er auf ausländische Sender um, doch auch dort sprachen nur Moderatoren, die er größtenteils nicht verstand. Auf BBC hörte er jedoch heraus, dass die Polizei völlig überfordert sei und die Krankenhäuser überfüllt.

Als Alexander die Situation kaum mehr aushielt, ging er zum Fenster. Nichts schien außergewöhnlich auf der Straße; zwar fuhren weniger Autos als sonst zu dieser Tageszeit, doch es war nichts Gefährliches zu entdecken.

Seine Gedanken weilten nun bei seiner Mutter. Noch vor drei Tagen war er froh gewesen, sie für einige Tage nicht sehen zu müssen, doch nun spürte er, dass er sich um sie sorgte. Also zog er sein Handy hervor und rief sie an. Zu seiner Enttäuschung war nur der Anrufbeantworter zu hören, also sprach er aufs Band.

Während der kommenden Stunde verhielten sie sich ruhig, obwohl sie am liebsten aus der Wohnung gerannt wären. Alexander lief rastlos durch die Wohnung, Hanna telefonierte und redete ohne Punkt und Komma.

Robert hingegen führte einen inneren Kampf. Die Unwissenheit machte ihn fast verrückt und er fühlte sich in der eigenen Wohnung eingesperrt. Kurz dachte er darüber nach, zum Arzt des Dorfes zu fahren, doch wenn es sich tatsächlich um eine Pandemie handeln sollte, würden viele Erkrankte in der Praxis sein und er könnte sich womöglich anstecken. Dann überlegte er, die Nachbarn aufzusuchen, um etwas über ihre allgemeine Lage zu erfahren. Doch auch hier gab es die Möglichkeit einer Ansteckung. Die Worte des Arztes der WHO hallten warnend in ihm nach.

Plötzlich rief Alexander nach ihm. Seine Stimme klang dringlich. Irgendetwas musste passiert sein.

Als Robert vor dem Fernseher stehenblieb, spürte er lähmende Kälte in sich.

»... in Ihren Häusern zu bleiben. Ich wiederhole: Mit sofortiger Wirkung ist der Ausnahmezustand ausgerufen. Das Notstandsrecht erlaubt dem Militär, vorgegebene Maßnahmen zu kontrollieren und einzufordern. Es wird dringend empfohlen, Ihre Häuser oder Wohnungen nicht zu verlassen. Die Ausgangssperre tritt ab sofort in Kraft und ist ohne Ausnahme einzuhalten. Sorgen Sie für ausreichend Trinkwassernachschub. Rufen Sie nur im Notfall die Polizei oder offizielle Stellen an, die Leitungen sind überlastet.«

Fassungslos starrte Robert auf die Frau, deren Schreck ihr ebenfalls deutlich ins Gesicht geschrieben stand. Dann drehte er sich zu seinem Sohn.

»Notstandsrecht! Das bedeutet, sie schicken die Bundeswehr auf die Straßen!«

»Die haben doch einen Knall!«

Plötzlich begannen, die Sirenen zu heulen. Der helle, alarmierende Ton ging Robert durch Mark und Bein. Es war ein Gefühl der absoluten Ungläubigkeit, der Ohnmacht gegenüber einer Entwicklung, die nicht in sein geordnetes Weltbild passte. Es konnte nicht sein, es durfte nicht. Was bisher nur nach einem Unfall oder bei Probedurchgängen zu hören war, verstärkte alles Grauen, Unwissenheit, Angst und den lähmenden Zustand.

Auch Hanna kam nun ins Wohnzimmer, ihr Handy kraftlos in der Hand, den panischen Blick auf Robert gerichtet.

»Der Ausnahmezustand ist ausgerufen«, erklärte er, »für uns bedeutet das: Wir sollten hier nicht raus.«

»Wie nicht raus? Warum heulen die Sirenen?«

»Ich weiß es nicht. Mein Gott, man scheint es nicht aufhalten zu können.«

»Die Krankheit?«, zischte Hanna voller Angst.

»Ja, was immer es auch ist. Und wir wissen nicht einmal, was es genau ist.«

Hanna sah derart schockiert zu Boden, dass Robert nicht anders konnte, als sie in den Arm zu nehmen. Sie ließ es zu, und trotz des unerträglichen Zustands genoss Robert für wenige Augenblicke diese selten gewordene Nähe.

»Jetzt schalten sie auf Schrift!«, rief Alexander plötzlich. »Machen die sich aus dem Staub?«

Robert sah, dass ein Text zur verhängten Notstandsregelung ablief. Als er sich wiederholte, ahnte Robert, dass es Endlosschleife war.

»Nein, die Kommunikationsebene muss bestehen bleiben. TV und Radio bleiben bestimmt besetzt.«

»Woher weißt du das?«

»Ich weiß es nicht. Aber es muss so sein!«

Nun setzte sich auch Hanna vor den Bildschirm; so, als würde sie erwarten, während der kommenden Augenblicke etwas anderes zu erfahren. Etwas, das ihr Sicherheit gab, eine Erklärung dieses unfassbaren Umstands.

»Essen wir etwas!« Robert versuchte, den beiden etwas Normalität zu geben, doch sie sahen ihn nur verstört an.

»Wie kannst du jetzt ans Essen denken?«, zischte Alexander.

Robert antwortete nicht, sondern stand auf und ging zum Fenster. Er hoffte, irgendetwas zu entdecken, was ihm Aufschluss gab, doch außer der Nachbarin, die untätig in ihrem Garten stand und auf etwas zu warten schien, war niemand zu sehen. Obwohl er ein bleiernes Gefühl in seinem Magen verspürte, nahm er sich ein Stück Brot und aß, auch wenn er sich am liebsten übergeben hätte. Der schreckliche Klang der Sirenen in mehrminütigem Abstand schlich sich tief in seinen Körper, wie der Vorbote eines Krieges, wie die unwiederbringliche Abkehr eines gewohnten Alltags.

Schließlich ließ er den Teller stehen und setzte sich neben Hanna und Alexander, die unablässig auf den

Bildschirm starrten. Als dort schließlich ein Mann zu sehen war, kehrte augenblicklich Ruhe ein.

»*Während des Notstands gelten folgende Maßnahmen: Verlassen Sie auf keinen Fall Ihre Wohnung. Vermeiden Sie den Kontakt zu fremden Menschen. Leidet eine Person unter grippeähnlichen Zuständen, isolieren Sie sie oder versuchen, größtmöglichen Abstand zu wahren. Versuchen Sie nicht, auf der Straße oder in der Nachbarschaft Hilfe zu holen. Das Gesundheitswesen sowie die Polizei sind überlastet.*«

Währenddessen ging Alexander zum Computer und versuchte, weitere Informationen zu erhaschen. Da im Fernsehen nun wieder der Inhalt des Notstandsgesetzes per Text ablief, stellten Robert und Hanna sich hinter Alexander und schauten über seine Schulter. Dabei sah Robert, dass sich sekündlich Augenzeugenberichte einstellten, die entweder Krankenwagen zeigten, lange Warteschlangen vor Krankenhäusern oder Menschen, die husteten und sich kaum mehr auf den Beinen halten konnten. Zu seiner Beunruhigung erkannte er eine deutliche Tendenz der vielen Informationen: Offenbar handelte es sich tatsächlich um einen Krankheitserreger.

Als Alexander auf eine englischsprachige ärztliche Plattform klickte, dauerte es nicht lange, bis er einen Beitrag fand, der Näheres zu offenbaren schien. Da es sich um Fachwissen handelte, ließ er den Text automatisch übersetzen. Das, was nur einen Augenblick später auf dem Bildschirm erschien, ließ Robert das Blut gefrieren: *Nach ersten Untersuchungen handelt es sich um einen Erreger, der über die Luft übertragbar ist. Die Krankheitssymptomatik ist ähnlich dem des Marburgvirus, doch die Inkubationszeit beträgt vermutlich zwischen sechs und vierundzwanzig Stunden. Die Sterblichkeitsrate liegt bei 100 Prozent.*

Fassungslos starrte Robert zuerst auf den Bildschirm, las den Text mehrmals durch, und sah schließlich zu Alexander und Hanna.

»Meine Güte. Wenn das stimmt ...«

»Hanna, meinst du, diese Gruppe ist dafür verantwortlich?«, fragte Alexander.

»Danas Propheten?«

Verwirrt sah Robert Hanna an, doch Alexander begann schon, sein Wissen aufzudecken.

»Vor einigen Tagen postete eine Gruppe mit dem Namen ›Danas Propheten‹ weltweit auf Facebook und Twitter eine Erklärung, die Welt zu retten. Wir haben es im Unterricht besprochen und dachten zuerst an einen Scherz, an Hacker oder irgendwelche Spinner. Aber jetzt ...«

»Ich weiß es nicht«, erwiderte Hanna, »und es ist mir auch scheißegal. Ich will, dass alles wieder so wird wie zuvor.«

»Wer ist Dana?« Weil Robert keine Erfahrung mit sozialen Netzwerken hatte, fühlte er sich wie ein Außenseiter.

»Dana ist die Bezeichnung unserer Erde, ein heidnischer Name, der die Mutter in ihr anspricht«, erklärte Alexander.

»Woher weißt du das?«

»Hab's gegoogelt.«

Robert dachte scharf nach, ob er etwas darüber in den Zeitungen gelesen oder im Radio gehört hatte, doch ihm fiel nichts ein.

Währenddessen suchte Alexander weiter, fand aber keine neuen Informationen. Das Netz war durchzogen von panischen Erklärungen, Fragen und Berichten angeblicher und womöglich tatsächlicher Augenzeugen, aber auch von selbst aufgenommen Kurzfilmen. In ihnen waren Massenpaniken ebenso zu sehen wie Unfälle, Krankenwagen und Chaos vor den Toren verschiedener

Krankenhäuser. Eines jedoch fiel Robert auf: Es gab keine einzige offizielle Erklärung, wie er sie in einer solchen Situation erwartet hätte. Weder gab die Bundesregierung eine Stellungnahme ab noch die WHO. Auch der Bundesnachrichtendienst blieb stumm. Voller Grauen folgte Robert den unzähligen Berichten und Bildern auf Facebook, Twitter und Instagram, bevor er sich umdrehte und aus dem Fenster sah.

Offenbar hatte die Regierung entschieden, nichts zu offenbaren. Die Bevölkerung wurde im Unklaren gelassen.

Das alles konnte, und durfte nicht wahr sein.

Die folgenden Stunden kamen ihnen endlos vor. Während Hanna endlich ihre Mutter erreichte und ihr mehrmals versprach, unter keinen Umständen das Haus zu verlassen, starrte Alexander aus dem Fenster. Es schien Robert, als würde sein Sohn darauf warten, dass nun Menschen vor seinen Augen einfach tot umfielen. Doch wenn er ins Freie sah, war absolut nichts Außergewöhnliches zu erkennen. Die ohnehin übersichtliche Nachbarschaft schien abzuwarten – auf das Ende dieses Albtraums, auf eine Nachricht, die für Entwarnung sorgte, oder aber auf eine Begebenheit, die ein Stück ihres gewohnten Alltags zurückbrachte. Nichts dergleichen geschah.

Manchmal hörte man ein Auto fahren, es wurde öfter gehupt als gewöhnlich, und einmal zerschnitt das quietschende Geräusch durchdrehender Reifen die Stille.

Irgendwann kam Hanna zu ihnen und lud ihr Handy auf. Es war einer der selten gewordenen Augenblicke, in denen sie nicht telefonierte.

»Können wir jetzt raus?«

Robert und Alexander sahen sie verständnislos an. Sie spürten, dass Hanna offenbar ihre Lage als nicht so ernst einschätzte wie sie selbst. Voller Zweifel erkannte

Robert in diesen Momenten ihre Kapitulation davor, dieses Szenario anzunehmen. Hanna konnte gar nicht realisieren, in einer völlig lebensfremden Lage zu stecken, weil sie dieses Gefühl nicht kannte.

»Nein!«, antwortete er, »die Notstandswarnung wird in einer Endlosschleife abgespult. Einige Sender übertragen sogar gar nicht mehr.«

Und erst jetzt, als Hanna mittels der Fernbedienung die Kanäle wechselte, erstarrte ihr Gesicht. Offenbar hatten keine Worte, keine Reden von Ärzten in den Nachrichten ein solch bedrohliches Gefühl in ihr auslösen können wie die Tatsache, vor zeitweise schwarzem Bildschirm oder auch durchlaufenden Texten ohne Ton zu stehen. Sie schaltete beinahe alle Kanäle durch, setzte sich dann wortlos an den Tisch und aß das mittlerweile längst kaltgewordene Essen.

»Mutter holt uns ab«, sagte sie etwas später mit vollem Mund. »Das soll ich dir ausrichten.«

Robert erschrak furchtbar. Er wollte seine Kinder nicht abgeben, nicht in einer Situation wie dieser. »Sie holt euch ab? Aber es soll doch keiner das Haus verlassen!«

»Würdest du dich davon abhalten lassen?«

»Nein, aber ...« Auf einmal bekam Robert schweißnasse Hände. Falls seine Exfrau tatsächlich hier auftauchen sollte, würde er sie zwingen, so lange bei ihm zu bleiben, bis der Notstand aufgehoben wurde.

Plötzlich wuchs seine Angst ins Unerträgliche.

Es schien, als verginge die Zeit langsamer. Inmitten eines nervenzerfetzend stillen Augenblicks ertönte der Klingelton von Hannas Handy. Als sie abnahm, sahen Robert und Alexander nur, wie Hannas Gesichtsfarbe binnen weniger Momente weiß wurde, sie nur stumm nickte und leise »okay« sagte. Dann legte sie auf.

Noch bevor Robert fragen konnte, sah Hanna ihn an und zitterte.

»Mutter kommt nicht. Die Straßen sind verstopft, es gibt kein Durchkommen. Sie sagt, dass alle verrückt geworden sind. Sie versucht es heute Nacht wieder, und dann morgen früh noch einmal.«

Robert wusste nicht, ob er erleichtert oder erschrocken sein sollte. Da sein Haus das letzte der kleinen Straße am Rande des Waldes war, bekamen sie nichts von dem Geschehen in der größeren Stadt, in der seine Exfrau wohnte, mit. Offenbar war bereits Panik ausgebrochen, auch wenn er sich nicht vorstellen konnte, wo denn die Menschen hinwollten, die offenbar die Straßen verstopften.

Um Hanna zu trösten, nahm er sie in den Arm. Wieder ließ sie es geschehen. Für einen kurzen Moment erinnerte er sich an die kleine Hanna, die ihn mit ihrem Gelächter und ihrer kindlichen, grenzenlosen Liebe so sehr gerührt hatte.

»Du wirst sehen, heute Nacht klappt es. Ich glaube nicht, dass alle Bewohner der Stadt heute in ihre Autos steigen und kopflos umherfahren«, tröstete Robert sie. Er spürte die Angst seiner Tochter deutlich, und als er sie auf ihr Haar küsste, hoffte er für den Bruchteil einer Sekunde, ihr diese Furcht nehmen zu können. Doch es gelang ihm nicht, und diese Erkenntnis lähmte ihn.

Es wurde Abend und dann Nacht. Die Dämmerung, die all die Tage zuvor keinen Raum für zweideutige Empfindungen zugelassen hatte, wirkte nun bedrohlich wie ein Schatten, der sich über die aus den Fugen geratene Welt legte.

Robert und Alexander hatten Wasser in leere Flaschen abgefüllt, weil sie nicht wussten, wie lange dieser Zustand andauern würde, in dem sie gefangen waren. Zudem hatten sie Angst, der Erreger oder was auch immer,

könnte sich in das Wassersystem ihres Dorfes schlei-
chen. In diesen Stunden verblüffte Alexander seinen
Vater, denn sein Gehirn schien wie ein Uhrwerk zu funktionieren. Er war vollkommen auf Dinge konzentriert,
die einem Katastrophenfall vorbeugten, um weiterhin
handlungsfähig zu bleiben. Alexander suchte Batterien
und fand sie auch nach längerer Zeit. Eine Inventur der
Nahrungsmittel offenbarte, noch einige Tage ohne Ein-
kauf hier ausharren zu können, und er lud sämtliche
Handys auf, auch wenn niemand von ihnen davon ausging, dass der Strom bald abgeschaltet werden würde.

Hanna versuchte, ihre Freundinnen zu erreichen, doch
immer öfter klingelte das Telefon durch. Dadurch wuchs
ihre Angst ins Unermessliche.

Irgendwann wagte es Robert, auf die Straße zu gehen,
um Nachbarn zu sehen, sich womöglich mit ihnen zu
unterhalten, oder Informationen zu erhaschen, die Auf-
klärung boten. Doch er traf niemanden an.

In dieser Nacht schliefen sie kaum. Immer wieder
wachten sie voller Panik und Angst auf und benötigten
lange, um sich wieder zu beruhigen. Weil Robert schon
bald gar nicht mehr schlafen konnte, spähte er durch die
Schlitze der herabgelassenen Rollläden. Er suchte nach
etwas, das ihm Informationen geben könnte, eine Richtung, der seine Nachbarn folgten. Einmal startete sein
Nachbar das Auto, verlud etwas, schaltete es dann aber
wieder aus. Andere Male waren bekannte Stimmen zu
hören, doch als Robert zu ihnen gehen wollte, um sich
dem Gespräch anzuschließen, verstummten sie wieder.
Schließlich hob der den Rollladen seines Fensters und
erkannte Manfred, seinen direkten Nachbarn, der auch
aus dem Fenster blickte.

»Weißt du etwas Neues?«, rief er nicht allzu laut.

Manfred schüttelte den Kopf. Sie hatten einige Male
ein Bier zusammen getrunken oder halfen sich beim

Schneiden der Hecke, doch ansonsten war ihr Kontakt nicht allzu intensiv.

»Nein. Die Medien wiederholen nur gebetsmühlenartig den Notstand. Bei uns geht's ja noch, aber in München ist die Hölle los.«

»Warst du heute dort?«

»Ja. Die Bundeswehr kontrolliert die wichtigsten Straßen. Sie versuchen wohl, eine Massenpanik zu verhindern.«

»Die Bundeswehr? Aber es soll doch keiner das Haus verlassen. Wohin wollen die Leute denn alle?«

»Raus aus der Stadt. Je größer die Militär- und Polizeipräsenz, desto größer wird die Panik bei den Bewohnern. Ich glaube, die Leute von der Bundeswehr wussten schon früher von dieser Entwicklung, denn so schnell, wie die da waren ...«

Robert schüttelte den Kopf und überlegte. Es machte keinen Sinn, die Wohnung zu verlassen, schließlich waren sie hier sicher, vor allem vor einer möglichen Ansteckung. Trotzdem verspürte er wieder das ungeheure Verlangen, durch die Straßen zu laufen, bekannte Menschen zu sehen und sie zu fragen, ob all das tatsächlich geschah.

»Was hast du vor? Bleibst du auch zuhause?«

»Vorerst schon. Es ist ja erst der erste Tag. Vielleicht wissen wir morgen mehr. Willst du ein Bier?«

Beinahe hätte Robert »Ja« gesagt, doch er stutzte. Manfred war in München gewesen und hatte zu vielen Menschen Kontakt gehabt.

»Lieber nicht. Wir sollten warten und andere meiden. Im Internet war ein Artikel zu lesen, in dem sie von bis zu vierundzwanzig Stunden Karenzzeit sprachen.«

»Meine Güte, dann weißt du mehr als ich. Du solltest aber nicht jeden Unsinn glauben, im Netz wird immer sehr viel spekuliert.«

»Es war ein Forum englischsprachiger Ärzte. Alle anderen Berichte stützen diese These eher.«

»Scheiße! Meinst du, wir haben den Dreck schon in uns? Aber vielleicht hast du recht, verschieben wir das mit dem Bier.« Für einen Augenblick sah der stämmige Mann an sich herab und wies schließlich auf ihre beiden Häuser. »Ich hoffe nicht, dass wir all das mal zu verteidigen haben.«

Robert schluckte. Es sollte wohl ein Scherz gewesen sein, schwarzer Humor in einer völlig abstrusen Situation. Doch es war mehr nach den Ereignissen des Tages.

»Wenn wir morgen Abend noch quietschfidel sind, trinken wir einen.«

»Abgemacht.«

Als Manfred sein Fenster schloss, atmete Robert tief durch. Es war unmöglich, nicht an all die drohenden Szenarien zu denken, die möglich erschienen. Um sich abzulenken, ging er ins Wohnzimmer, und als er dort Hanna und Alexander vor dem Fernseher antraf, setzte er sich zu ihnen. Sie hatten sich eine DVD eingelegt – eine gute Idee, wie er fand, denn es lenkte die beiden womöglich etwas ab.

Erst im Morgengrauen schliefen sie für wenige Stunden ein.

Isoliert

Als Robert erwachte, herrschte gespenstische Stille um ihn herum. Wie ein Fausthieb wurde ihm klar, dass all die Ereignisse real waren. Sein Magen verkrampfte sich.

Während Hanna noch auf dem Sofa schlief, stand Alexander bereits am Fenster.

»Es gibt nichts Neues. Außer, dass sich immer mehr Kanäle der Endlosschleife anschließen. Offenbar moderiert keiner mehr. Und im Netz verdichten sich die Hinweise auf eine Pandemie.« Erst jetzt drehte er sich vollständig zu seinem Vater um. »Die Berichte kommen aus allen Erdteilen.«

Als hätte es ein Dämon gesagt, spürte Robert, wie ihm kalt wurde. Wie ein Hämmern klangen Alexanders Worte in ihm nach: *Aus allen Erdteilen ...* Schließlich nickte er nur, denn er wollte vermeiden, Alexander durch eine unbesonnene Reaktion zu verunsichern.

»Wir bleiben in der Wohnung. Wir haben Lebensmittel, Telefon und Medien, die uns informieren. Ich verstehe die Leute nicht, die auf die Straßen gehen.«

»Ich schon. Ich fühle mich gefangen.«

»Wo würdest du denn hingehen wollen?«

»Ich weiß es nicht.«

Wieder nickte Robert und hoffte, sein Sohn würde vernünftig bleiben und nicht kopflos auf die Straße laufen.

Um irgendetwas Sinnvolles zu tun, bereitete er Kaffee zu und bestrich einige Brote. Er musste sich zusammenreißen, nicht lauthals loszuschreien oder zum Telefon zu rennen und panisch die Polizei anzurufen, um zu erfahren, was dort draußen vor sich ging. Er ahnte, dass er damit keinen Erfolg haben würde, vermutlich versuchte gerade halb Deutschland, die Behörden zu erreichen.

Als sich Alexander zu seinem Vater setzte und aß, kam auch Hanna zu ihnen.

»Mama ist wieder nicht gekommen. Wie könnt ihr einfach nur dasitzen und essen?«

»Das solltest du auch. Wir können momentan nichts anderes tun, als abzuwarten.«

Hanna war deutlich anzusehen, wie verwirrt und verzweifelt sie war. Mit zitternden Händen ging sie ans Fenster und sah hinaus, doch als sie wohl längere Zeit nichts Außergewöhnliches erspähte, setzte sie sich ebenfalls.

Plötzlich gellte der Schrei einer Frau durch die Nachbarschaft. Robert sah Hannas erschrockenen Blick und sprang auf. Da zerschnitt ein weiterer Schrei die kurze Stille.

»Ich sehe nach, ihr bleibt hier!«

Ohne eine Antwort abzuwarten, stürmte Robert in das Obergeschoss und öffnete dort das Fenster. Natürlich folgten ihm Alexander und Hanna, und als die drei ins Freie blickten, sahen sie Frau Sanders vor ihrer Haustür auf dem Boden knien. In ihren Händen hielt sie ihre bewegungslose Tochter.

Erschüttert schlug Hanna ihre Hände vor den Mund und sog den Atem ein. »Sonja? Oh mein Gott! Sie ist erst sechs Jahre alt! Ist sie tot?«

Wieder schrie Frau Sanders, wurde nun aber von ihrem Mann in die Höhe gezogen. Obwohl diese Szenerie etwa dreißig Meter von ihnen entfernt war, erkannte Robert deutlich das rote Gesicht sowie den schwachen Zustand des Mannes. Immer wieder hustete er und musste seine Frau sogar loslassen, um sich selbst aufrecht halten zu können.

Eine eiserne Faust umschloss Roberts Bauch, und er zog Hanna an sich. »Du solltest dir das nicht ansehen.«

Sie ging nicht darauf ein, sondern wand sich aus Roberts Griff.

»Ist das die Krankheit?«

Robert schüttelte den Kopf, denn das herzzerreißende Schluchzen dieser Frau drang tief in ihn ein. Er wollte ihr zurufen, ihr helfen, doch er tat es nicht, denn was hätte er machen können? Zudem konnte er sich anstecken, falls es sich tatsächlich um diese mysteriöse Krankheit handelte.

Als Herr Sanders seine Frau und die regungslose Sonja in die Wohnung gebracht hatte, starrte Robert fassungslos zu den umliegenden Häusern. Auch andere Nachbarn sahen hinaus, vermutlich ebenso hilflos und schockiert wie er selbst, doch niemand war ins Freie getreten. Nicht einer!

In diesem Augenblick erkannte Robert bestürzt, dass er seine Kinder nicht vor solchen Situationen schützen konnte.

An diesem Tag waren immer wieder vereinzelte Schreie zu hören. Dabei schloss Hanna stets ihre Augen und wartete geduldig ab, bis Stille einkehrte. Oftmals waren die Schreie auch Ausdruck von Streitigkeiten, andere Male war das Wimmern eines Kindes zu hören, das jedoch schnell wieder beruhigt wurde. Zwei Nachbarn stiegen in ihre Autos und fuhren davon, und Robert fragte sich, an welchem Ort es mehr Sicherheit geben konnte als in den eigenen vier Wänden.

Am Nachmittag meldete sich endlich seine Ex-Frau. Sie erklärte, ihr Auto sei in einen Unfall verwickelt worden und sie könne heute nicht kommen. Ihr selbst gehe es gut, doch sie benötige etwas Zeit, um ein Auto auszuleihen. Als Hanna entgegnete, Vater könne sie nach Hause bringen, verbot ihre Mutter dies vehement. Sie untersagte ihr, unter diesen Umständen das Haus zu verlassen, und ließ sich Robert ans Telefon geben.

Der nickte zu den Worten seiner Exfrau, doch ihm fiel auf, dass sie mehrmals hustete und krank zu sein schien.

»Robert, ich hatte gesagt, ich würde nie wieder etwas von dir verlangen, doch ich möchte, dass du die beiden bei dir behältst. Ich werde sie holen. Du kommst unter keinen Umständen!« Dann hustete sie wieder und legte auf.

Robert schluckte, denn er wunderte sich über die Dringlichkeit ihrer Worte. Ohne seinen Verdacht über eine Erkrankung zu erwähnen, berichtete er Alexander von dem Gespräch und nahm Hanna in den Arm.

»Du hast es gehört. Wir warten hier, alles andere wäre reiner Wahnsinn!«

Am Gesicht seiner Tochter sah er, dass sie sich nur schwer damit zufriedengab.

In den kommenden Stunden versuchte Alexander, durch häufigen Programmwechsel etwas Neues zu erfahren, doch spätestens ab dem Nachmittag waren weder ein Moderator noch ein Arzt oder andere Vertreter einer offiziellen Stelle zu sehen. Es schien ihm, als seien die Sender nicht mehr besetzt, und als er schließlich frustriert das Radio einschaltete, blieb es überwiegend still. Nur die wenigsten Sender ließen Musik laufen, und erst, als Alexander auf Roberts Anweisung den Deutschlandfunk wählte, wurde wieder geredet.

Später versuchte er es wieder mit dem Internet. Immer mehr grauenhafte Bilder verstörten ihn, zeigten Leichenberge, Kurzfilme über Massenpaniken und schreiende Menschen. Sie schienen authentisch zu sein, und seine Hilflosigkeit stieg ins Unermessliche. Zusätzlich fand er Berichte, die den englischsprachigen Artikel des Vortages stützten. Offenbar sah sich die Welt hilflos einem Erreger ausgeliefert, der alles tötete.

Währenddessen versuchte Hanna mehrmals, ihre Mutter zu erreichen. Je öfter sie voller Angst wieder auflegte und ratlos zu Robert und Alexander sah, desto größer wurde ihre Befürchtung, ihr könne etwas zugestoßen sein.

Robert spürte die wachsende Panik seiner Tochter und setzte sich zu ihr. Verzweifelt rang er nach Worten, doch ihm fielen keine ein. Lange hielt er den Blick gesenkt und hätte sich am liebsten übergeben. Die grauenhaften Bilder von Sonja Sanders hatten sich in seine Netzhaut gebrannt, und er fragte sich, wie es wohl einem vierzehnjährigen Mädchen dabei gehen musste.

»Dass sie nicht ans Telefon geht, muss nicht heißen, dass ihr etwas zugestoßen ist.«

Mit einem Blick, der Hilflosigkeit und Entsetzen verriet, sah ihn Alexander stumm an. Und erst jetzt, in der Stille der eigenen Wohnung, dem Eingeschlossen sein und den Schreien von Frau Sanders in seinen Gedanken, begriff Robert die unabwendbare Situation eines umfassenden Zusammenbruchs. Er hatte keine Ahnung, wie sehr die bisher heile Welt um ihn herum wie eine Sandburg einstürzte, aber er spürte deutlich die beißende Gewissheit in sich, dass nichts mehr so war wie noch vor zwei Tagen.

Als ihm das Blut in den Kopf schoss, stand er auf und lief rastlos durchs Haus. Er musste mit jemandem sprechen, ein anderes Gesicht sehen, jemanden hören, der wenigstens irgendetwas über diese lähmende Situation wusste. Wieder ging er ins Obergeschoss und öffnete das Fenster, aus dem er Manfreds Haus sehen konnte. Er starrte einige Augenblicke hinaus und rief schließlich seinen Namen. Es tat sich nichts. Robert wartete und rief wieder. Erst nach längerer Zeit öffnete sich das Fenster auf der anderen Straßenseite. Was sich dort offenbarte, ließ Roberts Blut gefrieren: Manfred hatte rote Flecken im Gesicht, stark blutunterlaufene Augen und hustete fast ununterbrochen.

»Manfred, was ist …? Hast du es?«

Manfred schüttelte nur den Kopf und konnte sich offenbar gerade noch auf den Beinen halten.

»Keine Ahnung! Ich habe Fieber. Ich weiß nicht, ob ich diesen Scheiß habe.«

»Hast du den Arzt angerufen?«

Wieder hustete Manfred, diesmal noch ausdauernder, und nun benötigte er einige Momente, um durchzuatmen.

»Ja. Es geht niemand ans Telefon.«

»Scheiße!«

Robert stand wie gelähmt da und wusste nicht, was er tun sollte. Nur eines war ihm klar: Er durfte nicht in Manfreds Haus. Kein Kontakt, keine Nähe. Nur: Aus welcher Entfernung war man tatsächlich sicher?

»Ich versuche es für dich. Bleib liegen, du kannst ja kaum stehen!«

Manfred nickte nur und schloss hustend das Fenster.

Erschüttert atmete Robert tief durch und drehte sich um, doch Alexander stand im Zimmer. Wieder erkannte er nichts in dessen Blick, was ihm Aufschluss über den Zustand seines Sohnes gab.

»Er hat es, oder?«

»Ich weiß es nicht. Keiner von uns weiß, welche Symptome diese Krankheit hinterlässt. Aber ich gehe davon aus. Es war ähnlich wie bei Sanders.« Er versuchte Alexander zu trösten, indem er ihm eine Hand auf die Schulter legte, doch er befürchtete, damit nichts zu bewirken.

Als Robert versuchte, den Arzt telefonisch zu erreichen, legte er immer wieder frustriert auf. Nur der Anrufbeantworter war zu hören. Er fragte sich kurz, ob der Arzt selbst erkrankt war oder einfach die Flucht ergriffen hatte. Konnte es sein, dass er mehr wusste und sich längst in Sicherheit gebracht hatte, wo immer dies auch sein mochte?

Stunden später versuchte Robert, Manfred erneut ans Fenster zu holen. Er rief mehrmals, doch nichts tat sich. Dabei lauschte er jedem Geräusch, hörte vereinzeltes Husten in der Nachbarschaft, begleitet von leisen Stimmen und dem Schimpfen eines Mannes. Einmal sang eine Frau ein Lied, und Robert befürchtete, es könne ein Einschlaflied für ein Kind sein, das womöglich in den letzten Atemzügen lag. Sofort versuchte er vehement, diese düsteren Gedanken zu verdrängen, doch ein Schrei in der Ferne zerstörte sein Vorhaben. Ein Auto wurde gestartet, es fuhr zwei Mülltonnen um und verschwand. Dann rannte ein bellender Hund hinterher, bis es schließlich wieder ruhig wurde.

Robert versuchte noch einmal, Manfred ans Fenster zu rufen, dann unterließ er es und ging zurück zu Hanna und Alexander.

Mittlerweile war auf den TV-Kanälen ausnahmslos der Inhalt des Notstandsgesetzes zu sehen. Gerade Alexander schien unermesslich geduldig, zappte beinahe pausenlos durch die Programmliste, hörte dazwischen den Deutschlandfunk und hinterließ bei Robert den Eindruck, es nicht wahrhaben zu wollen, sich in dieser zermürbenden Situation zu befinden.

Als Robert seinen Blick auf Hanna richtete, die ebenfalls ohne Unterlass zu telefonieren versuchte, Kurznachrichten versandte oder sich Fotos ansah, begriff er. Es war ein Stück Gewohnheit, eine Brücke zu ihrer heilen Welt, indem sie die Möglichkeiten dieser Medien zu nutzen versuchten. Gerade Hanna klammerte sich schier an ihr Handy, versuchte immer wieder, ihre Mutter anzurufen, oder las die letzten Nachrichten ihrer besten Freundin. Und dann erschrak er, denn er erkannte, dass dieser Zustand schon bald ein anderer sein konnte.

»Hanna, lade dein Handy auf leg es dann beiseite!«

»Warum? Ich versuche, Mama anzurufen!«

»Ich weiß, aber sie wird mit Sicherheit anrufen, wenn es ihr möglich ist. Vielleicht benötigen wir das Telefon in den nächsten Tagen, wenn der Strom ...« Er stoppte abrupt, denn er wollte sie nicht ängstigen. Nicht mit einer vagen Vermutung, die womöglich überhaupt nie eintraf. »... wenn der Strom knapp werden sollte. Ich weiß nicht, wie lange du noch die Gelegenheit haben wirst, dein Handy aufzuladen.«

Hanna starrte ihn mit offenem Mund an, steckte dann aber das Netzteil an, ohne jedoch vom Handy abzulassen.

Robert war derart entsetzt, dass er sich für den Notfall vorbereitete. Er kochte Kartoffeln, Reis und Nudeln, packte das Brot in Tüten und stellte es kühl, füllte Töpfe und Krüge mit Wasser. Er hoffte inständig, diese Arbeit umsonst zu erledigen, doch daran glaubte er immer weniger.

Als er ein Schluchzen vernahm, eilte er zu Hanna. Sie saß auf dem Sofa, hielt ihre Hände vors Gesicht und weinte. Obwohl es Robert erschrak, Hannas Verzweiflung zu sehen, war er froh über ihren Ausbruch. Sie musste, abgesehen von diesem unerträglichen Zustand, den Anblick des toten Kindes ebenso verarbeiten wie die Tatsache, keine Antwort von ihrer Mutter zu erhalten. Zitternd setzte er sich neben sie und zog sie zu sich heran. Sie umarmte ihn scheu, und lehnte schließlich den Kopf an seine Schulter.

Auch Alexander setzte sich zu ihnen, starrte aber mit ausdruckslosem Blick zu Boden.

»Sie wird sich melden, Hanna«, sagte Alexander leise, »morgen wird sie sich melden.«

»Und wenn nicht?«

Er antwortete nicht darauf.

Robert zog Hanna noch fester an sich, schloss die Augen und hoffte, seine Kinder stets an seiner Seite zu haben, egal, was sie in den nächsten Tagen erwartete.

In dieser Nacht schliefen sie nur etappenweise. Einzelne Schreie gellten durch die Nacht, gefolgt von langanhaltender Stille. Hanna wandelte unzählige Male durch die Wohnung, sah auf das Handy, legte es enttäuscht zurück, um dann weiter zu laufen. Manchmal begegnete sie Alexander, meist aber Robert, der sie bat, wenigstens zu versuchen, etwas Schlaf zu bekommen, doch sie konnte nicht. Die verzweifelten Schreie von Frau Sanders steckten zu tief in ihr und enthüllten das Grauen, das jeden Einzelnen von ihnen heimsuchte.

Währenddessen spähte Robert immer wieder aus dem Fenster zu Manfreds Haus, aber er sah weder Licht noch eine sich bewegende Gestalt im Dunkel des Fensters. Nur in wenigen Häusern brannte Licht, doch manchmal erkannte er Menschen an den Fenstern, die vermutlich wie er rastlos umherliefen, weil niemand schlafen konnte in dieser sternenklaren Nacht.

Der Zusammenbruch

Erschrocken fuhr Robert am Morgen des dritten Tages nach Verhängung des Notstands in die Höhe. Ein Blick zu Hanna offenbarte ihm, dass seine Tochter schlief. Neugierig folgte er Alexander in die Küche, doch an dessen Miene erkannte er, dass es anscheinend keine guten Neuigkeiten gab.

»Sie haben den Strom abgeschaltet!«

Nur wenig hätte Robert mehr erschüttern können. Zwar hatte er es befürchtet, doch die Tatsache, dass es wirklich so weit gekommen war, sowie der frühe Zeitpunkt erschreckten ihn zutiefst. Mit wid klopfendem Herzen öffnete er den Kühlschrank, sah die Dunkelheit in ihm, knipste das Licht an, doch nichts tat sich.

»Ich habe es bemerkt, weil der Fernseher tot ist«, erklärte Alexander.

Robert nickte. »Ich glaube nicht, dass sie den Strom abgestellt haben. Die Kraftwerke werden wohl nicht mehr bedient.«

»Was soll das heißen?«

Robert rang nach Worten, denn er wusste ebenso wenig über die offiziellen Umstände wie Alexander. »Vielleicht gibt es keinen, der die Kraftwerke unterhält. Womöglich sind alle Arbeiter geflohen. Das Stromnetz ist zusammengebrochen.«

»Oder alle dort sind tot.«

»Vielleicht!«

Plötzlich zerriss die Hupe eines Autos die Stille. Sofort stürmten die beiden ans Fenster und erkannten, dass gleich zwei Autos aus den Garagen fuhren. Da sich die Insassen eines Wagens zu streiten schienen, nahm Robert an, sie wären sich aufgrund ihres Vorhabens uneinig.

»Wohin fahren die?«, fragte Alexander.

Robert stutzte und dachte nach, auch wenn ihm der Kopf zu platzen schien. Sie hatten keinen Strom, also war vermutlich das ganze Dorf betroffen. Dafür besaßen sie Lebensmittel, aber nur für wenige Tage.

Ab jetzt änderte sich der Status quo.

»Sie besorgen sich Nachschub, und ich werde es ebenfalls tun«, sagte Robert. »Du bleibst bei Hanna!«

»Was? Wohin gehst du?«

»Ins Einkaufszentrum. Wenn wir noch lange warten, werden sie zu plündern beginnen.«

Zutiefst erschrocken starrte Alexander seinen Vater an, und bevor er etwas entgegnen konnte, stand Hanna bei ihnen.

»Das Handy funktioniert nicht. Ich kann nicht telefonieren!«

»Ja, wir haben keinen Strom mehr.«

»Aber ... Ich hatte doch aufgeladen.«

»Hanna, ohne Strom fällt der Handyfunk aus. Auch unser Festnetztelefon ist betroffen.«

Verständnislos starrte Hanna erst Robert an, dann ihr Handy. Schließlich legte sie es beiseite.

»Ich werde Lebensmittel und Wasser besorgen. Ihr beide bleibt hier und verschließt die Tür sowie die Fenster. Lasst die Rollläden runter, damit niemand auf die Idee kommt ...«

»Wir bleiben nicht alleine hier, Papa!«, kreischte Hanna. »Du kannst uns doch nicht hierlassen! Und wann fahren wir zu Mama?«

»Hanna, dort draußen ist es zu gefährlich. Ihr könntet angesteckt werden. Wir benötigen Nahrung – um alles andere kümmern wir uns danach, auch um einen Weg, eure Mutter zu suchen. Doch je länger ich warte, desto gefährlicher wird es.« Er wollte nicht sagen, dass die Menschen ab dem heutigen Tag durchdrehen würden, dass jeder auf sich selbst achtete und Mitleid sowie nachbarschaftliches Verhalten in einer solchen Situation kaum zu erwarten waren.

»Was, wenn du angesteckt wirst!« Alexander wirkte nun nicht mehr ruhiger als seine Schwester, denn seine Finger zitterten deutlich.

»Das Risiko besteht, ja. Deswegen gehe ich auch alleine. Ich werde mir ein Tuch um Mund und Nase binden – ob es hilft, weiß ich nicht. Ich habe keine Ahnung, was dort draußen wütet!«

Alexander nickte und sah Hanna durchdringend an. »Du schaffst es alleine, Hanna. Geh nach oben und sperr alles ab. Wir sind bald wieder da.«

»Nein, ich werde alleine gehen!«, zischte Robert, »das Risiko ist viel zu groß. Alleine komme ich besser zurecht!«

»Papa, ich muss etwas tun. Verlang bitte nicht, nur hier abzuwarten.«

»Du tust etwas! Pass auf deine Schwester auf! Es ist mein letztes Wort: Ich gehe alleine. Der Zeitpunkt wird kommen, an dem dein Einsatz gefragt ist. Vielleicht eher, als dir momentan bewusst ist.«

Robert ließ sich auf keine Diskussionen mehr ein, umarmte die beiden und holte zwei große Taschen sowie einen Rucksack. Er beeilte sich, um zu verhindern, dass Alexander sich einfach anschloss.

»Schließt die Tür ab und lasst die Rollläden runter! Ich komme bald zurück!«

Dann umarmte er seine Kinder nochmal, drückte sie fest an sich und wickelte ein langes Tuch um Mund und Nase, bevor er die Wohnung verließ.

Es war ein zutiefst befremdliches, sogar feindseliges Gefühl, das Robert im Auto ergriff. Obwohl er hier jedes Haus kannte, jeden Winkel des Dorfes und jede Kurve der Straße, fuhr er ängstlich und langsam. Die wenigen Bewohner, die in den Vorgärten standen oder hektisch auf den Bürgersteigen liefen, sahen ebenso skeptisch zu Robert ins Auto wie er zu ihnen. An einer Ecke prügelten sich zwei Männer offenbar um eine volle Tasche, etwas weiter entfernt irrte eine Frau herum und schien jemanden zu suchen.

Plötzlich sprang sie auf die Straße und versuchte, Robert aufzuhalten. Doch er fuhr um sie herum, ohne vom Gas zu gehen. Dabei hämmerte sein Herz wie wild, und er fragte sich, ob es ihm überhaupt gelingen würde, heil zum Einkaufszentrum zu gelangen.

Als er schließlich doch ankam, sah er mehrere Autos auf dem Parkplatz des Supermarkts stehen. Einige von ihnen wurden gerade mit Taschen und Tüten beladen. Dann fiel ihm die aufgebrochene Tür des Geschäfts auf. Das Metallgitter war wohl zuvor mithilfe eines Autos aus den Angeln gerissen worden und lag in unmittelbarer Nähe.

Schwer atmend blieb er noch einige Momente im Auto sitzen. Schweiß lief über seine Wangen und sammelte sich in dem Tuch, das sein Gesicht dick umhüllte. Plötzlich erfassten ihn Panikattacken, Fragen und mögliche Szenarien. Konnte er sich trotz des Tuches anstecken? Wie viel Abstand musste er von den anderen Menschen halten? Was, wenn jemand bewaffnet war?

Krampfhaft umklammerte er das Lenkrad, schloss die Augen und dachte an Hanna und Alexander, bevor er schließlich die Tür öffnete und ausstieg.

Die ersten Augenblicke erlebte Robert wie in Trance. Zwei Männer brüllten sich an, von denen einer zwei riesige Taschen hinter sich her zog, während er in einer Hand ein langes Messer hielt, um seine Beute zu verteidigen. Schleunigst huschte Robert an ihnen vorbei und versuchte, möglichst viel Abstand zu jedem Einzelnen zu halten.

Im Geschäft sah es aus, als hätte eine Bombe eingeschlagen. Der Inhalt der Regale lag teils auf dem Boden herum, Konservenbüchsen sowie Gemüse waren über die Wege verstreut. Robert versuchte zuerst, haltbare Lebensmittel wie Nudeln und Reis einzupacken, und zu seiner Überraschung waren sie nicht gänzlich vergriffen. Als ihm ein Mann zu nahekam, ging er schnell weiter. Wieder schrie jemand, und ein paar Gänge weiter prügelten sich drei Männer. Zwei von ihnen traten auf einen älteren Mann ein, schlugen seinen Kopf auf den Boden und entwendeten seine Tasche.

Augenblicklich versteckte sich Robert hinter einem Regal und atmete durch. Er schwitzte unter dem dicken Tuch, zog es aber fester, da er dachte, er könne den Erreger schmecken, der durch die Poren des Stoffes zu dringen schien, um sich sofort in seinem Körper festzusetzen.

Nachdem die beiden Männer von ihrem Opfer abließen und in Richtung Ausgang drängten, suchte Robert weiter. Niemals in seinem Leben hatte er so viel Angst gehabt, und er spürte, wie seine Beine immer wieder einknickten. Er fand Konserven, aber auch Mehl und Eier, und trotz seiner Situation war er froh, so schnell reagiert zu haben. Ein paar Stunden später wäre wohl kaum noch etwas da gewesen. Zu seiner Überraschung hatten sich einige Menschen unvermummt hierhergewagt, und sie schienen auch nicht zu versuchen, Abstand zu den anderen zu halten.

Plötzlich riss ihn ein ohrenbetäubender Knall aus seinen Gedanken. Geistesgegenwärtig warf er sich auf den Boden und spähte durch eine Lücke des Regals in die Richtung des Knalls. Ein Mann hatte in die Luft geschossen, und eine Frau neben ihm packte ihre Taschen voll.

Robert schluckte, wischte sich den Schweiß aus den Augen und blieb zunächst liegen. Als er aber sah, dass die Menschen um den Schützen herum zwar den offenbar geforderten Abstand einhielten, jedoch trotzdem fortfuhren, Lebensmittel einzupacken, wagte es Robert, ebenfalls aufzustehen.

Eine Frau hatte sich mit ihm auf den Boden geworfen, sah ihn nun ängstlich an und blieb liegen. Deutlich sah er ihre Verzweiflung und Panik.

Als sie aufstand und auf ihn zukam, hob er schützend seine Hand vor sich. Ihre Augen waren stark gerötet, und Blut lief ihr aus der Nase.

»Nicht weiter!«

Sofort blieb die Frau stehen.

»Ich habe es nicht! Bitte, nehmen Sie mich mit nach draußen. Die sind alle verrückt geworden!«

Robert schluckte. Für den Bruchteil eines Augenblicks wusste er nicht, was er tun sollte, doch die aggressiven Schreie mehrerer Männer aus dem vorderen Bereich des Ladens rissen ihn aus seiner Starre.

»Kriechen Sie nach draußen. Ich kann Sie nicht mitnehmen. Ich kann nicht!«

Die Frau bat noch einmal mit flehender Stimme, aber Robert setzte seinen Weg fort. Er wollte ihr nicht zu nahekommen, wusste nicht, ob sie infiziert war. Trotzdem fühlte er sich unsäglich schlecht, sie einfach zurückzulassen. Gewaltsam versuchte er, nicht daran zu denken, und spätestens als die Männer wieder brüllten, gelang ihm dies.

Mittlerweile war der Rucksack voll, also schwang er ihn auf den Rücken und füllte die Taschen. Immer wieder musste er unterbrechen, weil ihm jemand zu nahekam oder er Gruppenansammlungen aus dem Weg ging. Unablässig blieb er stehen, sah sich um, achtete auf den Mann mit der Waffe, bevor er weiterging, und nahm, was er entwenden konnte.

Bald sah er, dass die Frau zu dem bewaffneten Mann gehörte, denn sie folgte ihm dicht und achtete auf jede seiner Anweisungen. Und im selben Moment erblickte Robert einige Männer auf der anderen Seite des Regals, die sich offensichtlich dort aufhielten, um diesem Paar aufzulauern. Sofort eilte er in den vorderen Teil des Ladens, hin zum Ausgang, vor allem aber weg von dem bewaffneten Mann. Gerade als er die aufgebrochenen Kassen erreichte, zerfetzte ein weiterer Schuss die Stille. Und nun rannte Robert. Er wusste, dass die drei Männer die Waffe erbeuten wollten, hatte Angst, dass Menschen sterben würden, und lief wie noch niemals zuvor in seinem Leben. Keuchend stürmte er aus dem Laden, rannte über den Parkplatz, vorbei an entgegenkommenden Menschen, bis zu seinem Auto, setzte sich hinein und verschloss die Türen von innen. Erst jetzt atmete er durch, ließ seinen Kopf nach hinten sinken und schloss die Augen.

Als er sie wieder öffnete, spürte er, dem Grauen nicht entrinnen zu können. Bereits am dritten Tag schien kein Gesetz mehr zu gelten, es gab keine Überwachung, keine Polizei, niemanden, der den gesellschaftlichen Zusammenbruch aufhielt. Kopfschüttelnd sah er zu, wie sich die Menschen auf dem Parkplatz aus dem Weg gingen, sich argwöhnisch betrachteten oder auffallend lange auf die Taschen anderer starrten, anscheinend bereit, sie einfach zu rauben. Das erschreckte Gesicht der Frau schlich sich in seine Gedanken und ebenso das Bedauern, nicht geholfen zu haben. Nun war sich jeder selbst der Nächste.

Als wieder ein Schuss zu hören war, startete er den Motor und fuhr mit quietschenden Reifen los. Als könne ihn von hinten eine Kugel treffen, jagte er durch die Straßen bis vor seine Wohnung und blieb dort noch einige Momente sitzen, bevor er ausstieg.

Mit keuchendem Atem stand Robert auf dem Gehweg. Sein Schal schien den beißenden Geruch des Todes angenommen zu haben wie ein Leichentuch, dessen Gestank ihn sich fast übergeben ließ. Er wusste nichts über die Umstände der Pandemie, hatte keinerlei Informationen über die Ansteckungsgefahr. Sie hatten geschrieben: »... über die Luft übertragbar ...«, doch was bedeutete das? Was, wenn er nun Hanna und Alexander ansteckte?

Und dann wurde ihm klar, was er tun musste. Vorsichtig stellte er die Taschen vor die Tür, klopfte und trat einige Schritte zurück.

Als Alexander und Hanna öffneten, schienen sie unendlich erleichtert. Doch der räumliche Abstand zu ihrem Vater ließ ihre Gesichter erstarren.

»Es ist nur eine Vorsichtsmaßnahme«, kam er ihnen zuvor, »ich möchte einfach nur sichergehen. Nehmt die Taschen zu euch, ich bleibe vorerst im Keller!«

Hanna trat einen Schritt vor. Sie wirkte völlig verunsichert. »Papa, was ist passiert? Gibt es einen Grund ...?«

»Nein. Ich möchte aber kein Risiko eingehen. Wir wissen nichts. In dem Artikel stand, die Inkubationszeit beträgt sechs bis vierundzwanzig Stunden. Das heißt, spätestens morgen wissen wir Bescheid, ob ich mich angesteckt habe. Es tut mir leid, euch heute alleine lassen zu müssen, aber es geht nicht anders.«

Hanna wusste nicht, was sie sagen sollte. Natürlich klang es vernünftig, doch ihr eigener Vater quartierte sich einen ganzen Tag im Keller ein, ohne dass sie wusste, ob er je wieder aus diesem herauskam. Die Angst, die sie ergriff, lähmte sie.

»Ich nehme Wasser und Brot mit«, sagte Robert. »Räumt den Inhalt der Taschen in die untersten Regale der Küche. Kartoffeln lege ich in den Keller, dort halten sie länger. Wir müssen alles kühl lagern.«

Hanna nickte nur, unfähig, etwas zu entgegnen. Sie sah ihren Vater lange an, nahm dann eine der Taschen und ging hinein.

Währenddessen blieb Alexander stehen.

»Ist wirklich alles in Ordnung?«

»Ja. Ich habe größtmöglichen Abstand gehalten. Aber wer weiß, ob es ausreichend war.«

»Und im Laden? Gab es Schwierigkeiten?«

Robert wollte Alexander nicht unnötig verunsichern. Nicht jetzt, wo er vorübergehend in den Keller zog. »Ich habe alles bekommen, was ich wollte. Unterhalten wir uns morgen.«

Alexander nickte. »Wehe, du kommst morgen nicht zu uns zurück.«

»Ich komme. Pass du auf Hanna auf und teilt das Essen ein. Wer weiß, wie lange ...«

»Ich weiß.«

Schließlich ging Robert in den Keller, während Alexander die Tür hinter sich abschloss.

Gewissheit

Hanna verdrängte ihre Angst und die Sorgen, indem sie akribisch alle Lebensmittelvorräte ordnete und sie an den kühlsten Stellen der Wohnung verteilte. Sie bemerkte, dass ihr Vater großen Wert daraufgelegt hatte, Reis und Nudeln in großer Menge zu erbeuten, weil sie vermutlich am längsten haltbar und einfach zuzubereiten waren. Konservendosen und Packungen brachte sie anderweitig unter, ebenso das Gemüse. Als sie fertig war, schätzte sie, dass sie mehrere Wochen lang zu essen zu haben würden. Einzig und alleine die Frage, wie sie zukünftig kochen konnten, ließ ihre vorübergehende Zuversicht schwinden.

Eine Tasche hatte Robert hingegen nur halb voll zurückgebracht. Alexander vermutete, dass sein Vater in Schwierigkeiten geraten war, und dass er ihm davon wohl am kommenden Tag erzählen wollte.

In den folgenden Stunden versuchten die beiden, Dinge in der Wohnung zu sammeln, die sie womöglich von nun an dringend benötigen würden. Taschenlampen wurden mit neuen Batterien ausgerüstet, Alexanders Feuerzeuge gesucht und ihre Funktionsfähigkeit geprüft, Kerzen gesammelt, die größten Küchenmesser an strategisch wichtigen Stellen verteilt, um sich im Notfall verteidigen zu können. Hanna legte ihr Pfefferspray dazu, das sie bisher immer in ihrer Tasche getragen hatte, und Alexander würde am kommenden Tag die Axt aus dem Keller holen.

Am Nachmittag schlichen Hanna und Alexander in den Garten, um die Äpfel vom Baum zu holen. Vorsichtig beobachteten sie das Nachbargrundstück, doch nichts war zu hören oder zu sehen. Es war wie ausgestorben, und so fragte sich Alexander, ob zusätzlich zu dem vermutlich bereits toten Manfred auch ihr anderer Nachbar umgekommen war.

Während Hanna die Umgebung inspizierte, pflückte Alexander die Äpfel. Sie füllten zwei Eimer voll, die sie sofort in die Wohnung brachten. Mehr konnten sie momentan nicht tun, und als sie es realisierten, spürten sie wieder die lähmende Sorge und Angst um ihre Mutter, ihren Vater sowie um die Welt um sie herum.

Spät am Abend, als die Sonne unterging, schlossen sie die Rollläden und entzündeten eine Kerze im Wohnzimmer. Es war ein gespenstisches Licht – fahl, klein und wie aus einer anderen Zeit stammend, ungewohnt und angsteinflößend. In diesen bitteren Momenten sahen sie sich an und wussten, dass sie nicht einfach so warten konnten. Womöglich war ihr Vater bereits infiziert und rang mit seinem Leben, doch wenn sie zu ihm gehen würden, konnten sie sich anstecken.

Schließlich stiegen sie mit schweißnassen Händen die Treppe hinunter und blieben einige Augenblicke vor der Kellertür stehen.

Dann klopfte Alexander. »Papa? Bist du okay?«

»Ja, alles klar. Mir geht's gut, ich fühle mich fit. Ich bleibe trotzdem bis morgen früh – sicher ist sicher.«

Roberts muntere Stimme entlockte Hanna einen leisen Freudenschrei. »Wirklich?«

»Ja, ich möchte sichergehen. Aber ich denke, es ist alles in Ordnung. Keinerlei Anzeichen von Unwohlsein.«

Alexander atmete tief durch, lächelte Hanna an und ging mit ihr wieder nach oben. Dort aßen sie von den am Vortag gekochten Nudeln sowie die älteren Lebensmittel, die schon seit einigen Tagen im nun abgetauten Kühlschrank lagerten. Dann legten sie sich zusammen aufs Sofa. Im fahlen Schein des Kerzenlichts sah jeder auch noch so bekannte Winkel des Wohnzimmers völlig anders aus.

Alexander fiel auf, dass er seit vielen Jahren nicht mehr so eng neben seiner Schwester gelegen hatte. Er spürte ihre Angst, ihre Fragen nach dem »Warum«, ihre Sorge um alles, was bis vor Kurzem selbstverständlich gewesen war. All das fühlte er auch in sich.

»Wir müssen Mama suchen gehen«, unterbrach Hanna ihn etwas später in seinen Gedanken. »Wenn Papa morgen hochkommt, müssen wir zu ihr fahren. Sie kann uns telefonisch nicht mehr erreichen.«

Alexander nickte, denn der ungewisse Zustand seiner Mutter nagte an ihm wie ein fauler Zahn, auch, wenn sie sich in letzter Zeit immer weniger zu sagen gehabt hatten. Er wollte Hanna aber nicht offenbaren, dass er kein gutes Gefühl hatte, sie gesund anzutreffen.

»Vielleicht sind sie und ihr Freund an einen anderen Ort geflohen und hatten kein Netz«, mutmaßte Hanna.

Wieder nickte Alexander, und er spürte, ihr nun mehr denn je ein großer Bruder sein zu müssen. *Wohin hätten sie denn fliehen sollen?*

»Ja, vielleicht. Nur was machen wir, wenn wir sie nicht zuhause antreffen?«

Weil Hanna nicht antwortete, betrachtete er die fremden Schatten des Zimmers im flackernden Kerzenschein. Noch immer hörte er die Schreie von Frau Sanders und die vereinzelten Rufe der Frauen aus der Nachbarschaft in sich. Es schien ihm, als lege sich der Pesthauch des Todes über ihr Dorf wie ein drohender Schatten, der alles in einem völlig zerstörenden Schwarz verschluckte.

»Kannst du mich festhalten?«, hörte er Hanna fragen.

»Ja, gerne.«

Als er seine kalte Schwester an sich drückte und ihr Wärme gab, schloss Alexander die Augen. Er glaubte nicht daran, dass seine Mutter noch lebte, und er wollte sich nicht vorstellen, was in den kommenden Tagen und Wochen auf sie zukam. So sehr er auch nachdachte, es fiel ihm nichts Besseres ein als das, was Robert ohnehin bisher geleistet hatte. Momentan hatten sie zu essen und zu trinken, und sie hatten ihre Wohnung. Doch was, wenn Vater morgen früh nicht mehr gesund sein würde?

Es galt nun, seine Schwester zu schützen, unabhängig davon, ob sie am kommenden Tag alleine sein würden oder nicht.

Am nächsten Morgen wurden die beiden durch das Geräusch der sich schließenden Wohnungstür geweckt. Robert war eingetreten und ging auf das Wohnzimmer zu. Sofort schoss Hanna in die Höhe und fiel ihm in die Arme.

»Es ist alles in Ordnung«, brummte er, »es war nur kalt im Keller. Es tut mir leid, euch alleine gelassen zu haben.«

Alexander lächelte und präsentierte die Dinge, die sie am Vortag in der gesamten Wohnung zusammengesucht hatten.

Robert nickte, griff sich einen Apfel und ging zum Fenster, um ins Freie zu sehen. Nichts bewegte sich, kein Geräusch war zu hören. Es war seltsam still geworden, gänzlich anders als am Vortag im Einkaufszentrum. Wie viele Menschen lebten in der Nachbarschaft überhaupt noch?

»Was sollen wir jetzt tun?«, fragte Hanna. Zu seinem Entsetzen hatte er keine Antwort parat, die ihre Angst nahm. Zu sehr steckten die Eindrücke vom Supermarkt noch in ihm.

»Ich weiß es nicht, Hanna. Wir sollten aber unsere Wohnung nicht verlassen, die Menschen draußen drehen durch. Es wurde geschossen, und die meisten hätten ihre geplünderten Lebensmittel bis aufs Blut verteidigt. Es gelten keine Gesetze mehr.«

»Ich möchte aber wissen, wie es Mama geht!«

»Ich weiß!« Robert war klar, dass er seine Kinder nicht im Unklaren lassen konnte. Sie hatten das Recht darauf zu erfahren, was mit ihr geschehen war.

Sie mussten es herausfinden.

»Wir packen Lebensmittel und Wasser ein, außerdem nehmen wir Messer und Taschenlampen mit. Am besten fahren wir gleich los, um möglichst früh anzukommen. Seid ihr einverstanden?«

Hanna und Alexander sahen sich kurz an und nickten schließlich.

»Sucht eure Schals! Sobald wir das Auto verlassen, egal aus welchem Grund, verhüllt ihr Mund und Nase!«

Kurze Zeit später standen die drei im Hof. Robert hatte sämtliche Rollläden heruntergelassen sowie die Tür abgesperrt. Als er ins Auto stieg, war er froh, erst kürzlich getankt zu haben. Bis zu Evas Haus waren es nur dreißig Kilometer, doch wie lange sie dafür benötigen würden, stand in den Sternen, ebenso, ob sie überhaupt ankamen.

Er überzeugte sich davon, alles Notwendige dabei zu haben, und sah die beiden nochmal an.

»Ihr wollt wirklich mit?«

»Alle oder keiner!«, antwortete Alexander. »Wir sollten uns nicht mehr trennen.«

Weil auch Hanna nickte, startete Robert den Wagen und verließ die Einfahrt.

Die Häuser und Gärten waren wie ausgestorben, und wenn jemand zu sehen war, starrte ihnen dieser auffällig lange hinterher. Niemand von ihnen sagte ein Wort, doch Robert spürte deutlich die Beklemmung, die in ihnen steckte.

Nach einigen Minuten kam ihnen ein Auto entgegen, etwas später ein weiteres.

Es dauerte nicht lange, bis sie einen brennenden Wagen sahen. Daneben stand ein weiteres verbeultes Fahrzeug, in dessen unmittelbarer Umgebung auf der Straße verteilte Kleidungsstücke lagen.

Plötzlich versuchten zwei Männer, vor Roberts Auto zu laufen, um es zu stoppen. Fluchend gab er Gas, so dass sich die Männer mit einem Sprung zur Seite retteten.

»Was wollten die?«, schrie Hanna panisch.

»Unser Auto!« Roberts Stimme klang nicht weniger erschrocken, und er musste sich bemühen, nicht zu schreien.

Die drei sahen immer wieder Menschen, die mit den Händen fuchtelten und ihnen hinterherschauten. Mit wild klopfendem Herzen nahm sich Robert vor, keinesfalls anzuhalten, egal, was passieren sollte. Zu seinem Entsetzen brannten in einem Weiler zwei Häuser, einige Kilometer weiter standen Autos ineinander verkeilt an den Straßenrändern. Kühe brüllten auf einer Wiese, vermutlich, weil ihre Euter zum Zerreißen gespannt waren. Einmal lag ein Fahrrad mitten auf der Straße, und einige umherziehende Kleingruppen schlichen um Häuser. Das, was Robert befürchtet hatte, war mit voller Härte eingetreten: Es gab niemanden mehr, der all dies kontrollierte. Die Ordnung hatte sich aufgelöst, jeder war für sich selbst verantwortlich, keine Polizei und kein Militär waren weit und breit zu sehen. Kurz erinnerte er sich an die Worte von Manfred, der angedeutet hatte, die Bundeswehr sei in München auf den Straßen. Ob es sie dort überhaupt noch gab? Er bezweifelte es.

Als sie schließlich den Wohnort seiner Exfrau erreichten, atmete Robert tief durch. Einerseits war er froh, ohne weitere Zwischenfälle angekommen zu sein, doch er befürchtete das Schlimmste, was Eva betraf. Das lange Schweigen seiner Kinder ließ ihn spüren, dass sie der kommenden Begegnung ebenfalls ängstlich entgegensahen.

Robert blieb noch einige Augenblicke sitzen, bevor er die beiden ernst anschaute.

»Ich werde zuerst hineingehen! Wir wissen nicht, was uns dort erwartet, und ich möchte verhindern, dass ihr euch ansteckt.«

Weil sie zu seiner Überraschung nicht widersprachen, stieg er aus, band sich den Schal um Mund und Nase, zog die Latexhandschuhe aus seinem Erste-Hilfe-Kasten an und blickte sich um. Niemand schien in der Nähe zu sein, kein Geräusch war zu hören. Als er ausstieg und die Wagentür schloss, sah er zwei Häuser weiter jemanden am Fenster. Da die Person keine Anzeichen machte, Kontakt mit ihm aufnehmen zu wollen, ging Robert zur Haustür. Er klopfte, wartete und klopfte nochmal. Dann nahm er Alexanders Schlüssel und öffnete zuerst die Haus- und dann die Wohnungstür.

Drin roch es abgestanden und süßlich. Um die Geräusche von der Straße oder eventuelles Warnhupen seiner Kinder hören zu können, ließ er die Türen offenstehen. Nichts war zu hören oder zu sehen, also ging er schnurstracks in jedes Zimmer.

Plötzlich sprang ihn etwas an – er schrie und schlug um sich, doch als er bemerkte, dass es eine Katze war, die nun aus der Wohnung floh, hielt er sich am Türgriff fest und atmete tief durch. *Verdammtes Vieh!*

Es benötigte einige Augenblicke, bis er sich wieder beruhigte, doch als er endlich das Schlafzimmer gefunden hatte, bot sich ihm ein Anblick, der das Blut in seinen Adern gefrieren ließ. Eva lag tot im Bett, daneben ihr Lebensgefährte. Die blutunterlaufenen Augen beider waren weit aufgerissen, und das Laken mit Tabletten und Arzneimitteln übersät. Erschrocken taumelte Robert einige Schritte rückwärts, blieb schließlich stehen und sah voller wirrer Gedanken zu Boden. War er zu nahe an sie herangetreten? Hielt der Schal die Erreger ab? Er hätte gerne das Betttuch über die Leichen geworfen, um ihre Gesichter zu verhüllen, aber er wagte es nicht, zu ihnen zu treten.

Schnell lief er hinaus und schloss die Tür.

Als Hanna und Alexander ihn erblickten, stiegen sie aus, und als Hanna Roberts Miene sah, schlug sie die Hände vor ihr Gesicht.

»Nein, sag es nicht ...«

Zutiefst betroffen ging Robert auf die beiden zu.

»Sie sind beide tot. Es tut mir so leid.«

Alexander starrte Robert bewegungslos an, doch schließlich senkte sich sein Blick und er nickte nur.

»Ich will zu ihr!«, sagte plötzlich Hanna und lief zur Haustür, doch Robert hielt sie auf.

»Du kannst nicht hinein, nicht ohne Schutz!«, rief er. »Du darfst dich nicht in Gefahr bringen!«

»Aber du warst auch bei ihr!«

»Und ich habe kaum Luft bekommen!«

Geistesgegenwärtig zog er seine Handschuhe aus, weil er sie nun anfassen wollte. Ohne ihre Reaktion abzuwarten, nahm er sie in die Arme und drückte sie fest an sich.

»Glaub mir, ich würde dir gerne ermöglichen, sie noch einmal zu sehen. Aber es ist zu gefährlich. Und du solltest sie in bester Erinnerung behalten.«

Zuerst war Hanna an Roberts Brust gepresst, doch dann befreite sie sich und schlug um sich.

»Wir hätten früher fahren sollen! Ich wollte schon früher zu ihr, aber du hast es nicht zugelassen!«, schrie sie völlig außer sich. »Du bist schuld!«

Robert erschrak, denn Hanna brüllte derart herum, dass er befürchtete, jemand könnte sie hören.

»Hanna, das stimmt so nicht. Es wäre ...«

»Nein! Du wolltest nicht, dass ich sie noch einmal sehe! Warum sind wir nicht früher gefahren?«

»Weil es mir deine Mutter verboten hat!«

»Ach, du hast dir doch nie was vorschreiben lassen!«

Robert wusste nicht, was er sagen sollte. Hanna liefen Tränen über die Wangen, und vor Wut trat sie mehrmals gegen das Auto.

Alexander hingegen stand mit bleichem Gesicht nur da und starrte auf den Boden.

»Ich habe es gewusst! Sie hätte sich niemals freiwillig so lange nicht bei uns gemeldet.«

Da sie von Häusern und Fenstern umringt waren, wollte Robert nicht länger an diesem Ort bleiben als notwendig.

»Beruhige dich, Hanna. Wir müssen los!«

»Nein! Wir haben sie verrecken lassen, weil wir uns versteckt haben!«

Gerade als Robert antworten wollte, sah er, dass vier Männer auf sie zukamen. Sie waren nicht allzu weit entfernt, und als auch Alexander zu ihnen sah, fingen diese an zu rennen.

»Weg hier!«, brüllte Robert. Fast gewaltsam schob er Hanna ins Auto, sprang selbst hinein und startete den Motor.

»Halt!«, rief einer der Männer. »Wartet! Wir wollen nur reden!«

Robert hörte nicht auf ihn. Voller Panik fuhr er vorwärts, rammte einen von ihnen, steuerte aber um den Zweiten herum und gab schließlich Gas.

Als die Fremden nur noch im Rückspiegel zu sehen waren, schlug Alexander mit der Faust auf das Cockpit.

»Was machst du? Ich kannte sie! Es waren Nachbarn!«

»Kann sein! Es waren aber in erster Linie Männer, die auf uns zu rannten. Ich weiß nicht, wem ich noch vertrauen kann und wem nicht!«

»Aber ich kenne sie! Vielleicht hat Mutter ihnen noch etwas gesagt, oder sie hatten eine Botschaft. Fahr zurück!«

»Nein! Die Umstände haben sich geändert! Die Menschen wollen überleben, und vielleicht bringen sie sich gegenseitig um. Es ist mir egal, ob es Nachbarn sind, oder ob sie etwas wissen. Scheiße, es tut mir unendlich leid, dass Eva tot ist, aber wir müssen jetzt weg. Es ist nichts mehr so wie zuvor!«

Mit funkelnden Augen sah Alexander ihn an, entgegnete aber nichts mehr und vergrub schließlich das Gesicht in seinen Händen. Ein Blick in den Rückspiegel zeigte Robert, dass Hanna mit verstörtem Blick aus dem Fenster starrte. Er sah ihr den unfassbaren Schrecken der vergangenen Tage an, der nun in die Gewissheit um den Tod ihrer Mutter gipfelte. Zu seinem Leidwesen konnte er sie nicht trösten, und so nutzte er die beklemmende Stille, um heil aus dieser Straße zu kommen, aus dieser Ortschaft, sicher nach Hause.

Wasser

Die Nerven der drei waren auf der Heimfahrt zum Zerreißen gespannt. Besonders Hanna starrte mit aufgerissenen Augen aus dem Fenster und konnte nicht fassen, dass ihre Mutter tot war.

In einem der Dörfer sahen sie auf dem Marktplatz eine Menschenansammlung. Dort sprach ein Mann zu einigen Dutzend Personen, doch weil die Angst größer war als ihre Neugierde, stiegen sie nicht aus. Zudem fragte sich Hanna, wie all diese Menschen sicher sein konnten, dass niemand von ihnen infiziert war.

Einige der Leute sahen ihnen nach, eine Frau winkte ihnen sogar zu, doch Robert drückte aufs Gas und fuhr weiter.

Etwas später weinte Hanna stumme Tränen. Sie spürte nur noch Abscheu, Unverständnis und vor allem Angst. Nie wieder würde sie in das Gesicht ihrer Mutter sehen, und als sie darüber nachdachte, womöglich auch ihre beste Freundin verloren zu haben, fühlte sie sich so einsam, dass sie zu frieren begann. Als jedoch Alexander seine Hand zu ihr nach hinten streckte und die ihre umfasste, lächelte sie ihm zu. Sie wusste, dass er dies bis vor einigen Tagen niemals getan hätte, doch nichts war mehr normal in dieser sterbenden, kalten Welt.

In der vorletzten Ortschaft, durch die sie fuhren, liefen plötzlich Menschen auf der Straße. Einige von ihnen schrien, manche standen nur herum und sahen entsetzt um sich. Robert bremste sofort ab, steuerte um die wirr umherlaufenden Personen herum und fuhr gegen den Randstein. Während Hanna aufschrie, hielt sich Alexander am Haltegriff fest.

Voller Panik befürchtete Robert, dass der Reifen Schaden genommen hatte, und bereits nach einigen Metern spürte er das knirschende Geräusch eines löchrigen

Mantels. Trotzdem gab er wieder Gas, schrammte dabei knapp an einem der Menschen vorbei, um wieder auf die Straße zu gelangen.

»Was ist hier los?«, schrie Hanna.

»Ich weiß es nicht! Wir müssen hier weg! Vielleicht ist jemand von ihnen infiziert!«

Plötzlich fiel ein Schuss, dem ein zweiter folgte. Sofort gab Robert noch mehr Gas, raste um eine Kurve und knallte gegen einen vor ihnen stehenden Mann. Glas splitterte, die Windschutzscheibe zerbrach, und der Mann wurde über das Dach geschleudert. Wieder schrie Hanna, und diesmal schrie Alexander mit ihr.

Robert fuhr noch einige Meter weiter und bremste schließlich ab. Im Rückspiegel erkannte er, dass der Mann noch lebte. Er lag auf der Seite, brüllte aus Leibeskräften und starrte sein Bein an. Deutlich ragte ein abgebrochener Knochen aus seinem Schenkel.

»Was sollen wir tun?«, fragte Alexander. Schweiß tropfte von seiner Stirn, doch Robert hörte nur die Schreie des Mannes. Vor Aufregung und Angst dachte er, sein Herz würde explodieren. Weil wieder ein Schuss fiel, fuhr er los und ließ den Mann hinter sich. Wie von Sinnen raste er aus dem Dorf, obwohl der geplatzte Reifen das Auto schlingern ließ.

Erst als die letzten Häuser fast außer Sichtweite waren, fuhr er deutlich langsamer. Im Rückspiegel sah er Hanna, die sich noch immer nach hinten drehte und sich davon überzeugte, dass ihnen niemand folgte.

»Ich musste ihn liegen lassen!«, zischte Robert mit bebenden Lippen. »Wir konnten nicht bleiben und ihm helfen.«

Weder Hanna noch Alexander antworteten. Stumm saßen sie mit weit aufgerissenen Augen da und starrten zurück.

Unter größtem Kraftaufwand und wachsender Befürchtung, das defekte Rad könne aufgrund der Unwucht herausgerissen werden, gelang es Robert, das Auto bis in seine Straße zu lenken. Als er in die Einfahrt zu seinem Haus fuhr, bremste er abrupt. Herr Meiler, der Nachbar vom ersten Haus dieser Straße, stand vor seiner Tür. Als er Roberts Wagen knirschend einfahren sah, ging er einige Schritte zur Seite.

Zwar öffnete Robert sein Fenster einen Spalt weit, blieb aber sitzen.

»Herr Meiler? Haben Sie mich gesucht?«

Er bemerkte den wirren Blick seines Nachbarn.

»Ihr bleibt sitzen!«, flüsterte er Hanna und Alexander zu, »wir wissen nicht, was er möchte und ob er gesund ist.«

Erst nach einigen Augenblicken antwortete sein Gegenüber: »Ja, es scheint kaum mehr einer da zu sein.«

»Was ist mit Ihrer Frau? Wartet sie im Haus?«

»Nein, sie ist tot. Mein Gott, so viele sind tot. Niemand hat geholfen, sie sind einfach gestorben.« Und dann hustete er, hielt sich die Hand vor den Mund und versuchte, den blutigen Fleck auf dem Handrücken zu verstecken, doch Robert hatte es bemerkt.

»Herr Meiler, bitte gehen Sie nach Hause! Wir können Ihnen nicht helfen, ich bin kein Arzt. Wir wollen nur nach Hause.«

Herr Meiler ging nicht darauf ein, sondern kam nun einige Schritte näher. Sofort schloss Robert sein Fenster und verriegelte das Auto.

»Nicht!«, schrie Herr Meiler, »bitte weisen Sie mich nicht ab. Sie müssen mir helfen!«

Plötzlich spürte Robert Hannas Hand auf seiner Schulter.

»Papa, ist er verrückt geworden? Warum geht er nicht?«

»Er ist vermutlich im Fieberwahn. Und er ist infiziert!«

»Was sollen wir tun?«, fragte nun Alexander.

Robert wischte sich den Schweiß von seiner Stirn und fuhr einige Meter rückwärts. Offenbar ließ sich Herr Meiler davon nicht beeindrucken, denn er lief ihnen hinterher und trommelte mit seinen Fäusten auf die Motorhaube. Hanna schrie, während sich Alexander am Türgriff festhielt.

Nun überlegte Robert nicht mehr lange. Er fuhr wieder rückwärts, bis er genügend Abstand zu Herrn Meiler gewonnen hatte, wendete und fuhr die Straße entlang bis zu deren Ende. Dann steckte er den Kopf aus seinem Fenster. »Bleiben Sie weg! Wir können Ihnen nicht helfen! Gehen Sie nach Hause!«

Für einige Momente stand der Mann nur da, ging dann aber kopfschüttelnd in ihre Richtung und schließlich in seinen Garten. Vor seiner eigenen Haustür setzte er sich auf die Treppe und starrte zu Boden.

Währenddessen fuhr Robert wieder zu seiner Einfahrt und stieg dort aus. Als er sah, dass sich Herr Meiler nicht rührte, ließ er Hanna und Alexander ebenfalls aussteigen. »Schnell, geht rein! Ich weiß nicht, ob er nochmal zurückkommt.«

Während die beiden das Haus betraten, überzeugte sich Robert, dass die Fenster des Wagens geschlossen waren.

Erst als die Tür hinter ihnen ins Schloss fiel, atmete er erleichtert auf.

Hanna ging sofort in ihr Zimmer. Weder Robert noch Alexander wollten ihr nun zu nahetreten, und so beschlossen sie, Hanna alleine zu lassen. Da die Rollläden heruntergelassen waren, drang nur durch die Schlitze etwas Licht. Es genügte jedoch, um keine Kerze anzünden zu müssen.

Robert lief hinauf in den ersten Stock, und als er aus dem Fenster sah, hielt er die Luft an. Herr Meiler saß nicht mehr auf der Treppe seines Hauses. Mit laut klopfendem Herzen suchte Robert nach ihm, versuchte seine Gestalt auszumachen, die womöglich um sein Haus schlich, doch er erkannte nichts.

Plötzlich zuckte er zusammen. Irgendwo war eine Tür zugeknallt worden, dann ertönte der Ruf eines Mannes. Robert musste das Fenster öffnen und den Kopf herausstrecken, um zu sehen, was vor sich ging, doch er sah zunächst niemanden.

Mittlerweile stand auch Alexander hinter ihm und spähte hinaus. »Wer schreit da?«

Robert schüttelte nur den Kopf und starrte weiter in die Richtung, aus der die Stimme gekommen war. Dann ertönte ein weiterer Ruf. In diesem Moment rannte Herr Meiler aus einem fremden Garten und hielt etwas in der Hand, gefolgt von einem anderen Mann seiner Nachbarschaft.

»Herr Sielmann!«, flüsterte Robert, »er lebt noch.«

Offenbar hatte Herr Meiler etwas entwendet, denn der Bestohlene warf dem Dieb einige Steine und Holzscheite hinterher.

»Verschwinde von meinem Grundstück! Das nächste Mal werde ich dich niederschlagen!«

Herr Meiler verschwand sofort in seinem Haus, und als der andere Mann dies erkannte, zog er sich ebenfalls zurück.

Bestürzt sahen Robert und Alexander noch einige Momente hinaus, bevor Robert das Fenster schloss. Dann zog er die Vorhänge zu.

»Wir sind hier nicht sicher genug.«

»Wie meinst du das?«

»Im Untergeschoss müssen die Rollläden dauerhaft unten bleiben. Nachts ziehen wir die Vorhänge ebenfalls zu, damit niemand sieht, dass wir zu Hause sind.«

»Wäre es nicht besser, DASS uns jemand in der Wohnung sieht? Niemand bricht dort ein, wo noch jemand wohnt.«

»Da bin ich mir nicht sicher. Vielleicht haben andere nicht genügend Vorräte und kommen, um zu betteln. Wir sollten auch alle zusammen im Obergeschoss schlafen und die Zwischentür zum Erdgeschoss abschließen.«

Alexander nickte nur. Er wusste nicht, welche Vorgehensweise die richtige war, und nachdem die Gewissheit um den Tod seiner Mutter seine Gedanken lähmte, ging er in die Küche, um für alle Essen zuzubereiten. Sie hatten an diesem Tag noch nichts zu sich genommen, und trotz der schrecklichen Erlebnisse des Tages knurrte sein Magen.

Als er den Herd anschaltete, um Wasser zu kochen, fiel ihm ein, dass sie keinen Strom hatten. Zutiefst erschrocken starrte er auf die Packung Reis, die er hervorgeholt hatte.

»Wir benutzen den Grill«, erklärte Robert, der hinter ihn getreten war, »und das Feuerholz aus dem Garten. Es ist die einzige Möglichkeit, die mir einfällt.«

Etwas später stapelten sich auf dem Balkon mehrere Lagen Holzscheite. Während Alexander die gesamte Wohnung nach Zeitungen und Papier durchsuchte, klopfte Robert nervös an Hannas Tür. Er wollte sie nicht so lange alleine lassen und hatte Angst, sie würde in ihrer Verzweiflung einfach die Wohnung verlassen.

Da niemand antwortete, trat er ein. Hanna lag nicht wie erwartet weinend auf dem Bett, sondern saß aufrecht darauf, den Blick zum Boden gewandt. Ihr brünettes Haar hing in ihr Gesicht, und da Robert nicht wusste, wie er auf sie zugehen konnte, kniete er sich nieder und wischte die Strähne zur Seite.

»Ich wünschte, ich hätte dir das alles ersparen können«, begann er schließlich. »Es tut mir so leid. Du warst heute sehr mutig.« Mit Bitterkeit erkannte er, dass er sie als Kleinkind das letzte Mal so oft getröstet hatte, und dazwischen lagen Jahre voller Widerstand, Trotz und dem Unverständnis eines pubertierenden Mädchens.

Sie schüttelte den Kopf. »Ich war nicht mutig, Papa. DU warst es. Und ich denke darüber nach, ob wir ihr Leben hätten retten können, wenn wir früher gefahren wären.«

»Dazu hatten wir keine Gelegenheit. Und im Nachhinein wissen wir nun, dass sie bereits infiziert waren. Es roch schon, sie sind nicht erst seit gestern tot.«

Sie nickte und sah ihn an. »Alexander hat es gewusst. Schon vorgestern habe ich ihm angesehen, dass er mit Mamas Tod gerechnet hat. Sie hätte uns niemals zurückgelassen.«

Zärtlich legte Robert eine Hand auf ihre. »Nein, das hätte sie nie.«

Eine ganze Weile sagte keiner von ihnen etwas. Schließlich strich er über ihr Haar.

»Du musst Hunger haben. Möchtest du nicht zu uns kommen? Es gibt Reis mit Tomatensoße.«

Hannas Mund verzog sich zu einem Lächeln. Es war jedoch eher ein sarkastisches Lächeln, voller Trauer und Wut.

»Sehr lustig. Ohne Strom?«

»Komm einfach mit, dann wirst du sehen. Du hast all die Packungen nicht umsonst so schön sortiert.«

Weil sie nicht reagierte, ließ er sie sitzen und drehte sich an der Tür noch einmal um.

»Bitte komm nach. Es ist sicherer oben.«

Weil sie nickte, ging er hinaus, ließ aber die Tür offen.

Als Hanna etwas später den Balkon betrat, kochte Wasser in einem Topf. Es roch nach Rauch, Funken stoben aus dem Grill, und der untere Rand des Topfes auf dem Gitterrost war rötlich gefärbt. Ungläubig sah sie sich dieses Schauspiel einige Augenblicke an, setzte sich dann neben den Grill und schloss die Augen. Es war ein schöner Geruch, einer, der sie an glückliche und unbeschwerte Tage erinnerte, an ihre Freundin und die vielen Grillabende ihrer Clique.

Robert hatte Reis mit Tomatensoße gekocht. Stumm und in sich gekehrt aßen sie, doch die Bilder und Eindrücke der vergangenen Tage ließen keinen von ihnen los. Wenn Hanna von Robert oder Alexander angelächelt wurde, schenkte sie ihnen ein wohlgemeintes Lächeln zurück, doch sie spürte all die Angst, die ein Mensch aufgrund einer aus den Fugen geratenen Welt nur haben konnte.

Alexanders Miene war nicht zu entschlüsseln. In Situationen wie diesen hatte Robert den Eindruck, sein Sohn würde lieber neben jedem anderen Menschen sitzen als neben seinem Vater. Sie hatten sich in den vergangenen Jahren nicht allzu viel zu sagen gehabt, und der Widerstand seines Sohnes ihm gegenüber war oftmals in lauten Streitereien geendet. Augenblicke später verwarf er seine Gedanken und schob sie auf sein blankliegendes Nervenkostüm. Der Tag, an dem alles begonnen hatte, kam ihm so unendlich weit entfernt vor, und als er nachrechnete, konnte er kaum glauben, dass sie sich erst im vierten Tag ihres Schattendaseins befanden.

Hanna reagierte auf die immense Belastung mit einem nie dagewesenen Ordnungssinn. Immer wieder überprüfte sie die Lebensmittel, kontrollierte, ob die Wasserflaschen kühl gelagert waren, begann, ihr Zimmer so aufzuräumen, als würde sie Besuch erwarten, und wollte schließlich die bereits geleerten Flaschen auffüllen. Zuerst fiel es ihr gar nicht auf, doch als schließlich das Wasser nur noch aus dem Hahn tröpfelte, starrte sie erschrocken auf ihn. *Was zum Teufel ...?*

Mit steinernem Gesichtsausdruck folgte Robert etwas später Hannas Ausführungen. Sofort lief er zum Wasserhahn in der Küche, doch nach einem kurzen Schwall lief auch dort nur noch ein kleiner Strahl nicht mehr klaren Wassers aus dem Hahn.

»Achtundvierzig Stunden danach!«, flüsterte er.

Hanna und Alexander sahen ihn nur fragend an.

»Offenbar wurden nach dem Stromausfall die Wasserwerke mit Notstrom gespeist. Nun sind deren Aggregate leer. Mein Gott, ich hätte es wissen müssen, ich dachte nur nicht, dass es so schnell geht.«

Alexander lief noch einmal ins Bad, kontrollierte auch dort die Hähne sowie das WC, und kam schließlich kopfschüttelnd zurück. »Alles leer. Wir können auch nicht mehr aufs Klo.«

»Was hat das Wasser mit dem Scheißstrom zu tun?«, wollte Hanna wissen. Sie konnte die Panik in ihrer Stimme nicht unterdrücken, denn nun spitzte sich ihre Situation deutlich zu. Nicht nur ihre, sondern die aller Menschen, die keinen eigenen Brunnen im Garten hatten.

»Der Wasserdruck wird durch Strom aufgebaut«, erklärte Robert. »Das Wasser könnte sonst niemals durch die Leitungen bis in den Hahn gelangen. Alles wird mit Strom gesteuert, viel zu viel.«

»WURDE«, verbesserte Alexander. »Und niemand hat etwas dagegen getan. Es war bequem. Und wenn du nicht bei den Strom- oder Wasserwerken arbeitest, hast du keine Ahnung davon, welche Ausmaße es annimmt, wenn der Strom ausfällt.«

Robert drehte den Hahn wieder zu und sah Hanna ernst an.

»Scheiße. Wir müssen uns etwas einfallen lassen!«

»Okay«, erwiderte sie. »Dann sollten wir sofort Wasser besorgen. Der Vorrat, den wir haben, reicht vielleicht für zwei Wochen.«

Robert nickte, doch seine Miene verriet keine Zuversicht. »Ich glaube nicht, dass sich noch Getränke im Einkaufszentrum befinden. Sie haben mit Sicherheit alles geplündert, es neigte sich schon gestern Morgen dem Ende zu.«

»Zur Not haben wir die Amper direkt vor uns«, erwiderte Alexander. »Solange der Fluss nicht verseucht ist, müssen wir uns um Wasser keine Sorgen machen. Ab und zu haben wir offenbar doch etwas Sinnvolles in der Schule gelernt. Zum Beispiel, wie man auf herkömmliche Weise Wasser reinigt.«

Hanna sah ihn zuerst angewidert an, nickte dann aber.

Plötzlich zuckten alle zusammen. Jemand hatte eine Autotür zugeworfen, und Stimmen waren zu hören. Sofort lief Robert zum Fenster und spähte nach draußen. Einer seiner Nachbarn hatte sein Auto vollgeladen und lief noch einmal um es herum, um die Reifen zu kontrollieren.

Neugierig öffnete Robert das Fenster. »Wohin fahren Sie?«

Verdutzt sah der Mann zu Robert, offenbar überrascht, angesprochen zu werden.

»Weg! Vielleicht ist das Ganze nur bei uns so, und wir haben es bloß nicht gemerkt. Kommen Sie doch mit.«

»Wohin ›weg‹?«

»Einfach weg. Nach Österreich, vielleicht nach Italien. Diese Scheiße kann doch nicht überall sein. Das hier ist ein Grab, und ich werde nicht darin versinken. Meine Frau muss glücklicherweise all das nicht mehr miterleben. Was, wenn woanders alles normal ist?«

Robert schüttelte den Kopf. Er wusste nicht, ob etwas Wahres an den Worten des Mannes war oder ob dieser den Verstand verloren hatte.

Hanna und Alexander standen hinter ihm und verfolgten die Szenerie, ohne etwas zu sagen.

»Nein, wir kommen nicht mit. Passen Sie auf sich auf, die Straßen werden nicht unbedingt sicher sein.«

»Ihre Entscheidung. Wenn ich angekommen bin, melde ich mich!«

Er winkte ihnen noch zu, stieg dann aber ein und fuhr davon.

»Ist er verrückt geworden?«, fragte Alexander. »Wie möchte er sich denn melden?«

Frustriert drehte sich Robert zu ihnen um. »Vielleicht dreht er durch, ich weiß es nicht. Nicht alle überstehen eine solche Situation, ohne verrückt zu werden.« Dann zögerte er einige Augenblicke. »Ihr seid stark, das habt ihr bewiesen. Und wir werden auch weiterhin stark bleiben. Wir haben uns – das ist das Wichtigste.« Eindringlich sah er sie an und erkannte, dass beide zumindest vorhatten, die kommende Zeit überstehen zu wollen. In Alexanders Blick erkannte er jedoch Skepsis.

Trotz des versiegenden Wassers wagte es Robert nicht, ein weiteres Mal in das Einkaufszentrum zu fahren. Ihn beschäftigten andere Gedanken. Manfred war mit Sicherheit tot, und eine Vielzahl der Nachbarn auch. Die dort herumstehenden Wasser- und Lebensmittelvorräte wurden nicht mehr benötigt, doch dies bedeutete, in die Häuser seiner Nachbarn einzudringen. Also beschloss er, sein Vorhaben mit Alexander und Hanna zu besprechen, und zu seiner Erleichterung reagierten sie eindeutig.

»Es ist weitaus weniger gefährlich, als in einen Laden zu fahren«, erwiderte Alexander. »Wir sollten es tun!«

»Sie sind tot«, bestätigte Hanna. »Tote brauchen nichts zum Essen.«

»Aber nicht alle. Wir müssen damit rechnen, auf Widerstand zu stoßen. Wir wissen nicht, in welchen Wohnungen noch Menschen leben, aber wir können uns zu erkennen geben.«

Hanna blieb aber bei ihrer Meinung. »Wir müssen es trotzdem riskieren.«

»Gut!«, antwortete Robert. Er war froh, dass sie diese Entscheidung gemeinsam trafen, und er hatte vor, dies zukünftig auch beizubehalten. »Es ist aber besser, wenn ich alleine gehe. Nach wie vor wissen wir nicht genau, ob und wie wir uns anstecken können. Wir sollten uns nie zusammen in Gefahr bringen.«

»Nein, Papa!«

Hannas entschiedene Stimme verblüffte Robert.

»Du hast erst vorhin gesagt, es ist das Wichtigste, dass wir UNS haben. Ich möchte nicht wieder hier auf dich warten müssen. Was, wenn dir etwas zustößt und dir keiner helfen kann?«

»Aber ... es ist zu gefährlich.«

»Nein!«, sagte auch Alexander, »wir machen das zusammen. Es ist unverantwortlich, dich alleine zu schicken. Wir sind jetzt voneinander abhängig. Wir gehen zusammen!«

Robert wusste zunächst nicht, was er sagen sollte. Einerseits klangen ihre Argumente vernünftig, doch er fürchtete die Ansteckungsgefahr. Kurz dachte er an die Begegnung mit der Frau im Laden zurück, an seinen Aufenthalt im Schlafzimmer bei Evas Leiche und an den Nachbarn, dessen Frau tot im Haus lag. Er verfluchte es, keinen Arzt fragen zu können.

»Gut, wir gehen gemeinsam. Aber erst morgen. Wir wissen nicht, wie lange es dauert und was passiert. Auf keinen Fall darf uns die Dämmerung dazwischenkommen.«

Hanna und Alexander sahen sich an und nickten.

Spät in der Nacht, als Robert vor einem der Fenster im Obergeschoss stand und auf die Straße sah, trat Alexander hinter ihn. Hanna war endlich eingeschlafen, und Robert hoffte, dass sie etwas länger als nur ein paar

Stunden schlafen konnte. Er selbst war ebenfalls sehr müde, fand aber wie in den Nächten zuvor kaum Schlaf.

»Ich habe dich nie gefragt. Was glaubst du, was passiert ist? Woher kam dieser Scheiß?«

Wie oft hatte sich Robert diese Frage selbst gestellt? Zudem wusste er nicht, ob in einem solchen Ausnahmezustand den Medien zu trauen war.

»Ich weiß es nicht, aber du erzähltest doch von dieser Gruppe.«

»Danas Propheten. Ich dachte aber, das sind nur einige Verrückte. Wie kann jemand so etwas weltweit verbreiten?«

Robert zuckte mit den Schultern. »Vielleicht ist es auch gar nicht mehr wichtig, woher es kam. Es ist da, und wir müssen uns mit den Umständen herumschlagen. Wer weiß schon, ob das mit der Gruppe stimmt? Die offiziellen Stellen haben uns nichts gesagt, nur immer diese Endlosschleifen abgespult.«

»Und was hältst du von dem Bericht des Arztes?«, fragte Alexander.

»Es scheint tatsächlich ein Erreger zu sein. Und was noch viel wichtiger ist: Wenn es stimmt, könnte uns die Inkubationszeit entgegenkommen.«

»Weil sie so kurz ist?«

»Ja. Wenn wir uns infizieren, sind wir nach spätestens einem Tag tot. Wenn wir aber danach noch leben, haben wir uns nicht angesteckt. Wenn es doch nur so leicht wäre ...«

»Es scheint so zu sein.«

»Alexander, vielleicht ist es so. Womöglich konnte man aber in der Kürze der Zeit nicht auf fundierte Informationen zurückgreifen, und wenn, sie nicht mehr offiziell weiterleiten. Ebenso wichtig wäre es zu wissen, ob wir uns an infizierten Toten anstecken können. Sie schrieben, es sei über die Luft übertragbar. Was bedeutet das im Falle eines Toten, der in seiner Wohnung liegt? Fliegt der Erreger noch frei herum? Wie weit muss man von Infizierten oder Toten Abstand halten? Wir haben leider immer nur eine einzige Möglichkeit, dies herauszufinden. Hop oder Top.«

»Der Nachbar, der heute wegfuhr ... Was, wenn er recht hatte?«

»Wenn der Erreger nur bei uns ausgebrochen wäre, hätten sie längst Militär und Rotes Kreuz geschickt. Du hast selbst all die Berichte auf Facebook und Twitter gesehen. Nein, es ist überall, er kann nirgendwo hinfahren, wo alles normal ist. Gut, vielleicht gibt es Auffanglager, offiziell geführte Zentren, in denen es Überlebende in großer Anzahl gibt. Nur wissen wir das nicht, und auch nicht, wo diese Zentren sein könnten. Und ob dort die Ansteckungsgefahr gebannt ist.«

Mutlos sah Alexander zu Boden und schien nachzudenken.

Auch Robert hatte viele Fragen und er wusste, dass vermutlich keine von ihnen je beantwortet werden würde.

»Mir ist unbegreiflich, dass du dich in der Schule nicht angesteckt hast. Gerade in München, bei einer derartigen Ansammlung von Menschen, hätte es geschehen müssen. Du hast außerordentliches Glück gehabt.«

»Hatte ich nicht.«

»Wie meinst du das?«

»Ich habe die zwei Schultage vor dem Ausbruch geschwänzt.«

Fassungslos sah Robert seinen Sohn an. Was ihn zuvor mit den Augen hätte rollen lassen, hatte seinem Sohn vermutlich das Leben gerettet. Wenigstens gab es nun eine Erklärung dafür, warum sie bisher verschont geblieben waren.

»Meinst du, Hanna packt das?« Alexanders Stimme klang heiser.

Robert wunderte sich über Alexanders Annäherung. In all den Jahren zuvor hatten sie niemals ein so langes und persönliches Gespräch geführt. Und ihn berührte Alexanders Sorge um seine Schwester. Offenbar benötigte es erst eine solche Situation, um familiäre Bande zu festigen.

»Ich glaube, sie ist stark. Meine Güte, sie hat heute vom Tod ihrer Mutter erfahren, und das in all diesem Chaos. Wie geht es dir denn dabei?«

Alexander sah seinen Vater überrascht an. »Das hast du mich schon lange nicht mehr gefragt.«

»Ich weiß. Aber ich tue es jetzt.«

»Nun ja, unsere Welt geht zugrunde. Das tut sie doch, oder?«

Weil ein Licht zu sehen war, blickte Robert aus dem Fenster. Jemand fuchtelte mit einer Taschenlampe auf der Straße herum und schien etwas zu suchen. Bald entfernte sich der Schein wieder und die beiden atmeten erleichtert auf.

»Ich weiß es nicht. Es gibt keine Informationen, keinen Hinweis auf den Fortbestand unserer Regierung, kein Militär lässt sich sehen. Falls wir dauerhaft auf uns selbst gestellt sein sollten, werden wir einen Weg finden.«

»Du möchtest mir Mut machen?«

»Ich muss! Wir haben bisher überlebt. Nun gilt es, auch weiter am Leben zu bleiben. Mehr kann ich dazu nicht sagen. Jeder Tag wird neue Erkenntnisse bringen.«

Alexander entgegnete nichts mehr. Sie standen noch sehr lange am Fenster und beobachteten die Umgebung, bis sie sich abwechselnd zum Schlafen legten. Es gelang ihnen zumindest einige Stunden, und das war mehr, als sie erwartet hatten.

Schattendasein

Die Gesichter mit langen Schals verhüllt und die Hände von Handschuhen geschützt, standen die drei vor Manfreds Haustür und klopften. Aufmerksam sah Robert zu jedem umliegenden Haus. Viel schwerer als die Tatsache, kein Lebenszeichen zu entdecken, wog die absolute Stille. Nur ab und an bellte ein Hund, ansonsten blieb es gespenstisch ruhig.

Robert klopfte noch zweimal, dann schüttelte er den Kopf. »Wir steigen durch eines der Fenster ein. Macht euch auf alles gefasst und bleibt dicht beieinander!«

Während Hanna das Pfefferspray fest in ihrer Hand hielt, hatte Alexander ein langes Küchenmesser unter seinen Gürtel gesteckt. Die beiden folgten ihrem Vater in den Garten, stiegen über den Zaun und näherten sich einem der Fenster neben der Terrassentür. Dort klopfte Robert mehrmals laut, doch als keine Reaktion erfolgte, schlug Robert mit einem Stein die Scheibe ein und öffnete den Riegel des Fensters.

»Manfred!«

Während dieser Augenblicke dachte er, sein Herz würde so laut schlagen, dass es in der gesamten Nachbarschaft zu hören wäre. Nachdem wieder keine Antwort kam, stiegen sie ein. Um einen Fluchtweg zu schaffen, öffnete Robert die Terrassentür. Das war auch nötig, denn drinnen stank es nach Aas und Müll.

Wieder rief Robert nach Manfred, doch es war mehr eine Vorsichtsmaßnahme. Er war sich fast sicher, dass Manfred tot war, und der unerträgliche Geruch, der durch die sommerliche Hitze unterstützt wurde, war Antwort genug.

Vorsichtig gingen sie durch die Wohnung und suchten das Schlafzimmer. Als sie es durch die halb geöffnete

Tür erkannten, gab Robert seinen Kindern zu verstehen, dass er alleine hineingehen würde, und zu seiner Erleichterung akzeptierten sie diese Entscheidung wortlos.

Wie erwartet lag Manfred auf dem Bett. Seine Augen waren weit geöffnet und blutunterlaufen. Wegen des weit aufgerissenen Munds hinterließ die Leiche bei Robert einen verstörenden Eindruck. Ihm fiel auf, dass Blut aus der Nase gelaufen war, ähnlich wie bei der Frau im Einkaufszentrum. Vorsichtig nahm er eine Decke, warf sie über den toten Körper und verließ das Zimmer. Die Tür schloss er hinter sich.

»Er ist tot«, sagte er knapp. »Er hätte sicher nichts dagegen gehabt, wenn wir seine Sachen nehmen.«

In Hannas Augen stand Angst und Robert konnte nichts dagegen tun.

In der Küche fanden sie Konservendosen, Reis und Nudeln. Robert füllte einen der großen Rucksäcke, wunderte sich aber über die hohe Zahl der Konserven. Er fand auch drei Träger Wasser und zwei Kästen Saft, die er vor die Terrassentür stellte, um sie später mitzunehmen. Zudem packte er die drei größten Messer ein.

Im Bad fand Robert einen Medikamentenschrank. Da er sich hier nicht länger als notwendig aufhalten wollte, nahm er alles mit, um es zuhause auszusortieren. Er hoffte aber, es wären mehr als nur Aufputsch- und Kopfschmerztabletten darunter.

Manfred war ein Bastler gewesen. Robert wusste das und schenkte daher der Werkstatt im Keller besondere Aufmerksamkeit. Neben einem Beil, zwei spitzen Stichmessern, einem Glasschneider und einer großen Taschenlampe fand er noch Batterien in unterschiedlichen Größen sowie eine Handwerkergürteltasche. Manfred hatte in den vergangenen Jahren offenbar sehr viel angesammelt, doch das Wenigste davon konnte Robert tatsächlich gebrauchen. Leider wurde seine Hoffnung auf das Vorhandensein eines Stromgenerators nicht erfüllt.

Als sie das Haus verließen, blieb Roberts Blick im Garten an einem Grill hängen. Erstaunt stellte er fest, dass dieser multifunktional zu bedienen war. In seinem Innern konnte ein Feuer entzündet werden, das entweder den Grillrost oder aber eine Kochplatte erhitzte. Und als Robert erkannte, dass diese Gulaschkanone während des Winters wenigstens ein Zimmer heizen konnte, fühlte er, wie eine große Sorge schwand.

Schon bald rüsteten die drei ihre Wohnung um. Sie lebten ab sofort ausschließlich im ersten Stock und ließen im Erdgeschoss die Rollläden geschlossen. Die Zwischentür verschlossen sie von innen. Da sie weniger als zuvor aßen und kontrolliert tranken, konnten sie gut mit den Lebensmitteln haushalten, und als es nach weiteren drei Wochen deutlich kühler wurde, erwärmte Manfreds Grill zumindest einen Raum, wobei Robert eine abenteuerliche Konstruktion schuf, bei der ein Metallrohr den Rauch des gusseisernen Ofens durch ein Loch in der Mauer nach außen leitete. Den Raum zwischen Rohr und Mauerwerk hatte Alexander mit Mörtel und Kitt verstopft, doch die Hitze des Rohrs brach die Fugen immer wieder auf. Es genügte aber, um die Wärme ausreichend im Raum zu halten.

Bald wurde jedoch das Wasser knapp. Alexander wusste, dass das Schmutzwasser aus der Amper gekocht und anschließend durch einen Kies-Kohle-Sand-Mullbinden-Behälter gefiltert werden musste, bevor es zwei Tage später genießbar war. Robert nahm an, dass dieser Aufwand gar nicht nötig war, denn er hatte schon während früherer Bootstouren Wasser aus dem Fluss getrunken, doch sie wollten sichergehen. Sie wussten nicht, ob durch eventuell ins Wasser geworfene Leichen die Trinkqualität beeinträchtigt war.

Alexander ließ sich zu der sarkastischen Bemerkung hinreißen, dass in ihrer Lage seine Kenntnisse um binomische Formeln oder auch Algebra kaum Wert besaßen.

Während dieser Wochen führten die drei ein nervenaufreibendes Leben im Schatten der Öffentlichkeit. Nur selten war jemand in ihrer Nachbarschaft zu sehen, mehrere Male wurden aber andere Häuser geplündert. Während dieser Einbrüche standen die drei am Fenster und hofften, niemand würde zu ihnen kommen. Doch die herabgelassenen Rollläden hinterließen offenbar die deutliche Botschaft, dass hier noch jemand wohnte.

Ihre Lage wurde zusätzlich durch immer häufiger geführte Diskussionen erschwert. Während Alexander der Meinung war, dass es besser war, endlich das Haus zu verlassen, um andere Überlebende zu finden und in einer größeren Gemeinschaft zu leben, wollte Robert ein solches Risiko vor dem Winter vermeiden. Er hatte noch immer Angst vor einer Ansteckung und die Tatsache, dass sie genauso wenig über die allgemeine Lage wussten wie vor Wochen, frustrierte ihn sehr.

Hanna gab dazu keine klare Meinung ab, doch Robert spürte, dass sie Angst hatte, das schützende Haus zu verlassen. Es schien ihr zu helfen, jeden Tag akribisch aufzuräumen, sich um die Lebensmittelvorräte zu kümmern, und von Fenster zu Fenster zu gehen, um sicher zu sein, dass niemand eindrang. Sie begann auch, die Wäsche in Eimern auf dem Balkon zu waschen, trocknete sie über dem Ofen und fühlte sich zuständig, zerrissene Hosen zu nähen.

Robert konnte ihre Unentschiedenheit nachvollziehen. Er selbst stellte sich täglich mehrmals die Frage, ob sie nicht Alexanders Vorschlag folgen sollten. Alleine die Angst vor dem, was draußen auf sie lauern könnte, ließ sie Tag um Tag verharren. Je länger sie warteten, umso überzeugter war Robert davon, nur im Notfall dauerhaft ihre Wohnung zu verlassen.

Weil die Lebensmittelvorräte langsam zu Ende gingen, waren sie gezwungen, in weitere Häuser einzudringen. Zudem fragten sie sich, ob sich in ihrer Nachbarschaft womöglich Gruppierungen gebildet hatten, um gemeinsam zu überleben. Dass außer ihnen auch andere Menschen lebten, stand für sie außer Frage, doch sie hatten keine Vorstellung, wie viele die Seuche verschont hatte.

Zunächst gingen sie in die weiter entfernten Seitenstraßen. Nach wie vor wussten sie nicht, ob deren Anwohner tot waren oder mögliche Überlebende sich dort verschanzten. Während Hanna das Pfefferspray griffbereit hielt, trug Alexander Messer und Manfreds Beil bei sich. Solange sie sich im Freien aufhielten, hatten sie ihre Schals nur um den Hals gebunden.

Erst am vierten Haus einer anderen Straße erkannten sie einen Schatten hinter dem Fenster. Sofort traten sie einige Schritte zurück. Womöglich hatten die Bewohner Waffen.

Plötzlich war die Stimme einer Frau zu hören. »Verschwinden Sie, ich bin bewaffnet!«

Augenblicklich hob Robert beschwichtigend seine Hände und stellte sich vor Hanna und Alexander. »Nicht schießen! Wir wohnen in der Nachbarschaft, in der Burgstraße. Wir wollen nur wissen, wo noch jemand lebt!«

Hanna sah ihn voller Angst an, und für kurze Zeit bereute er, sie in Gefahr gebracht zu haben. Dann fügte er aber laut hinzu: »Und wir wollen mit jemandem sprechen. Wir werden Sie nicht bestehlen!«

»Das sagen alle! Erst vorgestern hat jemand versucht, bei mir einzudringen. Verschwinden Sie!«

Robert wartete, ob die Frau noch etwas sagen würde, doch als es still blieb, nickte er Hanna und Alexander zu, um weiterzugehen.

»Das Mädchen kenne ich doch!«, rief die Frau unerwartet, »ja, sie wohnt in der Nähe!«

68

»Ich sagte bereits, dass wir in der Burgstraße wohnen.«

Wieder blieb es ruhig, doch nun öffnete die Frau das Fenster und sah sie an. Robert war sich sicher, die etwa vierzigjährige Frau bereits einige Male zuvor gesehen zu haben.

»Worüber wollt ihr sprechen? Wisst ihr denn etwas?«

Nun beruhigte sich Robert. Trotzdem galt es, Ruhe zu bewahren und nicht unüberlegt zu agieren. Noch immer blieb er dicht vor Hanna und Alexander stehen, doch Alexander trat aus seinem Schatten und stellte sich neben ihn.

»Nein, wir wissen nichts«, antwortete Robert. »Aber wir haben uns Antworten erhofft.«

»Alle, die hier wohnen, möchten Antworten.«

»Hier leben noch mehr Menschen?«

»Herr Klemnitz und Frau Schwarz. Es sind aber die Einzigen im Viertel.«

Erschrocken sah Robert seine Kinder an. »Mein Gott, so wenige. Ich hatte gehofft ...«

»Was haben Sie gesagt?«

»Ich sagte: so wenige. Woher wissen Sie, dass alle anderen tot sind?«

»Tot oder verschwunden. Viele sind mit dem Auto weg. Sie haben Angehörige gesucht oder sind in Panik einfach losgefahren.«

»Und die beiden, die Sie kennen? Haben die etwas erfahren?«

»Nein. Frau Schwarz wohnt nun bei mir.«

»Und Herr Klemnitz?«

»Er möchte alleine bleiben. Wir helfen uns aber täglich aus. Wir tauschen Lebensmittel und andere Dinge.«

Robert nickte. Dies war die Art Zweckgemeinschaft, die sich Alexander erhofft hatte.

»Eine solche Hilfe hätten wir auch zu bieten. Ich dachte mir, je mehr wir sind, desto besser.«

»Das ist das Prinzip, das auch wir verfolgen. Nie war eine Nachbarschaft wichtiger als in dieser Zeit.«

Bevor Robert der Frau antworten konnte, zog Hanna ihn am Arm.

»Lass mich mit ihr reden. Ich kenne sie, und sie war eigentlich immer ganz nett.«

Weil Robert nickte, ging Hanna einen Schritt vor. Sie konnte nicht erkennen, ob die Frau tatsächlich eine Waffe in der Hand hielt.

»Sie sagten, sie tauschen. Benötigen Sie Äpfel?«

Mit einem Mal huschte ein Lächeln über das Gesicht der Frau.

»Ach Kindchen, davon haben wir genug. In meinem Garten stehen drei Apfelbäume.« Dann drehte sie sich um, schien einige Worte mit jemandem zu wechseln, und wandte sich ihnen wieder zu. »Kommt näher, wenn ihr nur reden wollt.«

Fragend sah Robert Alexander und Hanna an, und an ihrem Blick erkannte er, dass sie einverstanden waren.

An der Haustür empfing die Frau sie, und zur ihrer Überraschung hielt sie tatsächlich eine Pistole in der Hand.

»Legt bitte eure Messer ab, und du das Beil. Wir kennen uns nicht gut genug.«

Skeptisch sah Alexander Robert an, doch dieser gab ihm zu verstehen, ihrer Aufforderung nachzukommen.

»Verständlich. Wir würden ähnlich reagieren. Nur: Jetzt sind Sie die Einzige mit einer Waffe.«

»Es ist auch mein Haus!«

Robert benötigte einige Augenblicke, doch schließlich wagte er es, einzutreten. Hanna und Alexander folgten ihm in eine überraschend warme Stube.

Im offenen Kamin flackerte ein Feuer. Über diesem hing ein Kessel, aus dem es dampfte. Bevor sie sich näher umsehen konnten, kam die andere Frau auf sie zu und lächelte.

»So mutig?«, wollte Robert wissen. »Sie lassen uns hinein, ohne zu wissen, ob wir es haben?«

»Sie haben es nicht!«

Unterdessen behielt Alexander die Waffe der Frau fest im Blick.

Als sie es bemerkte, legte sie sie auf die Kommode.

»Man sieht es zuerst an den Augen. Bereits nach wenigen Stunden zeigt es sich, doch dann ist es zu spät. Aber setzen Sie sich doch.«

Robert spürte deutliches Unbehagen. Zwar war er froh, endlich auf jemanden zu treffen, der gesund war und willens, mit ihnen zu sprechen, aber die tiefe Angst vor einer Ansteckung und auch vor den nicht einschätzbaren Reaktionen der anderen war schwer abzuschütteln.

Äußerst umsichtig setzten sich die drei aufs Sofa und ließen sich Tee einschenken. Robert fiel auf, dass in dem altmodisch eingerichteten Raum die fehlende Stromversorgung kaum auffiel. Es gab keinen Fernseher, Kerzen waren überall verteilt und das Knistern des Feuers vermittelte kurz das Gefühl, in ein sicheres Leben getaucht zu sein.

»Sie sagten, man sieht es an den Augen«, begann Robert, die Stille zu unterbrechen. »Offenbar haben Sie mehr Erfahrung als wir.«

»Elisabeth«, stellte sich die Frau vor, »und das ist Karin. Ich glaube, wir werden uns näherstehen, als es üblicherweise der Fall gewesen wäre.«

Robert nickte und stellte sich sowie seine Kinder vor, bevor Elisabeth fortfuhr.

»Die Augen werden sofort rot und blutunterlaufen. Offenbar bekommt man schnell hohes Fieber, bis dann Blut aus Nase und Mund läuft.«

»Woher weißt du das? Du hattest doch wohl kaum Kontakt zu infizierten Menschen?«

»Nicht direkt. Aber unser Haus steht an der Kreuzung. Wir haben viele gesehen, die Hilfe suchten. Der Parkplatz der Arztpraxis ist so voll, dass die Autos bis zur Grundschule stehen. In einigen von ihnen sitzen die Opfer noch – sie haben es nicht mehr geschafft.«

»Meine Güte. Was für eine Krankheit ist es eigentlich? Habt ihr mehr Informationen?«

»Das weiß niemand. Selbst am letzten Tag, als sie noch sendeten, haben sie es nicht gesagt. Ich dachte, sie klären uns auf, geben uns die Möglichkeit, es zu verstehen, aber ich glaube, sie wollten eine Massenpanik vermeiden.«

»Vielleicht gab es die ja in den Großstädten. Ein Nachbar sagte zu mir, in München hätte das Militär die wichtigsten Straßen besetzt.«

Plötzlich sah Elisabeth zu Karin. Diese stockte und sah ihre drei Besucher ernst an. »Meine Schwester telefonierte mit mir bis zum letzten Tag. Sie wohnte in Schwabing. Zuerst haben sie niemanden mehr rausgelassen, später wurden auf den Straßen Menschen erschossen, die nur fragen wollten oder Hilfe benötigten. Bereits in der zweiten Nacht verschwand das Militär aus den Straßen. Vielleicht hatten sich ja zu viele von ihnen angesteckt. Ihre Waffen wurden gestohlen, ihre Autos geplündert. Es war wie im Krieg.«

Robert und die Kinder hörten mit offenem Mund zu und erkannten, dass ihnen hier im Dorf die grauenhaftesten Vorfälle erspart geblieben waren.

»Es ist Krieg!«, erwiderte Robert.

Als für einige Momente niemand sprach, schloss Hanna die Augen. Der Tee tat ihr gut, und sie fühlte eine mollige Wärme in sich aufsteigen, die sie lange nicht mehr gespürt hatte. Sie mochte die Stimmen der beiden Frauen, genoss es, sich in einer Gruppe zu befinden und ließ sich durch die friedliche Atmosphäre des mit viel Holz ausgestatteten Wohnzimmers anstecken. Sie ahnte, dass es nur wenige Augenblicke waren, und obwohl sie plötzlich ihre Mutter mehr als zuvor vermisste, war sie dankbar für diesen Moment.

»Was tauscht ihr denn so«, wollte Alexander nach einer längeren Pause wissen. »Die Lebensmittel sind doch begrenzt.«

»Wir haben viele Äpfel«, antwortete Elisabeth. »Vitamine sind sehr wichtig in dieser Zeit. Erich, also Herr Klemnitz, hat mehrere Kisten Kartoffeln und Karotten, die er auf einem Feld zusammengetragen hat. Was habt ihr? Es geht nicht nur ums Tauschen, sondern auch darum, sich gegenseitig zu helfen. Jeder kann seinen Beitrag dazu leisten.«

Hanna stutzte. Sie hatten nichts, was sie entbehren konnten.

»Habt ihr Wasser?«, fragte Karin. »Wir trauen dem Wasser der Amper nicht. Wir wissen nicht, was oder wer dort versenkt wurde.«

Alexander lächelte. »Ich zeige euch, wie man einen Wasserfilter baut. Damit könnt ihr Amperwasser ohne Bedenken trinken. Ihr müsst es nur vorher abkochen.«

»Sehr gut. Je mehr Zeit vergeht, umso mehr sind wir auf solche Dinge angewiesen.«

Nachdem Karin Blatt und Stift geholt hatte und sich von Alexander eine Anleitung des Filters aufzeichnen ließ, sah sich Robert genauer um. Die Fenster des Hauses waren zumindest in diesem Raum nicht gesichert, obwohl sie sich im Erdgeschoss befanden. Zudem stand das Haus an einer Kreuzung und würde im Falle eines Überfalls eines der Ersten sein, die betroffen waren. Es wunderte ihn, dass die beiden Frauen bis zum heutigen Tag derart unbeschadet gelebt hatten. Und zum ersten Mal stellte er sich die Frage, ob er seine Sicherheitsvorkehrungen nicht übertrieb. Alle Überlebenden waren Menschen aus ihrem Dorf, und die Möglichkeit, dass diese sich eher unterstützten als ausraubten, hatte er bisher kaum gelten lassen.

»Kanntest du diejenigen, die in euer Haus eindringen wollten?«

Elisabeth wunderte sich offenbar über diese Frage und warf Karin einen kurzen Blick zu.

»Nein. Vielleicht wollten sie nur Lebensmittel. Ich schoss einmal in die Luft, dann verzogen sie sich.«

»Woher habt ihr die Waffe?«

»Von meinem Mann. Es ist nur eine Tränengaspistole, doch das wussten die Plünderer nicht.«

Unvermittelt musste Robert lächeln, und als er Alexander und Hanna im Gespräch mit den beiden Frauen sah, fasste er einen Entschluss.

»Wir sollten zusammenwohnen. In einem Haus, das sicher ist. Je mehr wir sind, desto stärker ist unsere Gemeinschaft. Wir sollten auch Herrn Klemnitz überreden.«

»Wir hätten Erich gerne bei uns gesehen, doch er ist ein einsamer und schwieriger Mensch«, antwortete Karin. »Wir wissen nicht, warum er in einer solchen Situation alleine leben möchte.«

Offenbar mussten sich die beiden Frauen nicht absprechen, denn Karin stimmte sofort zu. »Wir sind dabei. Aber warum ist unser Haus nicht sicher?«

»Es liegt zu nahe an der Straße. Außerdem sollten wir in einem Obergeschoss wohnen. Wenn wir die Möglichkeit haben, die unteren Fenster dauerhaft zu verbarrikadieren, haben wir gute Chancen, den Winter zu überstehen. Kommt mit zu uns, wir haben genügend Platz.«

Alexander und Hanna sahen Robert erstaunt an, widersprachen aber nicht. »Wir packen unsere Sachen bis morgen früh«, bestätigte Karin, »wir sind euch sehr dankbar.«

Elisabeth lächelte zwar ebenfalls, doch es schien ihr nicht leicht zu fallen, ihr Haus zu verlassen.

Robert wusste nicht, wie lange sie schon hier wohnte, aber er fragte sie auch nicht danach. Er hätte keine einzige Nacht auf einem solchen Präsentierteller verbringen wollen, erst recht nicht zusammen mit seinen Kindern.

Schließlich stand er auf. »Es gibt einiges zu tun. Kommt in die Burgstraße 13, es ist das letzte Haus. Wir richten ein Zimmer für euch her.«

Elisabeth gab ihnen noch eine Kiste Äpfel mit, und erst beim Abschied hatte Robert den Eindruck, dass die Frau erleichtert war.

Amoxicillin

Karin und Elisabeth lebten sich sofort in ihrer neuen Umgebung ein. Sie teilten sich das Schlafzimmer, während Hanna und Alexander im Arbeitszimmer schliefen. Robert legte sich eine Matratze in den Flur. Trotz der räumlichen Enge wollte niemand im Erdgeschoss nächtigen, denn obwohl Robert und Alexander die Fenster mit Brettern zugenagelt hatten, fühlte sich dort unten keiner sicher.

Erich Klemnitz ließ sich nicht überreden, sich dieser Gemeinschaft anzuschließen. Der schweigsame Mann bewohnte einen der Bauernhöfe am Rande des Viertels, und Robert mutmaßte, dass er dort aufgrund der vielen Hühner und der zwei Kühe über einen ausreichenden Vorrat an Milch, Eiern und notfalls sogar Fleisch verfügte und diesen nicht teilen wollte.

Da Hanna die beiden Frauen bei sich hatte, beschloss Robert, mit Alexander weiterhin die Häuser seines und des angrenzenden Viertels zu durchsuchen. Er wollte nicht, dass seine Tochter in die entstellten Gesichter der Leichen sehen musste.

In den meisten Häusern, in die sie eindrangen, waren die Bewohner tot. Es gab aber auch Wohnungen, die einfach nur verlassen waren. Ob es diesen Menschen nicht mehr gelungen war, zurückzukehren oder ob sie nach Ausbruch der Apokalypse geflohen waren, konnte ihnen niemand beantworten.

Einige wenige Häuser waren jedoch noch bewohnt. Eine junge Frau, ein Paar sowie zwei Männer hatten sich aber bereits zusammengeschlossen und wollten keinen weiteren Zuwachs. Stefan, der Kopf dieser Gruppe, zeigte sich zwar nahbar, schien aber sehr auf die Meinungen seiner Partner zu achten, und trotz der Aussicht auf eine größere Gruppe entschied er sich dafür, an ihrer derzeitigen Lage nichts zu ändern. Bei jedem Einzelnen spürte Robert das Misstrauen und die Sorge, die Lebensmittel mit noch mehr Personen teilen zu müssen oder betrogen zu werden.

Lebensmittel hatten sie nun für Monate im Voraus, und aufgrund des großen Umfangs an Getränken musste Alexander vorerst keinen Wasserfilter bauen.

Als Hanna an einem Morgen aus dem Fenster sah, erstarrte sie: Obwohl es erst Ende September war, hing eine weiße Schicht Raureif in den Gräsern. Diesen plötzlichen Kälteeinbruch hatten sie nicht erwartet, und so mussten sie den Ofen schon am frühen Morgen beheizen, um den Wohnraum zu erwärmen. Es wehte ein kalter Ostwind, und die Angst, es könne womöglich ein langer Winter bevorstehen, schlich sich in ihre Glieder.

Als Hanna im hinteren Teil des Gartens hockte, um ihre Notdurft zu verrichten, fror sie bitterlich. Sie beeilte sich, so gut es ging, und als sie aufstand, sah sie ein Rudel Hunde, das über den Weg hinter ihrem Garten lief. Einige der etwa zehn Tiere sahen sie und bellten, doch der Zaun hielt sie davon ab, zu ihr zu kommen. Die Tiere waren deutlich verwildert und abgemagert.

Als sie endlich weiterzogen, dachte Hanna an all die Tiere, die zuvor durch Menschenhand gefüttert geworden waren. Sie liefen nun frei herum und waren für sich selbst verantwortlich. Hanna war froh, den Zaun zwischen sich und den Hunden zu wissen. Sie wollte sich die Situation nicht ausmalen, in der sie eines Tages völlig ausgehungerten Tieren über den Weg laufen würde.

Trotz des von Elisabeth zubereiteten Tees fror Hanna weiter. Obwohl sie alle ihre Essensrationen auf ein erträgliches Mindestmaß eingeschränkt hatten, verspürte sie auch keinen Hunger und nickte gegen Mittag sogar kurz ein.

Als sie erwachte, fühlte sie sich sehr schlecht.

»Du wirst dich erkältet haben«, mutmaßte Karin, »es ist wirklich sehr kalt geworden. Du solltest im Bett bleiben.«

Robert, der in Manfreds Arzneikästchen neben Aspirin auch Tabletten gegen Durchfallerkrankungen und Vitamin C-Tabletten gefunden hatte, löste diese in Wasser auf und gab sie ihr zu trinken.

»Bleib bitte im Bett. Wir müssen vermeiden, dass du ernsthaft krank wirst.«

Hanna kam es so vor, als wäre ihr Körper völlig erschöpft. Sie wusste, dass es nicht die Last der vergangenen Wochen sein konnte, aber sie wunderte sich, dass eine einfache Erkältung sie so schlapp werden ließ.

Kaum hatte sie Tee und Vitamin C getrunken, schlief sie wieder ein.

Als sie erneut erwachte, schmerzte ihre Brust. Immer wieder hustete sie, und jeder einzelne Hustenanfall bedeutete größten Kraftaufwand. Die Hitze in ihrem Körper machte ihr Angst.

»Du hast Fieber!«, beruhigte sie Robert und legte ihr eine Hand auf die Stirn. »Trink viel, Karin bereitet gerade Wadenwickel für dich vor.«

Nachdem diese angelegt waren, fühlte Hanna sich kurzzeitig besser. In diesen Momenten sah sie, dass alle, die sie berührten, sich danach sofort die Hände wuschen. Mit einem Mal wurde ihr noch heißer und Furcht jagte durch ihren Körper. »Oh mein Gott! Habe ich es?«

»Aber nein«, beruhigte sie Robert, »du hast dich einfach nur erkältet. Wo hättest du dich denn anstecken sollen?«

Doch sie konnte sich nicht beruhigen. Panik machte sich in ihr breit, und sie hatte das Gefühl, sich augenblicklich übergeben zu müssen.

Nun setzte sich Elisabeth neben sie. »Du hast es nicht, glaube uns. Es wird ein grippaler Infekt sein. Es ist nichts Ungewöhnliches nach einem so rasanten Kälteeinbruch.«

»Aber ... das Fieber!«

»... ist Zeichen eines Infekts. Hör auf, dir so einen Unsinn einzureden.«

Nur mit Mühe lehnte sich Hanna zurück und trank. Nach einem weiteren Hustenanfall verlor sich ihr Blick in den verschwimmenden Gestalten neben ihr. Sie hörte die Hunde bellen und sah die Nachbarin, die ihr totes Kind auf dem Schoß liegen hatte.

Dann schlief sie ein.

Besorgt trat Karin auf Robert zu. »Wenn es eine richtige Grippe ist, benötigen wir unter Umständen Medikamente. Noch ist es zu früh, aber ihre Temperatur steigt konstant an.«

»So schnell? Es ging ihr heute Morgen doch noch gut.«

»Nein, sie hatte schon in der Nacht ein rotes Gesicht.«

»Aber warum geht es ihr so derart schlecht? Sie schläft immer wieder ein!«

»Robert, ihr Körper ist ausgelaugt. Sie hatte ungewohnte Strapazen zu erleiden, Hunger, Durst und Angst. Sie hat einfach nicht mehr genug Abwehrkräfte.«

Sein Blick fiel auf Elisabeth, die skeptisch auf die hustende und schlafende Hanna schaute. Alexander stand neben ihr und tauchte gerade neue Mullbinden in kaltes Wasser.

»Welche Medikamente?«, wollte Robert wissen.

»Wir haben zwar fiebersenkende Mittel wie Paracetamol, doch ich würde sie noch nicht geben. Vielleicht haben wir Glück und das Fieber besiegt den Infekt. Wenn es schlimmer werden sollte, benötigen wir aber ein Breitbandantibiotikum – am besten Amoxicillin.«

Robert nickte. Er würde versuchen, welches zu besorgen, wollte jedoch mit seinem Aufbruch so lange warten, bis Hanna erwachte. Doch er packte bereits seinen Rucksack und legte Pfefferspray und Stichwaffe bereit.

Weil sie unablässig hustete, erwachte Hanna. Ihr Gesicht war hochrot, und ihre Glieder schienen ohne Kraft zu sein.

Behutsam reichte ihr Karin ein Glas Wasser und maß ihre Temperatur. Dann strich sie Hanna über das Haar, ließ Elisabeth neue Wickel auflegen und ging zu Robert.

»39,8 Grad!«, flüsterte sie. »Ich befürchte, sie hat eine Lungenentzündung. Du musst aufbrechen. Vielleicht ist die Apotheke noch nicht gänzlich geplündert, oder der Inhaber hat etwas privat in seiner Wohnung.«

Voller Sorgen wischte sich Robert über die Stirn. Er würde, falls er in der Apotheke nicht erfolgreich sein sollte, so lange in leerstehende Wohnungen eindringen, bis er etwas fand.

»Ich werde mit dir gehen«, sagte Alexander.

Karin und Elisabeth nickten. »Wir kommen klar. Beeilt euch, und nehmt, was ihr finden könnt. Hier, die könnt ihr womöglich gebrauchen.« Dabei steckte Elisabeth ihm die Waffe zu.

Voller Sorge ging Robert zu Hanna und strich ihr zärtlich über die Wangen. »Alexander und ich holen Medikamente. Wir kommen bald wieder.«

Hanna lächelte beide an, hustete aber erneut.

Als Robert und Alexander die Tür hinter sich schlossen, waren sie zu allem bereit.

Schon auf dem Parkplatz vor der Apotheke fiel Robert auf, dass dort bereits eingebrochen worden war. Das Fenster neben der ehemals elektronisch betriebenen Schiebetür war eingeschlagen und stand offen. Aufmerksam sahen sich die beiden um, ob jemand zu hören oder zu sehen war, doch es blieb still. Schließlich stiegen sie ein.

Im Innern lagen unzählige Medikamentenpackungen verstreut auf dem Boden herum. In den Regalen standen zwar Arzneimittel wie Hustensaft, Aspirin, Insektengel und andere unwichtige Dinge herum, doch sie konnten auch nach längerem Suchen kein Antibiotikum finden. Dennoch stopfte Alexander Wundsalbe, Paracetamol, Vitaminpräparate und Erste-Hilfe-Sets in seinen Rucksack, um sich für sämtliche Notfälle zu wappnen.

Nervös durchsuchte Robert ein Regal nach dem anderen. Als er nichts fand, betrat er den Nebenraum, in dem durch einen elektronischen Greifarm die jeweilige Arznei aus einem hinter Glas befindlichen System geholt worden war. Zu seinem Entsetzen erkannte er, dass auch dort eine der Schutzwände herausgerissen war, vermutlich, um besser zu den Fächern des großen Lagers zu gelangen. Trotzdem stieg er hinein, doch die meisten der Regalböden waren leer.

»Verschwindet!«

Robert erschrak fürchterlich. Vor ihm stand ein Mann mit einer Eisenstange in der Hand.

Sofort hob Alexander beschwichtigend die Hände. »Es ist ein Notfall. Wir brauchen dringend ein Breitbandantibiotikum!«

Wegen des Schals vor dem Gesicht waren seine Worte nur schwer verständlich.

»Wer braucht das heutzutage nicht? Hier ist längst alles geplündert. Und jetzt verschwindet, sonst schlage ich euch wie Straßenhunde tot!«

Inzwischen war Robert wieder emporgestiegen und wurde nun ebenfalls von dem völlig aufgebrachten Mann bedroht. Er kannte den Apotheker flüchtig von wenigen Ladenbesuchen.

»Hören Sie, wir brauchen dringend Amoxicillin. Meine Tochter hat vermutlich eine Lungenentzündung.«

»Ich sagte bereits, dass alles geplündert ist! Haut ab!«
Nun schrie der Mann und schwenkte bedrohlich seine
Eisenstange.

Robert konnte und wollte nicht glauben, dass ein Apotheker, der selbst überlebt hatte, über keinen Vorrat an
Antibiotika verfügte. Trotzdem führte er Alexander
einige Schritte weg, um ihn aus der unmittelbaren Ge-
fahrenzone zu bekommen. Er war nicht bereit, weiter zu
diskutieren.

Dann drehte er sich um und zog seine Waffe.

»Ich brauche Amoxicillin! Ich weiß, dass Sie welches
haben. Wir haben zwei Möglichkeiten: Sie geben es mir,
oder wir holen es uns. Wer von uns dabei den Kürzeren
zieht, wird sich zeigen!«

Mit weit aufgerissenen Augen sah Alexander seinen
Vater an.

Der Apotheker schien kurz zu überlegen. Sein Blick
traf auf den von Robert, verharrte dort und führte einen
Machtkampf. Dann ließ er die Eisenstange sinken.

»Ich tausche nur. In dieser Zeit ist Antibiotikum wichtiger als die meisten Nahrungsmittel. Gebt mir eine
Schusswaffe dafür.«

Robert atmete tief durch. Der Apotheker hatte also
doch noch etwas, und dies war das einzig Entscheiden-
de.

»Ich habe keine anderen Waffen.«

»Dann gibt es keine Einigung!« Nun hob er die Stange
wieder, obwohl Robert noch immer auf ihn zielte. »Verschwindet.«

Deutlich spürte Robert, wie sein Herz gegen seinen
Brustkorb schlug. Panik stieg in ihm auf, und seine Hände waren schweißgebadet. Verstörende Bilder einer
bewusstlosen Hanna stiegen in ihm auf, er hörte ihr
Husten, ihren Kampf um jeden Atemzug. Er musste unbedingt dieses Medikament haben.

Schließlich löste er die Sicherung der Waffe und sah zu Alexander. In dessen Augen erkannte er ebenfalls Kampfbereitschaft, doch er war sich nicht sicher.

»Geben Sie uns ein Fläschchen Amoxicillin!«, wiederholte er noch einmal.

Doch anstatt zu antworten, schwang der Apotheker die Eisenstange und lief auf die beiden zu.

Augenblicklich schoss Robert. Ein ohrenbetäubender Knall ertönte, der Apotheker schrie auf und ließ die Stange fallen. Robert stürzte sich auf den Mann. Dadurch geriet er selbst in die Reste des Gases, die noch in der Luft lagen. Sofort begannen seine Augen zu brennen. Voller Wut schlug er dem am Boden liegenden Apotheker die Faust ins Gesicht, dann noch einmal und schließlich ein weiteres Mal. Er sah nur noch verschwommen, und da sich der Mann nicht mehr rührte, stand er auf.

Völlig außer sich reichte Alexander ihm die Wasserflasche aus dem Rucksack. Robert konnte die Flasche kaum halten, trotzdem nahm er den Schal ab und schüttete sich das Wasser über das Gesicht. Zwar minderte es das Brennen, doch er sah immer noch verschwommen.

Mittlerweile stöhnte der Apotheker und versuchte, sich aufzurichten. Weil er zur Eisenstange griff, trat ihm Robert mit voller Wucht auf den Arm. Wieder schrie der Mann, und in rasender Wut trat er nun um sich.

Alexander hatte offenbar nicht vor, seinen Vater alleine kämpfen zu lassen. Entschlossen stürzte er sich auf den Mann und wollte ihn zu Boden drücken, doch der Apotheker warf ihn wie eine Puppe von sich. Krachend fiel Alexander in ein Regal und blieb stöhnend liegen.

Nun sah Robert rot. Blitzschnell griff er sich die Stange, holte aus und schlug sie dem Apotheker auf den Kopf. Es gab ein grässliches Geräusch brechender Schädelknochen, dem ein zweiter, dumpfer Schlag folgte. Dabei spritzte Robert Blut ins Gesicht. Nach dem dritten

Schlag lag der Mann mit weit aufgerissenen Augen und offenem Mund in seinem eigenen Blut. Er war tot.

Voller Adrenalin ließ Robert die Stange fallen und ging zu Alexander. Sein Sohn war offenbar nicht verletzt und stand sofort auf.

»Papa ...!«

Robert antwortete nicht. Er konnte kaum mehr atmen und begann leicht zu zittern. »Oh Gott. Er hatte doch die Wahl. Warum hat er es uns nicht gegeben? Ich habe ihn umgebracht!«

»Du hast dich verteidigt. Du hast MICH verteidigt. Jeder hätte das gemacht.« Und dann sah er plötzlich Robert erstarrt an.

»Scheiße, du hast sein Blut im Gesicht. Wo ist dein Schal?«

Sofort griff Robert danach und wickelte ihn wieder um sein Gesicht, doch er hatte Angst, dass es umsonst war. Das Blut des Apothekers klebte an seiner Haut, und falls der Mann infiziert war, konnte es längst zu spät sein.

Am liebsten hätte er sich an Ort und Stelle übergeben.

Dann ging er zur Leiche und sah dem Mann noch einmal ins Gesicht. Sein Kopf war eingeschlagen, und mit dem Blut trat graue Gehirnmasse aus.

Nun, als er den Mann vor sich sah, konnte er nicht fassen, dass es so weit gekommen war. Obwohl er tief schockiert war, bereute er seine Tat nicht.

»Wir müssen alles auf den Kopf stellen«, sagte er schließlich. »Irgendwo muss er es aufbewahren.«

Plötzlich zuckte er zusammen. Aus dem Obergeschoss war das Knarren einer Tür zu hören. Erschrocken sah er seinen Sohn an, griff sich dann die Stange und schlich zur Treppe.

Alexander folgte ihm und hielt die Waffe im Anschlag. Vorsichtig gingen sie nach oben, öffneten eine Tür und standen in der Wohnung des Apothekers.

»Hallo?«, rief Robert. »Wir wollen nichts Böses. Ist hier jemand?«

Eine Frau trat in den Türrahmen eines Zimmers. Sie war etwa so alt, wie der Apotheker gewesen war. Entsetzt sah sie Roberts blutverschmiertes Gesicht, zudem musste sie den Schuss gehört haben.

»Ihr Mörder!«, keifte sie. »Ihr habt ihn umgebracht.«

Robert wollte sich nicht verteidigen. Noch immer voller Adrenalin versuchte er zu erkennen, ob die Frau bewaffnet war, doch sie hielt nichts in ihren Händen.

»Wir benötigen Amoxicillin. Bitte geben Sie es uns. Wenn nicht, werde ich die Wohnung durchsuchen.« Sofort erkannte er den brüchigen Blick in den Augen der Frau. Für sie waren sie Monster, die ihre Welt zum Einsturz gebracht hatten.

Indessen blieb ihr Blick an der Stange hängen, wanderte zu Boden und verharrte dort einige Augenblicke. Schließlich ging sie kraftlos zu einem versteckten Schränkchen unter einem Tisch, öffnete es und kramte dort herum.

Robert beobachtete sie genau. In diesen Momenten hielt er nichts für ausgeschlossen, und sein unbedingter Wille, an das Medikament zu kommen, würde ihn auch diese Frau erschlagen lassen, falls sie ihn angreifen sollte.

Als sie wieder vor ihn trat, reichte sie ihm drei Schachteln originalverpacktes Amoxicillin. Erleichtert steckte er sie ein und verließ dann mit Alexander die Wohnung, ohne die Frau noch einmal anzusehen.

Im Laden blieb er neben der Leiche stehen, warf die Stange neben sie und betrachtete das Chaos, das durch den Kampf entstanden war.

Sah so ihre Zukunft aus?

Erst als Robert im Auto saß, fing er stark zu zittern an. Er konnte kaum den Schlüssel ins Zündschloss stecken, also lehnte er sich zurück und schloss kurz die Augen.

»Wasch dir dein Gesicht. Du solltest so nicht vor Hanna treten.«

Im Rückspiegel erkannte Robert, dass er furchterregend aussah. Schließlich nahm er seine Wasserflasche, stieg aus und wusch sich.

Als er wieder im Auto saß, schwieg Alexander. Robert wollte aber nicht fragen, ob er ihn für ein Monster hielt, ob er nun Angst vor ihm hatte und ihm überhaupt noch vertraute. Er war nur froh, seinen Sohn unverletzt zu wissen und endlich die Arznei zu haben. Voller Inbrunst hoffte er, sie würde seiner Tochter helfen.

Während der Fahrt nach Hause starrte ihn Alexander unentwegt an.

Etwas später flößte Karin Hanna die erste Dosis des Antibiotikums ein. Das Mädchen war gerade aufgewacht, hatte aber so hohes Fieber, dass sie in wirren Worten ihren Traum erzählte. Doch sie schluckte den Inhalt des Löffels, und Robert war unendlich erleichtert darüber.

Nachdem sie wieder eingeschlafen war, musterten die beiden Frauen die Männer. Sie fragten nicht, was geschehen war. Die Blutspritzer auf Roberts Hemd und seine Wunden im Gesicht sprachen wohl Bände.

Bereits am nächsten Tag war Hannas Fieber gesunken. Sie fühlte sich etwas besser und sah ihren Vater und Alexander dankbar an. Erst jetzt fiel ihr auf, dass sie die meisten Situationen des Vortages sowie der vergangenen Nacht nur schemenhaft in Erinnerung hatte, so, als würden die Szenen durch einen Schleicher vernebelt, und sie fragte sich, ob sie vieles nur geträumt oder es tatsächlich stattgefunden hatte.

Als sich Robert zu ihr an die Bettkante setzte und ihr über das Haar strich, spürte sie große Erleichterung.

Doch nur Augenblicke später musterte sie die Pflaster auf seinem Gesicht.

»Was ist passiert?«

Etwas hilflos sah er kurz zu Alexander, der wiederum erst Hanna, dann seinen Vater ansah.

»Nur eine kleine Prügelei. Der Bewohner eines Hauses hat uns angegriffen. Nicht so schlimm, er hat sich schnell beruhigt.«

Hanna nickte und schloss die Augen. Sie fühlte sich so unendlich müde, wie ein Schwamm, der ausgewrungen worden war.

»Und der Apotheker? Hat er euch das Zeug freiwillig gegeben?«

»Ja. Er hat uns gleich drei Packungen überreicht und dir gute Besserung gewünscht. Ein sehr netter Mann.«

Nachdem Hanna wieder eingeschlafen war, ging Robert zu einem der Fenster und starrte hinaus. Er hatte kaum geschlafen in der Nacht, denn verstörende Bilder des Apothekers mit eingeschlagenem Schädel hatten sich in seinen Kopf geschlichen und schienen sich nicht mehr lösen zu wollen. Auch wenn er entsetzt über sich selbst war, war ihm bewusst, dass er jederzeit wieder so reagieren würde, um seine Kinder am Leben zu erhalten.

Erst jetzt, mit Blut an seinen Händen und der Erkenntnis, auch über Leichen zu gehen, sah er die neue Welt in einem anderen Licht. Eine Botschaft hatte sich bereits fest in ihm verankert: Jeder war sich selbst der Nächste. Und um zu überleben, musste man offenbar töten.

Herbst

Bereits drei Tage später war Hanna wieder auf den Beinen. Obwohl ihr die beiden Frauen rieten, ihre Kräfte einzuteilen und sich nicht zu verausgaben, wollte sie nicht den ganzen Tag im Bett liegen, sondern ihnen wenigstens ab und zu zur Hand gehen.

Robert und Alexander vergrößerten indessen ihren Radius und stiegen in weiter entfernte Häuser und Wohnungen ein, um einerseits ihr Lebensmittelkontingent aufzustocken und andererseits auf andere Menschen zu treffen. Die ihnen bereits bekannte Zweckgemeinschaft um Stefan plünderte ebenfalls, und als sich beide Gruppen in einem anderen Viertel trafen, erfuhren Robert und Alexander, dass es noch eine dritte, größere Vereinigung gab, die sich aber inzwischen auf einem landwirtschaftlichen Gehöft samt kleinem Einkaufsladen niedergelassen hatte.

Stefan hatte schon bei ihrem ersten Aufeinandertreffen die Möglichkeit eines Zusammenschlusses erkannt. Er hatte deutlich gemacht, prinzipiell Roberts Meinung zu sein, dass sie höhere Überlebenschancen hätten, wenn sie sich zusammentun würden, aber er traute fremden Menschen nicht. Er hatte Scheu, die bisher funktionierende Einheit zu gefährden, und dies konnte Robert nachvollziehen. Häuser für ihre Zwecke gab es genügend, doch Stefan wollte einen solchen Zusammenschluss, dem eine grundlegende Säuberung oder gar Desinfizierung des jeweiligen Hauses vorangehen müsste, wenn überhaupt erst im Winter angehen. Seiner Meinung nach hinderte die Kälte Keime, Viren und Bakterien daran, sich ungehemmt zu verbreiten, und diese Sicherheitsbrücke wollte er unbedingt einbauen. Leichen wollte er sich nur noch in gefrorenem Zustand nähern, und jeder weitere Tag verringerte die Wahrscheinlichkeit, sich anzustecken. Niemand von ihnen wusste, wie lange der Erreger in toten Körpern überleben konnte.

Von Stefan erfuhren Robert und Alexander von einem angeblichen Auffanglager in der Bundeswehrkaserne Lagerlechfeld, etwa 35 Kilometer von ihnen entfernt. Stefan erzählte es ohne jede Emotion, und als Robert nachfragte, erfuhr er, dass die andere Gruppe bereits in Starnberg gewesen war, wo angeblich ebenfalls ein Auffanglager entstanden sein sollte. Sie hatten dort aber nichts vorgefunden, und selbst die dort ansässigen Überlebenden wussten nichts von einer solchen Unterkunft. Ebenso waren Gerüchte laut geworden, die Bundeswehr hätte die Kaserne in Penzing in eine Notunterkunft umfunktioniert, doch Michael, ein auffallend hochgewachsener Mann dieser Gruppe, dementierte es, denn er kam von dort.

Binnen weniger Augenblicke sank Roberts Hoffnung, doch noch in eine solche Unterkunft zu gelangen.

Weil sie sich aber nun besser kannten, waren alle Anwesenden damit einverstanden, sich regelmäßig zu treffen. Nun hatten sie alle ein mögliches Ziel vor Augen.

Die Tatsache, dass offenbar nur die Allerwenigsten überlebt hatten, lähmte Robert. In vielen Wohnungen lagen Leichen, und die Unterkünfte, die leer standen, verrieten nicht, ob die Bewohner an einem anderen Ort gestorben oder aber geflohen waren.

An jedem einzelnen Haus, vor jeder Wohnungstür hatte er das Gefühl, den süßlichen Duft des schleichenden Todes zu riechen, und wenn die Kälte kurzfristig nachließ und wärmende Sonnenstrahlen durch die Fenster der Räume schienen, nahm er angewidert den Geruch von Aas wahr.

Die wenigen Wohnungen, die noch immer bewohnt waren, glichen Verteidigungsanlagen. Viele der Fenster waren mit Brettern vernagelt, in einem Fall war sogar eine Stacheldrahtrolle vor der Haustür fixiert. Lieferwagen standen vor Erdgeschossfenstern, um ein Eindringen unmöglich zu machen. Robert vermutete, dass die Angst vor Plünderungen größer wurde, und er fragte sich, ob die Bewohner dieses Viertels andere Erfahrungen gemacht hatten als er selbst.

In den Nächten, in denen Robert am Fenster stand und die unmittelbare Umgebung inspizierte, dachte er oft an den Apotheker zurück. Bisher hatte ihm Alexander nicht offenbart, was er über diese Situation dachte, und warum er seinen Vater immer wieder nur ansah, ohne etwas zu sagen.

Momentan litten sie keinen Hunger und lebten in einem Haus, in das nicht so einfach einzudringen war. Trotzdem gelang es Robert nicht, seine Nervosität abzulegen. Er bestand darauf, dass in den Nächten an den Fenstern Wache gehalten wurde, und er packte zwei Notfallrucksäcke, in denen neben Lebensmitteln, Wasser und Taschenlampen auch Feuerzeuge, Messer, Schnüre, Jacken und Arznei gelagert wurde. Falls sie jemals fliehen mussten, wollte er alles Notwendige griffbereit haben.

Der ungewöhnlichen Kältewelle folgte ein warmer Spätherbst. Hanna hatte ihre Krankheit längst überwunden und hoffte stets auf einen weiteren Tag, an dem kein kalter Wind in ihren Körper drang.

Obwohl sie froh waren, bis zu diesem Zeitpunkt überlebt und darüber hinaus wenigstens einen beheizten Raum zu haben, wuchs die Enttäuschung darüber, kaum mehr auf Hilfe hoffen zu können. In den vergangenen Wochen waren die sehnsüchtig erwarteten Bundeswehrfahrzeuge ausgeblieben, die sie in große, sichere

Unterkünfte bringen würden. Die Radiokanäle blieben tot, kein Kondensstreifen am Himmel zeugte von Leben irgendwo außerhalb. Mit jedem Tag wuchs Roberts Überzeugung, langfristig auf sich alleine gestellt zu sein, und er befürchtete, dass ihre derzeitige Situation wohl die beste sein würde, denn mit jedem Monat, der ins Land zog, würden Lebensmittelfunde rarer werden. Doch er wollte sich nicht mit düsteren Zukunftsprognosen abgeben, denn solange es noch Menschen im Dorf gab, die ähnlich wie er täglich auf Nahrungssuche gingen, konnten sie auf deren Hilfe zurückgreifen.

An einem Morgen traf Robert Hanna am Fenster vor. Sie hatten es mit dünnen Gardinen so verhängt, dass es kaum möglich war, von außen ein Gesicht zu erkennen, sie aber von innen einen ausreichenden Überblick über die Straße unter ihnen hatten.

Robert wusste, dass Hanna seit dem Ausbruch der Pandemie Striche auf die Wand unter dem Fenster zeichnete. Zu seiner Überraschung beendete sie gerade die siebzigste Linie.

»Es kommt keine Hilfe mehr, richtig?«

Hanna hatte viel mitgemacht in der letzten Zeit. Er hielt es für unnötig, sie zu schonen. »Nein, ich glaube nicht. Es gibt niemanden, der uns irgendwohin bringen kann.«

»Vielleicht nicht hier. Ich bin mir aber sicher, dass es ein Lager geben muss, einen Ort, an dem sich viele der Überlebenden zurückziehen konnten. Ich habe dich schon mal gefragt, und ich tue es wieder: Lass uns nach München fahren. Es muss dort einen solchen Ort geben.«

»Hanna, wenn ich in München gelebt hätte, wäre ich aufs Land geflohen. Hier gibt es Bäche, Gärten voller Obstbäume, Bauernhöfe und Äcker, auf denen Kartoffeln zu finden sind. In einer Großstadt findest du nur geplünderte Läden.«

Als Hanna nichts darauf entgegnete, nahm er sie in den Arm, den Blick diesmal auf den letzten Strich gerichtet.

»Wir sind genau am richtigen Ort. Sieh dir unsere Küche an, sie ist voller Lebensmittel. Wir haben eine Gulaschkanone, die das Wohnzimmer wärmt. Einen Fluss hinter unserem Garten. Ja, ich glaube auch, dass es einen Ort gibt, der kann aber genauso in Hamburg, Stuttgart oder irgendwo auf dem Land sein. Vielleicht in einer Burg, womöglich in einem Sportstadion. Aber alleine diese Suche auf sich zu nehmen, würde bedeuten, unser sicheres Domizil aufzugeben. Und das für eine Suche nach der Nadel im Heuhaufen.«

Elisabeth hatte Erich Klemnitz auf dem Bauernhof überreden können, ihr eine Henne gegen zehn Liter selbst gepressten Apfelsaft einzutauschen. Ihre Bitte an ihn, sich ihrer Gruppe anzuschließen, lehnte er wieder ab, doch sie spürte, dass er ihr gegenüber offener wurde. So kam sie nicht nur mit dem Huhn zurück, sondern mit der Hoffnung, im Winter das eine oder andere Tier ergattern zu können, auch wenn sie nicht wusste, wie viele Tiere Herr Klemnitz überhaupt besaß.

Obwohl alle gerne gegrilltes Hähnchen gegessen hätten, entschieden sie sich, das Huhn lebend zu halten, um die Eier verzehren zu können. Um nicht mit Tierkot in Berührung zu kommen, hielten sie es im Gäste-WC des Erdgeschosses, und zu ihrer Überraschung präsentierte ihnen Karin bereits am dritten Tag das erste Ei.

Am 83. Tag nach dem allgemeinen Zusammenbruch wurde es schlagartig kälter. Das Zwischenhoch schien vorbei zu sein, und die Temperatur fiel in den Nächten auf unter null Grad. Noch schaffte es der kleine Ofen, das Wohnzimmer zu heizen, doch sie mussten in Pullovern und unter Decken schlafen, um sich nicht zu erkälten.

Karin kochte heißen Tee, der die Körper gerade in den Nächten wärmte, und wenn Robert und Alexander von ihren Plünderungen zurückkamen, brachten sie hin und wieder neuen Tee mit.

In einer Wohnung hatte Alexander eine Schleuder gefunden. Es war eine Sportschleuder mit Gummiband, die Metallkugeln dafür hatte er unweit davon in einem Lederbeutel entdeckt. Robert und Alexander vermuteten, dass der Besitzer die ersten Tage der Seuche überlebt hatte, denn die Schleuder hatte griffbereit neben Keksen, einer Wasserflasche und einer Taschenlampe auf dem Tisch gelegen. Seine Leiche hatten sie in der Badewanne gefunden – wie so viele andere auch. Robert versuchte sich diese seltsame Situation dadurch zu erklären, dass die Infizierten aufgrund des hohen Fiebers womöglich versucht hatten, ihre Temperatur durch ein kaltes Bad zu senken.

Von nun an übte Alexander mit dieser Schleuder, indem er zuerst auf Baumstämme, dann auf Vögel zielte. Dazu benutzte er aber Steine, um die Metallkugeln nicht zu verschwenden. Er schien dabei wie besessen, und Robert wusste, dass sich Alexander auf den Fall vorbereitete, den er selbst an jedem einzelnen Tag fürchtete.

Am 107. Tag, als der erste Schnee fiel, zuckte Robert am Fenster stehend zusammen. Völlig überraschend stand Stefan mit einer jungen Frau vor dem Haus. Er schien sehr aufgeregt, und die Frau an seiner Seite blutete im Gesicht.

Sofort öffnete Robert die Haustür und ließ die beiden ein.

»Was ist passiert? Wer ist das?«

»Das ist meine Tochter Sarah. Sie ist verletzt!«

Sofort kam Karin zu ihnen, sah sich die lange Schnittwunde im schmutzigen Gesicht des Mädchens an und führte sie mit sich. Hanna begleitete die beiden.

»Sie kümmert sich um sie«, beruhigte Robert Stefan, »was ist passiert? Wo sind die anderen?«

»Ich weiß es nicht, wir sind getrennt worden. Hast du ein Fenster, aus dem du die Gegend überblicken kannst?«

Augenblicklich führte ihn Robert zu ihrem Aussichtspunkt. Als Stefan sah, dass er von hier aus die gesamte Straße im Blick hatte, stützte er sich auf und atmete durch.

»Wir sind überfallen worden, unser Haus ist nicht mehr sicher!«

»Was? Wie viele waren es?«

»Keine Ahnung. Aber sie waren bewaffnet. Sie haben ein Haus nach dem anderen geplündert. Sie sind organisiert, agieren in mehreren Kleingruppen. Wir haben sie gestern entdeckt, als sie die Wohnungen der Nebenstraße betraten. Scheiße, die anderen haben wir übersehen.«

Die Frauen, Hanna und Sarah hörten aufmerksam zu. Währenddessen desinfizierte Karin die Wunde, doch es trat so viel Blut aus der Wange, dass sie nicht in der Lage war, die Blutung zu stoppen. Ein Schnitt zog sich unterhalb des Auges bis hin zu ihrem Mundwinkel. Mit vereinten Kräften schoben sie die beiden Hautlappen zusammen und drückten die Wunde zu, während Karin nachdachte.

»Welche anderen?«, wollte Robert wissen.

»Eine dritte Gruppe. Wir flohen sofort aus den Fenstern, doch einer von ihnen schoss. Scheiße, sie haben einfach geschossen. Wir wurden getrennt, jeder von uns rannte in eine andere Richtung. Sarah blieb am Zaun hängen und verletzte sich dabei. Ich könnte kotzen!«

Aufgeregt sah Robert aus dem Fenster, doch er erkannte nichts Außergewöhnliches. Noch nicht.

»Vielleicht haben wir Glück, und sie kommen nicht hierher!«

»Womöglich!«

»Was sollen wir tun?«, fragte Robert, erwartete aber keine Antwort von Stefan. Von einem Augenblick auf den anderen erschien ihm sein Haus wie ein offener Raum, für jeden zugänglich, der sich die Mühe machte, es betreten zu wollen.

Stefan schüttelte den Kopf. »Vielleicht ziehen sie ja wirklich vorbei. Wenn nicht, sitzen wir auf dem Präsentierteller. Andererseits wäre es verrückt, verfrüht zu fliehen.« Mit zitternden Händen fuhr er sich durchs Haar und atmete tief ein. »Ich muss die anderen suchen.«

»Aber doch nicht jetzt! Wenn sie durchgekommen sind, werden sie auch zu uns kommen.«

Stefan schlug mit der Faust gegen die Wand und stürmte ins Wohnzimmer, in dem Sarah auf einem Stuhl saß und die Zähne zusammenbiss.

»Wie sieht es aus?«

Elizabeth hatte gerade Nadeln und Faden geholt und desinfizierte eine der Nadeln. »Wir müssen sie nähen. Es ist zu tief, der Wangenknochen ist zu sehen. Mein Gott, was war denn das für ein Zaun?«

»Nähen? Seid ihr verrückt?«

»Wir haben Desinfektionsmittel und notfalls Antibiotikum. Es ist weniger gefährlich, als zu hoffen, dass es von alleine wieder zusammenheilt.«

Mit besorgtem Blick sah Stefan zu seiner Tochter. »Ist das okay?«

»Ja.«

Stefan drehte sich zu den beiden Frauen, runzelte seine Stirn und ging wieder zu Robert und Alexander hinüber.

Mitfühlend legte ihm Robert eine Hand auf die Schulter.

»Hanna hatte eine Lungenentzündung und wäre beinahe gestorben. Vertraue ihnen.«

Schließlich nickte Stefan und starrte wieder aus dem Fenster. Er wollte nicht dabei zusehen, wie jemand seiner Tochter Nadeln durch die Haut trieb, und er wollte auch nicht in ihr schmerzverzerrtes Gesicht blicken.

»Wir müssen heute Nacht Wache halten! Rund um die Uhr.«

»Nicht nur das. Alles muss für eine Flucht gepackt werden. Wenn sie kommen, haben wir keine Zeit mehr.«

Gedankenverloren sah Stefan aus dem Fenster. Er machte sich Sorgen um seine Freunde, die sich dort irgendwo versteckt hielten, wenn sie denn noch lebten.

»Wir dachten zuerst, es sei die Bundeswehr. Sie kamen mit einem Militärtransporter, doch als sie schossen, merkten wir, dass es Plünderer waren.«

»Sie hatten ein Militärfahrzeug?« Robert dachte nach. Falls sich nach dem Zusammenbruch einige Männer in einer Kaserne zusammengerottet hatten, verfügten sie nun über Waffen, Munition, Fahrzeuge und vor allem über relativ einbruchsichere Unterkünfte. Ein nicht auszugleichender Vorteil in dieser sterbenden Welt. »Ich verstehe nur nicht, warum sie geschossen haben. Wenn sie plündern, ist das ja nachvollziehbar, aber warum schießen sie?«

Stefan gab ihm keine Antwort. Für kurze Zeit sah Robert mit ihm noch aus dem Fenster, ging dann aber in die anderen Räume, um alles Notwendige in Rucksäcken zu verstauen.

Der eine Notfallrucksack genügte nun nicht mehr.

Inzwischen beendete Karin die letzten Stiche und strich Sarah bewundernd über ihr schwarzes, langes Haar. Sie hatte die schmerzhafte Prozedur endlich überstanden und ließ sich abschließend die Wunde noch einmal desinfizieren. Erst dann sah sie sich im Spiegel an. Ihre gesamte Gesichtshälfte war geschwollen.

»Es wird wieder«, tröstete Elisabeth sie. »Wir müssen froh sein, dass es nicht dein Auge erwischt hat.«

»Danke.« Mit kaum zu entschlüsselndem Gesichtsausdruck legte sie den Spiegel beiseite und schloss die Augen.

»Möchtest du dich hinlegen?«, wollte Hanna wissen und lächelte sie an. »Ich begleite dich.«

Sarah nickte. »Wenn du keine Angst vor einem Monster hast?«

Nun lächelten beide, standen auf und gingen in das Nebenzimmer.

Mit fragendem Gesichtsausdruck sah ihnen Alexander hinterher.

»Sie helfen sich«, versuchte Karin zu erklären. »Sie tun sich einfach gut. Lass sie, sie haben sich viel zu erzählen.«

Das drohende Szenario ließ niemanden kalt. Sie schwiegen viel, und jeder von ihnen spürte die Aufregung und die nackte Angst vor dem, was vor ihnen lag. Alle hatten gehofft, den Winter gefahrlos hier verbringen zu können, jeden Temperatursturz mithilfe des Ofens abzufangen und sich in diesen Wänden verschanzen zu können, egal, was passierte. Doch dies war ein Trugschluss, und diese Erkenntnis lähmte sie.

Obwohl sie sich bei der Wache abwechselten, schlief kaum jemand von ihnen. Vor allem Sarah kam aufgrund ihrer Schmerzen nicht zur Ruhe, und erst als sie zwei Schmerztabletten auf einmal nahm, nickte sie ein.

Robert und Stefan rechneten nicht damit, in der Dunkelheit der Nacht überfallen zu werden. Trotzdem blieb immer einer von ihnen am Fenster stehen und hörte, wie Hunde in der Ferne bellten. Sehen konnte man absolut nichts.

Zweimal war Stefan hinausgegangen und hatte gepfiffen. Niemand hatte reagiert, keiner geantwortet, und trotz des ungewissen Zustands seiner Freunde entschied er, sie im Dunkel der Nacht nicht zu suchen.

Tag 108

Die Kälte der Nacht schien nicht weichen zu wollen. Obwohl die Sonne längst aufgegangen war, hielt sich die Temperatur deutlich unter null Grad. Robert vermutete, dass man draußen den Rauch des Ofens sehen konnte, dennoch wollte er das Feuer nicht löschen. Niemand wusste, ob die Plünderer heute, morgen oder überhaupt kommen würden, und er wollte keinesfalls ein weiteres Mal eine Lungenentzündung riskieren.

Sarah stöhnte, als sie das Wohnzimmer betrat, denn ihr Gesicht brannte wie Feuer. Karin kühlte ihre Wange mit einer kalten Flasche, und als Sarah von ihr erfuhr, dass die Wunde gut zu verheilen schien und kein Entzündungsherd zu sehen war, hoffte sie, dass dieser Zustand auch weiterhin anhielt.

»Gibt es einen Treffpunkt, an dem sich deine Freunde aufhalten könnten?«, wollte Robert von Stefan wissen.

»Nein. Am ehesten an unserem Haus, nur weiß ich nicht, ob es besetzt ist oder in welchen Abständen diese Arschlöcher wiederkommen.«

Die kommenden Stunden standen oder saßen sie nur da und sprachen wenig. Stefan war einige Male in den Garten gegangen und hatte gepfiffen, doch wieder hatte ihm niemand geantwortet. Verzweifelt hoffte er, dass seine Leute noch lebten und irgendwo auf ihn warteten, vielleicht hatten sie auch auf dem Bauernhof Zuflucht gefunden.

Als er ein drittes Mal hinausging, hörte er quietschende Autoreifen. Sofort lief er zurück in die Wohnung, rannte nach oben und sah dort alle anderen am Fenster stehen. Ein Auto war in die Straße gefahren, hielt genau vor ihrem Haus und fuhr dann durch den Gartenzaun des gegenüberliegenden Grundstücks. Dort stieg ein Mann aus und sah sich aufgeregt um.

»Was macht der Idiot?«, zischte Alexander.

Niemand antwortete ihm. Inzwischen ging der Mann um sein Auto herum, sah sich das Haus näher an und ging an eines der Fenster. Dort klopfte er, wartete und ging schließlich zur Haustür. Sie war verschlossen.

»Ist das ein Vorbote?«, wollte Robert wissen.

Stefan flüsterte: »Nein, der sieht nicht so aus wie die. Der ist ja völlig aufgeregt.«

»Vielleicht ist er selbst auf der Flucht?«

Noch bevor Robert eine Antwort erhielt, ertönte das Motorengeräusch eines großen Fahrzeugs. Zu seinem Entsetzen fuhr ein Militärtransporter in die Straße ein und hielt bei den ersten Häusern.

»Scheiße!« Stefan sprach aus, was Robert dachte. »Hat dieser Idiot sie hergeführt?«

Wie gebannt beobachtete er, wie etwa zehn Männer aus dem Laderaum des Fahrzeugs stiegen und sich um dieses postierten. Sie trugen zum großen Teil Jeans, Wollmützen und hielten Pistolen und Sturmgewehre vor sich. Schnell wurde ihm klar, dass diese Männer keinem offiziellen Militärkommando angehörten.

»Was machen wir jetzt?«, fragte Hanna. Dabei zitterte ihre Stimme.

Beruhigend legte ihr Robert eine Hand auf die Schulter. »Wir warten noch. Vielleicht suchen sie ja nur diesen Autofahrer.«

Nachdem sich die Männer postiert und die Gegend beobachtet hatten, liefen sie in zwei Gruppen jeweils zu den Häusern, die sich gegenüberstanden. Zuerst klopften sie, und als niemand öffnete, schlugen sie die Türen ein.

Inzwischen gingen zwei weitere Männer die Straße entlang und blieben schließlich vor Roberts Haus stehen. Skeptisch schienen sie die zugenagelten Fenster zu inspizieren.

Sofort zog Robert die anderen zurück. »Sie kommen! Sie wissen, dass wir hier sind.«

Plötzlich ertönte ein Pfiff, woraufhin das Fahrzeug direkt vor ihr Haus fuhr. Dort stieg der Fahrer aus und wartete auf die Männer, die noch immer in den weiter entfernten Häusern waren.

Robert konnte kaum atmen. Er wollte nicht mehr warten, denn er spürte, dass sie nur noch wenig Zeit hatten.

Sie würden dieses Haus stürmen.

»Raus hier, jetzt sofort!«

Selbst Stefan entgegnete nichts, sondern packte seinen Rucksack und blieb neben Sarah stehen.

Robert bebte. »Wir verschwinden durch den Garten! Niemand spricht, wir verhalten uns leise. Am Amperweg gehen wir nach Süden und warten an der Brücke. Von dort haben wir den besten Überblick. Los!«

In der nun entstehenden Hektik hatte Hanna das Gefühl, keine Luft zu bekommen. Als sie den anderen die Treppe hinunter folgte, ertönte wieder ein Pfiff von draußen, und jemand rief etwas. Voller Grauen dachte sie, die Hände der Männer wie einen dunklen Schatten zu spüren, die sie doch noch packten und an Ort und Stelle niederschossen.

Elizabeth durchquerte als Letzte den Garten, da hörten sie das Geräusch splitternden Holzes. Die Männer hatten offenbar gerade die Holzlatten vor den Fenstern eingerissen und stürmten nun das Haus.

Wie von Sinnen liefen sie schneller, vorbei an den anderen Gärten, bis hin zur Brücke, wo sie endlich stehenblieben und durchatmeten.

»Gehen wir zu uns«, sagte Stefan, »vielleicht warten die anderen bereits auf mich. Diese Typen plündern und ziehen weiter, vermutlich könnt ihr morgen wieder hinein.«

Roberts Miene zeigte blankes Entsetzen.

»Sie haben unser Haus den anderen vorgezogen. Sie wussten, dass dort jemand wohnt. Sie haben nicht einmal gerufen oder geklopft.«

»Offenbar legen sie keinen Wert auf Kontakt«, antwortete Stefan. »Gestern haben sie sofort geschossen, und sie hätten es heute genauso getan.«

Während ihrer kurzen Pause zog Alexander seine Steinschleuder hervor, um sofort reagieren zu können. Natürlich hatte er damit keine Chance gegen die Waffen der anderen, doch es war das Einzige, mit dem er sich zur Wehr setzen konnte. Elisabeth trug die Tränengaspistole bei sich, alle anderen Messer.

Vorsichtig gingen sie an den Gärten der Häuser vorbei, die an der Amper standen. An der Brücke änderten sie die Richtung und ließen sich von Stefan zu seinem Haus führen. Immer wieder blieben sie stehen, lauschten und sahen sich genau um, doch niemand war in ihrer Nähe, keiner schien ihnen aufzulauern.

Als sie endlich Stefans Zweifamilienhaus erreichten, blieben sie hinter einem VW-Bus stehen, um ihre Umgebung genau zu prüfen.

Dort warteten sie, bis Stefan einen Pfiff ausstieß.

»Nichts!«, zischte er enttäuscht. »Ich werde hineingehen.«

»Alleine?«, fragte Sarah.

»Du bleibst bei der Gruppe! Wenn die Luft rein ist, werde ich euch holen!«

Robert und Stefan nickten sich noch einmal zu, dann lief Stefan in seinen Garten und ging einmal um das Haus herum. Jedes Fenster war eingeschlagen, die hintere Tür aufgebrochen. Schließlich wagte er es, durch die ebenfalls eingeschlagene Haustür hineinzugehen.

Es war alles zerstört. Fassungslos sah Stefan, dass der gusseiserne Ofen verschwunden, sämtliche Regale und Schränke umgekippt und Lebensmittel- und Wasserrationen gestohlen waren. Ohne Ofen war ein Leben im Winter kaum zu bewerkstelligen, und er mutmaßte, dass die Bande genau das bezweckt hatte.

Als er in die anderen Räume ging, schlug sein Herz immer schneller. Betten waren zerstört, Fensterscheiben eingeschlagen und die Rahmen aus den Angeln gerissen. Es war nicht mehr möglich, diese Wohnung als Unterkunft zu benutzen.

Im Schlafzimmer stockte ihm der Atem: Barbara lag tot auf dem Bett. Sie hatten sie vergewaltigt und dann in den Kopf geschossen. Noch immer lag sie mit gespreizten Beinen inmitten einer Blutlache, ihre Hände waren an die Bettpfosten gebunden. Schockiert sah er in ihr verzerrtes Gesicht, nahm aber dann die Decke und legte sie ihr über den Körper. *Verdammte Mörder!*

Zu seiner Überraschung entdeckte er hinter dem Bett einen weiteren Toten. Auch ihm war in den Kopf geschossen worden, doch Stefan kannte ihn nicht. Der Tote trug eine Tarnfleckenhose sowie ein leeres Halfter an der Hüfte. War er einer der der Plünderer? Hatten die anderen einen ihrer Leute erschossen? Wer waren diese dreckigen Bastarde?

Er benötigte einige Augenblicke, um sich wieder zu fangen, dann ging er hinaus und hielt sich am Rahmen der Haustür fest. Er hoffte so sehr, dass sich die anderen in Sicherheit hatten bringen können, doch diese Hoffnung schwand drastisch.

Ein Blick neben die Treppe ließ ihn erneut erstarren. Halb unter einem Busch versteckt lag Michael mit zerschossenem Schädel.

Plötzlich bekam Stefan keine Luft mehr. Wie von Sinnen umklammerte er sein Messer und rannte zu den anderen. »Wir müssen hier weg! Vielleicht kommen sie wieder!«

Ohne etwas zu erklären, zog er Sarah mit sich, der die anderen folgten. Schier außer sich führte Stefan sie in eine Seitenstraße, in einen großen Garten hinein bis hin zu einem Gartenhäuschen, das sie betraten.

Als sie die Tür hinter sich schlossen, atmete er zum ersten Mal richtig durch. »Barbara und Michael sind tot!«, sagte er knapp, sah dabei aber aus dem kleinen Fenster. »Die Schweine haben sie erschossen.«

Erschrocken hob Sarah die Hände an ihren Mund und riss die Augen auf. Tränen liefen an ihren Wangen herunter.

Obwohl Stefan sie in seine Arme zog, war ihm klar, dass er sie nicht trösten konnte. Und er verzichtete darauf, ihnen von Barbaras Vergewaltigung zu erzählen. »Wir können nicht zurück. Sie haben alles zerstört, auch die Fenster und Türen.«

»Wir können aber auch nicht hierbleiben!«, erwiderte Robert. In dieser kleinen Gartenlaube hatten sie nicht einmal die Möglichkeit, sich vor Schüssen zu verbarrikadieren. Zudem ließ die leichte Holzwand die Temperatur in der Nacht sehr stark fallen. »Gibt es hier ein Haus, in dem Leichen liegen?«

»Ja, gleich die nächste Wohnung.«

»Warum willst du in ein Haus, in dem sich Tote befinden?«, fragte Hanna. Noch immer stand ihr der Schreck über Stefans Nachricht ins Gesicht geschrieben.

»Weil sie offensichtlich dort nichts zerstören. Wir brauchen eine Bleibe.«

Als keiner etwas entgegnete, sahen sie sich an und brachen schließlich auf.

Im nächstgelegenen Mehrfamilienhaus suchten sie die oberste Wohnung auf. Die Tür war bereits aufgebrochen, und so hofften sie, die Bande würde nicht an einen Ort zurückkehren, den sie bereits geplündert hatten. Im

Schlafzimmer fanden sie zwei Leichen, die offenbar der Seuche erlegen waren. Sofort warfen ihnen Stefan und Robert Decken über und schleiften sie durch den Hausflur in eine andere Wohnung.

Währenddessen sahen sich die anderen um. Die Fenster gaben Blicke zur Straße und zur Amper frei, und da erwartungsgemäß keine Lebensmittel mehr vorzufinden waren, mussten sie auf ihre Rationen in den Rucksäcken zurückgreifen.

Sarah und Hanna setzten sich auf das Sofa und starrten verstört zu den anderen, während die drei Männer den offenen Eingang mit einem Schrank verbarrikadierten. Die Fenster waren intakt, die Wohnung nicht verwüstet, aber es stank sehr intensiv nach Verwesung. Elisabeth und Karin fanden in einem Schrank Kleidung, die sie sortierten, um sie unter anderem als Decken für die kommende Nacht zu benutzen.

Als die Wohnung durchsucht und der Eingang versperrt war, setzten sich alle. Jeder von ihnen spürte die schleichende Angst, doch noch entdeckt zu werden. Wenn das wirklich passieren würde, saßen sie in der Falle, denn aus dieser Wohnung konnten sie nicht durch einen Hintereingang oder ein Fenster fliehen.

Von nun an wurden die Fenster ununterbrochen besetzt. Robert wollte, dass jede Bewegung auf der Straße beobachtet wurde, um schnellstmöglich reagieren zu können.

Ein Blick zu Hanna offenbarte ihre starke Aufregung, doch er sah auch, dass sich die beiden Mädchen und Alexander in dieser Situation aufgrund ihres Zusammenhaltes am besten helfen konnten. Die Mädchen sprachen nicht viel miteinander, aber sie schienen sich sehr zu mögen. Als er sah, wie Hanna ihren Kopf an Sarahs Schulter gelehnt hatte, war er froh über ihre neue Begleitung. Offenbar konnten andere Menschen seiner Tochter besser Trost und Halt geben als er.

Als Alexander auf ihn zukam und ebenfalls einige Augenblicke auf die beiden schaute, war es ein kurzer Moment des Friedens.

»Lass uns die anderen Wohnungen durchsuchen. Vielleicht haben sie einige Konserven übersehen.«

Robert nickte und löste sich, auch wenn er den beiden Mädchen gerne noch länger zugesehen hätte.

Während Elisabeth und Karin an den Fenstern Wache hielten, betraten die Männer die anderen Wohnungen. In der, in die sie die Leichen geschleift hatten, war nichts Brauchbares zu finden. In der Wohnung darunter entdeckten sie in einem fertig gepackten Rucksack drei Dosen Mais und Bohnen. Zudem steckten ein Regenponcho, zwei Küchenmesser sowie zwei Flaschen Wasser darin. Die Frage, warum ein Fluchtrucksack zu finden war, aber keine Leiche, beschäftigte sie nur wenige Augenblicke.

In den beiden untersten Wohnungen fanden sie ebenfalls nichts, das ihnen weiterhelfen konnte. Kleidung und Winterschuhe hatten sie nun genug, und so suchte sich jeder von ihnen warme Oberbekleidung aus, um wenigstens nicht frieren zu müssen.

Auf dem Weg nach oben fielen ihnen seltsame Schnittkerben an den Türstöcken auf, die sie vorher übersehen hatten. An der linken Seite einer jeden Haustür waren drei übereinanderliegende Striche eingeritzt. Offenbar hatte das Plündern der mordenden Bande ein System, was sie hoffen ließ, dass jede Wohnung nur einmal gestürmt wurde.

Die folgende Nacht kam ihnen länger vor als alle anderen zuvor. Sie vermieden es, Kerzen anzuzünden, um nicht gesehen zu werden, und die Wachen an den Fenstern hätten nur jemanden erkennen können, der mit Taschenlampen unterwegs war.

Es war die erste Nacht außerhalb ihrer bisher sicheren Räume. Insbesondere Hanna und Sarah fühlten deutlich die Leere in sich, die sich bis in die letzten Winkel ihres Körpers auszubreiten schien. Nun waren sie Flüchtende, die in diesem Augenblick nicht wussten, wo sie in der nächsten Nacht Schutz finden würden, Plünderer, die die toten Bewohner aus den Wohnungen schleiften und selbst deren Räume besetzten.

Robert saß auf einem Stuhl und dachte nach. Ohne Kenntnis über die allgemeine Lage ihrer Umgebung zu haben, versuchte er, die bisherigen Begebenheiten zu einem Bild zusammenzufügen.

»Sie haben Militärfahrzeuge und Waffen«, begann er schließlich zu erklären. »Also liegt es nahe, dass sie in einer Kaserne stationiert sind. Welche gibt es in der Nähe?«

Stefan überlegte kurz. »Fürstenfeldbruck, Penzing, Lagerlechfeld, Pöcking.«

»Dann kann es nur Fürstenfeldbruck sein.«

»Warum?«

»Die anderen Standorte sind jeweils mehr als fünfundzwanzig Kilometer entfernt. Sie machen sich die Mühe, in jede Wohnung einzudringen. Wenn sie systematisch plündern und Wohnungen zerstören, in denen Überlebende zu finden sind, muss ein solcher Plan von ihrem direkten Umkreis ausgeführt werden. Die anderen Standorte sind dafür zu weit entfernt – es würde sehr viel länger dauern, ganze Ortschaften systematisch zu plündern, die zwanzig oder dreißig Kilometer entfernt sind.«

Die anderen erwiderten nichts, hörten aber aufmerksam zu. Wegen der Dunkelheit sah Robert nur ihre Silhouetten und musste sich an Geräuschen und Stimmen orientieren.

»Es ist etwa einhundert Tage her«, sagte Karin. »Mehr oder weniger.«

»Einhundertundacht«, verbesserte Hanna. Sie würde niemals vergessen, wann sie ihren Kalender in ihrer Wohnung verlassen hatte.

Robert nickte. »Sie haben bestimmt nicht gleich begonnen zu plündern. Niemand wusste, wie verheerend diese Epidemie werden würde, und ob es noch eine Notregierung gab, die von der Bundeswehr für den Katastrophenschutz beauftragt wurde. Nein, es muss eine gewisse Zeit vergangen sein. In der Kaserne steht ihnen alles zur Verfügung, was man für Kommunikationstechnik benötigt, um zu erfahren, ob es irgendwo offizielle Stellen gibt, die noch agieren können. Irgendwann muss ihnen klargeworden sein, dass alles zusammengebrochen ist. Dann begann ihr Treiben.«

»Woher willst du das wissen?«, hakte Alexander nach. »Was, wenn diese Typen die Fahrzeuge aus umliegenden Kasernen gestohlen haben und sich hier einrichten wollen?«

»Nirgendwo ist es sicherer als in einer Kaserne. Dort gibt es stabile Zäune, jede Menge Waffen, die man nicht transportieren muss, Fahrzeuge und vor allem Treibstoff. Nein, niemand nistet sich in verlassenen Häusern ein, wenn er eine Kaserne haben kann. Kann ich mir jedenfalls nicht vorstellen.«

Stefan nickte. »Ich auch nicht.«

»Und da sie ihre Säuberungsaktionen gründlich durchführen, glaube ich, dass sie in der Nähe stationiert sind, und dass sie in der kurzen Zeit noch nicht allzu viele Ortschaften durchforsten konnten. Vielleicht sind es auch mehrere Gruppen – es standen viele Militärfahrzeuge in der Fürstenfeldbrucker Kaserne, und wir wissen nicht, über wie viele Mitglieder sie verfügen.«

Für einige Momente schwiegen sie. Niemand musste erklären, dass eine mögliche Flucht also nicht nach Norden führen durfte, nicht direkt in die Hände der Mörder.

»In den Alpen gibt es weit auseinanderliegende Bergdörfer, die zudem ziemlich hoch liegen«, unterbrach Karin die Stille. »Was, wenn der Erreger ab einer bestimmten Höhe nicht mehr überlebt? Und was, wenn die

Distanz zwischen den Orten dort ausreichte, um die eine oder andere Gemeinde nicht zu infizieren?«

Robert blickte in ihre Richtung und nickte. »Wir sind alle keine Ärzte oder Virologen, aber das mit der Höhe über dem Meeresspiegel klingt nicht unlogisch. Wir könnten uns die fünf Kilometer bis nach Inning durchschlagen, dort ein Auto nehmen und es versuchen. Vielleicht agiert die Bande auch nicht südlich der A96, irgendwann muss ihnen der Radius zu groß werden.«

Nun schüttelte Stefan den Kopf. »Wir haben Winter. Ja, es ist ein Versuch wert, doch wenn es zu schneien beginnt, sind die Straßen nicht mehr passierbar. Ich würde einen solchen Versuch erst im späten Frühling wagen.«

»Was schlägst du vor?«, fragte Robert.

»Nach Süden gehen, raus aus Grafrath. Gehen wir am Ammersee entlang, da haben wir wenigstens Wasser. Dort müssen wir überwintern und hoffen, dass diese Arschlöcher nicht auftauchen. Sie können ja wohl kaum das gesamte Voralpenland durchforsten.«

Robert nickte und wandte sich den anderen zu. »Klingt gut. Was meint ihr?«

»Im Winter würde ich den Weg auch nicht wagen«, entgegnete schließlich Karin, »aber im Frühjahr auf jeden Fall. Ich denke, nirgends ist die Chance größer, auf verschonte Gemeinden zu treffen. Ich bin dabei.«

Nun nickten auch Alexander, Elisabeth, Sarah und Hanna.

Wenigstens hatten sie einen Plan – das Einzige, das in dieser Nacht etwas Trost spendete.

Ziellos

Obwohl es bitterkalt war und ein eisiger Wind wehte, verließen sie noch vor Sonnenaufgang das Haus. Roberts Vorschlag, bis Inning nicht an der Straße entlangzugehen, sondern durch den Wald, hatten alle zugestimmt.

Als sie die letzten Häuser ihres Heimatdorfes hinter sich ließen und sich schließlich von Bäumen umringt sahen, spürte Hanna, wie eine unsichtbare Faust ihren Bauch zu zerquetschen drohte. Von nun an mussten sie sich in fremden Gegenden durchschlagen, denn wegen der Mörderbande war an eine Rückkehr bis auf Weiteres nicht zu denken.

Obwohl sie wussten, nirgendwo sicherer zu sein als im Wald, liefen Stefan und Alexander etwa fünfzig Schritte voraus und hielten immer wieder an, um etwas zu erspähen oder zu lauschen. Der Wind hinterließ ein schreckliches Gefühl der Feindseligkeit, und zudem hatten sie großen Hunger. Hanna hätte sofort auf ein Reh geschossen, falls ihnen eines über den Weg gelaufen wäre.

Etwas später erreichten sie die A96. Niemand von ihnen wollte sie betreten, schließlich wusste keiner, ob sich die Gruppen der Kaserne auch hier aufhielten, oder ob es andere Überlebende gab, die diese Autobahn als Transportweg benutzten. Doch sie mussten sie überqueren, und so warteten sie einige Zeit, ob ein Geräusch zu hören war. Doch es blieb still. Als keine Gefahr zu erwarten war, liefen sie schnell an zwei verlassenen Fahrzeugen vorbei, über die Fahrbahn bis auf die andere Seite. Dort huschten sie durch ein kleines Waldstück, bis sie die ersten Häuser Innings erreichten.

»Wartet!«, zischte schließlich Stefan. »Wir sollten am Ortsrand entlanggehen. Von Süden her können wir dann die letzten Häuser abklappern.«

»Warum nicht schon hier?«, fragte Alexander.

»Ich glaube, die Häuser, die der Autobahn am nächsten stehen, wurden zuerst geplündert. Zudem ist hier die Wahrscheinlichkeit höher, auf diese Ärsche zu treffen. Nein, lasst uns zur Südseite laufen.«

Alexander steckte für einige Augenblicke seine Hände in die Hosentaschen. Die ganze Zeit über hatte er die Schleuder gehalten, um schnellstmöglich reagieren zu können, doch der schneidende Wind betäubte seine Finger.

»Dann lasst uns gehen.«

Auch Robert nickte und bildete die Nachhut.

Schon bald wurde der Wind stärker und die Temperatur sank deutlich. Stefan und Robert wussten, dass sie bei einer solchen Witterung nicht noch länger von einer zur nächsten Ortschaft ziehen konnten. Sie waren unterkühlt, übermüdet und besonders Hannas und Sarahs Gesichter offenbarten, dass sie an ihren Grenzen angelangt waren.

Immer wieder spähten sie über die Zäune der Grundstücke, um etwas zu erhaschen. Nichts rührte sich, nur ab und zu bellte ein Hund, oder Windspiele an Terrassen klangen im Wind.

Plötzlich war das Lachen von Männern zu hören. Sofort duckten sie sich hinter eine Hecke und sahen sich ängstlich an. Wieder ertönte Lachen, dann die Stimme eines Mannes, gefolgt von einem Knall. Es war kein Schuss, sondern etwas Metallisches, das offenbar zu Boden gefallen war. Noch einmal knallte es, dann wurde ein Auto gestartet. Als es sich entfernt hatte, winkte Stefan die Gruppe weiter.

Bald erreichten sie den südlichen Ortsrand. Zuvor hatte Robert ein Gesicht hinter einem Fenster gesehen, das sich jedoch schnell zurückgezogen hatte. Offenbar traute man auch ihnen nicht, und er hoffte, dass diese Vorsicht nicht mit der Anwesenheit plündernder Banden zu tun hatte.

Schließlich blieben sie hinter einer Doppelgarage stehen, um sich zu beratschlagen. In der Nische erreichte sie der Wind nicht, und sie atmeten erleichtert auf.

Die Männerstimmen und das Auto verunsicherten sie allerdings noch immer.

»Wir wissen nicht, wer es war«, sagte Robert, »es könnten Einheimische gewesen sein, die sich hier sicher fühlen, aber auch Plünderer. Oder SIE.«

Skeptisch sah er in die Gesichter der anderen. Sie waren zwar geschwächt, konnten aber ihren Weg fortsetzen.

Elisabeth blieb aber stehen. »Es gibt hier kleinere Weiler entlang des Ammersees und auch leerstehende Villen. Wir sollten so abgelegen wie möglich leben.«

»Oder in der Anonymität einer Ortschaft wie Inning«, entgegnete Robert. Doch dann ließ er den Kopf sinken und schloss für wenige Momente die Augen. Sie liefen nicht nur Gefahr, auf die gefürchteten Plünderer zu treffen, sondern ebenso auf Bewohner, die besonders in der Kälte des Winters überreagieren konnten. Sie mussten etwas finden, wo sie alleine waren.

Schließlich nickte er und sah Karin an. »Du hast recht.«

Auch die anderen schlossen sich Karins Meinung an, und so verließen sie Inning.

Etwas später erhob sich vor ihnen ein langgestreckter Hügel, von dessen Plattform sie eine unerwartet großzügige Aussicht über den gesamten nördlichen Ammersee hatten. Am abfallenden Rand hin zum Gewässer und kaum von der Landstraße einsehbar, stand ein Haus, in dessen Nähe sie stehenblieben. Stefan beobachtete es genau, musterte die Türen, die Fenster und versuchte zu erfahren, ob sich jemand darin aufhielt. Schließlich gingen sie bis zur Grundstücksgrenze und blieben hinter einer Gartenlaube stehen. Hier sah Stefan noch einige Momente zu dem Haus und wandte sich schließlich den anderen zu.

»Es wäre ideal, denn von hier aus kann man die gesamte Umgebung einsehen. Und man sieht es von der Straße aus nicht.«

»Und wenn es bewohnt ist?«, wollte Hanna wissen.

»Wir werden es herausfinden.«

Die anderen sahen sich zweifelnd an.

»Wenigstens für einen Tag«, sagte Sarah schließlich, »dann können wir immer noch abstimmen.« Ihre Lippen waren inzwischen blau angelaufen, und sie zitterte stark. Ihnen war klar, dass sie keinesfalls im Freien übernachten konnten. Sie mussten in eines der nächsten Häuser einsteigen, um nicht zu erfrieren.

Augenblicke später betraten sie den Garten. Alle Fenster des Erdgeschosses waren vergittert, nirgends waren Spuren eines Einbruchs zu erkennen. Als Robert kräftig an die Haustür klopfte, fühlte er, wie sein Herz schneller schlug. Nun konnte alles geschehen.

Robert klopfte ein zweites und ein drittes Mal, dann gingen sie wieder in den Garten und hebelten mithilfe einer Stange das einzige nicht vergitterte Kellerfenster auf.

»Wir gehen vor, ihr wartet hier!«, sagte Robert leise. »Wenn alles gut läuft, lassen wir euch durch die Haustür rein.«

Als Alexander mit ihnen einsteigen wollte, hielt ihn Robert auf. »Auch du. Stefan und ich werden gehen!«

Alexander protestierte zunächst, fügte sich dann aber, als ihn Robert bat, mit der Schleuder die Umgebung abzusichern.

Im Innern des Kellers war es dunkel. Da die Tür des Raums nicht verschlossen war, betraten sie den Gang.

Weil aber kaum Licht in den Flur fiel, knipste Stefan die Taschenlampe an und beleuchtete die Treppe, die in das Erdgeschoss führte. Dort warteten sie einige Augenblicke, bevor sie nach oben gingen.

Als die Tür zum Hausflur knarrte, dachte Robert, nicht mehr atmen zu können. Sofort blieb er stehen und lauschte, doch nichts war zu hören.

»Hallo?«, rief Stefan, »ist jemand hier?«

Wieder warteten sie, und als niemand antwortete, betraten sie das Wohnzimmer. Sie wollten es noch nicht nach Gegenständen durchsuchen, nicht bevor sie sicher sein konnten, nicht doch noch auf Bewohner zu treffen. Also sahen sie immer nur in die Räume hinein und gingen gleich zum nächsten.

Da im Erdgeschoss niemand zu finden war, ließ Robert die anderen durch die Haustür eintreten. Vor allem Hanna schien froh zu sein, endlich den eisigen Wind nicht mehr spüren zu müssen und genoss die Anwesenheit schützender Wände sichtlich.

Dann stiegen Stefan und Robert die Treppe zum Obergeschoss hinauf. Die Türen dieser Etage waren im Gegensatz zu den unteren aber geschlossen, und diese Tatsache verunsicherte sie.

Zögernd blieb Stefan vor der ersten Tür stehen, und wartete, bis Robert die Gaspistole schussbereit hatte.

Dann drückte er die Klinke hinunter und stieß die Tür auf.

»Ihr Schweine! Haut ab!«

Zutiefst erschrocken sah Robert, wie ein alter Mann aus dem Raum stürmte und Stefan einen Holzpflock in den Bauch stieß. Hanna und Sarah schrien von unten, und nur Bruchteile von Sekunden später fiel der Schuss. Während Stefan stöhnend zusammenbrach, schien dem Mann die Ladung Tränengas nichts auszumachen. Wie von Sinnen schlug er Robert den massiven Stock auf den Schädel.

Augenblicklich spürte Robert einen Knall in seinem Kopf. Für kurze Zeit dachte er, das Bewusstsein zu verlieren, doch er tat es nicht. Wieder wollte der Mann ausholen, aber diesmal reagierte Robert geistesgegenwärtig: Er duckte sich, rammte dem Mann seinen Ellbogen ins Gesicht und riss ihm den Stock aus der Hand.

Mittlerweile war Alexander nach oben gestürmt und stieß den Mann an die gegenüberliegende Wand. Sofort warf sich Robert auf ihn und schlug ihm so oft die Faust ins Gesicht, bis dieser sich nicht mehr rührte. Dann erst stand er auf und erkannte, dass auch Stefan wieder auf den Beinen war und sich hektisch umsah.

»Was ist passiert?«, rief Sarah, die schon auf der ersten Stufe stand und zu ihnen nach oben kommen wollte.

»Bleibt unten!«, zischte Stefan. »Wir wissen nicht, ob noch jemand hier ist.«

Für einige Augenblicke blieben sie stumm und lauschten, doch nichts war zu hören.

Bevor Robert Stefan in den Raum folgen konnte, aus dem der alte Mann gestürmt war, hielt ihn Alexander am Arm fest. Er hatte seinen Blick auf das Gesicht des Opfers gerichtet. Und nun sah es auch Robert: Der Mann sah aus bleichen Augen gegen die Wand und atmete nicht mehr. Sein Kopf war unnatürlich zur Seite geknickt und Blut lief aus Mund und Nase.

Robert hatte ihn totgeschlagen.

»Hier ist niemand!«

Stefans Stimme erreichte Robert nur schwach, denn er konnte seinen Blick nicht vom Gesicht des alten Mannes lösen.

Als Stefan zu ihnen trat, blieb auch er für einige Momente unbeweglich stehen. »Scheiße! Los, wir müssen die anderen Räume durchsuchen.«

Obwohl Robert aufgewühlt war, nickte er und ging zum nächsten Zimmer, in dem aber ebenfalls niemand zu finden war.

Im Schlafzimmer des Hauses fanden sie eine alte Frau tot im Bett. Sie war offensichtlich erst vor Kurzem verstorben, denn sie wirkte verhältnismäßig frisch und roch noch nicht. Auf dem Tisch neben dem Bett lagen ein Kruzifix, eine Packung Tabletten sowie ein Foto, auf dem sie mit jüngeren Menschen zu sehen war. Robert sah die Frau nur wenige Augenblicke an, zog ihr dann die Decke über das Gesicht und verließ den Raum. Hier erwartete sie kein Widerstand mehr.

Wortlos standen Hanna und Sarah etwas später vor der Leiche des Mannes und sahen zu, wie dieser von Stefan und Robert zuerst nach unten und schließlich in den Garten geschleift wurde. Während Elisabeth und Karin begannen, das Haus nach brauchbaren Gegenständen oder gar einem Holzofen zu durchsuchen, setzte sich Hanna auf die oberste Stufe der Treppe und starrte auf die Blutflecken, die in den hölzernen Boden einzogen. Noch immer fror sie, doch sie wusste nicht, ob dies von der Kälte herrührte oder von der Gewissheit, für ihre neue Unterkunft gemordet zu haben.

Schließlich stand sie auf und ging in das Zimmer mit der Frauenleiche. Dort nahm sie das Foto und sah sich lange Zeit die Gesichter darauf an. Es musste eine äußerst lustige Situation gewesen sein, denn die Personen darauf schienen nicht nur einfach zu lächeln, sondern übermittelten puren Spaß. Sie alle waren glücklich gewesen.

Als Sarah hinter sie trat und das Foto ebenfalls betrachtete, legte sie ihr eine Hand auf die Schulter. »Er hat uns angegriffen. Mach dir keine Gedanken, sie sorgen nur dafür, dass wir überleben.«

Hanna fragte sich, ob Sarah sie nur trösten wollte oder sie tatsächlich mittlerweile derart abgestumpft war. Nun waren auch sie Plünderer und Mörder geworden. Mit einem beißenden Gefühl in ihrer Magengegend legte sie das Foto auf den Tisch und sah ihre Freundin an. Die

Wunde verheilte gut, doch es war schon jetzt ersichtlich, dass sie niemals gänzlich verschwinden würde.

»Kannst du hier leben? Wenn du weißt, dass ein Mensch sterben musste, nur weil wir uns dieses Haus als Unterkunft ausgesucht haben?«

Lächelnd fasste Sarah nach ihren Händen und drückte sie. »Ja, ich kann das. Und du kannst das auch. Hanna, er war der Angreifer, er hätte schon während wir klopften sagen können, dass dieses Haus besetzt ist. Warum musste er meinen Vater angreifen? Du kannst hierbleiben, und du wirst!«

Hanna nickte. Sie wusste, dass es immer weniger Raum für Gefühle gab, für Gewissensbisse, die ohnehin nichts ändern konnten. Sarah schien diesbezüglich bereits weiter zu sein, doch sie spürte, dass sich ihre Freundin zumeist auch nur bemühte, stark zu sein.

Weder Elisabeth noch Karin hatten einen Ofen gefunden, der sich als Feuerstelle eignete. So mussten sie mit der Wäsche und den Decken auskommen, die zwei Kleiderschränke gefüllt hatten.

Robert und Stefan hatten die Leichen des Paares in den Gartenschuppen gelegt und die Tür verschlossen. Während des Winters würden die Körper ohnehin kaum stinken, und sie hofften, dass sie vor Einbruch des Frühjahrs schon weit weg in Sicherheit waren.

Diesmal verzichteten sie darauf, die Fenster des Untergeschosses mit Brettern abzusichern. Ihr Haus würde sofort als bewohnt erkannt werden, und nachdem sie gesehen hatten, wie konsequent Plünderer solche Wohnungen stürmten, versuchten sie, lieber unauffällig zu bleiben. Im Falle eines bewaffneten Überfalls waren sie ohnehin wehrlos. Dieser Umstand verlieh ihnen ein Gefühl des Ausgeliefertseins, eine stille Angst, die auch nach der langen Zeit nicht wich.

Nachdem sie das Obergeschoss bezogen und in der Küche noch eine beträchtliche Menge Lebensmittel gefunden hatten, waren sie gezwungen, ihre Mahlzeiten auf einem Feuer im Garten zu erhitzen. Zwar benutzten sie nur das getrocknete Holz aus dem Vorrat des alten Mannes, doch sie befürchteten, dass die unscheinbare Rauchsäule gesehen werden konnte. Deshalb beschlossen sie, nur einmal täglich Essen zuzubereiten, um diese Gefahr so klein wie möglich zu halten.

Der Tod des Mannes ging allen nahe. Obwohl Robert wusste, dass er sich nur verteidigt hatte, waren sie die Eindringlinge gewesen, ähnlich wie in der Apotheke. Als er nun neben seinen Kindern und Freunden saß, sie dabei beobachtete, wie sie dick eingehüllt mit Löffeln aus Konservendosen aßen und teilweise mit leerem Blick vor sich hinstarrten, spürte er, wie sehr er sich verändert hatte. Er hatte zum zweiten Mal einen Menschen umgebracht, und die Frage, wie man Konserven am besten auf einem Feuer erhitzte, hatte ihn mehr beschäftigt als der Tod dieses Menschen.

Da der Wind stärker wurde, verließen sie an diesem Tag das Haus nicht mehr. Sarah und Hanna hatten Tischspiele gefunden, die sie zusammen mit Elisabeth und Karin spielten. Ab und an lachte jemand von ihnen, was Robert mit einem Lächeln quittierte. Er hatte die beiden Mädchen in letzter Zeit nicht allzu oft lachen gehört, daher schätzte er Augenblicke wie diese, in denen jeder von ihnen kurzzeitig ihre Lage zu vergessen schien.

Etwas später stand Robert mit Alexander an einem der Fenster und inspizierte die Region, als Stefan zu ihnen trat.

»Wenn der Wind schwächer wird, müssen wir uns einen Überblick über die Gegend verschaffen. Vielleicht gibt es andere Gruppen, und womöglich könnten wir jemanden kennenlernen. Wir sollten es in Betracht ziehen, unsere Gruppe zu vergrößern, um bessere Überlebenschancen zu haben. Auf dem Weg hierher gab es immer wieder Anzeichen für Leben.«

»Ich weiß nicht«, antwortete Robert. »Ich habe momentan kein Vertrauen, mich mit jemandem zusammenzuschließen. Unsere Gruppe ist groß genug. Wer weiß schon, welche Kerle das vorhin waren.«

»Umso wichtiger, sich einen Überblick zu verschaffen. Notfalls müssen wir hier raus und weitersuchen. Doch hier gibt es Villen, Prunkhäuser und reich ausgestattete Wohnungen, die alle einen Versuch wert sind, dort einzusteigen.« Stefan sah kurz zu den Frauen, die gerade über einen Spielzug diskutierten. »Vielleicht haben wir das Glück, dort Waffen zu finden. Ihr wisst, dass wir sie brauchen.«

Robert nickte. Er hätte nie erwartet, dass die Suche nach Waffen eines Tages ebenso wichtig werden würde wie die nach Lebensmitteln. Nahrung hatten sie wieder genügend, und wenn es schneien würde, auch Wasser. Sein Blick schwenkte auf Alexanders Schuhe, seine schmutzige Jeans und schließlich auf sein Gesicht. Er war ernst geworden, wesentlich erwachsener als noch Monate zuvor, mit einer ungewohnten Härte, die nicht zu den jugendlichen Zügen passte. Robert versuchte, sich eine Waffe in den Händen seines Sohnes vorzustellen, die Bereitschaft, für das Überleben seiner eigenen Familie notfalls auch zu töten. Zwar wusste er, dass Alexander dies bewerkstelligen würde, aber er schämte sich, es von ihm zu erwarten.

Als es Abend wurde, blieben sie in den Räumen des Obergeschosses. Schlaflos lag Elisabeth neben Karin und starrte durch eines der Fenster in die dunkle Nacht hinaus. Sie spürte schon länger, dass ihr jeder einzelne Tag mehr zusetzte als noch zu Beginn dieser Katastrophe.

Täglich wurde sie müder, und die Aussicht auf ein lebenswertes Leben schwand wie die Hoffnung, alles würde sich noch zum Guten wenden.

Ausgelaugt wandte sie sich Karin zu. »Ich mag nicht mehr. Ich möchte hierbleiben. Wir haben hier alles, was wir brauchen!«

»Aber warum sollten wir von hier weg?«, fragte Karin.

»Sie spekulieren doch schon über die anderen Häuser. Ich will nicht mehr kämpfen, nicht mehr hungern, Angst vor einem Überfall haben, frieren müssen. Ich hasse dieses Leben, dieses Davonlaufen in einer Welt, in der die Menschen sich wie Tiere benehmen.« Sie war froh über die Dunkelheit, in der niemand ihre Tränen sah. Schwer atmend legte sie ihren Kopf an Karins Schulter und schloss die Augen.

Karin ergriff ihre Hand und hielt sie fest in ihrer. »Ich werde ihnen sagen, dass wir einige Tage hierbleiben wollen. Wenn uns niemand vertreibt, gibt es keinen Grund, dieses Haus aufzugeben.«

»Robert und Stefan sind getrieben davon, etwas Sicheres zu finden. Du weißt wie ich, dass es keine sichere Unterkunft gibt. Wir sollten mit ihnen reden.«

»Ich bin froh, dass sie uns anführen. Sie haben wenigstens einen Plan.«

»Welchen? Von einem Haus zum nächsten zu rennen?«

»Elisabeth, wir hatten keine andere Wahl. Ich spreche morgen mit ihnen. Wir sollten wirklich erstmal zur Ruhe kommen. Das Haus ist wie geschaffen dafür.«

Ein Hoffnungsschimmer

In dieser Nacht fiel die Temperatur erstmals unter minus zehn Grad. Zwar besaßen sie warme Kleidung und dicke Decken, doch niemand von ihnen konnte sich vorstellen, den kommenden Winter ohne einen Ofen überstehen zu können.

Als Stefan vorschlug, ein anderes Haus zu suchen, widersetzte sich Elisabeth vehement. »Ich bleibe hier! Ich will nicht plündern, und auch keine weiteren Leichen aus irgendwelchen Wohnungen zerren.«

»Elisabeth, wir brauchen dringend eine Feuerstelle.«

»Können wir nicht wenigstens kurz hierbleiben? Nur zwei oder drei Tage?«

Stefan erschrak vor ihrem ausgelaugt wirkenden Gesichtsausdruck.

»Falls es zu schneien beginnt, wird es noch schwieriger werden. Wir sollten keine Zeit vergeuden.«

»Ich gehe nicht!«

Ratlos sah Stefan zu den anderen, doch niemand sagte etwas. Dennoch hatte er nicht vor, einige Tage einfach so verstreichen zu lassen.

»Robert und ich werden gehen. Ihr bleibt hier und ruht euch aus. Ich mag hier nicht leben, ohne zu wissen, wer neben uns wohnt.«

»Wir werden gehen«, bestätigte ihn Robert. »Ihr verschanzt euch im Haus. Wir werden nicht lange wegbleiben.«

Elisabeth starrte die beiden noch eine Weile an, verschwand aber schließlich in einem der Zimmer.

»Gebt ihr ein paar Tage«, erklärte Karin. »Ihr geht es nicht gut.« Ohne eine Antwort abzuwarten, ging sie Elisabeth hinterher.

Alexander trat zu Stefan und Robert und sagte: »Ich gehe mit euch! Vielleicht schafft ihr es nicht alleine. Zu zweit ist es zu gefährlich dort draußen.«

»Auf keinen Fall!«, entschied Robert. »Ich brauche dich hier bei den Frauen. Wir gehen nicht weit, vielleicht bleiben wir sogar in Sichtweite.«

Als Alexander protestieren wollte, hob Robert energisch die Hand. »Nein, du bleibst! Keine Widerrede! Das ist nicht der richtige Zeitpunkt, um mir zu beweisen, dass du mutig bist. Ich weiß, dass du es bist. Du bleibst!«

Zwar warf Alexander seinem Vater wütende Blicke zu, doch er sagte nichts mehr. Erst nach einigen Augenblicken drehte er sich weg und ging in die Küche.

Als kurze Zeit später Robert die Tür hinter sich und Stefan schloss, fühlte er sich schlecht. Aber um sich durchzusetzen, musste er andere überstimmen, auch wenn er dadurch Streitigkeiten riskierte.

Bereits im ersten Haus, das etwa dreihundert Meter hangabwärts zu finden war, bereuten Robert und Stefan nicht, alleine gegangen zu sein. Im Wohnzimmer lag die bereits verwesende Leiche eines Mannes; die einer älteren Frau fanden sie im Schlafzimmer. Doch der Blick ins Kinderzimmer ließ sie zutiefst erschauern. In den Bettchen lagen die Körper zweier kleiner Kinder, die von der Leiche einer jüngeren Frau umschlungen wurden. Aufgrund ihres Zustands und der blutunterlaufenen Augen war sofort klar, dass sie Opfer der Seuche geworden waren. Vermutlich war die Frau die Mutter gewesen, die ihren sterbenden Kindern so nahe wie möglich sein wollte. In der Zugluft der geöffneten Tür drehten sich farbenfrohe Mobiles an den Decken, und Kinderbücher sowie Stifte und Papier in den Betten offenbarten, was die drei noch während ihrer Krankheit getan hatten.

Schockiert schlossen sie die Tür und gingen in die Küche. Hier war bereits geplündert worden, aber nicht konsequent genug, denn es fanden sich noch zwei Reispackungen und einige Tüten Apfelmus unter ausgeräumten und auf den Boden geworfenen Küchengeräten.

Bevor sie das Haus verließen, blieb Robert an einer Kommode stehen, über der ein Familienfoto hing. Das Mädchen und der Junge standen lächelnd vor ihren Eltern und hielten stolz ihre Schultüten in die Höhe. Vom Lachen der beiden berührt strich er über das Bild, bereute es aber im selben Augenblick. Dieses verdammte Virus hatte den größten Teil der Bevölkerung ausgelöscht, keinen Unterschied zwischen Kindern und Erwachsenen gemacht. Doch was nutzte es, über das Schicksal dieser Familie nachzudenken? Es änderte nichts!

Schließlich verließ er mit schmerzendem Bauch das Haus.

Zu seiner Überraschung schien im übernächsten Haus, das direkt am Rand eines kleinen Wäldchens stand, noch jemand zu wohnen. Die Fenster des Untergeschosses waren mit Brettern vernagelt, eine Rolle Stacheldraht vor der Haustür ausgelegt und ein notdürftig errichtetes Schild mit der Aufschrift: *Privatgrund! Betreten verboten! Ich bin bewaffnet!,* verfehlte seine Wirkung nicht. Stefan und Robert sahen sich das Grundstück von Weitem längere Zeit an, jedoch zeigte sich niemand. Dennoch entschieden sie, es nicht zu betreten und den Warnungen Folge zu leisten.

Als sie nah beim Ufer des Sees einen Bungalow betraten, schlug Stefans Herz höher. In einem Regal standen die Pokale eines Sportschützen. Sofort suchten sie nach einem Metallschrank, denn sie vermuteten, dass der Schütze seine Waffen und die Munition im Haus lagerte. In einem Nebenraum fanden sie schließlich diesen Schrank vor, doch zu ihrer Enttäuschung war er bereits aufgebrochen und leergeräumt.

»Vielleicht haben die Typen in dem letzten Haus ihre Waffen von hier«, mutmaßte Robert. »Es wäre ein Indiz, dass sie nicht bluffen. So ein Mist!«

Obwohl sie den Boden akribisch absuchten, fanden sie nicht einmal eine einzige Patrone. Die vollgestopften Regale erregten jedoch Stefans Aufmerksamkeit, und so fand er bereits nach kurzer Zeit neben einem geräumigen Rucksack ein Zelt, ein Fernglas, eine Angel mit Zubehör sowie ein Jagdmesser. In Kartons darunter kamen ein Gaskocher zum Vorschein, mehrere Feuerzeuge, weitere Gaskartuschen und ein Magnesium-Anzünder. Begeistert stopfte Stefan alles in den Rucksack, doch als er Robert ansah, der ein längliches Gerät in die Höhe hob, riss er die Augen auf. »Ein Elektroschocker?«

»Ja. Was hat der Typ hier nur gemacht?«

»Keine Ahnung. Es entschädigt aber fast für den geplünderten Waffenschrank.«

Sie suchten noch weiter, fanden aber keine brauchbaren Gegenstände mehr.

Nachdem sie das Haus verlassen hatten, gingen sie den einzigen Weg entlang, der wieder auf die Anhöhe des Ostufers führte.

Vor der Gartentür eines einzeln stehenden Hauses wichen sie erschrocken zurück: Im Garten lagen drei Leichen. Schnell duckten sich Stefan und Robert hinter die Hecke und atmeten tief durch.

Auch Alexander spürte, dass Elisabeth deutlich neben sich stand. Sie aß immer weniger, sprach kaum mehr und beobachtete unentwegt Hanna und Sarah dabei, wie sie sich kämmten, über Musik und Filme sprachen, um sich abzulenken, und sie dazu aufforderten, hin und wieder aus den Fenstern zu sehen. Er hatte von Karin erfahren, dass Elisabeth schon früher unter Depressionen gelitten hatte, und in dieser Welt gab es nicht mehr viel, das sie aufheitern konnte. Waren die Tage trüb und neblig wie heute, fiel es ihr offenbar besonders schwer, an ihr gemeinsames Ziel zu glauben.

Während der Abwesenheit der beiden Männer fiel Alexander auf, dass ein Stückchen der Landstraße nach Süden vom Fenster auf der Ostseite aus einzusehen war. Es waren nicht mehr als etwa einhundert Meter, doch es genügte, um mit Glück vorbeifahrende Autos erkennen zu können. Aus diesem Grund blieb er öfter an diesem Fenster stehen, prägte sich die Umgebung ein und beobachtete bei dieser Gelegenheit die zwei Häuser, die zwischen ihnen und dem südlichen Rand von Inning standen. Gerade, als er das Zimmer wechseln wollte, erstarrte er. Eine Gruppe von etwa zehn Personen lief auf der Landstraße in Richtung Süden. Aufgeregt riss er das Fenster auf, um besser sehen zu können. Tatsächlich war es eine bunt gemischte Gruppe, in der auch zwei Kinder mitliefen. Augenblicklich rief er die anderen, und als sie ebenfalls aus dem Fenster sahen, schlich sich zum ersten Mal seit Langem so etwas wie Hoffnung in ihre Körper. Es waren nur Momente, doch sie spürten deutlich, wie gut es ihnen tat, Menschen zu sehen, die wie sie auf Wanderschaft waren.

»Sollen wir uns zu erkennen geben?«, fragte Hanna.

Skeptisch sahen sich die anderen an. Es war zu viel geschehen, und da Robert und Stefan ausgerechnet jetzt nicht da waren, waren sie unsicher.

»Nein!«, sagte schließlich Karin. »Wir können uns im Notfall nicht verteidigen. Sie haben zwar Kinder bei sich, aber wir wissen nicht, mit wem wir es zu tun haben.«

Hanna nickte traurig, sie hatte diese Antwort wohl erwartet.

Alexander blickte der Gruppe nach, bis sie aus seinem Sichtfeld verschwand, und drehte sich schließlich zu den anderen um. »Mich interessiert, warum sie nach Süden ziehen. Fliehen sie auch vor den Plünderern?«

»Wir hätten sie fragen können«, antwortete Hanna. »Ich glaube nicht, dass sie uns angegriffen hätten. Vielleicht haben sie ein Ziel, womöglich sogar Informationen.«

Für einige Augenblicke schwiegen alle. Alexander war hin- und hergerissen. Sie mussten die Sicherheitsvorkehrungen einhalten und wollten dennoch den Kontakt zu anderen Menschen.

»Es waren Frauen und Kinder dabei!«, brach Sarah schließlich das Schweigen. »Sie hätten uns nichts getan. Vielleicht kommen sie ja zurück.«

In Alexander brodelte es. Er glaubte daran, dass diese Gruppe ihnen womöglich etwas sagen konnte, Informationen über ein Ziel hatte, während sie selbst versuchten, in einem Haus zu überleben. Der Drang, sie zu fragen, wurde immer größer, bis er schließlich zu seiner Schleuder griff und die Jacke anzog.

»Ich gehe ihnen hinterher. Ich kann sie noch vor dem Wald einholen.«

»Was?« Energisch stellte sich Hanna vor ihn. »Spinnst du?«

Auch Karin ging auf ihn zu und ergriff ihn am Arm. »Tu das nicht! Dein Vater und Stefan werden bald zurück sein, du solltest nicht alleine gehen.«

»Ich kann nicht warten! Was, wenn sie etwas über Grafrath wissen, oder über Fürstenfeldbruck? Nein, ich werde sie fragen. Keine Angst, ich passe auf und halte Abstand.«

Alexander ließ sich nicht aufhalten. Es war eine Gelegenheit für ihn, seinem Vater zu zeigen, dass er ebenfalls in der Lage war, Entscheidungen zu treffen. Er war schließlich kein Kind mehr.

»Ich gehe mit dir!«, sagte Sarah. Doch Alexander schüttelte den Kopf, rannte die Treppe bis in den Keller hinunter und stieg schnell aus dem Kellerfenster aus, damit Sarah ihm nicht folgen konnte.

Er benötigte nicht lange, um die Gruppe einzuholen. Vor dem Waldstück verließen die Fremden die Straße und nutzten einen Pfad, der parallel zur Straße führte. Erst jetzt spürte Alexander seine Aufregung, und plötzlich kam Angst auf, die Begegnung könnte doch nicht so friedlich wie erhofft verlaufen.

Die Gruppe vor ihm bestand aus drei Männern, drei Frauen und zwei Kindern. Immer wieder versuchte Alexander auszumachen, ob sie Waffen bei sich trugen, doch er konnte nichts dergleichen erkennen.

Als er nahe genug herangekommen war, stellte er sich zum Schutz dicht an einen Baum und wagte es, sie anzusprechen.

»Hallo?«

Augenblicklich blieb die Gruppe stehen, die Männer stelten sich sofort vor die Frauen, die wiederum die Kinder an sich pressten.

»Nicht erschrecken!«, rief Alexander, »ich möchte nur reden!« Er sah, dass die anderen hektisch in alle Richtungen sahen.

Da niemand von ihnen eine Waffe zog, hielt Alexander seine Hände vor sich, um die Situation zu beruhigen. Vor Anspannung stockte sein Atem.

»Ich bin alleine. Wohin geht ihr?«

»Wer bist du?«, wollte einer der Männer wissen, ging aber nicht auf Alexander zu. Währenddessen beobachteten die anderen der Gruppe ihre Umgebung.

»Wir haben uns bei Inning verschanzt«, erklärte Alexander, ohne ihren genauen Aufenthaltsort zu verraten. »Wir sind aus Grafrath geflohen. Woher kommt ihr?«

»Warum bist du dann alleine?«

»Die anderen konnten mich nicht aufhalten. Ich hoffte, ihr hättet Informationen.«

Der Mann sah Alexander noch einige Augenblicke an, flüsterte dem neben ihm stehenden Mann etwas zu und nahm schließlich eine entspanntere Körperhaltung an.

»Ziemlich mutig von dir, uns von hinten anzusprechen. Wir hätten schießen können.«

Alexander war sicher mittlerweile sicher, einer unbewaffneten Gruppe gegenüberzustehen. Doch es war vermutlich nicht ratsam, dies anzusprechen. »Kommt ihr aus dem Norden?«

»Aus Etterschlag.«

»Warum habt ihr euer Dorf verlassen? Sind bei euch auch die Plünderer aus der Kaserne?«

»Nein, aber wir haben von ihnen gehört. Du kommst aus Grafrath? Waren sie bei euch aktiv?«

»Ja, wir sind ihnen entwischt. Sie morden und überfallen systematisch Wohnungen.«

Die anderen sahen sich wieder an, und dann nickten sie sich zu.

»Wie viele seid ihr?«, fragte der Mann.

»Zu siebt. Wir haben uns zusammengeschlossen. Vielleicht sind wir hier sicherer, und diese Idioten plündern nur bis zur A96.«

Während der Gesprächspause beobachtete Alexander, dass sich die Frauen und Kinder etwas entspannten und die Pause nutzten, um zu trinken und auszuruhen. Das kleinste Kind, ein etwa vierjähriges Mädchen, sah immer wieder ängstlich in den Wald hinein. Es trug eine Puppe bei sich, die die gleiche Farbe wie die verschmutzte Hose angenommen hatte. Der größere Junge zog sich gerade die Schuhe aus und kratzte sich an seinen Füßen.

Plötzlich machte der Mann einige Schritte in Alexanders Richtung, blieb aber in ausreichendem Abstand stehen. Niemand hatte noch Angst vor dem Erreger, das Misstrauen traf nun die Überlebenden.

»Wir sind auf dem Weg nach Dießen. Dort soll eine Gemeinschaft leben, die sich in einem der Klöster zurückgezogen hat. Es ist ein Versuch wert.«

Alexander fielen Stefans Geschichten über Vereinigungen in Kasernen ein. »Woher wisst ihr das?«

»In Etterschlag hat es eine Frau berichtet, und eine Gruppe, die aus Herrsching kam, hat dies bestätigt. Ja, wir wissen, dass zurzeit viel erzählt wird, denn die Hoffnung ist groß, dass dieser ganze Albtraum ein Ende hat. Doch wie gesagt: Wir versuchen es.«

Alexander nickte. Er wusste nicht, was er von dieser Geschichte halten sollte, aber er wollte es gern glauben. Er würde es seinen Leuten erzählen, und da sie ohnehin in den Süden wollten, wäre ein Abstecher über Dießen kein Umweg.

»Wisst ihr sonst noch etwas? Über den Erreger? Irgendwas?«

Nun kamen der andere Mann und eine der Frauen ebenfalls auf ihn zu. Offenbar witterten sie keine Gefahr mehr.

»Nein«, sagte die Frau, »nicht mehr als alle anderen auch. Aber mein Bruder war Arzt, der ebenfalls diesem Wahnsinn zum Opfer gefallen ist. Er hat bis zum Schluss behauptet, es sei kein herkömmliches Virus.«

Der zweite Mann legte der Frau eine Hand auf die Schulter und bat sie, zu den Kindern zu gehen.

»Junge, es gibt Wichtigeres, als die Herkunft des Erregers zu diskutieren. Warum, weshalb? Was spielt das jetzt noch für eine Rolle? Das ändert an diesem ganzen Scheiß rein gar nichts. Hast DU irgendetwas gehört? Etwas aus Dießen oder von einer anderen Gemeinschaft hier in der Nähe?«

»Nein. Es gab zwar Gerüchte über ein Auffanglager in der Kaserne Lagerlechfeld, aber wir sind niemals dorthin aufgebrochen.«

»Ja, davon habe ich auch gehört. Wir trauen keinem Militärstützpunkt.«

»Wir ebenfalls nicht.«

Für einige Momente schwiegen sie und sahen sich nur an. Ein leichter Wind setzte ein, der vereinzelte Schneeflocken mit sich trug. Augenblicklich zogen die Männer ihre Kragen hoch und drehten sich zu ihren Frauen.

»Vielleicht sehen wir uns ja in Dießen«, sagte der Mann, mit dem Alexander zuerst gesprochen hatte. »Wir werden jetzt weitergehen, bevor ein Wetterumschwung kommt. Wir haben schließlich noch ein Stück Weg vor uns.« Und nun lächelte er zum ersten Mal.

Alexander verspürte ebenfalls den Drang, seine Gruppe nach Dießen zu führen. Zwar waren es nur einige Minuten gewesen, doch nach dieser Unterhaltung regte sich Hoffnung in ihm, irgendwann nicht mehr in einer kalten Wohnung hausen zu müssen, mit der Angst, jederzeit überfallen zu werden.

»Ja, vielleicht. Ich hoffe es zumindest. Ich wünsche euch viel Glück.«

»Wir euch auch.«

Mit wild klopfendem Herzen sah Alexander zu, wie das Mädchen auf die Schultern eines der Männer gesetzt wurde, der Junge seine Schuhe anzog und sie schließlich zwischen den Stämmen des Waldes verschwanden. Er blieb so lange stehen, bis sie nicht mehr zu sehen waren, ging dann zurück bis zu dem Weg, den er beim Verfolgen der Gruppe überquert hatte, und blieb dort stehen. Er führte nach Westen direkt zum Ammersee. Deutlich spürte er, wie das Treffen seine Angst besiegte, dass hinter jedem Busch ein Plünderer oder Mörder wartete, wie sich sein negativ geprägtes Weltbild etwas änderte und wieder die Menschen in Erinnerung rief, die, wie er selbst, einfach nur überleben wollten.

Um nicht an der Straße entlanggehen zu müssen, folgte er dem Weg, um von dort zu ihrem Haus zurückzukehren. Nach einer Kurve blieb er stehen. Direkt vor ihm stand ein Holzhaus. Es war kein Stall, sondern ein Häuschen mit Fenstern und einem beträchtlichen Holzvorrat an der linken Seite. Sofort sprang er hinter einen breiten Baumstamm und verharrte dort. Aufgeregt lauschte er, ob die Tür geöffnet wurde, ob es ein Anzeichen dafür gab, dass er gehört worden war. Als längere Zeit nichts geschah, spähte er am Stamm vorbei und nahm sich vor, das Haus für eine Weile zu beobachten.

»Hast du etwas Genaueres erkannt?«, flüsterte Robert. Obwohl er sich in die Hecke drückte, befürchtete er, entdeckt worden zu sein.

»Nein. Sie liegen aber schon länger da, ein Gesicht ist abgefressen.«

Irgendwann wagte es Robert, über das Gartentürchen zu spähen. Tatsächlich war mindestens die Leiche eines der Männer von einem Tier angefressen worden, und ihr Gesamteindruck offenbarte, dass sie bereits seit Längerem dort lagen. Trotzdem gingen sie nicht hinein, sondern um das Grundstück herum, bis sie auf der Ostseite auf die Zufahrtsstraße trafen. Dort blieben sie hinter der Hecke eines anderen Hauses stehen.

»Es müssen Eindringlinge gewesen sein, die umgebracht wurden«, mutmaßte Robert. »Möglicherweise ist der Typ noch im Haus.«

»Wenn ja, werden wir dort hinten wohl auch nichts finden.« Dabei wies Stefan mit seiner Hand auf ein Haus, das etwa zweihundert Meter von ihnen entfernt das Letzte auf diesem Hang zu sein schien.

»Wenn wir schon hier sind, sollten wir es wagen. Falls wir hier überwintern, möchte ich sichergehen, nichts übersehen zu haben.«

Nachdem Stefan zugestimmt hatte, gingen sie zu dem Haus und umrundeten es. Es war tatsächlich das letzte Gebäude, bevor der große Wald die Gegend einnahm, eine Prunkvilla, deren Glasfront früher dem Besitzer einen einmaligen Blick auf das Seengebiet gestattet hatte. Hinter zwei großen Bäumen blieben sie stehen, um ein Lebenszeichen aus dem Innern erhaschen zu können, und als das ausblieb, betraten sie den Garten.

Die Fenster waren nicht vergittert, und die Glastür zur geschlossenen Terrasse schien nicht sonderlich einbruchssicher zu sein.

Gerade als Stefan einen großen Stein nahm und sich einem der Fenster näherte, knackte es hinter ihnen. Erschrocken drehten sie sich um und sahen, dass ein Mann mit einem Baseballschläger hinter ihnen stand. Noch bevor sie etwas sagen konnten, traten aus verschiedensten Richtungen noch zwei Männer hinzu.

Sie waren umzingelt.

»Na? Endlich haben wir euch Wichser erwischt. Ihr wolltet wohl plündern, was?«

Stefan fühlte sich, als würde sein Herz aus der Brust springen. Einer der Männer hielt ebenfalls eine Holzstange in der Hand, der andere ein großes Messer. Es war deutlich, dass sie vor nichts zurückschrecken würden. In ihren Augen glühte pure Boshaftigkeit.

Schnell hob er beschwichtigend die Hände. »Wir sind zum ersten Mal hier. Wir suchen Lebensmittel.«

»Klar, zum ersten Mal. Ihr gehört wohl zu den Typen, die da drüben liegen?«

»Nein, die kennen wir nicht. Wir sind auf dem Weg nach Süden.«

»Halt's Maul, das interessiert mich nicht. Ihr seid an die Falschen geraten. Deine Jacke gefällt mir, du wirst sie ja nicht mehr brauchen.«

Der Mann trat nun einen Schritt vor und hob den Schläger. Sofort wich Stefan zurück, zog die Tränengaspistole und hielt sie vor sich. Dabei achtete er darauf, die anderen zwei nicht aus den Augen zu verlieren.

»Bleibt stehen, sonst blas ich dir das Gehirn raus!«

Offenbar hatten die anderen nicht mit einer Schusswaffe gerechnet und blieben tatsächlich stehen. Währenddessen zog Robert das Jagdmesser und stellte sich neben Stefan.

»Ihr Wichser kommt zu uns und bedroht uns?«, zischte der Mann mit dem Messer.

Obwohl ihm vor Angst und Aufregung der Schweiß auf der Stirn stand, versuchte Stefan, ruhig zu bleiben. Offenbar merkten die Typen nicht, dass es sich nicht um eine scharfe Schusswaffe handelte.

»Wir werden jetzt gehen, und niemand stirbt. Das ist die Option, die uns allen entgegenkommt. Versucht einer von euch, uns anzugreifen oder zu verfolgen, baller ich ihm in die Birne!«

Offenbar war das die Sprache, die die Kerle am besten verstanden, denn sie rührten sich nicht von der Stelle und sahen sich unsicher an.

Langsam gingen Robert und Stefan rückwärts durch den Garten, bis sie an den Zaun gelangten, schlossen das Türchen hinter sich und verschwanden hinter der Hecke.

Dann rannten sie.

Sie rannten, bis sie nicht mehr konnten, blieben hinter Bäumen stehen, versuchten zu erkennen, ob sie verfolgt wurden, und rannten weiter. Erst als sie das Haus des Anglers erreichten, blieben sie stehen und verschanzten sich für einige Zeit hinter der Fassade. Auf keinen Fall wollten sie die drei zu ihrem Haus führen, lieber hetzten sie einen halben Tag durch die Gegend, um eine falsche Spur zu legen.

»Ich habe gedacht, das war's«, flüsterte Robert. »Sie haben die Knarre nicht einordnen können.«

»Wenn sie es gemerkt hätten, wären wir jetzt tot. Das waren ganz üble Gestalten.«

Robert nickte und versuchte, sich nicht zu übergeben. Er war derart außer Puste, dass ihm immer wieder schwarz vor Augen wurde.

Da auch nach längerer Zeit nichts zu hören oder zu sehen war, verließen sie ihr Versteck und gingen weiter. Das Grundstück, an dem das Warnschild aufgestellt war, umrundeten sie wieder großzügig, so dass sie schon bald vor der hohen Hecke ihrer Unterkunft standen. Dort warteten sie wieder eine Zeitlang, bis sie schließlich ihren Garten betraten.

Alexander wusste nicht, wie lange er schon hinter dem Baum verharrte. Er hatte Angst, und er wog ab, ob er es wagen sollte, in das Haus einzudringen oder ob er besser nach Hause laufen sollte. In seiner Aufregung durchzuckten ihn die widersprüchlichsten Gedanken. Sein Vater würde ausrasten, wenn er von diesem Alleingang erfuhr. Andererseits war er kein Kind mehr. Unsicher sah er zum Haus, versteckte sich wieder und schloss die Augen, um sich besser auf mögliche Geräusche konzentrieren zu können.

Weil nichts auf Leben im Haus hindeutete, griff er seine Schleuder, lud sie und lief zur Vorderfront der Hütte. Dort lauschte er wieder und klopfte an das Fenster. Nach einigen Augenblicken klopfte er wieder. Dann ging er zur Tür.

Zu seiner Überraschung war sie nicht abgeschlossen. Als ihm starker Verwesungsgeruch entgegenschlug, würgte er und ging einige Schritte rückwärts. Trotz des unbeschreiblichen Gestanks war er froh, denn es war wohl ausgeschlossen, dass hier noch jemand lebte.

Da er sicher war, dort wenigstens eine Leiche vorzufinden, zitterte er vor Aufregung. Sorgfältig wickelte er seinen Schal um Mund und Nase und ging schließlich hinein. Als sich seine Augen an das spärliche Licht der zugigen Hütte gewöhnt hatten, erschrak er: An einem Tisch saß ein Mann, dessen Hinterkopf zerfetzt war. Über die Knochen seines hageren Gesichts war nur noch ledrige Haut gespannt. Auf dem Boden lag ein Gewehr. Offensichtlich hatte sich der Mann damit erschossen.

Mit zitternden Händen hob er die Waffe auf und legte sie auf den Tisch. Er hätte gerne gewusst, ob sie geladen war, doch er kannte sich nicht damit aus und wollte nicht daran herumtüfteln. Doch er durchsuchte die Schubladen, das nur halb gefüllte Regal am anderen Ende des Raumes sowie den Rucksack, der auf dem Boden lag. In diesem fand er eine Schachtel voller Munition.

Aufgeregt durchwühlte er noch weitere Kartons, die sorgfältig aufeinandergestapelt an einer Wand standen, fand aber nur Geweihstücke, geschliffene Hölzer und Unrat. Dann nahm er das Gewehr, warf sich den Rucksack über die Schulter und verließ lächelnd, die Hütte.

Nun hatten sie eine Schusswaffe.

Bruder Tod

Als Robert erfuhr, was geschehen war, schlug er seine Faust auf den Tisch. Er wusste, dass er den anderen keine Schuld geben konnte, schließlich kannte er den Eigensinn seines Sohnes, nur hätte er niemals erwartet, dass sich dieser selbst dadurch gefährden würde.

»Ich gehe mit«, sagte Stefan, nachdem er Sarah sehr lange umarmt hatte.

»Danke.« Robert hätte auch jederzeit Stefan geholfen, um Sarah zu suchen, doch seine Wut auf Alexander verdrängte momentan alle anderen Gedanken. Doch nur wenig später sah er Alexander durch den Garten laufen.

»Wo warst du?«, schrie er aus dem Fenster und lief zu ihm hinunter. »Hast du einen Knall, alleine loszuziehen?«

»Es hat sich gelohnt!« Voller Stolz überreichte er Robert das Gewehr und ging nach oben, ohne auf Roberts Frage einzugehen.

Ungläubig folgte ihm Robert und gab Stefan die Waffe. Er hatte weitaus mehr Ahnung davon.

»Das ist ein Jagdgewehr!« Sofort lud Stefan es durch, musterte es und ließ es schließlich sinken. »Gibt es auch Munition dazu?«

Als ihm Alexander die Schachtel reichte, staunte er noch mehr. »Woher hast du das?«

»Von einem Jäger, der sich selbst erschossen hat. Es war aber nichts anderes zu finden.«

Robert wusste nicht, was er denken sollte. Zwar hatten sie jetzt eine Waffe, aber er war noch immer wütend.

»Alexander, niemand von uns sollte auf eigene Faust losziehen. Es war reiner Wahnsinn, und das weißt du!«

»Wir verlieren Chancen, wenn wir nur hier rumsitzen und uns von allem abschotten«, antwortete Alexander scharf. »Ja, wir mussten fliehen, aber das Leben dort draußen geht weiter. Wir sollten Möglichkeiten finden, nicht so leben zu müssen.« Dabei wies er mit einer Hand um sich. »Ich habe jemanden getroffen. Sie waren freundlich, und sie haben ein Ziel. Ich muss mich für gar nichts rechtfertigen!« Dann stürmte er aus dem Zimmer.

Bevor Robert ihm folgen konnte, hielt Sarah ihn am Arm fest.

»Ich wollte mit ihm gehen. Es war abzusehen, dass sie uns nichts tun würden. Sie hatten Kinder und Frauen dabei.«

»Darum geht's nicht, Sarah. Es hat auch nichts mit eurem Alter zu tun.« Deutlich sah er ihr den Trotz an, den auch Alexander beinahe täglich zeigte. Beschwichtigend legte er eine Hand auf ihre Schulter und ging zu seinem Sohn, da ein klärendes Gespräch unausweichlich geworden war.

Alexander lag im Nebenzimmer mit verschränkten Armen auf dem Bett und starrte zur Decke.

»Was willst du?«

»Dir sagen, dass es eine große Dummheit war.«

»Ja, alles, was ich mache, ist dumm. Schön, dass du die Weisheit mit dem Löffel gefressen hast.«

Um die Situation nicht entgleisen zu lassen, schluckte Robert seinen Zorn hinunter. Es fiel ihm aber schwer, denn Hunger und Erschöpfung nagten deutlich an seiner Geduld.

»Das habe ich nicht. Um was geht's dir eigentlich? Meinst du, ich habe all die Wochen zuvor nie deine Blicke bemerkt, dein ständiges Abwägen, ob eine meiner Entscheidungen auch deine Meinung trifft?«

»Du bist doch nur neidisch, weil ich die Knarre gefunden habe.«

»Das ist doch völliger Quatsch! Meinst du, es macht einen Unterschied, wer sie findet? Allein deine Aktion, dort ohne uns rauszugehen, war idiotisch. Du hast dadurch nicht nur dich selbst, sondern auch die anderen in Gefahr gebracht.«

Nachdem Alexander nicht antwortete, sondern weiterhin auf die weiße Decke starrte, setzte sich Robert zu ihm.

»Es geht nicht darum, dass du mein Sohn bist oder erst siebzehn. In dieser Welt, bei all dem Grauen dort draußen, darf niemand von uns alleine agieren. Ich dachte, das wäre klar wie ein unbeschriebenes Gesetz.«

Es war nicht mehr als ein lautes Aufatmen zu hören, und Robert wertete dies als genervte Reaktion. Deutlich spürte er, wie ihm heiß wurde.

»Ich denke, du missbilligst alles, was ich vorschlage oder für euch tue. Ja, ich habe zwei Menschen getötet, aber nur, um euch hier durchzubringen. Ich weiß nicht, ob diese Welt ein geeigneter Ort ist, um über die Eigenschaften eines idealen Vaters zu diskutieren.« Er wartete einige Augenblicke, stand dann aber auf, um seinen Sohn alleine zu lassen.

Gerade, als er die Tür hinter sich schließen wollte, antwortete Alexander. »Diese nicht, aber viele zuvor!«

»Zuvor?« Verständnislos drehte sich Robert um.

»Ja, wir hätten früher über deine Rolle als Vater reden sollen.«

»Vielleicht hätten wir das wirklich. Aber was hat das mit dem zu tun, was heute geschehen ist?«

Wieder sagte Alexander zunächst nichts. Schließlich schluckte er und sah zu Boden.

»Ich habe dich immer für einen Versager gehalten, einen Schlappschwanz. Selbst an den Wochenenden, die wir bei dir verbracht haben, konntest du dich nie wirklich durchsetzen.«

Mit versteinerter Miene nahm Robert die Worte auf, auch wenn sie ihn nicht überraschten, schließlich hatte er es immer gespürt. Obwohl er seit Langem nicht mehr so intensiv mit seinem Sohn gesprochen hatte, wollte er nicht noch mehr davon hören.

»Es ist nur so«, fuhr Alexander fort, stand auf und ging zum Fenster, »dass ich dich so nicht kenne. Du bist kein Schlappschwanz, und ich muss zugeben, dass wir ohne dich nicht bis zum heutigen Tag überlebt hätten.«

Schlagartig wurde es still. Bewegt setzte sich Robert auf das Bett, während Alexander regungslos stehenblieb und hinausstarrte. Lange Zeit sagte keiner von ihnen etwas, doch schließlich stand Robert auf und stellte sich dicht hinter Alexander.

»Danke. Ich glaube, ich verstehe jetzt.«

»Weißt du, als ich diese Gruppe sah, diese Frauen und Kinder, da wusste ich, dass ... scheiße!« Von einer Sekunde auf die andere sprang Alexander zur Seite.

»Was ist?«

»Da unten steht ein Typ – ich glaub, er hat mich gesehen.«

Zutiefst erschrocken sah Robert selbst aus dem Fenster und erstarrte. Vor dem Grundstück stand eindeutig einer der Männer, die ihnen im Garten der Villa aufgelauert hatten. Sofort duckte er sich und stellte sich neben das Fenster, doch er war sich sicher, gesehen worden zu sein. Sein Herz hämmerte wie wild in der Brust, während er sich die Gesichter der Männer in Erinnerung rief.

»Wir sind überfallen worden«, erklärte er knapp, »es sind Typen, mit denen nicht zu scherzen ist. Doch wir glauben, dass sie keine Schusswaffen haben.«

Weil Alexander nur aus dem Fenster starrte, zog ihn Robert aus dem Raum zu den anderen.

»Stefan, lade das Gewehr! Sie haben uns entdeckt!«

Nun lief Stefan an eines der Fenster und spähte durch die Gardine hindurch ins Freie. Da er niemanden entdecken konnte, rannte er in die anderen Räume, doch jedes Mal ohne Erfolg. Auch die anderen versuchten, jemanden zu erspähen, und besetzten sämtliche Fenster.

»Wir haben zumindest einen von ihnen gesehen«, erklärte Robert. »Schnell, wir müssen in den Keller.«

Stefan wandte sich zu den anderen.

»Ihr bleibt hier oben, wir werden sie unten abfangen, falls sie versuchen, einzusteigen. Wir kennen sie, sie haben uns heute überfallen. Sie wollen sich rächen.«

»Kommt her!«, rief Karin plötzlich.

Sofort liefen alle zu ihr ans Fenster und erkannten drei Gestalten, die hinter der dürren Hecke standen. Offenbar berieten sie sich, denn ihre Gesten waren hektisch und sie sahen immer wieder zur Hausfront. Schließlich lief einer von ihnen hinter die Gartenlaube und warf mit einem Stein. Da er knapp neben einem der Fenster landete, warf er einen zweiten.

Robert wollte nicht warten, bis das Glas des Fensters zerbrach. So schnell er konnte, ließ er den Rollladen herunter und sah durch die Schlitze hindurch ins Freie. Zwar hatte er nun verraten, dass sie anwesend waren, doch intakte Fenster waren für ein Überleben im Winter unentbehrlich.

Sofort stoppte der Mann seinen Beschuss und ging zu den anderen zurück.

»Ich knall sie ab!«, zischte Stefan. »Wenn wir warten, bis sie ihren Plan oder was auch immer umsetzen, ist es vielleicht zu spät.«

Erschrocken blickte Hanna zuerst zu Sarah, dann zu Robert.

»Sie dürfen hier nicht rein!«

»Ja, erschießt sie«, stimmte Sarah zu, »sie würden es genauso tun.«

Karin und Elisabeth starrten die beiden entgeistert an, sagten aber nichts.

Stefan hatte keine Zustimmung benötigt, denn er ging sofort ans Fenster des Schlafzimmers und öffnete es einen Spalt. Dabei versuchte er, so leise wie möglich zu sein, und da die Männer noch immer hinter der Hecke ausharrten, hoffte er, dass sie ihn nicht gehört hatten. Vorsichtig legte er den Lauf des Gewehrs aufs Fensterbrett und zielte. Dabei versuchte er, sich die Szenen des Vormittags in Erinnerung zu rufen, die Worte der Männer und ihre Brutalität. Und er dachte an das, was ihnen blühen würde, wenn er nichts unternahm.

Dann schoss er.

Einer fiel zu Boden. Die anderen rannten sofort hinter die Hütte und versteckten sich. Nun konnte Stefan sie von seiner Position aus nicht mehr erreichen, ging ans Küchenfenster und hob den Rollladen so weit an, dass er den Lauf dort auflegen konnte.

»Der Kerl scheint tot zu sein«, rief Karin.

»Kannst du nicht durch die Hütte schießen?« Sarah stellte sich neben ihren Vater.

»Die Kugeln würden zwar durchgehen, doch ich möchte keine von ihnen vergeuden. Ich weiß nicht, wo genau sie stehen.«

Es war so still, dass Stefan nicht einmal den Atem der anderen hörte. Er starrte auf die Hütte und versuchte, irgendetwas zu erspähen.

Plötzlich bewegte sich die Hecke dahinter.

»Sie versuchen, durchzuschlüpfen!«

Sofort versuchte Stefan, ein Ziel auszumachen, doch er sah nicht mehr als sich bewegende Heckenäste, halb verdeckt durch die Gartenlaube.

Als die zwei Männer es geschafft hatten, hindurch zu klettern, rannten sie.

Nun waren sie jedoch deutlich zu erkennen. Wenn Stefan schießen wollte, dann jetzt. Jeder Moment, den er zögerte, würde die Entfernung vergrößern. Trotzdem wartete er, und als der Erste von ihnen über der Heckenspitze auftauchte, schoss er ein zweites Mal.

Er traf nicht. Sorgfältig legte er an und schoss wieder, und diesmal fiel einer der beiden zu Boden. Der andere blieb kurz stehen, sah sich um, rannte aber weiter, bis er hinter den ersten Bäumen eines kleinen Hains und schließlich gänzlich aus Stefans Sichtfeld verschwand.

Der getroffene Mann schrie und hielt sein Bein.

»Ihr bleibt!«, rief Robert geistesgegenwärtig, »wir gehen zu ihm.«

Bevor Robert und Stefan die Treppe hinunterrannten, hielt Alexander seinen Vater am Arm fest.

»Ihr dürft ihn nicht am Leben lassen!«

Wie zu Statuen erstarrt, standen die anderen hinter ihnen und hörten zu. Robert spürte jeden einzelnen Blick auf seinem Gesicht, und obwohl es kein anderer aussprach, wusste er, dass sie alle dasselbe dachten.

Schließlich nickte er. »Ich weiß!«

Dann stürmten sie nach unten.

Langsam näherten sie sich dem Verletzten. Er lag auf der Seite, umfasste seinen Oberschenkel und stöhnte laut.

»Ihr Wichser habt mir das Bein zerschossen!«

Mit dem Gewehr im Anschlag ging Stefan auf ihn zu, drehte sich aber immer wieder in alle Richtungen, da niemand von ihnen wusste, was der dritte Mann vorhatte.

Als sie dicht vor ihm standen, legte Stefan an.

»Tut das nicht, wir können uns bestimmt einigen!«

Aus dem Bein war bereits eine Menge Blut getreten, und erst als der Mann sich etwas drehte, erkannte Robert, dass es sich um einen Oberschenkeldurchschuss handelte, bei dem offenbar die Schlagader getroffen worden war. Vermutlich würde er ohnehin bald verbluten.

»Wie sollten wir uns einigen?«, fragte Stefan. »Ihr würdet uns so lange jagen, bis ihr uns habt. Es gibt keine Verhandlung.«

Der Mann stöhnte wieder auf und ließ sich nach hinten fallen. Für kurze Zeit schloss er seine Augen, ohne die stark blutende Wunde loszulassen.

»Ihr verdammten Arschlöcher!«

Robert drehte sich um und sah Hanna, Sarah und Alexander am Fenster stehen. Sie mussten nicht unbedingt sehen, was nun folgen würde. Er hatte weder vor, den Verletzten liegen zu lassen, noch auch nur eine einzige Kugel zu vergeuden.

»Stell dich so, dass sie es nicht sehen«, sagte er zu Stefan. Der nickte und schirmte das Geschehen mit seinem Rücken ab, ohne aber das Gewehr abzusetzen. Er traute wohl dem Verletzten selbst jetzt nicht über den Weg.

Schließlich ging Robert mit schweißnassen Händen zu dem Mann und trat ihm mit voller Wucht gegen den Kopf, so dass er schlaff zur Seite fiel.

»Ich weiß, dass ich ihn töten müsste«, sagte Robert.

Stefan nickte. »Er stirbt ohnehin. Vielleicht müssen wir unsere Hände nicht auch an ihm schmutzig machen.«

Mit dem Messer in der Hand stand Robert da und spürte, dass er ihm nicht einfach die Kehle durchschneiden konnte. Er konnte es nicht. Nicht so.

Es dauerte, bis der Mann wieder zu sich kam, doch bevor er die Augen öffnete, begann er stark zu röcheln. Blut lief ihm aus Mund und Nase, dann schnappte er nach Luft und verstummte schließlich. Die Blutmenge unter dem Körper war mittlerweile so groß, dass ein Erwachen nicht mehr zu erwarten war.

Als die Stille nicht endete, senkte Robert seinen Kopf zum Mund des Mannes und horchte.

»Er ist tot.«

Stefan nickte nur, durchsuchte die Kleidung des Mannes und fand ein Jagdmesser, das er einsteckte. Dann drehte er sich um und ging zurück zum Haus.

Dort erwartete sie zunächst Schweigen.

»Einer lebt noch«, sagte Sarah schließlich. »Einer alleine ist nicht so gefährlich. Aber er muss auch verschwinden.«

Mit unbeweglicher Miene stand Hanna neben Elisabeth und starrte besorgt zu Boden. Sie spürte eine Gänsehaut, die sie lange nicht mehr gefühlt hatte, und der Ekel vor dem, was gerade passiert war, ergriff ihren Bauch. Dennoch spürte sie kein Mitleid mit dem Mann, obwohl er vor ihren Augen jämmerlich verblutet war.

Sanft strich ihr Robert über die Wange, küsste ihr Haar und zog Alexander mit sich. Als sie genügend Abstand zu den anderen hatten, legte er eine Hand auf seine Schulter.

»Ich weiß, dass du es auch getan hättest. Es ist nur so, dass es einen nicht mehr loslässt. In den Träumen spielt es keine Rolle, ob es Notwehr war oder nicht.« Er wollte sagen, dass auch Alexander früher oder später gezwungen sein konnte, zu töten, dass dies womöglich ein alltäglicher Vorgang werden würde. Doch er tat es nicht. Alexander wusste es wahrscheinlich selbst, und dies war eine Tatsache, die Robert nur schwer akzeptieren konnte.

Elisabeth hatte genug gesehen. Ein bleierner Mantel legte sich auf ihre Schultern und nahm ihr jeden weiteren Lebensmut. Wieder zog ein eisiger Wind durch die Bäume des nahestehenden Waldes und verursachte einen kalten Schauer in ihr. In diesen Momenten fragte sie sich, warum sie so lange durchgehalten hatte. Um immer mehr Menschen sterben zu sehen? Selbst pausenlos auf der Flucht zu sein? Sie hatte die Menschen, die ihr am liebsten waren, an diese Katastrophe verloren und trug nur noch ein Foto ihrer Gesichter bei sich. Das war zu wenig, viel zu wenig.

Mit versteinerter Miene sah sie zu Hanna, die zusammen mit Sara den Inhalt zweier Konservendosen zu einem Mahl verarbeitete. Wussten sie, was auf sie wartete? Vielleicht hatten sie ja wirklich Glück und sie fanden den so ersehnten Unterschlupf in einer größeren Gesellschaft. Sie wünschte es ihnen von ganzem Herzen, doch sie glaubte nicht daran. Schließlich ließ sie die beiden alleine und ging in den Keller. Sie wollte nicht zu Karin gehen, denn sie befürchtete, dass ihre Freundin spürte, wie es um sie stand.

Unten setzte sie sich in eine Ecke, zog das Foto ihrer beiden verstorbenen Söhne aus der Tasche und sah sie liebevoll an. Das Leben hatte ihnen viele gemeinsame Jahre geschenkt, die frei von Angst, Gewalt und der tiefgreifenden Sorge um eine sterbende Welt gewesen waren. Sie dankte dafür, legte das Foto neben sich und schloss für einige Momente die Augen.

Selbst jetzt fand sie keinen Frieden, denn der Wind heulte bedrohlich und schien durch das Mauerwerk zu dringen. Schließlich nahm sie das Messer, das sie aus der Küche entwendet hatte, zog ihren Ärmel hoch und durchschnitt die Pulsader. Sofort durchzog ein stechender Schmerz ihren Körper, nahm ihr kurz die Luft zum Atmen, und beinahe hätte sie geschrien. Während das Blut stoßweise aus dem Arm trat, durchtrennte sie auch die Pulsader des anderen Unterarms, ließ das Messer fallen und schloss die Augen. Es war, als könne sie spüren, wie das Leben aus ihr herausfloss. Sie begann, stark zu zittern, ihr wurde übel und furchtbar kalt.

Irgendwann wurde es dunkel um sie. Bilder aus vergangenen Zeiten stiegen in ihr hoch, die Gesichter ihrer Söhne und auch das ihres verstorbenen Mannes. Sie hörte ihr Lachen, ihre Worte an sie und konnte ihren

Geruch aufnehmen. Doch die Kälte in ihr war durch nichts auszugleichen.

Etwas später hörte Robert Karin schreien. Gefolgt von den anderen lief er in den Keller und blieb wie angewurzelt neben Karin stehen. Elisabeth lag regungslos in einer riesigen Blutlache.

»Was ist passiert«, schrie er zutiefst erschrocken. Während der ersten Augenblicke dachte er, sie wäre erstochen worden, doch dann sah er die aufgeschlitzten Unterarme und das Küchenmesser neben ihrem Körper.

»Scheiße!«, schrie Stefan, während Hanna entsetzt die Luft einsog.

Ohne zu zögern, lief Robert zu Elisabeth und tastete nach ihrem Puls, und als er nichts spürte, versuchte er den Herzschlag in ihrer Brust zu hören, indem er seinen Kopf auflegte.

Sie war tot.

Fassungslos sah er auf die Blutlache, drehte sich kopfschüttelnd zu den anderen um und stand auf.

Während Sarah und Hanna wie angewurzelt dastanden, zog Stefan Karin zu sich, doch sie wehrte sich dagegen und verschwand durch die Kellertür. Zuerst sah Stefan noch einige Augenblicke hilflos zu seiner Tochter, doch dann lief er Karin hinterher.

Robert konnte den Schrecken auf Hannas Gesicht deutlich erkennen, doch er wusste nicht, was er sagen sollte. Es war, als gefriere sein Blut, und in diesem Moment fühlte er sich am Tod Elisabeths mitschuldig.

»Wir können sie nicht so liegen lassen«, flüsterte schließlich Sarah. »Nicht hier und nicht so.«

Etwas später standen alle im Garten. Weil der Boden nicht hart gefroren war, konnte ohne große Mühe ein Loch ausgehoben werden. Zuvor hatten sie den Leichnam in mehrere Lagen Bettlaken eingewickelt und legten ihn nun sanft in das Loch.

Als Elisabeth in ihrer letzten Ruhestätte lag, schob Karin das Foto ihrer Söhne in eine Falte des Lakens und legte noch einmal die Hand auf sie. Sie dankte ihr für ihren gemeinsamen Weg, und für einige Momente fragte sie sich, ob ihre Freundin oder sie selbst den richtigen Weg gewählt hatte.

Terror

Der Verlust machte jedem von ihnen zu schaffen. Während des Essens wurde kaum gesprochen, und selbst der verstummende Wind änderte nichts an der angespannten Situation.

Stefan nutzte die Zeit, den anderen die Handhabung der Waffe zu zeigen. Während Karin nur wenig Interesse daran hatte, ließen sich Hanna und Sarah mehrmals erklären, wie man das Gewehr lädt, Munition einführt und zielt. Zudem schulte er sie an der Pistole, auch wenn es keine scharfe Schusswaffe war. Er ahnte, dass jeder von ihnen fähig sein musste, mit einer Waffe umzugehen, um als Gruppe stark zu sein und um jederzeit das Leben der anderen schützen zu können.

Als es dunkel wurde, teilten sie die Wachen ein. Der dritte Mann war irgendwo da draußen und sie wussten nicht, ob, wie und wann er sich für den Tod seiner Freunde rächen würde. Da nur das notdürftig verschlossene Kellerfenster eine Möglichkeit zum Einsteigen bot, hielt immer eine Zweiergruppe in diesem Raum Wache, die nach einer Stunde durch eine andere ersetzt wurde.

Während der ersten Nachthälfte geschah nichts. Die dünne Mondsichel spendete kaum Licht und machte es schwer, etwas zu erkennen.

Plötzlich klirrte Glas und Hanna schrie auf. Robert schreckte hoch, da er vor Kurzem nach seiner Wachablösung eingeschlafen war.

»Es kommt aus dem Wohnzimmer!«, fluchte Alexander und lief mit Robert und Karin die Treppe hinunter. Dort trafen sie auf Stefan und Sarah, die aus dem Keller kamen. Nach einigen Augenblicken sah Robert, dass trotz des heruntergelassenen Rollladens das Fenster zerstört worden war.

»Wir gehen sofort wieder nach unten!«

Er vermutete zunächst, dass es eine Art Ablenkungsmanöver gewesen sein könnte, um ungehindert durchs Kellerfenster einsteigen zu können, doch einige Minuten später kam Sarah zu ihnen und gab Entwarnung. Robert wusste, dass die meisten Fenster im Erdgeschoss vergittert waren und somit ein Einsteigen unmöglich war, doch man konnte offenbar die wenigen anderen trotz der Rollladen zerstören. Und gerade, als er darüber nachdachte, auch sie mit Brettern zuzunageln, zersplitterte im Obergeschoss Glas. Sofort rannten er und Alexander nach oben und fanden einen etwa faustgroßen Stein auf dem Boden.

Wütend schaute Robert durch das zerstörte Glas ins Dunkel der Nacht. An diesem Fenster hatten sie den Rollladen nicht herabgelassen, was sie nun nachholten.

»Dieses Arschloch will uns zermürben!«

Eilig kontrollierte er alle Rollläden dieses Geschosses, und als er fertig war, knallte wieder etwas gegen eine der Jalousien. An Hannas Gesicht sah er, wie sehr sie unter dieser nervenaufreibenden Situation litt.

»Hier oben kann er nichts anrichten. Es ist laut, aber er kann sie nicht zerstören. Wir bleiben alle hier im Schlafzimmer, es hat nur ein Fenster!«

Dann knallte es im Erdgeschoss und Robert rannte hinunter, gefolgt von Alexander. Der Schlag hatte die Scheibe nicht zerstört, und Robert fragte sich, womit der Mann von außen gegen die Rollläden schlug und es fertigbrachte, die dahinterliegende Scheibe zu zertrümmern. Der Punkt in dem Katze- und Mausspiel ging in dieser Nacht eindeutig an ihren Gegner.

Niemals zuvor hatte Robert die Dunkelheit einer Nacht so verflucht, zu keiner Zeit war er aufgrund von Hunger, Müdigkeit und brachliegenden Nerven derart außer sich gewesen.

Die Abstände zwischen den Angriffen auf die Jalousien vergrößerten sich zwar, doch die Attacken nahmen kein Ende. Irgendwann rissen sie aber ab, und stattdessen war das Knacken und Brechen von Holz zu hören.

»Was tut er da?«, wollte Alexander nach der Wachablösung von Stefan wissen.

»Ich weiß es nicht. Er vermeidet es aber offenbar, den direkten Umkreis des Kellerfensters zu betreten, denn wir haben keine Schritte gehört. Und er ist sich wohl klar darüber, dass wir nicht blind in die Dunkelheit feuern, um keine Munition zu vergeuden.«

Robert wusste, dass es auf Dauer so nicht weitergehen konnte.

»Wir müssen uns morgen etwas überlegen. Er hat alle Zeit der Welt, uns fertigzumachen. Irgendwie müssen wir es schaffen, ihn zu finden.«

»Es bringt nichts, auf die Suche nach ihm zu gehen. Vielleicht können wir aber an zwei verschiedenen Punkten Ausschau nach ihm halten. Der Waldrand wäre eine gute Position sowie der kleine Hain am Hang.«

»Meinst du, er hält sich tagsüber in unserer direkten Nähe auf? Auch er wird schlafen müssen, und er weiß, dass wir ihn suchen werden. Vielleicht wohnt er in dem Haus, an dem wir auf sie trafen? Wir sollten es stürmen, er hat keine Waffe.«

Aufs äußerste gereizt und gleichermaßen hilflos, wischte sich Stefan über sein Gesicht und schloss die Augen. Er bereute es, am Vortag nicht besser getroffen zu haben. Am liebsten hätte er sich im Garten auf die Lauer gelegt, um diesem Verrückten die Kehle durchzuschneiden.

»Ja, das werden wir tun. Irgendetwas müssen wir ja unternehmen.«

Es flogen nur noch selten Gegenstände gegen die Rollläden. Zwischendurch waren aber eindeutig Geräusche zu hören, die darauf hinwiesen, dass Holz bearbeitet wurde. Einige Male dachte Robert daran, im Obergeschoss durch eines der Fenster zu schauen, doch er verwarf den Gedanken schnell, denn neben der Tatsache, dass die Dunkelheit ohnehin keinen Blick in den Garten zuließ, konnte er jederzeit von einem Stein getroffen werden.

Noch vor Sonnenaufgang roch es plötzlich verbrannt. Aufgeregt rannten Stefan und Robert zu dem Fenster, durch dessen Rollladenschlitze Licht hereinschien, und als sie die Jalousie ein Stückchen in die Höhe hoben, beleuchtete ein heller Schein den gesamten Vorgarten. Offenbar hatte der Mann das Holz direkt vor einer der Holzverkleidungen des Hauses aufgetürmt und angezündet.

Stefan schrie vor Wut. »Dieses Dreckschwein will uns ausräuchern! Schnell in den Keller, der Rauch verteilt sich zuerst in den oberen Räumen!«

Noch hatten sie Zeit, die wichtigsten Dinge in die Rucksäcke zu packen. Vorsorglich nahmen sie auch die meisten der Lebensmittel mit, bevor sie ins bereits deutlich verrauchte Erdgeschoss stürmten. Die Holzverkleidung hatte schon zu qualmen begonnen, und Flammen schlugen auf das Dach über.

Als sie den Kellerraum betraten, warteten sie einige Momente. Keiner von ihnen wollte das Haus verlassen, doch sie würden dazu gezwungen sein, wenn sie nicht am Rauch ersticken wollten.

Stefan war noch immer außer sich. »Ich knall ihn ab, diesen Wichser!«

»Was ist, wenn er vor dem Fenster wartet?«, fragte Sarah. Er weiß bestimmt, dass es unsere einzige Möglichkeit zur Flucht ist.«

»Dann werde ich wohl eine Patrone opfern müssen und hoffen, dass ich treffe.« Obwohl er am liebsten laut geschrien hätte, umfasste Stefan mit ruhiger Hand das Gewehr und stellte sich vor das Fenster. Inzwischen war der Rauch auch hier deutlich zu riechen, sie durften keine Zeit verlieren! Es gab nur noch den einen Fluchtweg.

Als Karin und Hanna zu husten begannen, handelten sie. So leise wie möglich öffnete Stefan das Fenster und duckte sich, um einem eventuell heranfliegenden Stein ausweichen zu können, doch nichts geschah. Eilig kletterte er ins Freie und sah überrascht, dass der von der Hausfront kommende Lichtschein genügte, um die unmittelbare Gegend zu erkennen.

»Schnell raus!«, zischte er und half den anderen, aus dem Fenster zu klettern.

Plötzlich hörte er ein Rascheln hinter sich. Weil er damit gerechnet hatte, drehte er sich blitzschnell um und schoss. Zu seiner Enttäuschung stand aber niemand dort, und als es nochmal raschelte, sah er die Silhouette einer Katze.

Ohne weitere Zeit zu verlieren, kletterten die anderen ins Freie und liefen zwischen die Büsche, um die Dunkelheit auszunutzen. Sie wussten nicht, ob der Mann in ihrer Nähe stand oder längst geflohen war.

Von ihrer Position aus konnten sie gut erkennen, dass das Feuer immer größer wurde. Offenbar hatten die Flammen auf das hölzerne Vordach übergegriffen und brannten dieses nun ab. Dass auch die Fensterrahmen brennen würden, lag für Stefan auf der Hand, und bald würden auch die Scheiben zerplatzen.

Robert war dieses Ausharren zu gefährlich. »Wir gehen hinter die Hütte und von da aus durch die Hecke auf die Wiese. Da sind wir am sichersten.«

Da niemand einen anderen Vorschlag hatte, rannten sie in den hinteren Teil des Gartens.

Nachdem sie sich hinter der Laube gesammelt hatten, drangen sie durch die Hecke ins Freie und liefen in Richtung See davon. Es war bitterkalt, und ihre ermüdeten Körper nahmen die eisigen Temperaturen noch viel intensiver wahr als gewöhnlich.

Als sich Hanna umdrehte, sah sie noch deutlich den Lichtschein des Feuers, der in diesem Moment all ihre Hoffnungen auf ein sicheres Domizil buchstäblich in Rauch auflöste.

Eilig führten Robert und Stefan sie zu dem Haus, in dem sie die Angel und den Taser gefunden hatten. Dort verriegelten sie die Tür hinter sich und wagten es kaum zu atmen, um jeden Schritt außerhalb hören zu können.

Irgendwann dämmerte es. Völlig übermüdet sah Hanna aus dem Fenster und beobachtete die Wasseroberfläche des Ammersees. Es sah so friedlich aus wie ein Bild, das nicht in diese Welt passte, wie eine Erinnerung an Zeiten, in denen alles anders gewesen war. Einige Enten quakten, Möwen suchten nach Futter, und ein leichter Nebelschleier hing am Waldrand des gegenüberliegenden Ufers. Voller Bitterkeit spürte sie, dass sie kaum an diese Welt zurückdenken konnte, denn viel zu sehr achtete sie auf Geräusche, spürte die eisige Kälte in sich und hoffte, baldmöglichst etwas essen zu können.

»Wir können nicht hierbleiben!«, unterbrach etwas später Robert die Stille. Die Frauen hatten sich auf dem Sofa eng aneinander gekauert, ohne jedoch zu schlafen. Einmal war Stefan sogar ins Freie gegangen, um Schritte oder ein Atmen zu erhaschen, doch alles war ruhig geblieben.

»Er wird uns weiterhin suchen oder verfolgen. Wenn wir in unmittelbarer Nähe bleiben, hat das nie ein Ende.«

»Wir suchen ihn in seinem eigenen Haus auf«, meinte Stefan entschlossen. »Dann sorgen wir für Ruhe.«

Energisch schüttelte Robert den Kopf. »Wenn er überhaupt noch dort ist. Ich würde es nicht sein, denn mir wäre klar, gesucht zu werden.«

»Wir sollten weiterziehen«, sagte Alexander. »Vielleicht hatte die Gruppe recht und in Dießen ist wirklich ein Lager eingerichtet worden.«

Augenblicklich unterbrach Stefan das Gespräch mit einer hastigen Handbewegung und begann zu flüstern. »Vor allem sollten wir das nicht hier besprechen. Er könnte in der Nähe sein. Wir warten, bis es hell ist, und ziehen weiter nach Süden in eines der nächsten Häuser. Dann sehen wir weiter.«

Draußen war nichts Beunruhigendes zu hören.

»Wir sollten in SEIN Haus gehen. Sie hatten bestimmt Lebensmittel gebunkert«, sagte Stefan zu Robert.

»Nein, zu gefährlich. Wenn er merkt, dass wir drin sind, zündet er es vielleicht auch noch an. Wir müssen weg hier. Die Chance, ihn zu finden, ist gleich null.«

Nach längerem Überlegen gab Stefan nach.

Als die Sonne aufgegangen war und den mit Raureif bedeckten Boden beschien, brachen sie auf. Zuerst gingen sie am Ufer entlang, bogen dann aber in einen Weg ab, der sie wieder zurück auf die Anhöhe führte. Dort kamen sie an dem Haus vorbei, in dessen Garten Robert und Stefan von den drei Männern gestellt worden waren. Sie verzichteten aber darauf, es zu stürmen.

Nachdem sie es hinter sich gelassen hatten und bis zum nächsten Dorf nur Wald vor sich wussten, fühlten sie sich wohler. Keiner von ihnen glaubte, von dem Mann verfolgt zu werden, und sie hofften, dass dieser überhaupt nicht wusste, wo sie sich gerade aufhielten. Hinter den Stämmen einiger hoher Weiden rasteten sie und aßen. Karin hatte die vor einigen Tagen gekochten Nudeln eingepackt, die ihre leeren Mägen schneller sättigten als angenommen.

»Wir sollten in Buch nach einem Haus sehen«, schlug Robert vor. »Es ist nicht mehr weit, vielleicht noch eine Viertelstunde von hier. Das Wetter ist momentan auf unserer Seite, nur wissen wir nicht, wie lange es so bleibt.«

»Das ist zu nah bei diesem Verrückten!«, erwiderte Sarah. »Vielleicht sollten wir gleich bis Breitbrunn gehen. Es sieht nicht danach aus, als würde es demnächst zu schneien beginnen.«

Karin und Hanna nickten einvernehmlich, denn auch sie wollten offenbar so viel Abstand wie möglich zu diesem Mann halten. Nachdem Alexander aber die Idee, nach Dießen zu gehen, wohl nicht verworfen hatte, brachte er sie wieder ein.

»Vielleicht ist es wirklich eine Option«, sagte Robert. »Falls es keine Zuflucht gibt, können wir auch dort nach einer Unterkunft suchen, und es ist weit genug von Inning entfernt.«

Weil er etwas knacken hörte, sah er in Richtung See, doch es war nur eine Krähe gewesen. Doch weit unter ihnen entdeckte er ein Haus direkt am Ufer. Es war aus dunklem Holz erbaut, daneben standen einige Tische mit Bänken auf einer Lichtung.

»Das ist die Seekneipe kurz vor Buch«, erklärte er. »Dort haben sich immer Wanderer auf ein Bier getroffen.«

Schnell lief Stefan einige Schritte in die Richtung des Hauses, um es besser beobachten zu können.

»Vielleicht befinden sich dort noch Lebensmittel. Wir sollten es versuchen.« Doch dann zuckte er zusammen. Eine Frau trat aus dem Schatten des Hauses, ging ans Ufer und legte dort etwas ab. Sofort duckte er sich und gab das Signal zur Vorsicht.

Fast lautlos liefen die anderen hinter diejenigen Baumstämme, die etwas tiefer standen, um das Haus besser erkennen zu können. Eine Angel war aufgestellt worden, daneben stand ein Korb und einige Konserven lagen verstreut um einen Baumstumpf. Neben dem Haus parkte ein Jeep, der nicht vom Laub der Bäume verhüllt war. Lautlos beobachteten sie die Frau und sahen dann einen Mann aus dem Haus kommen. Er war deutlich älter als die Frau und trug eine Axt in seiner Hand. Ein in der Nähe liegender Holzhaufen offenbarte, dass der Mann gerade Holz schlagen wollte.

»Wir sollten sie ansprechen«, zischte Stefan. »Vielleicht wissen sie, ob die Gruppe recht hatte und sich der Weg nach Dießen lohnt.«

Robert wusste, dass es schwer werden würde, und er wollte keinesfalls irgendjemanden in Gefahr bringen. Er selbst würde an der Stelle des Mannes aber anders reagieren, wenn eine Frau zu ihm sprach. Schließlich wandte er sich den anderen zu, um ihnen seinen Plan vorzustellen.

»Okay, ich gehe«, sagte Karin schließlich, zog den Rucksack straff und ging so lautlos wie möglich zum nächsten Baum und von dort zum nächsten, immer in Richtung des Hauses.

Währenddessen lief Stefan einen Bogen, um sich dem kleinen Gasthaus von der Seite zu nähern. Als er an einer geeigneten Stelle angekommen war, gab er Karin ein Zeichen.

Sie atmete noch einmal tief durch, und als sie an den bevorstehenden Kontakt zu den Fremden dachte, sammelte sie Mut. Dann trat sie neben den Baum. »Hallo?«

Augenblicklich ließ der Mann die Axt fallen, stellte sich neben einen Baum und zog eine Pistole.

»Nicht schießen!«, rief Karin zutiefst erschrocken und zog sich wieder hinter den schützenden Baum zurück. »Wir sind auf der Durchreise und haben euch gesehen. Wir wollen nur reden!«

Stefan kniete sich nieder, zielte neben den Mann und schoss. Krachend schlug die Kugel etwa einen Schritt neben dem Fremden in einen der herumliegenden Holzscheite ein.

»Sofort die Waffe weglegen! Auf der Stelle!«

Der Mann schnellte herum, konnte aber offenbar niemanden ausmachen.

»Ich ziele gerade auf Ihren Kopf«, rief Stefan, »legen Sie also Ihre Waffe sofort auf den Boden.«

Der Mann zögerte einige Augenblicke unschlüssig, legte dann aber die Waffe nieder.

»Jetzt einige Schritte zurücktreten!«

Auch das taten die beiden Fremden, und erst jetzt zeigte sich Stefan. Mit angelegtem Gewehr kam er auf die beiden zu, nahm die Waffe an sich und winkte die anderen herbei.

»Ihr Schweine!«, fluchte der Mann, »wehe, ihr rührt sie an!«

Um die Situation nicht eskalieren zu lassen, senkte Stefan nun seine Waffe.

»Karin hat nicht gelogen, als sie sagte, wir wollen nur reden. Doch dann hatten Sie plötzlich eine Waffe.«

Ungläubig starrte sie der Mann an, doch als er die beiden Mädchen sah, schüttelte er den Kopf. »Wer seid ihr?«

Währenddessen übernahm Robert von Stefan die Waffe des Mannes, zog das Magazin ab und reichte sie dem Besitzer. »Hier, das Magazin gebe ich nur zurück, wenn Sie keine Zicken machen.«

Offenbar hatte der Mann fest damit gerechnet, hier und jetzt sein Leben zu lassen, denn er nahm kreidebleich seine Waffe zurück und musterte Stefan und die anderen.

»Wir mussten aus Grafrath fliehen«, unterbrach Karin die Stille, »und sind auf dem Weg nach Dießen. Dort soll es eine Zuflucht geben. Wisst ihr etwas davon?«

Stefan sah die fremde Frau genauer an. Sie war etwa dreißig Jahre alt, auffallend verschmutzt und stand mit verschränkten Armen direkt vor Karin. Ihr Blick wanderte von Hanna zu Sarah und zurück.

»Nein!«, sagte der Mann knapp.

Stefan spürte, dass der Mann noch immer Angst hatte, und bereute es, ihn überhaupt angesprochen zu haben. Selbstsicher hängte er das Gewehr über die Schulter und wies auf seine Gruppe. »Wir sind aus Inning geflohen, weil wir uns mit den falschen Typen angelegt haben. Auf dem Weg nach Süden haben wir euer Haus entdeckt. Lebt ihr schon die ganze Zeit hier am Ufer?«

Der Mann starrte noch einige Augenblicke in Stefans Gesicht, verlor dann aber seinen verbissenen Ausdruck. »Ja, seit dem ersten Tag.«

Nun löste sich die Frau aus dem Schatten des Mannes. »Ich kam einige Tage später hinzu. Bernd hat mich aufgenommen, nachdem ich von meiner Familie getrennt worden war.«

Stefan nickte und blickte zur Angel, deren Schwimmer ruhig auf der Wasseroberfläche schwamm. Die beiden hatten hier wohl wenigstens immer frischen Fisch und waren nicht nur auf Konserven angewiesen.

»Habt ihr andere Gruppen getroffen, die Richtung Dießen oder Süden zogen?«

»Nur drei«, antwortete der Mann. »Die Schweine, die uns überfallen wollten, zähle ich nicht mit.«

»Haben sie etwas erzählt?«

»Die Ersten wollten ebenfalls nach Dießen, ich weiß aber nicht, was aus ihnen geworden ist. Dann gab es eine größere Gruppe, etwa zwanzig Personen, die eines der Dampfschiffe bezogen. In Breitbrunn haben sie die ›Augsburg‹ übernommen und leben seitdem auf ihr. Sie sind friedlich und kommen ab und zu mit dem Ruderboot an Land.« Zur Bestätigung zeigte er auf ein weißes Schiff, das mitten auf dem See ankerte.

Stefan war verblüfft. Es war tatsächlich ein hervorragender Ort, um eine große Gruppe vor den Übergriffen einzelner Plünderer zu schützen.

»Einmal wurde es von Ruderbooten aus angegriffen«, fuhr der Mann fort, als hätte er Stefans Gedanken erraten. »Es wurde sogar geschossen, doch die Gruppe hat es offensichtlich geschafft, die ›Augsburg‹ zu halten.«

»Und was ist in Dießen?«, fragte Alexander.

Nun schüttelte die Frau den Kopf. »Wir wissen nichts von einer Zuflucht oder Ähnlichem. Warum seid ihr eigentlich aus Grafrath geflohen?«

»Eine Gruppe paramilitärischer Soldaten durchsucht die Wohnungen nach Überlebenden«, erklärte Robert, »zerstört sie und erschießt die Menschen. Warum auch immer. Wir hofften, südlich der A96 wären wir vor ihnen sicher.«

Der Mann hörte mit offenem Mund zu. »Davon haben wir hier nichts gehört. Außer den Gruppen kamen noch einzelne Menschen hier vorbei, einige von ihnen halbverhungert oder krank, andere wiederum suchten nach Anschluss. Einer war übergeschnappt. Er war auf der Suche nach einer Kapelle, in der er für die Sünden der Menschheit büßen wollte. Seiner Meinung nach ist die Apokalypse des Teufels über die Menschheit hereingebrochen.«

»Da hat er gar nicht so unrecht!«, zischte Sarah. Beim Anblick der verwahrlosten Frau erkannte sie wohl, wie gut es war, in einer so intakten Gruppe zu leben.

Stefan ging es genauso. Auch er konnte nicht verstehen, warum sich die beiden keiner größeren Gemeinschaft angeschlossen hatten. Aber offenbar waren sie alle Opfer dieser wahnsinnig gewordenen Welt geworden.

Enttäuscht, nichts Konkretes über die Situation in Dießen erfahren zu haben, sah Stefan in die Gesichter der anderen und nickte Robert zu. Ein unbestimmtes

158

Gefühl hielt ihn davon ab, die beiden direkt zu fragen, ob sie sich ihnen anschließen wollten. »Wir wollen nach Dießen, vielleicht ist ja etwas dran an der Geschichte eines Zufluchtsortes. Was ist mit euch?«

Für einige Augenblicke sah der Mann die Frau an, schüttelte dann aber den Kopf. »Ich bleibe hier, es hat bis jetzt gut geklappt. Geschichten werden viele erzählt, wie einst im Mittelalter. Und meistens ist nichts dran.«

Stefan fiel auf, dass der Mann nur für sich gesprochen hatte. Und nach einigen Momenten, in denen die Frau die Gesichter der anderen zum wiederholten Male gemustert hatte, schüttelte auch sie den Kopf. »Mein Platz ist hier.«

Stefan hatte den Eindruck, dass die Frau gerne mit ihnen gekommen wäre, aber völlig unter dem Einfluss des Mannes stand. Doch er selbst hatte verlernt, Mitleid zu empfinden oder sich mit dem Zustand anderer zu befassen.

»Dann wünsche ich euch viel Glück«, sagte er, hielt Robert aber davon ab, das Magazin schon jetzt zurückzugeben. Er vertraute niemandem mehr.

Als die Gruppe wortlos aufbrach, sah Hanna noch einige Male zu der Frau zurück. Sie war die bedauernswerteste Person, die sie in den vergangenen Monaten gesehen hatte, und sie freute sich darüber, dass sie noch Mitgefühl empfinden konnte.

Erst als sie die ersten Bäume hinter sich gelassen hatten, legte Robert das Magazin auf den Boden und drehte sich zu den beiden um. »Nehmt es erst, wenn wir außer Sichtweite sind.«

Dann verschwanden sie im Wald.

Die Arche

Wie zuvor bei Inning machten sie auch diesmal einen Bogen um Buch, um den direkten Ortskern nicht betreten zu müssen. Deshalb blieben sie im Uferbereich, wo nur vereinzelt Häuser standen. Zuerst passierten sie einen Bootsverleih, dann einige nostalgisch anmutende Villen, die sie aber nicht durchsuchten.

An einem der letzten Häuser nach der Schiffsanlegestelle hörten sie plötzlich den Gesang eines Kindes. Es war ein so fremdes und unerwartetes Geräusch, dass sie einige Augenblicke benötigten, um zu begreifen, dass es sich nicht um Einbildung handelte.

»Es muss von dem großen Grundstück direkt vor uns stammen«, flüsterte Stefan den anderen zu. »Wir sollten vorsichtig sein, vielleicht handelt es sich um eine größere Gruppe.«

Hanna konnte kaum fassen, die Kinderstimme zu hören. Sie klang fröhlich, ohne Angst und schien von einem Mädchen zu stammen. Sie kannte den Text gut, es war das Lied ›Es war eine Mutter‹. Voller Vorfreude lächelte sie Sarah an, die die Hände in die Hüften stemmte und die Augen geschlossen hielt.

Stefan wusste, dass das Kind keinesfalls ohne Begleitung sein konnte. Nach dem Erlebnis mit dem Paar im Wald war er nun noch vorsichtiger geworden, was eine Kontaktaufnahme betraf. Dennoch wollte er nicht einfach so weiterziehen und eine womöglich großartige Gelegenheit, andere Überlebende kennenzulernen, verstreichen lassen. »Ich schleiche mich alleine ans Grundstück«, schlug er Robert vor. »Ich überlasse dir die Waffe, der Schutz unserer Familien geht vor.«

Robert schüttelte den Kopf. »Wir haben ausgemacht, dass keiner von uns alleine irgendwohin geht. Es gibt keinen Grund, jetzt unser Vorgehen zu ändern.«

»Dann werde ich mit Stefan gehen«, unterbrach Alexander sie. »Wir beide werden gehen oder keiner!«

Den anderen war es nicht recht, dass sich nur zwei von ihnen dem Gesang nähern wollten, aber sie hatten gelernt, den Männern zu vertrauen, und die Tatsache, bis zu diesem Zeitpunkt überlebt zu haben, gab ihnen recht.

Kurz darauf postierten sich Robert, Hanna, Sarah und Karin vor einer hohen Hecke, von der sie Einsicht in eine Wegkreuzung hatten. Stefan und Alexander schlichen um das Grundstück herum, bis sie zu einem Zaun gelangten, von dem der Garten einzusehen war. Vorsichtig blieben sie am Rand der Hecke stehen und spähten hinein. Es war nichts zu sehen, doch durch den Spalt eines gekippten Fensters drangen Stimmen mehrerer Personen, darunter auch die eines Kindes. Nach einigen Momenten waren sie sich sicher, mindestens eine Frau, zwei Männer und das Kind auszumachen.

»Sollen wir sie rufen?«, wollte Alexander wissen.

»Noch nicht, lass uns warten.« Stefan versuchte, eine Verbindung zu angrenzenden Grundstücken auszumachen, und dadurch festzustellen, ob es sich um eine größere Gruppe handelte, doch nichts wies auf bewohnte Häuser in der unmittelbaren Nachbarschaft hin.

Nach für ihn viel zu langer Zeit fasste er Alexander am Arm.

»Lass uns zurückgehen. Es ist zu riskant.«

»Was? Vielleicht wissen sie etwas über Dießen.«

»Ja, vielleicht. Aber wären sie dann selbst noch hier? Wir gehen zurück! Wir können nicht jedes Mal unsere Sicherheit riskieren, nur um einigen Leuten Fragen zu stellen. Sie haben mindestens ein Kind bei sich, also werden sie ihr Heim gegen jeden Einfluss von außen verteidigen. Wir gehen jetzt!«

Offenbar enttäuscht folgte Alexander Stefan, verzichtete aber auf weiteren Widerstand.

Als sie zu den anderen zurückkehrten, starrten sie neugierige Augen an.

»Es ist vermutlich eine Familie«, erklärte Stefan. »Wir haben keinen Kontakt aufgenommen, es war zu gefährlich.«

»Waren dort mehrere Kinder?«, fragte Hanna.

»Keine Ahnung. Wir haben nur eins gehört.«

Dem Rest der Gruppe war die Enttäuschung deutlich anzusehen, doch sie schienen Stefans Einschätzung zu vertrauen. Dafür hatten sie etwas entdeckt, was sie nun den beiden zeigen konnten.

»Dort ist die ›Augsburg‹. Wenn du genauer hinsiehst, erkennst du, wie sie sich eingerichtet haben.«

Verblüfft folgten Alexanders und Stefans Blicke Roberts ausgestrecktem Arm auf den See hinaus. Etwa in der Mitte ankerte das weiße Dampfschiff und unterschied sich zunächst nicht von all den anderen Segelschiffen. Doch ein Blick durchs Fernglas offenbarte Personen hinter den großen Fenstern sowie einige Menschen an Deck. Auch im Steuerhaus bewegte sich etwas, was ihnen bestätigte, dass es sich tatsächlich um eine größere Gemeinschaft handeln musste.

Noch immer berührt vom Gesang des Kindes starrte Sarah auf das Schiff und konnte nicht fassen, alleine am heutigen Tag mehr Menschen zu sehen, als all die Wochen zuvor. Kurz fragte sie sich, ob hier diese Zuflucht war, die Alexander in Dießen vermutete. »Vielleicht gehört das Kind auch zu den Leuten auf dem Schiff. Verdammt, es scheint tatsächlich sicher zu sein.«

»Aber sie müssen immer wieder an Land, um Vorräte zu holen«, antwortete Stefan. »Grundsätzlich ist es aber die sicherste Variante, die ich bisher gesehen habe. Fast wie eine Arche.«

»Vielleicht nehmen sie uns auf«, meinte Alexander.

Stefan konnte sich nicht vorstellen, dass überhaupt noch jemand dort aufgenommen wurde. Da das Schiff beinahe gestürmt worden war, würde die Besatzung seiner Meinung nach sofort auf jedes sich nähernde Boot schießen. »Lasst uns gehen, wir sollten wenigstens Herrsching noch vor Einbruch der Nacht erreichen. Das Schiff wird auch morgen noch dort sein. Außer, es wird zuvor eingenommen.«

»Lasst es uns versuchen«, entgegnete Alexander. »Sie werden sehen, dass wir friedlich sind.«

Nun schüttelte Robert den Kopf. »Es ist zu riskant. Ich möchte nicht, dass wir beschossen werden. Auf den Booten können wir uns vor den Schüssen nicht in Sicherheit bringen.«

»Was, wenn wir schon von Weitem weiße Tücher schwenken«, wollte Sarah wissen. »Sie müssen damit rechnen, dass sich ihnen jemand anschließen will. Wir können uns doch eine solche Gelegenheit nicht entgehen lassen!«

»Sie hat recht!«, pflichtete ihr Hanna bei. »Wir sollten es versuchen.«

Unsicher sah Stefan Robert an, bevor er seinen Blick auf das Schiff richtete. Doch schon nach wenigen Augenblicken schüttelte auch er den Kopf. »Wir können von dort nicht einfach fliehen, wenn es eng wird. Und Robert hat recht: Das Risiko, beschossen zu werden, ist zu hoch. Wir gehen weiter!«

»Papa!«, rief Sarah, »sei kein Feigling! Wohin wollen wir denn? Uns wieder ausräuchern lassen!«

»Wir gehen weiter! Wir werden eine Unterkunft finden, die nicht wie ein Gefängnis wirkt.«

In diesem Augenblick trat Alexander vor Sarah. »WIR wollen es aber probieren. Dort ist eine Zuflucht, und ihr wollt sie einfach ignorieren? Das ist doch nicht euer Ernst!« Bei diesen Worten bebte seine Stimme.

Bevor Stefan antworten konnte, trat Robert einen Schritt auf Alexander zu. »Wir haben euch bis hierher geführt, und wir werden euch auch weiter führen. Wenn du damit nicht mehr einverstanden bist, übergeben wir dir gerne das Kommando! Du solltest dir aber auch über alle Konsequenzen klar sein, und du trägst für alles die Verantwortung. Möchtest du das?«

Mit zitternden Lippen sah Alexander zu seinem Vater, sagte aber nichts. Dafür fuhr Robert fort: »Wir treffen demokratische Entscheidungen, wenn sie notwendig sind. Doch dies wäre ein Himmelfahrtskommando. Die Chancen stehen fünfzig zu fünfzig, dass sie uns von den Booten ballern. Möchtest du das Risiko eingehen? Möchtest du es ausprobieren? Beim ersten Schuss in den See springen, und falls du nicht getroffen wirst, vielleicht an einer Unterkühlung sterben?«

Stefan spürte, dass die Situation zu entgleisen drohte, doch er hatte nicht vor, von seiner Entscheidung zurückzutreten. Um wenigstens Sarah zu beruhigen, legte er ihr eine Hand auf die Schulter. »Vertraut uns. Ich weiß nicht, ob wir immer die richtige Entscheidung treffen werden. Aber ich bin mir sicher, dass es zu gefährlich ist, zur ›Augsburg‹ zu rudern. Ich möchte euch nicht in eine solche Gefahr bringen. Wir werden eine Unterkunft finden. Wenn nicht hier, dann an einem anderen Ort.«

Als sie ihn wortlos ansah, schwenkte er seinen Blick zu Hanna und Karin. Erst nach längerem Zögern nickten sie.

Nun sah Robert Alexander an. »Dein Ziel war Dießen. Dann lass uns dorthin gehen.«

Doch Alexander sagte nichts. Zähneknirschend nickte er und musterte Sarah. Als diese aber ihren Blick auf den Boden heftete, schüttelte er den Kopf und ging einige Schritte weiter.

Nachdem auch von den anderen niemand etwas entgegnete, zogen sie weiter, nicht jedoch, ohne noch einmal in die Richtung zu sehen, in der noch vor Kurzem das Kind gesungen hatte.

Schon bald umgingen sie Breitbrunn und orientierten sich an einem der zahlreichen Wege durch den großen Wald, der sich bis Herrsching erstreckte. Während der gesamten Strecke trafen sie nur auf zwei kleine Fischerhäuschen, die aber weder Lebensmittel noch andere nützliche Utensilien preisgaben. Es kamen ihnen zwar keine Menschen entgegen, aber sie trafen auf zwei bereits verwesende Leichen am Rande des Weges. Beiden Männern war der Schädel eingeschlagen worden, und da sie weder Jacken noch Gepäck bei sich hatten, lag es für Robert auf der Hand, dass sie beraubt worden waren.

In Herrsching waren sie gezwungen, entweder die Stadt zu durchqueren oder sie auf der Landesseite großzügig zu umgehen. Dazu mussten sie aber einen Höhenzug überqueren, auf dessen Spitze das Kloster Andechs lag. Nach einer kurzen Abstimmung stand fest, dass sie lieber an der Promenade und damit am Seeufer entlanggehen wollten, da dies der eindeutig kürzere Weg war.

Am Parkplatz des Seeufers erwartete sie ein Bild des Grauens. In fast allen Autos lagen Leichen unterschiedlicher Verwesungsstadien, und da es mehrere Leichen pro Fahrzeug waren, mutmaßten sie, dass irgendjemand die Toten in den Autos platziert hatte, vermutlich, um sie nicht öffentlich verrotten zu lassen. Am ersten Steg trafen sie auf einen verbrannten Leichenberg, der aus etwa zwanzig beinahe skelettierten und verkohlten

Körpern bestand. Robert fragte sich, ob die Zuflucht womöglich gar nicht in Dießen, sondern hier in Herrsching anzutreffen war, denn es mussten mehrere Menschen gewesen sein, die sich die Mühe gemacht hatten, ihre Umgebung zu säubern.

Mit äußerster Vorsicht gingen sie weiter, lauschten an den Gärten, sahen in Häuser, doch in dieser Gegend erhielten sie keinen Hinweis auf gemeinschaftliches Leben.

Als sie die Promenade mit den Biergärten und Gasthäusern erreichten, blieben sie zunächst stehen. Ein Schiff hatte angelegt, und auf dem Steg lagen mehrere Leichen. Von dieser Position aus sahen sie die ›Augsburg‹ wieder, die noch immer mitten auf dem See schwamm, diesmal aber näher wirkte als in Buch.

»Haben die womöglich all das hier getan?«, fragte Hanna laut, ohne ihren Blick vom belebten Schiff zu wenden.

Unsicher sah Stefan sich um, hörte oder sah aber nichts, was seine Unruhe bestätigte. »Das kann gut sein. Sie müssen immer wieder an Land, um sich zu versorgen, und da liegt es nahe, nicht dauernd über Leichen stolpern zu wollen. Vielleicht ist Herrsching ihre Nahrungsversorgung. Wir sollten weitergehen, damit sie nicht denken, wir würden uns hier niederlassen. Niemand weiß, wie die ticken.«

Tatsächlich waren die Türen zu den Gaststätten aufgebrochen, daneben stapelten sich leere Kisten und Berge an Müll. Sie mussten nicht hineinsehen, denn sie wussten auch so, dass sie dort wohl nicht mal mehr eine einzige Dose finden würden.

In einer Seitenstraße entdeckten sie eine Pizzeria. Da sie vom Schiff aus nicht einsehbar war, stiegen sie ein, doch auch hier war offensichtlich bereits im großen Stil geplündert worden.

An einem Van blieb Robert schließlich stehen. Er hatte den anderen seinen Vorschlag schon bei Breitbrunn unterbreiten wollen, und da auch in Herrsching nichts auf die plündernden Soldaten aus Fürstenfeldbruck hinwies, wurde es womöglich Zeit, ihre Vorsichtsmaßnahmen zu lockern.

»Die Möglichkeit, in einem fahrenden Auto überfallen zu werden ist nicht größer als zu Fuß. Wir sind ausreichend weit von der Autobahn entfernt. Was meint ihr?«

Sarah und Hanna nickten sofort, und nach einigen Momenten schlossen sich ihnen auch Karin und Alexander an.

»Gut, sehen wir nach, in welchem noch der Schlüssel steckt«, schlug Stefan vor. »Irgendwann müssen wir es ja wagen.«

Im Van steckte er nicht, und weil niemand von ihnen ein Auto kurzschließen konnte, suchten sie weiter. Es dauerte nicht lange, bis sie einen Wagen fanden, in dem ein Toter saß. Nachdem der Schlüssel in der Jackentasche des Toten gefunden wurde, zogen sie die Leiche auf den Gehweg, ließen eine Weile frische Luft durch die Fenster und Türen hinein und stiegen dann ein.

Es war ein seltsames Gefühl, abstrakt und fast schon befremdlich. Viele Wochen hatten sie nicht mehr in einem Auto gesessen, und als sie die Schilder und Werbeplakate vor sich sahen, die umliegende Restaurants, Geschäfte und den Wochenmarkt ankündigten, versuchten sie, diesen kurzen Ausflug zurück in die Vergangenheit tief in sich aufzunehmen.

Gerade, als Robert den Zündschlüssel drehen wollte, hörten sie den Motor eines Autos.

»Runter!«, zischte Stefan und duckte sich, so gut es ging. In diesem Moment fuhr ein Kleinbus auf sie zu.

Hannas Herz raste. Mit aufgerissenen Augen starrte sie zu Boden, und erst als das Auto an ihnen vorbei war, setzte sie sich wieder aufrecht. »Scheiße, war das knapp!«

Auch Robert und die anderen schossen wieder in die Höhe und sahen, wie der Kleinbus in die Straße Richtung Erling und somit auf den Höhenzug einbog.

»Hat jemand gesehen, wer das war?«, wollte Stefan wissen.

Aufgeregt sah Robert zu den anderen, doch niemand bejahte die Frage. Für einige Momente sahen sie nur aus den Fenstern, doch es kam kein weiteres Fahrzeug. Sofort sah sich Robert in Gedanken wieder mit plündernden Soldaten konfrontiert. »Verdammter Mist, was machen wir jetzt?«

»Erstmal hier drinbleiben!«, zischte Stefan. »Und vor allem nicht in Panik verfallen!«

Es war nur ein Auto gewesen, aber es kam ihnen vor, als befänden sie sich auf einem Präsentierteller.

Gerade, als Stefan sich zu den anderen umdrehte, war ein weiteres Auto zu hören. Sofort duckten sie sich wieder.

Diesmal wartete Robert nicht so lange. Kurz, nachdem das Fahrzeug an ihnen vorbeigefahren war, hob er bereits seinen Kopf und erkannte, dass es sich um einen VW-Bus handelte. Nichts deutete auf eine militärische Nutzung hin, selbst das Kennzeichen war noch angebracht.

»Wohin fahren die, zum Teufel?«

Bevor der Bus abbog, hielt er am Straßenrand. Gebannt sahen sie, dass eine Frau und ein Mann ausstiegen, um eine Kiste zu holen, die in einem Hauseingang stand. Sie nahmen die Kiste derart selbstsicher an sich, dass es auf der Hand lag, dass sie diese bereits vorher dort abgestellt hatten.

»Da ist vielleicht Proviant drin!«, flüsterte Robert. Er hielt seinen Kopf knapp über dem Lenkrad, um nicht doch noch entdeckt zu werden. Zu seiner Beruhigung schienen sie unbewaffnet zu sein. Die Fremden waren etwa dreißig Jahre alt, wechselten noch einige Worte, stellten die Kiste in den Bus und schlossen die Türen. Dann fuhren sie weiter in Richtung Erling.

»Sie kommen von hier«, sagte er wegen des Starnberger Kennzeichens, »ebenso wie das erste Auto.« Er hatte keine Zweifel daran, dass beide Fahrzeuge zusammengehörten, denn der zeitliche Abstand zwischen ihnen war zu gering gewesen.

»Falls es sich nicht um Plünderer, sondern um Bewohner handelt, müssen sie sich sicher fühlen«, mutmaßte Stefan. »Sie haben sogar darauf verzichtet, als Kolonne zu fahren.«

»Vielleicht haben sie in der Nähe eine Unterkunft.« Robert spürte plötzlich weitaus mehr Zuversicht, als er noch kurz zuvor erwartet hatte. »Wir sollten ihnen nachfahren.«

»Was?«, rief Sarah. »Und wenn sie uns dort abpassen?«

»Vielleicht ist dort eine Gemeinschaft. Wir haben bisher immer nur Grüppchen oder einzelne Menschen getroffen. Was, wenn uns dort ein ganzes Dorf erwartet? Es liegt auf der Hand, dass sich die Menschen zusammenrotten, um zu überleben.«

Stefan schien dies ähnlich zu sehen. »Wir gehen zwar ein großes Risiko ein, doch wir werden nie herausfinden, ob die Zuflucht hier ist, wenn wir ihnen nicht folgen.«

»Du möchtest ihnen hinterher?«, wollte Alexander wissen.

»Wenigstens bis Erling. Wenn dort nichts Auffälliges zu sehen ist, hat es ohnehin keinen Sinn, länger nach ihnen zu suchen.«

Nervös strich Robert über seine vor Aufregung feuchte Stirn. Nun mussten sie wieder eine Entscheidung treffen, ohne wirklich zu wissen, was sie tun sollten.

Schließlich drehte er sich zu den anderen um. »Er hat recht. Wenigstens bis Erling.«

Weil Sarah den Kopf schüttelte, versuchte Karin, sie zu beruhigen. »Sarah, wir können nicht ewig fliehen. Ich weiß nicht, ob es der richtige Weg ist, doch unser Ziel ist es von Anfang an gewesen, in eine große Gruppe aufgenommen zu werden. Auch in Dießen sind wir gezwungen, zu diesen Menschen Kontakt aufzunehmen, falls es sie denn dort überhaupt gibt.«

Für einige Momente sagte niemand etwas. Jeder Einzelne wägte ab und haderte, jedoch ohne Erfolg.

Zur Überraschung aller drehte Robert plötzlich den Zündschlüssel. Der Anlasser stotterte und ging wieder aus. Robert versuchte es nochmal und schließlich ein weiteres Mal.

Hannas dachte, die ganze Welt könne es hören, jeder einzelne Überlebende in Herrsching würde sofort Jagd auf sie machen. Mit geballten Fäusten flehte sie, dass das Auto endlich ansprang, und in dem Moment, in dem sie die Hoffnung darauf verlor, heulte der Motor auf.

Robert gab mehrmals Gas, stabilisierte den laufenden Motor, erkannte auf der Anzeige, dass der Tank noch zur Hälfte gefüllt war, und drehte sich schließlich zu den anderen um. »Wir fahren nur bis Erling. Sobald wir Gefahr wittern, drehen wir um und fliehen.«

Da niemand etwas erwiderte, fuhr Robert los.

Verwehrt

Krampfhaft umklammerte Stefan das Gewehr und starrte aus dem Fenster. Der Kleinbus war längst verschwunden, doch Robert fuhr langsam, um eventuell am Straßenrand stehende Gefahrenquellen schnellstmöglich erkennen zu können.

In engen Kurven führte die Serpentinenstraße schon bald auf die oberste Terrasse des Höhenzugs, und noch vor den ersten Häusern des Dorfes Erling hielt Robert an. Alexander stieg sogar kurz aus, um einen besseren Eindruck der Hauptstraße und der Häuser zu erhalten, doch auch er erkannte nichts Ungewöhnliches.

Schließlich fuhr Robert weiter, passierte das Ortsschild, die ersten Seitenstraßen und nach einigen hundert Metern die Abfahrt zum Kloster Andechs. Dort hielten sie.

»Scheiße, schaut euch das an!« Ungläubig sah Stefan auf die auffällig geparkten Autos in der Zufahrtstraße zum Kloster. Sie waren so abgestellt worden, dass eine Weiterfahrt in diese Richtung nur in einer schmalen Rinne möglich war. Für Stefan eindeutig Absicht.

»Was ist das?«, fragte Hanna.

Stefan stieg aus und versuchte, jemanden zu erspähen, doch alles war still und wirkte wie ausgestorben. Dann sah er, wie Robert das Auto am Straßenrand parkte und den Motor abstellte.

»Ein Bollwerk. LKW können nicht durch, aber Autos. Wenn das, was dahinterliegt, noch intakt ist, werden sie Wachposten aufgestellt haben.«

Nun stiegen auch die anderen aus, postierten sich an der nächstgelegenen Hauswand, die nicht im direkten Blickfeld dieser Schneise lag, und schauten sich um. Die Häuser schienen leer und verlassen, es war auch kein

Geräusch zu hören, das auf die Anwesenheit von Menschen schließen ließ.

»Wir sollten zu Fuß gehen«, schlug Stefan vor. »Im Auto könnten wir eher aufgehalten werden. Vielleicht sind die beiden Fahrzeuge hier abgebogen.«

Zwar sah Robert die Unentschlossenheit in Hannas Gesicht, doch sie konnten nun nicht mehr umkehren. Nicht jetzt, wo sie womöglich ganz kurz vor einem Zufluchtsort standen.

»Wir beide gehen einige Schritte voraus, Alexander bleibt ein Stück hinter uns.« Dabei wandte er sich seinem Sohn zu. »Halte deine Schleuder bereit. Wir wissen nicht, wer oder was uns dort erwartet!«

Währenddessen wartete Stefan, sah dabei die Straße entlang und gab schließlich das Zeichen zum Aufbruch.

Er ging mit dem Gewehr im Anschlag voraus. Die Fahrzeuge standen mit einigem Abstand und parallel zueinander an beiden Straßenseiten. Nach einer Kurve ging es bergauf, und erst hier verlor sich der künstliche Durchgang.

»Es ist seltsam«, flüsterte er Robert zu, »warum hält hier niemand Wache? Hier ist nichts.«

»Lasst uns noch bis zum Parkplatz des Klosters gehen. Wenn hier überhaupt jemand ist, dann dort.«

Karin, Sarah und Hanna gingen einige Schritte hinter Alexander und drehten sich immer wieder um, doch niemand folgte ihnen.

Als sie die Straße weiter entlanggingen, standen wieder Autos an den Straßenseiten, doch nicht mehr so dicht wie zuvor. Am Ende der Straße gelangten sie schließlich zum großen Parkplatz des Klosters Andechs, von wo aus es auf einer Seite direkt hoch zur Klosteranlage ging. Ab hier war der Weg durch Fahrzeuge und mit Steinen gefüllte Mülltonnen versperrt, dazwischen waren Stacheldrahtrollen angebracht, die ein Durchkommen auch zu Fuß verhinderten.

Stefan gab den anderen ein Zeichen, stehenzubleiben, kniete sich selbst hinter eines der Autos und sah aufgeregt nach vorne. Jeder, der durchwollte, war gezwungen, über die Autos zu klettern, und dieses Vorgehen würde von eventuellen Wachposten sofort entdeckt werden.

Da niemand zu sehen war, lief er zu Robert, der wiederum die anderen zu sich winkte.

»Dort oben ist eine freie Fläche!«, flüsterte Sarah. »Habt ihr jemanden entdeckt?«

Weil sie zu auffällig über die Motorhaube des Autos sah, drückte Robert ihren Kopf sanft nach unten. »Nein, aber vielleicht können sie UNS sehen. Wir warten erstmal ab und beobachten.«

Die Auffahrt führte steil hinauf zum Plateau des Klosters, auf der rechten Seite des Weges befanden sich ein Spielplatz sowie ein Biergarten. Aufgeregt sahen sie hinter die Hütten sowie auch zu den Fenstern der Klosteranlage, doch hier schien es ebenso ausgestorben zu sein wie in Erling selbst. Zum ersten Mal kam Robert der Gedanke, dass sie zu spät gekommen sein könnten.

Dann sah er sie. Am Rande des Parkplatzes, direkt bei den anderen Autos, standen die Kleinbusse, die ihnen in Herrsching begegnet waren. Als er die anderen darauf aufmerksam machte, blickten sie sich voller Hoffnung an.

»Es ist nicht verlassen!«, zischte Stefan. »Die Frage ist jetzt nur, wie wir uns bemerkbar machen sollen. Am besten bleiben wir hier, wo wir die besten Fluchtwege haben. Sind wir einmal dort oben, kommen wir im Notfall nicht mehr raus.«

Robert nickte und sah noch einmal zu den beiden Kleinbussen. Er fragte sich, ob die Insassen über die als Hindernisse abgestellten Autos gestiegen waren oder ob es noch einen anderen Weg ins Kloster gab.

Dann sah er zu Stefan. »Ich zeige mich. Es ist besser, wenn du mit der Waffe im Hintergrund bleibst.« Ohne auf einen Einwand der anderen zu warten, verließ er sein Versteck.

Als Robert mitten auf der Straße stand und ohne Schutz zu den über ihm liegenden, hohen Klostermauern sah, fror er vor Angst. So, wie er sich jetzt präsentierte, war er ein leichtes Ziel für jeden Schützen, egal, wo er sich befinden mochte. Da nichts geschah, ging er einige Schritte weiter in Richtung Kloster, blieb vor den ersten Autos stehen und stieg schließlich auf eine der Motorhauben. Die dunklen Fenster des Klosters wirkten bedrohlich, ebenso der Schatten, den das Kirchenschiff auf die Auffahrt warf und jedes kleine Versteck verhüllte. Langsam wanderte sein Blick nach oben, an den vielen schwarzen und blauen Mülltonnen vorbei, über beinahe jedes Auto bis zum Ende des Bollwerks, das fast die halbe Auffahrt einnahm.

Dann zuckte er zusammen. Oben, wo an einer Seite der Klosterladen stand, hatte sich etwas bewegt. Mit wild klopfendem Herzen sah er genauer hin und erkannte dort zwei Gestalten, die miteinander sprachen.

Plötzlich ertönte ein Pfiff. Zutiefst erschrocken riss er seinen Blick zu dem schräg über ihm stehenden Klostergebäude, wo er ein Gesicht an einem der geöffneten Fenster entdeckte.

Im gleichen Moment schrie Hanna auf. »Papa, runter!«

Sofort sprang Robert zu Boden und duckte sich hinter das Auto.

Stefan, der die Quelle des Pfiffs ebenfalls entdeckt hatte, zielte auf den Mann, der seinerseits mit einer Waffe in Roberts Richtung zielte.

»Wer seid ihr?«, rief der Mann aus dem Fenster. Seine Stimme hallte bedrohlich an den hohen Wänden wider, und Robert vermutete, dass spätestens jetzt alle Mitglieder dieser Gruppe alarmiert waren. Weil er nicht wusste, wie er reagieren sollte, sah er zum Versteck der anderen, aber er erkannte nur Stefans Haar und den Lauf seines Gewehrs.

Er musste sich stellen, um seine Familie nicht zu gefährden.

»Nicht schießen!«, rief er, »wir sind nur den Autos gefolgt!«

Roberts Atem keuchte, und er erwartete augenblicklich einen Schuss. Es tat sich jedoch nichts. Nach einiger Zeit wagte er es, über das Auto zu sehen, doch er duckte sich schnell wieder, weil der Mann noch immer in seine Richtung zielte.

Dann hörte er erneut die Stimme. »Senkt eure Waffe, und dann komm raus.«

Fluchend nahm Robert zur Kenntnis, dass der Mann offenbar Stefan entdeckt hatte. So leicht wollte er es ihnen jedoch nicht machen. »Wir wollen nur reden. Nimm deine Waffe auch runter!«

»Nein! Ihr habt unser Territorium betreten.«

»Scheiße!«

»Kann man so sagen, ja.«

Ratlos versuchte Robert, mit Stefan Blickkontakt zu bekommen. Da sie wohl keine Möglichkeit hatten, aus ihrer Lage zu entfliehen, gab er ihm das Zeichen, das Gewehr zu senken. Der Mann hatte von oben eindeutig die besseren Karten.

Stefan schien noch zu warten, doch irgendwann signalisierte er dem Mann, dass er aufgab, und zog sich hinter den Wagen zurück.

»Und jetzt komm raus!«

Robert wusste, dass er gemeint war, und stand auf. Dabei hielt er die Augen geschlossen. Der erwartete Schuss kam jedoch nicht, sondern eine zweite Stimme forderte seine Aufmerksamkeit.

»Wer seid ihr?«

Offenbar war währenddessen ein anderer Mann über die Fahrzeuge gestiegen und stand nun gerade einmal zwei Autoreihen vor ihm.

»Wir haben die beiden Busse in Herrsching gesehen und sind ihnen gefolgt. Wir suchen eine Unterkunft.«

»Und wie kommt ihr darauf, dass ihr sie gefunden habt?«

»Na ja, das ist ja jetzt nicht mehr zu übersehen.«

Da Robert unbewaffnet war, zeigte sich nun auch der Mann. Er war um die fünfzig Jahre alt, trug eine schwarze Jacke und ein Gewehr in der Hand.

Ein kurzer Blick zu dem anderen Mann, der noch oben am Fenster stand, offenbarte Robert, dass noch immer in seine Richtung gezielt wurde.

»Wo kommt ihr her? Von der ›Augsburg‹?«, wollte der Mann wissen.

»Nein, die haben wir nur von Weitem gesehen. Wir kommen aus Grafrath, sind aber von dort geflohen.«

»Warum?«

»Dort wird systematisch geplündert und gemordet. Es sind Männer, die vermutlich eine Kaserne besetzt halten.«

Der Mann antwortete nicht, sondern sah zu dem Auto, hinter dem sich die anderen versteckt hielten. »Wie viele Personen seid ihr?«

»Sechs.«

»Okay, das ist richtig.«

Nun wusste Robert, dass der Mann längst über die Zahl der Besucher informiert worden war. »Und wer seid ihr? Lebt hier eine größere Gemeinschaft?«

»Früher war sie größer.«

Die knappe Antwort des Mannes überraschte Robert nicht. Roberts Gruppe hätte genauso gut eine Vorhut von Plünderern sein können oder auch Schlimmeres. Natürlich waren die anderen vorsichtig darin, Informationen über sich preiszugeben.

»Warum früher?«

»Ihr solltet wieder gehen. Es gibt hier keinen Platz für euch.«

»Ich kenne das Kloster und weiß, dass es sehr groß ist.«

Der Mann schabte an seinem Bart und kam nun einige Schritte näher. »Ja, ist es. Bis vor einem Monat haben wir viele einzelne Gruppen aufgenommen, die sich in den Dienst der Gemeinschaft gestellt haben. Einige von ihnen haben uns jedoch Typhus gebracht, und als diese Epidemie besiegt war, brachen Scharlach und eine schwere Grippe aus. Viele starben.«

»Wir sind nicht krank.«

»Kann sein, aber darauf können wir uns nicht verlassen. Wir haben beschlossen, unsere Gemeinschaft zu schützen und während des Winters niemand mehr aufzunehmen. Es ist zu gefährlich.«

»Aber ... wir können helfen, diesen Ort zu schützen.«

Für einen Augenblick dachte Robert, der Mann würde überlegen.

»Das kann gut sein. Es ist jedoch ein Beschluss, der nicht umgeworfen wird. Für niemanden.«

Auf einmal fühlte Robert maßlose Enttäuschung. Sie standen unmittelbar vor einer sicheren Unterkunft und wurden abgewiesen. In diesem Moment machte sich sein Hunger bemerkbar, seine Müdigkeit und vor allem der Zusammenbruch seiner kurzen Hoffnung. »Verdammt, ihr könnt uns nicht wegschicken. Man kann nur gemeinsam überleben! Wir haben Frauen dabei!«

»Doch, können wir und werden wir auch. Um gemeinsam überleben zu können, muss man vernünftig sein. Wir waren das lange Zeit nicht und haben das Leben derer gefährdet, für deren Sicherheit wir verantwortlich sind. Geht jetzt, in eurem Interesse.«

Robert hätte ihn am liebsten angespuckt, doch er sah dem Fremden noch einmal in die Augen. Womöglich hätte er an seiner Stelle ähnlich entschieden, doch dieser Überlegung wollte er nicht nachgehen. »Weißt du etwas von einer Zuflucht in Dießen?«

»Nein. Wenn es die gäbe, hätten wir vermutlich davon gehört.«

Zutiefst niedergeschlagen wandte sich Robert ab, drehte sich aber nochmals um. »Gibt es keine Möglichkeit, anders zu entscheiden? Habt ihr keinen Arzt, der uns im Vorfeld untersuchen kann?«

»Wir nehmen niemanden auf! Geht jetzt!«

Da Robert nicht riskieren wollte, doch noch beschossen zu werden, ging er zu den anderen zurück. Dort angekommen stellte er sich neben Hanna, küsste ihr Haar und schlug Alexander auf die Schulter. Natürlich hatten sie jedes Wort mit angehört.

»Der Wichser lügt doch!«, flüsterte Alexander, »das können die doch nicht tun.«

Beunruhigt sah Robert zu dem Mann am Fenster, der sie genau beobachtete. Er wusste, dass es besser war, sofort aufzubrechen, und trat aus der sicheren Zone des Wagens. »Doch sie können! Wir können alles Weitere später besprechen, aber jetzt werden wir hier verschwinden!«

Auch Stefan fiel es schwer zu akzeptieren, eine so offensichtlich sichere Unterkunft erst gar nicht betreten zu dürfen. Nachdem der Wachposten am Fenster des dritten Stockwerks aber wieder auf sie zielte, zog er Sarah schützend zu sich, und ging mit ihr in Richtung der Seitenstraße, aus der sie zuvor gekommen waren. Die anderen folgten ihnen, keiner sagte jedoch ein Wort. Erst als sie abgebogen und hinter einem Haus verschwunden waren, blieben sie stehen.

»Glaubst du ihm die Geschichte mit den Krankheiten?«, wollte Alexander von seinem Vater wissen.

»Es ist gut möglich. Wir kennen die hygienischen Umstände in der Klosteranlage nicht, und selbst, wenn sie

ihre Notdurft am Hang verrichten, ist eine Ansteckungsgefahr nicht ausgeschlossen. Scheiße, ich weiß nicht, ob
er gelogen hat, aber wir können nicht rein.«

Nun, mit der frischen Enttäuschung, abgeschoben
worden zu sein und in der Kälte des einsetzenden
Abends spürte Hanna den Hunger wie Stiche in ihrem
Magen. Voller Wut trat sie zuerst gegen eine Mülltonne,
dann gegen ein Auto, und schließlich vergoss sie Tränen.
Sie wollte nicht in eine kalte, leere Wohnung gehen und
hoffen, dort nicht überfallen zu werden, um am nächsten Tag wieder weiterzuziehen. Zwar wurde sie von
Karin getröstet, die sie an sich zog und umarmte, doch
am liebsten hätte sie dem Mann am Fenster zwischen
die Augen geschossen und wäre gewaltsam in das Kloster eingedrungen.

Robert konnte Hannas Ausbruch nachvollziehen.

Auch Sarah hatte Tränen in den Augen. »Vielleicht ist
es ja besser so. Wenn das mit den Krankheiten stimmt,
sollten wir nicht hinein. Ich würde jedoch gerne wissen,
wie viele Menschen dort leben, unter welchen Umständen und seit wann. Ach, Scheiße! Vielleicht hat er auch
gelogen.«

»Vielleicht«, antwortete Robert. »Es lag nicht an uns.
Du musst dir nichts vorwerfen.«

»Wir könnten aber womöglich schon auf der ›Augsburg‹ sein!«, murmelte Alexander.

Robert reagierte nicht darauf. Doch weil es zu däm-
mern begann, forderte er sie auf, weiterzugehen. Vermutlich war es zu spät, um mit dem Auto nach Herrsching zurückzufahren und dort nach einer Unterkunft
zu suchen – Häuser gab es auch in Erling. Wie zuvor
wollten sie aber das Zentrum meiden und fuhren zurück
zum Ortseingang, der am Rande des Plateaus lag und
einen Blick auf die gesamte Südseite des Ammersees
gewährte. Dort wählten sie ein Dreifamilienhaus aus,
kletterten über die Balkone zur obersten Etage, klopften

an das Fenster und drangen schließlich in die Wohnung ein.

»Wahrscheinlich sind die meisten von ihnen im Kloster untergebracht«, mutmaßte Robert. Er hatte auch auf dem Weg hierher keine Bewegungen an Fenstern oder andere Anzeichen auf Überlebende gesehen.

Es war keine große Wohnung, deshalb dauerte es nicht lange, mögliche Gefahrenquellen zu entdecken. Die Fenster verfügten über Rollläden, die Haustür bestand aus massivem Holz, und es lagen keine Leichen in den Räumen. Karin ging sofort in die Küche, fand noch Linsen und getrocknete Bohnen in Gläsern vor und setzte den Gaskocher in Gang, auf dem sie einen Topf Wasser erhitzte.

Später, als sie Reis mit Bohnen gegessen und damit den größten Hunger gestillt hatten, sah Alexander aus dem Fenster in die Dunkelheit hinaus. Der Himmel war klar und offenbarte unzählige Sterne, die auf der etwa drei Kilometer entfernten Wasseroberfläche des Sees tausendfach funkelten. Er war froh, dass es heute nicht zu einer Schießerei gekommen war, aber seine Enttäuschung saß noch immer tief.

»Wir sollten trotzdem nach Dießen gehen, vielleicht wusste der Mann nur nichts von einem anderen Zufluchtsort.«

»Und wenn wir es morgen noch einmal probieren?«, fragte Sarah. »Vielleicht schicken sie einen anderen Vermittler, und wir können ihn überreden.«

Robert wollte keinesfalls noch einmal in eine ähnliche Lage geraten. Er wusste, dass sie am heutigen Tag viel Glück gehabt hatten, schließlich hätten sie ihr Leben schon bei dem Paar am Seeufer verlieren können. »Auf keinen Fall! Ich an ihrer Stelle würde schießen, wenn die eindeutige Botschaft nicht verstanden wird. Wir riskieren unser Leben.«

»Tun wir das nicht jeden Tag?« Noch immer sah Alexander aus dem Fenster, und er konnte nach wie vor nicht akzeptieren, dass irgendjemand entschied, ob eine Gruppe abgewiesen wurde oder nicht.

»Natürlich. Aber nicht, indem wir uns als Zielperson direkt vor ihre Waffen stellen. Noch einmal hinzugehen wäre verrückt«, antwortete Stefan.

»Wir werden es akzeptieren müssen«, unterstrich Robert. »Morgen fahren wir nach Dießen und werden dort endgültig entscheiden, wo wir den Winter verbringen. Wir hatten Glück mit dem Wetter, ewig wird es aber nicht so bleiben.«

Er wusste, dass ihnen das Wetter bisher die größte Not erspart hatte. Wenn der Schnee kommen sollte, mussten sie eine Unterkunft erreicht haben, in der sie bleiben konnten. Niemand hatte Zweifel daran, dass er kommen würde, es war nur die Frage, wann.

Später, als die Kälte unaufhaltsam in ihre Glieder kroch und sie sich mit mehreren Decken zu wärmen versuchten, wertete Stefan die nahegelegene Zuflucht nicht nur als verpasste Möglichkeit, sondern auch als Gefahr. Er besaß eine Waffe, und das war Grund genug, überfallen zu werden. Sie kannten die Leute dort nicht, wussten nicht, was in deren Reihen vor sich ging. So ideal diese Wohnung hinsichtlich der Aussicht auf den Ammersee sowie auf die Landstraße nach Herrsching auch war – hier konnten sie nicht bleiben. Diese Unterkunft war wieder nur eine Durchgangsstation auf dem Weg ins Nirgendwo.

Zuflucht

Die Nacht war derart kalt gewesen, dass Robert mehrere Versuche benötigte, das Auto zu starten. Die Straße war vereist, und so rutschte er mehr den Berg hinunter, als dass er fuhr.

Vor Herrsching bogen sie in die Straße Richtung Dießen ein. Sie mussten auf dieser Fahrt keine Ortschaften durchqueren, nur vereinzelt stehende Häuser säumten den Weg. Immer wieder begegneten sie Fahrzeugen, die am Straßenrand standen und teilweise komplett vom Herbstlaub bedeckt waren. Da Robert langsam fuhr, erkannten sie in einigen von ihnen Leichen. Hanna erinnerte sich noch zu gut an den grauenhaften Gestank, der aus ihrem Auto entwichen war, als sie dieses zum ersten Mal geöffnet hatten. Selbst jetzt hatte sie das Gefühl, ihn überall um sich herum riechen zu können.

Als sie zwei nebeneinanderstehende Häuser passierten, blieb Robert fast stehen. Aus einem der Schornsteine quoll Rauch, und zwei nicht mit Laub und Dreck beschmutzte Autos offenbarten ihnen, dass wenigstens eines der Häuser bewohnt war.

»Fahr weiter!«, fordert ihn Hanna auf, »es wird schon nicht das Einzige in dieser Gegend sein. Es ist zu nah an der Straße.«

Zwar hätte Robert diese Menschen auch gar nicht aufsuchen wollen, aber er war froh, dass auch Hanna mittlerweile Gefahrensituationen erkannte und danach urteilte. Er hoffte jedoch, sie würde es niemals ohne sein Beisein tun müssen.

Etwa eine halbe Stunde später erreichten sie ohne Unterbrechungen Dießen. Es hatte zu schneien begonnen, und zu ihrer Enttäuschung blieb der Schnee liegen.

Als sie an den ersten Häusern vorbeifuhren, sah Hanna mit versteinertem Gesichtsausdruck aus dem Fenster. Einerseits fuhren sie wieder mit einem Auto durch eine Ortschaft und verursachten somit ein weithin hörbares Geräusch, doch noch viel mehr schockierte sie der Anblick vieler Fassaden. »Scheiße, was war denn hier los?«

»Keine Ahnung«, antwortete Robert, »aber wenn das überall so ist, sollten wir abhauen.« Ein Blick zur Seite zeigte ihm, dass Stefan das Gewehr auf seinem Schoß im Anschlag hielt, um sofort reagieren zu können.

Mehrere Häuser waren angezündet worden, Autos lagen teilweise umgekippt auf den Dächern, und das Mobiliar einiger Wohnungen war auf den Straßen verteilt, so dass sich Robert in Schlangenlinien seinen Weg bahnen musste. Nach der ersten Abzweigung, die sie nahmen, verlor sich aber das Bild von Plünderung und Gewalt.

Sie fuhren noch durch einige Straßen, bis schließlich der Weg von mehreren Autos versperrt wurde. Sofort erkannte Robert, dass dies keine bewusste Absperrung war, sondern dass die Fahrzeuge vermutlich im Chaos verlassen worden waren. Fast zwei Jahreszeiten hatten ihre Spuren auf ihnen hinterlassen, und viele der Fenster waren eingeschlagen.

Um im Notfall eine Flucht zu ermöglichen, wendete er, blieb in entgegengesetzter Fahrtrichtung direkt hinter den letzten Autos stehen und sah die anderen an. »Hinter uns geht es ins Zentrum. Wenn die Zuflucht tatsächlich dort sein sollte, müssen wir zu Fuß weiter. Ich denke, sie ist im Marienkloster.«

»Warum dort?«, fragte Sarah.

Karin kam Robert jedoch mit ihrer Antwort zuvor. »Weil es ein sicheres Gebäude ist. Ich würde es ebenfalls dort versuchen.«

Ohne eine weitere Antwort abzuwarten, öffnete Stefan die Tür und sah sich die unmittelbare Umgebung näher an. Als er sicher war, niemanden entdeckt zu haben, beugte er sich zu den anderen hinein. »Selbst, wenn im Kloster niemand wohnt, ist es eine Option für uns. Wir sollten es uns ansehen.«

Als die anderen ausstiegen, wehte ihnen ein eisiger Wind ins Gesicht. Mittlerweile hatte sich eine beachtliche Schneeschicht auf den Straßen und Dächern der Autos gesammelt, die zum Entsetzen aller zur Befürchtung führte, jemand könne sie nun anhand ihrer Fußspuren verfolgen.

Schließlich bahnten sie sich ihren Weg an den Autos vorbei. Einige Türen standen offen, aus einem Auto hing sogar der verfaulende Körper eines Menschen heraus. Immer wieder war ein Fahrzeug in einem anderen verkeilt, so dass eine einstige Massenpanik offensichtlich wurde. Aus einem unerfindlichen Grund hatten offenbar sehr viele Menschen zur gleichen Zeit aus der Ortschaft fliehen wollen, und so vermutete Stefan, dass ein einziger Unfall an der Spitze der Blechlawine die Ursache für diesen Stau gewesen sein konnte.

An einer Kreuzung stand ein Lastkraftwagen quer, direkt davor zwei Autos, die dagegen gefahren waren. Stefan war erleichtert, die Ursache tatsächlich in einem Unfall zu finden und nicht in einer nachträglichen Aktion zu einem Bollwerk, aus dem sie möglicherweise beschossen wurden.

Als sie schließlich vor dem Kloster standen, versteckten sie sich zunächst hinter einem Auto. Stefan versuchte, durch das Fernglas eine Bewegung hinter einem Fenster auszumachen, doch auch längeres Beobachten brachte ihm keinen Hinweis auf Leben innerhalb der Mauern. Schließlich wagte er es, ging zur Tür und versuchte, sie zu öffnen, doch sie war verschlossen. Weil alle Fenster des Untergeschosses fest vergittert waren, suchten sie nach einem Seiteneingang und gelangten schließlich zu einem Seitengebäude des Baus.

Plötzlich zischte Robert und hielt die anderen zurück. »Seht euch diese Tür an!«

Zwischen zwei Türen, die mit Holzbrettern vernagelt waren, gab es eine dritte, die nicht nachträglich gesichert worden war. Daneben standen einige Gitterkisten, deren Inhalt vom Schnee bedeckt war, sowie eine Regentonne. Vor dieser standen zwei Krüge.

»Dort muss jemand drin sein!«, flüsterte Alexander.

Robert nickte. »Oder es WAR jemand drin. Falls sie noch da sind, haben sie uns vielleicht schon gesehen.«

Die Erfahrung in Andechs ließ sie vorsichtig werden, doch der eisige Wind und die immer weiter sinkenden Temperaturen zwangen sie, nicht allzu viel Zeit zu verlieren. Mittlerweile färbten sich Hannas Lippen blau, und Sarah sowie Alexander traten von einem Bein aufs andere.

»Wir müssen irgendwo hinein«, sagte schließlich Karin, »egal wo.«

Stefan war klar, dass es keinen Sinn machte, noch länger zu warten, also verließ er sein Versteck, lief schnell zu den Kisten und streifte den Schnee ab. Er staunte, als er darunter einen Mantel fand. Hatte ihn jemand bewusst hinausgelegt?

Als ihm die anderen folgten, drückte er die Klinke, doch die Tür war verschlossen. Enttäuscht ging er einige Schritte zurück und sah zu den Fenstern empor. »Hallo?«

Mit wild klopfenden Herzen lauschten sie, doch es kam keine Antwort. Dann riefen Robert und danach Karin, alles ohne Erfolg. Schließlich nahm Stefan einen Stein, ging zu einem der nicht vergitterten Fenster und schlug die Scheibe ein. Nachdem er hineingeklettert war und sich einige Augenblicke lang umgesehen hatte, öffnete er von innen die Tür und ließ die anderen hinein.

Im Innern war es still. Hanna fiel zunächst gar nicht auf, dass sie vom eisigen Wind nicht mehr behelligt wurden, denn ihre Aufmerksamkeit galt ausnahmslos dem Unbekannten vor ihnen. Da keines der Fenster über Rollläden verfügte, war es im Gebäude angenehm hell.

Kurze Zeit später betraten sie einen Gang, der zu einer großen Zwischentür führte. Sie öffneten sie und standen in einem breiten Flur. Er wirkte alt, Fresken und christliche Standbilder schmückten die Wände, und hohe Zimmertüren kündigten einen alten Bau an.

»Wir müssen uns im Klosterinnern befinden«, mutmaßte Robert, »vielleicht sogar im Hauptgebäude.«

Vorsichtig gingen sie weiter, blieben aber vor jeder Tür stehen und lauschten. Nichts war zu hören, nur ihr eigener Atem erfüllte den hohen Gang. Über beinahe jeder Tür prangte ein Kreuz, darunter Lettern aus dem Evangelium.

Nach einer Zwischentür bogen sie in einen Seitengang ab, der moderner wirkte. Gerade, als Hanna sich von einer der Türen abwandte, stieß sie mit dem Fuß gegen eine auf dem Boden liegende Holzkugel. Krachend rollte sie gegen die Wand und von dort gegen eine Kommode.

»Scheiße!« Hannas Blut schien zu gefrieren. Wie vom Blitz getroffen blieben alle stehen, sahen erst sie an und dann die Kugel. Nur Augenblicke später hallte die Stimme eines Mannes zu ihnen. »Günther?«

Sofort hob Stefan die Waffe und schwenkte sie in die Richtung, aus der die Stimme gekommen war.

»Schnell, an die Wand!«, flüsterte er.

»Günther, bist du es?«

Mit einer barschen Handbewegung forderte Robert Karin, Hanna und Alexander auf, sich hinter der Kommode niederzuknien, während er zu einem in der Nähe stehenden Schrank lief und sich neben diesen stellte. Währenddessen schlich Stefan zu der Tür, hinter der er den Mann vermutete. Dort blieb er stehen und lauschte. Deutlich waren flüsternde Stimmen zu vernehmen, ein Stuhl wurde gerückt und etwas klapperte. Dann wurde es still – zu still für Stefan.

Als auch nach längerer Zeit niemand kam, schlich er zu Robert zurück, ohne aber die Tür aus den Augen zu lassen. »Es sind mindestens zwei drin. Ich habe es nicht richtig einordnen können, aber sie wissen wohl, dass wir nicht dieser Günther sind.«

»Warum kommen sie nicht raus?«, fragte Robert. »Wir dringen bei ihnen ein, und sie wehren sich nicht?«

»Vielleicht sind sie nicht nur in diesem Raum. Das Kloster ist groß.« Vorsichtig spähte Stefan zu den anderen und wies sie an, noch neben der Kommode zu verharren. Dann ging er zu den anderen Türen und lauschte, doch es war nichts zu hören.

»Kommen Sie endlich rein, Sie wissen doch, wo wir sind!«

Wie von einer Faust getroffen starrte Robert auf die Tür. Es war dieselbe Stimme von vorhin. Dann lief er zu Stefan. »Wir sollten antworten.«

»Oder es ist eine Falle. Sobald wir hineingehen, erschießen sie uns.«

»Es war die Stimme eines alten Mannes. Wir könnten versuchen zu erfahren, wer dort drin ist.«

»Okay. Ich stelle mich neben die Tür, damit ich sofort eingreifen kann.«

Robert winkte Hanna zu sich. Die Stimme eines Mädchens würde auf keinen Fall denselben Effekt wie seine hervorrufen.

Als sie bei ihm war, sah sie ihn fragend an.

»Sag, du bist ein Mädchen und suchst Zuflucht! Frag, wer er ist! Versuche, etwas über sie herauszufinden!«

Hanna schluckte und starrte zur Tür. »Hallo? Ich suche Hilfe. Wer ist da?«

Einige Augenblicke lang war nichts zu hören. Hanna dachte, ihr Herz würde ihr aus der Brust springen, und sie befürchtete, von Kugeln durchsiebt, hier sterben zu müssen.

»Und dafür bist du hier eingebrochen, Mädchen? Du bist doch nicht allein!«, sagte die Stimme.

»Nein, meine Freundin und meine Familie sind dabei.«

Währenddessen schlichen Stefan und Alexander zu den anderen Türen, um abzuschätzen, ob sich dahinter jemand befand, der vom Gespräch aufgeschreckt wurde, doch es blieb so still wie zuvor.

»Dann kommt rein! Ihr tut es ja ohnehin irgendwann.«

»Frag, wer sie sind«, flüsterte ihr Robert zu.

»Wer sind Sie?«

Nun blieb es still. Auch nach längerer Zeit antwortete der Mann nicht, was Stefan nutzte, um sich direkt neben die Tür zu stellen und zu horchen. Es war eindeutig die Stimme eines alten Mannes gewesen, und so hoffte er, keiner schießenden Bande ausgesetzt zu sein.

Sich des Risikos bewusst, sah er die anderen an und ergriff die Türklinke, blieb aber dabei neben dem Türrahmen stehen. Falls jemand schoss, würde er nicht getroffen werden.

»Gut, wir kommen rein!« Dann öffnete er die Tür, schob sie auf und wartete. Niemand schoss, und keiner kam herausgerannt. Blitzschnell sah er in den Raum und zog dann den Kopf wieder zurück, doch er hatte niemanden gesehen. Schließlich stellte er sich vor die Tür. Im Raum standen Stühle, dahinter eine Kochzeile mit Tischen. Die Personen mussten sich im hinteren Teil aufhalten, den er momentan nicht einsehen konnte.

»Warum so vorsichtig?«, sagte der Mann, »worauf warten Sie?«

Trotz der Kälte lief Stefan der Schweiß über die Stirn. Es konnte noch immer jemand durch die Tür schießen, wenn er an ihr vorbei in den anderen Teil des Raumes schauen würde. Er überlegte kurz, ging zurück in den Flur und nahm die Scherbe eines zerbrochenen Spiegels an sich. Dann zog er ein Kreuz von der Wand, band die Scherbe mithilfe eines Vorhangbands an das Kreuz und ging wieder zur Tür. Lautlos legte er sich auf den Boden und hob das Kreuz mit dem Spiegel an der Tür vorbei. Er zitterte stark, doch es genügte, um zwei Personen zu erkennen, die auf Stühlen saßen und sich an der Hand hielten. Auch nach genauerem Hinsehen erkannte er keine Waffen bei ihnen, es schienen auch keine weiteren Menschen im Raum zu sein.

Schließlich zog er das Kreuz zurück. Das Bild war derart kurios, dass er einige Augenblicke überlegen musste. Konnte es sein, dass dort jemand darauf wartete, entdeckt zu werden?

Trotz der anscheinend ungefährlichen Situation stand er lautlos auf, gab Robert ein Zeichen und trat mit dem Gewehr im Anschlag ein. Tatsächlich saßen hinter einem Tisch ein Mann und eine Frau, die sich an den Händen hielten und ihn mit aufgerissenen Augen ansahen. Sie waren beide deutlich über siebzig Jahre alt.

»Sind Sie alleine?,« wollte Stefan von ihnen wissen. Dabei hielt er das Gewehr in ihre Richtung.

»Welche Antwort rettet denn unser Leben?«

Wie von einer eisernen Faust umklammert, starrte Stefan den Mann an. Falls dieser auch nur eine Hand heben sollte, würde er ihn sofort erschießen.

»Ich sehe, wohl keine. Wir sind alleine, Sie haben also nichts zu befürchten. Nehmen Sie, was Sie brauchen, und wenn Sie uns umbringen wollen, tun Sie es bitte schnell.«

»Und im restlichen Kloster? Sie wissen doch bestimmt, ob Sie die Einzigen in diesem riesigen Gebäude sind.«

»Es gab bis vor einigen Wochen mehr Menschen hier, aber die sind verschwunden. Wir sind die Letzten.«

»Was heißt ›verschwunden‹?«

»Manche von ihnen sind tot, andere sind einfach nie mehr zurückgekehrt.«

Obwohl Stefan sehr vorsichtig war, glaubte er dem Mann. Er schien bereits mit seinem Leben abgeschlossen zu haben, und sollten sich tatsächlich mehrere Männer hier aufhalten, wäre das eine gute Lebensversicherung für ihn und die Frau gewesen. Erst jetzt senkte er die Waffe und gab Robert ein entwarnendes Zeichen, der seinerseits die anderen zu sich winkte und mit ihnen den Raum betrat.

Als alle den beiden Fremden gegenüberstanden, erhob sich der Mann und sah zu Hanna. »Du scheinst nicht gelogen zu haben, mein Kind.«

»Nein, habe ich nicht. Und wir haben auch nicht vor, Sie umzubringen.«

Noch konnte sich Stefan nicht auf die friedliche Situation einlassen. Ohne den Mann aus den Augen zu verlieren, öffnete er die Tür zu einem Nebenraum, und als er dort niemanden fand, durchsuchte er den Mann und die Frau nach Waffen. Erst dann stellte er sich zu den anderen.

»Wir entschuldigen uns für unser Eindringen und auch die Leibesvisitation, aber wir trauen keinen Fremden.«

»Oh, da haben wir etwas gemeinsam.«

»Trotzdem hatte das Mädchen recht: Wir sind auf der Suche nach einer Zuflucht.«

»Die Sie ja nun offenbar gefunden haben.«

»Nun ja, sie gehört noch immer Ihnen«, antwortete Stefan mit beruhigender Stimme. »Aber das Kloster ist groß.«

»Groß und einnehmbar, wie Sie bewiesen haben.«

Hanna fiel auf, dass sie sich in einer Art Speiseraum befanden. Schränke enthielten Geschirr, sechs Tische standen parallel zueinander und an der Wand hing ein alter Speiseplan. Als sie hinging, erkannte sie, dass er aus dem Monat August stammte. Nie würde sie vergessen, dass in diesem Monat die Hölle über sie hereingebrochen war.

»Für wen ist der Mantel, der draußen liegt?«, wollte Robert wissen. »Offenbar sind sie doch nicht die Einzigen.«

»Für Günther. Ich hielt Sie erst für ihn, aber das war unmöglich, denn er kann nicht einfach so hier rein.«

»Aber er wird noch auftauchen?«

»Ich glaube nicht. Wir haben ihn seit drei Wochen nicht mehr gesehen. Er ist mein Freund, wir kennen uns seit über fünfundfünfzig Jahren.«

Der Mann sagte es so wehmütig, dass Karin spürte, wie wenig er noch von seinem Leben erwartete. »Sie legen für Ihren Freund einen Mantel ab? Warum holt er ihn nicht persönlich ab?«

»Weil er eben nicht mehr auftauchte. Ich dachte mir, wenn er mal in der Nacht kommt oder wir im Garten sind, hören wir nicht, dass er klopft. Und wir mussten doch die Tür abschließen.«

Nun drückte die Frau die Hand des Mannes und lächelte ihn an. Für Karin war diese Geste so fremd geworden, dass sie in ihr einen Schauer verursachte.

Erst jetzt hängte sich Stefan die Waffe um und stellte sich neben seine Tochter. »Das ist meine Familie. Das sind Sarah, Hanna, Karin, Alexander und Robert. Wir sind durch ein aufgebrochenes Fenster ins Gebäude gelangt, und ehrlich gesagt, bin ich sehr froh, nicht erschossen worden zu sein.«

»Nun ja, ich auch, und ich denke, das gilt auch für meine Frau. Ihr Name ist Emilie, ich bin Ludwig. Ich habe vermutlich niemals zuvor in meinem Leben lieber jemandem das ›Du‹ angeboten.«

Nun stand Emilie auf und ging auf Hanna und Sarah zu. Offenbar hatte sie schon seit Längerem keine jungen

Menschen mehr gesehen, oder aber sie taten ihr leid. »Habt ihr Hunger?«

»Ja!«, antwortete Hanna, »sehr sogar.«

»Dann kommt. Wenn wir hier etwas haben, dann ist es Essen.«

Eine Reise in die Vergangenheit

Tatsächlich waren die Regale und Vorratsschränke noch mit Mengen von Dosen und Lebensmittelpackungen gefüllt. Ludwig erklärte, dass der Bestand zuvor von Günther und zwei anderen Paaren aus einem nahegelegenen Geschäft geplündert worden war, und da erstaunlicherweise sehr wenige Zufluchtssuchende das Kloster aufgesucht hatten, war der Dosenvorrat nur langsam geschrumpft.

Während Emilie und Karin mithilfe eines großen Gaskochers Essen zubereiteten, ging Ludwig zur Tür und hob das Kreuz auf, an das Stefan die Spiegelscherbe gebunden hatte. Dabei wurde Ludwigs Leiden offenkundig, denn er hinkte stark und bewegte sich nur langsam.

Lächelnd wog er das Kreuz in der Hand und reichte es schließlich Stefan. »Der Trick mit dem Spiegel ist uralt, aber sehr nützlich. Ich habe ihn damals im Krieg benutzt, um ein Haus in Russland zu stürmen.«

»Du warst in Russland? Dann hast du so einiges mitgemacht.«

»Ja, das kann man laut sagen. Wenn man einmal so extrem hungert, sieht man vieles aus einem anderen Blickwinkel. Ich hätte aber niemals gedacht, dass ich je so etwas erleben muss.«

Obwohl Stefan der herrliche Duft von frisch zubereiteter Tomatensoße in die Nase kroch, wollte er sich noch keine Ruhe gönnen. Das Kloster war schließlich sehr groß.

»Was ist links am Ende des Gangs?«, fragte er Ludwig.

»Die Bibliothek. Es ist der letzte Raum des Seitentrakts.«

»Gut. Und wenn man am großen Flur ebenfalls nach links geht?«

»Dann kommt ihr ins Zentrum des Klosters. Kirche, Sakristei, Diensträume und so weiter.«

»Hm. Wenn also Gefahr zu erwarten ist, dann eher von dort.«

»Während der letzten anderthalb Monate kam kein einziger Mensch zu uns.«

»WIR kamen!«

Kurze Zeit später ging er entschlossen in den Flur zurück, gefolgt von Robert und Alexander, die nicht wussten, was er vorhatte.

»Wenn wir die Türen zu den anderen Räumen sowie die Doppeltür zum Flur von innen verriegeln könnten, hätten wir diesen Trakt relativ sicher. Ich habe gesehen, dass an den Türen keine Schlüssel stecken, aber wir könnten die Klinken blockieren.«

In der Bibliothek fanden sie wegen der Regale genügend Holz, das sie unter die Türklinken klemmten. Dann nahmen sie Gardinenbänder und schnürten die beiden Griffe der Doppeltür fest aneinander.

Auf dem Rückweg entdeckte Alexander ein Glöckchen auf einer Kommode, das er an die Doppeltür band. So würden sie sofort alarmiert werden, wenn sich jemand an diesem Durchgang zu schaffen machte.

In einem verhältnismäßig sicheren Raum zu sitzen und Nudeln mit einer köstlichen Tomatensoße zu essen, war für alle ein Zustand, der wie aus einem Traum wirkte. Emilie hatte erklärt, dass der Klostergarten im Herbst genügend Gemüse hervorgebracht hatte, von dem einiges in gefrorenem Zustand im Freien auf sie wartete. Zudem gab es einen Brunnen, der noch intakt war und täglich frisches Wasser lieferte. Gerade diese Botschaft versetzte die Gruppe in einen ungewohnten Freudentaumel. Aufgrund dieser Umstände war es für Robert nicht nachvollziehbar, dass dieses Kloster nicht von viel mehr Überlebenden aufgesucht worden war.

Weder Ludwig noch Emilie wussten etwas von einer Zuflucht in Dießen. Zwar hatten sie von der ›Augsburg‹ gehört, die offenbar auch Dießener Bewohner beherbergte, doch sie wunderten sich, dass Stefans Gruppe aufgrund eines solchen Gerüchts bis an diesen Ort gelangt war. Obwohl sich Alexander diese ominöse Zuflucht stets in Gedanken aufrechterhalten hatte, war er keineswegs enttäuscht, denn sie hatten schließlich eine solche gefunden, wenn auch mit weitaus weniger Überlebenden als gedacht.

Nach dem Essen servierte Ludwig eine Flasche Rotwein. Zwar genossen alle einige Schlucke des köstlichen Weins, doch gerade Stefan und Robert waren durch die Erlebnisse der vergangenen Zeit so vorsichtig geworden, dass sie immer wieder auf den Gang hinausgingen und die Türen kontrollierten oder aus dem Fenster sahen, um nach eventuellen Eindringlingen zu sehen. Selbst Ludwig, der mehrmals wiederholte, während der vergangenen Wochen keinen einzigen Menschen gehört oder gesehen zu haben, konnte ihnen kein Gefühl von Sicherheit geben.

Emilie hatte mit Entsetzen auf Karins Schilderungen reagiert, die die plündernde Meute in Grafrath betrafen. Ihre Schwester hatte jahrelang dort gewohnt, und sie kannte die Ortschaft daher sehr gut. Voller Bedauern sah sie Hanna und Sarah an, lächelte ihnen immer wieder zu und hoffte, ihr Weg würde von nun an weniger traumatisch verlaufen. Doch daran konnte sie nicht glauben. »Im Krieg zeigt sich der wahre Charakter eines Menschen. Es war vor achtzig Jahren so, und daran hat sich auch heute nichts geändert. Menschen mutieren zu Bestien, wenn sie nichts mehr zu befürchten haben.«

Hanna, die seit Monaten zum ersten Mal Cola trank, hatte sich neben Sarah gesetzt und genoss das Gefühl des Sattseins und der Wärme.

»Aber im Krieg muss es noch viel schlimmer gewesen sein.«

»Oh, nein, das kann man nicht vergleichen. Selbst damals wusste man, dass dieser Horror irgendwann aufhören würde. Doch das, was du dort draußen siehst, ist das Ende unserer Gesellschaft, wie wir sie kennen.«

»Mein Liebes«, ermahnte Ludwig sie, »du solltest so etwas nicht sagen.«

»Sie muss uns nicht schonen«, erwiderte Hanna, »ich bin kein Kind mehr. Aber selbst eine Welt wie diese enthält noch immer Dinge, die es wert sind, sie zu ehren. Irgendwann werden wir eine große Gemeinschaft finden, die uns aufnimmt.«

Ludwig nickte, schenkte sich Wein nach und lächelte. »Ja. Und bis es soweit ist, findest du hier einen Ort vor, an dem es sich gut leben lässt.«

»Wenn wir bleiben dürfen?« Robert stellte diese Frage. Er hatte Hanna lange nicht mehr so gelöst gesehen, und auch Alexander saß ruhig am Tisch und hörte den beiden zu.

»Wie lange seid ihr denn schon da?«, wollte Robert wissen.

»Seit Beginn«, antwortete Ludwig. »Als es damals anfing, stürmten sie die Praxis unseres Sohnes. Sie raubten, schlugen um sich, mordeten für Arznei. Unser Sohn starb bereits in der ersten Woche nach dem Ausbruch, und dies nahm unseren Lebensmut. Emilie flüchtete sich ins Kloster, um die letzten Tage, die wir hatten, zu beten und Gott nahe zu sein. Sie war schon immer sehr gläubig. Niemals hatten wir erwartet, dass dies eine Stätte war, die weitestgehend von Plünderungen ausgeschlossen bleiben sollte. Günther, seine Frau und drei unserer

Freunde kamen nach, doch die meisten starben nacheinander.«

»Du sagtest, sie haben die Praxis eures Sohnes gestürmt«, griff Stefan auf, »war er ein Arzt?«

»Ja, er hatte die Praxis von mir übernommen, nachdem ich in Ruhestand gegangen war.«

»Du bist Arzt?«

»Allgemeinmediziner. Seit 2006 pensioniert.«

Robert stand der Mund offen. Dieser Tag war derart kurios, so unglaublich und verändernd, dass er gar nicht glauben konnte, was er hörte.

»Meine Güte, das ist der wichtigste Beruf, den man sich in dieser Welt nur vorstellen kann.«

Plötzlich lachte Ludwig. Wenn er saß, fiel sein Leiden, über das er bisher noch nicht gesprochen hatte, nicht auf. »Nein. Soldat oder Waffenlieferant ist wesentlich einträglicher und dient daher eher zum Überleben.«

»Du hast aber überlebt«, stellte Sarah fest, »und bestimmt viele andere Ärzte auch. Es muss für euch doch einfacher gewesen sein, mit einer solchen Seuche umzugehen.«

»Leichter? Gute Güte, nein! Mit jeder herkömmlichen Seuche schon, aber nicht damit.«

»Wie meinst du das? War sie denn nicht herkömmlich?«

Plötzlich wirkte Ludwig überraschend ernst. Dies wunderte Sarah, schließlich lag die Pandemie schon Monate zurück, und die Umstände von damals änderten rein gar nichts.

»Aber nein. Das Schlimmste an der ganzen Sache ist, dass selbst im Zeitalter von Telekommunikation und Internet, in einer Welt, die auf so unglaubliche Weise miteinander vernetzt ist, die Ursache des größten Massensterbens aller Zeiten verschwiegen werden konnte.«

»Vielleicht, weil keine Möglichkeit mehr dazu bestand?«, riet Alexander. »Als das Stromnetz noch intakt

197

war, gab es in den sozialen Netzwerken durchaus aktuelle Fotos und Augenzeugenberichte.«

»Ja, aber nicht durch die Regierung. Man hat es gewusst, aber geschwiegen.«

»Woher weißt du das?«

»Der WHO war schon zuvor bekannt, dass es eine biologische Bombe in den Händen einer terroristischen Vereinigung gab. Nicht umsonst ist der globale Gesundheitsnotstand ausgerufen worden. Offenbar hat man aber geglaubt, es in den Griff zu bekommen.«

Nun standen auch Robert und Karin die Münder offen. Offensichtlich wusste Ludwig mehr über die Entstehung des Zusammenbruchs als sie alle zusammen. »Was meinst du mit ›offenbar‹?«

»Man hätte viel früher den Ausnahmezustand in den jeweiligen Regionen verhängen müssen, Menschenansammlungen verbieten, Hausarrest verhängen. Ich schätze, keiner der Politiker wollte die Verantwortung dafür übernehmen. Falls das alles nicht so schlimm gekommen wäre, hätte es das Ende der jeweiligen Karriere bedeutet.«

Alexander kam die Erklärung durchaus bekannt vor. »Es ist von einer Vereinigung die Rede gewesen, deren Namen ich vergessen habe. Wir haben es in der Schule besprochen, denn sie hatten schon zuvor etwas Ähnliches angekündigt.«

»Du meinst ›Danas Jünger‹?«

»Genau die!«

»Und sie haben es nicht nur angekündigt.«

»Moment!«, warf Stefan ein. »Du willst uns weismachen, dass du weißt, wer für diesen Scheiß verantwortlich ist?«

»Nun ja, ich weiß es nicht, aber es liegt auf der Hand. Ein enger Kollege meines Sohnes hatte Kontakte zur WHO. Die Informationen wurden auf Geheiß der Bundesregierung geheimgehalten, und eine umfassende

Nachrichtensperre verhinderte die Veröffentlichung von Informationen aus dem Ausland. Zumindest über staatlich kontrollierte Medien. Dazu gehören eben nicht Facebook, Twitter und Konsorten.«

»Und was ist mit dieser Gruppe?«, fragte Stefan nach.

»›Danas Jünger‹? Offenbar haben sie es geschafft, eine biologische Bombe zu entwickeln oder zu stehlen und diese wirksam mehrfach einzusetzen. Oder aber sie haben sich mit fremden Federn geschmückt.«

»Offenbar, oder?«

»Auch als Arzt bin ich auf Informationen angewiesen. In diesem Fall blieben sie aus, aber ich zähle eins und eins zusammen. Der Erstschlag fand in mehreren Millionenstädten weltweit gleichzeitig statt. Das Unglaubliche daran ist nicht einmal, dass es jemandem gelang, einen solchen Erreger zu entwickeln, sondern ihn derart effektiv einzusetzen. Viele terroristische Vereinigungen verfügten über biologische Bomben, aber keine von ihnen hatte das Know-how, es global anzuwenden. Diesmal konnte es kein Geheimdienst verhindern.«

Durch Ludwigs Worte fühlte sich Sarah in die Anfangszeit der Katastrophe zurückversetzt. Als wäre es erst gestern passiert, spürte sie plötzlich wieder die lähmende Angst und das Grauen. »Woher weißt du, dass es sich um eine biologische Bombe handelte?«

»Ein solcher Erreger kann nur eine hochgezüchtete Form kranker Ausschweifungen sein, die zu Dutzenden in geheimen Laboratorien lagern. Ich habe niemals zuvor einen so effektiven, hämorrhagischen Erreger erlebt. Natürlich kann ich es nicht beweisen, aber mein ärztlicher Verstand und meine Erfahrung geben ein klares Urteil ab. Wer auch immer – sie haben es geschafft, als Totengräber der Menschheit in die Annalen einzugehen.«

Mit einem Mal war es still geworden. Zwar konnte Ludwig nichts von all dem beweisen, doch Sarah glaubte ihm. Er war Arzt, und es klang schlüssig.

Ungläubig schüttelte Hanna den Kopf. »Sie haben es aber nicht geschafft, die gesamte Menschheit auszurotten. Wir und viele andere haben überlebt.«

»Natürlich, mein Kind. Es ist auch nicht möglich, die gesamte Menschheit mithilfe eines Erregers auszulöschen, sei er auch noch so aggressiv. Dies obliegt anderen Katastrophen.«

»Weil immer irgendjemand alleine war, sich nicht angesteckt hat oder einfach Glück hatte?«

»Von diesen Menschen spreche ich nicht. Ich meine ganze Völker, die überlebt haben. Jeder Erreger muss sich den ihm gegebenen Möglichkeiten anpassen, und gegen eine komplett globale Ausweitung sprechen mehrere Faktoren. Entfernung, Seehöhe, Abgeschiedenheit von Dörfern. Es muss noch hunderte bewohnter Inseln geben, die nicht über Flugverkehr mit der Außenwelt verbunden waren. Indianervölker in Regenwäldern, Eingeborene in Reservaten, russische Dörfer, die hunderte Kilometer auseinanderliegen und wo es so kalt ist, dass der Erreger nicht überleben kann. Dazu zählen sämtliche Menschen, die am Polarkreis leben. Tibetanische Dörfer über viertausend Meter Seehöhe. Diese Liste ließe sich problemlos fortführen.«

Sarah versank in Ludwigs Worten. Es klang so logisch, in jeder Hinsicht nachvollziehbar. »Das heißt, es gäbe unzählige Möglichkeiten, in einer intakten Gesellschaft zu überleben. Das Problem ist nur, an solch einen Ort zu gelangen.«

»Richtig. Ich frage mich schon länger, ob es einige hohe Herren bis an einen solchen Ort geschafft haben. Und ob die Drahtzieher dieser Epidemie eine Art Arche Noah haben, auf der sie eine neue Gesellschaft gründen.«

Nun musste Robert schmunzeln. »Jetzt wird es aber philosophisch.«

»Aber nicht unbedingt unrealistisch. Ich glaube nicht, dass sie sich selbst in Gefahr gebracht haben, ohne zuvor einen Plan entwickelt zu haben.«

»Vielleicht«, meinte Alexander, »wir werden es wohl nie erfahren. Aber unsere Idee, ein Bergdorf in den Alpen aufzusuchen, war wohl nicht ganz abwegig. Niemand weiß, ab welcher Seehöhe sich der Erreger nicht weiterverbreitet.«

Von einem Augenblick auf den nächsten lächelte Ludwig, drehte sich zu seiner Frau um und drückte liebevoll ihre Hand. Dann wandte er sich wieder Alexander zu. »Wenn ich du wäre, würde ich genau dieses Ziel haben. Für uns ist dieser Weg aber zu weit. Ich würde keine fünfzig Schritte den Berg hochlaufen können, und Emilie möchte dieses Gebäude nicht verlassen.«

»Jedes Bergdorf ist auf einer Straße erreichbar. Wir werden mehr Autos zur Verfügung haben, als wir benötigen.«

»Ich wäre schon froh, wenn wir den Winter unbehelligt hier in diesen Räumen verbringen könnten. Alles andere wird sich im Frühling zeigen.«

Stefan ließ sich Ludwigs letzte Worte mehrmals durch den Kopf gehen. Er würde sich besonders für Sarah und Hanna freuen, könnten sie bis zum Einbruch des Frühlings hier überwintern. Dieser Ort mit all seinen Gegebenheiten war reinster Luxus, den sie bis zum heutigen Vormittag niemals erwartet hatten.

Etwas später servierten Emilie und Karin Kaffee. Während Karin zugesehen hatte, wie der Kaffee aufgebrüht wurde, und ihr dabei der Duft in die Nase gestiegen war, hatte sie für kurze Zeit gedacht, es nicht bis zum ersten Schluck aushalten zu können. Doch sie wollte diesen Augenblick mit den anderen teilen.

Als sie die Tasse zum Mund führte, sah sie Robert und Stefan an. Sie hatten beide die Augen geschlossen und genossen offenbar den Moment, als sei er ein Geschenk des Himmels. Nun schwiegen sie, sahen sich an und lächelten. Karin hatte einen solchen Augenblick so sehr vermisst. Sie wollte nicht daran denken, dass er vergänglich war, so wie ihr früheres Leben, in dem es völlig andere Prioritäten gegeben hatte.

Schon bald spürte Stefan, dass er diesem Gefühl von Geborgenheit nicht länger nachgeben konnte. Zwar vertraute er Ludwig, aber selbst er konnte nicht wissen, was in den entfernten Winkeln dieses großen Gebäudes vor sich ging.

Als er zu seiner Waffe griff und sie über die Schulter hängte, erntete er von Karin einen vielsagenden Blick. Er ahnte, dass sie in diesem Moment Elisabeth vermisste, ihnen aber gleichzeitig dankte.

»Wir sind gleich wieder da. Trinkt noch einen Kaffee.«

Sofort winkte Robert Alexander zu sich. Beim ersten Rundgang galt es, sich vermehrt abzusichern.

Nachdem sie die Flügeltür zum großen Gang geöffnet hatten, gingen sie nach links. Nach einer langgezogenen Kurve erschienen auf beiden Seiten Türen, hinter denen sich die Räume als ehemalige Nonnenunterkünfte herausstellten. In allen Stuben kontrollierten sie die Fenster, schauten hinaus, ob jemand zu sehen war, und prüften die Türen, ob sie verschließbar waren. Nach diesem Trakt kam wieder eine Flügeltür, die zu einem breiten Portal direkt vor ihnen führte. Als sie es öffneten, sahen sie in die weiten Ausläufer eines Kirchenschiffs. Für einige Augenblicke verharrten sie, erkundeten mit ihren Blicken die Bänke, die Galerie, den Altar und die hohen Fenster, die mit Buntglas geschmückt waren.

Alexander hatte nie an einen Gott geglaubt, und selbst wenn, hätte er seinen Glauben längst verloren. Wäre ihm nun ein Pfarrer entgegengekommen, hätte er ihn gefragt, warum sein Gott all das zugelassen hatte.

Als er mit Robert und Stefan etwas später die Tür wieder schloss, sah er sie vielsagend an. »Sackgasse. In jeglicher Hinsicht.«

»Gut für uns«, antwortete Stefan, »von hier droht uns wohl kaum Gefahr.«

Etwas später kamen die drei an die Tür, durch die sie wenige Stunden zuvor gekommen waren. Zu ihrer Überraschung fanden sie nur ein paar Schritte in der anderen Richtung ein eisernes Gitter an der Wand vor, durch das sich der gesamte Gang verschließen ließ. Es benötigte einige Zeit, bis sie den gusseisernen Riegel herausgelöst hatten und das Gitter bewegen konnten. Um es zu sichern, schoben sie sämtliche schwere Kommoden davor, die sie finden konnten.

Erst dann war Stefan beruhigt. Während der nächsten Tage würden sie alle Türen innerhalb dieses Bereichs zusätzlich blockieren, doch vorübergehend war er zufrieden.

Besetzt

Während der kommenden Tage schneite es ununterbrochen. Die Gruppe hieß diese unwirtliche Lage willkommen, denn unter derart harten Bedingungen war die Wahrscheinlichkeit deutlich geringer, überfallen zu werden.

Als der Schneefall nach einer Woche endete, war die Schneehöhe auf etwa einen halben Meter angewachsen. Der eisige Wind blies jedoch weiter, und als Robert eines Morgens auf das Thermometer außerhalb eines der Fenster sah, erschrak er, denn es zeigte achtzehn Grad unter null an.

Während dieser Zeit versorgten sie sich mit heißem Tee, warmen Decken und zogen in die Bibliothek um, weil in diesem Raum ein offener Kamin zur Verfügung stand. Bücher und Holz gab es genug, somit brannte an jedem Tag ein willkommenes Feuer, das aber nur wärmte, wenn man direkt davorsaß. Trotz dieser Annehmlichkeiten kroch die Kälte durch jede Ritze und vereiste sogar die weiter entfernten Fensterscheiben von innen. Jedem von ihnen war klar, dass sie diese Temperaturen ohne eine solche Unterkunft nicht überlebt hätten, und als Hanna ihre Zehen kaum mehr spürte, versuchte sie, sich durch unablässiges Gehen durch die Gänge warmzuhalten.

Mittlerweile hatten sie längst alle Türen zwischen dem Gitter und der Kirche mit Holzstangen versperrt. Es war keine absolut sichere Variante, doch die massiven Holztüren konnten nicht mit reiner Muskelkraft aus den Angeln gedrückt werden, zudem vergitterte Fenster in ihrem Teil des Erdgeschosses einen Einstieg kaum möglich machten.

Die langen Tage waren angefüllt mit vielen Gesprächen. Mal erzählte Ludwig von Erlebnissen während des Krieges, dann von seinem Sohn oder auch von den Ereignissen in den ersten Wochen innerhalb dieser Mauern. Dafür gab ihm Stefans Gruppe einen Einblick in das Leben in Grafrath direkt nach Beginn der Katastrophe. Manchmal schmiedeten sie Pläne, ein Bergdorf zu erreichen, die Emilie mit einem milden Lächeln quittierte. Trotz der Kälte genossen sie die gemeinsame Zeit, denn sie mussten nicht fliehen, und dies war das höchste Gut, das sie ihrer Meinung nach erringen konnten.

Auch nach drei Wochen stiegen die Temperaturen nicht. Sie hatten Weihnachten gefeiert, Tee getrunken und sich über ihr warmes Essen gefreut. Nur zu gut erinnerte sich Hanna an vergangene Weihnachten, an dem sie ein neues Handy sowie eine Eintrittskarte für ein Konzert geschenkt bekommen hatte. Als sie Sarah davon erzählte, lächelte sie leise und dankte ihrer Mutter, ihr damals ein so schönes Fest bereitet zu haben.

Etwa Mitte Januar erreichte die Kältewelle ihren Höhepunkt. An beinahe jedem Morgen knackte das Thermometer die Minus-zwanzig-Grad-Grenze. Zwar sah Stefan an jedem Tag aus dem Fenster, doch er konnte sich nicht vorstellen, dass bei einer solchen Witterung irgendjemand unterwegs war. Viele der Überlebenden würden während dieser Kältewelle sterben, und diejenigen, die nicht erfroren, hatten ohne Lebensmittelvorrat keine Überlebenschancen.

Während dieser Zeit hatte Emilie Hanna und Sarah mit in die Kirche genommen. Die beiden hatten sich anfangs noch gesträubt, auch nur einen Fuß in ein Gotteshaus zu setzen, denn sie wollten keinen Gott anbeten, der zugelassen hatte, dass ihre Welt zerstört wurde. Um Emilie einen Gefallen zu tun, waren sie jedoch mitgegangen. Dabei hatten sie sich seltsam gefühlt, neben dem leisen Knacken von Holz und dem Widerhall ihrer flüsternden Worte, die Stille des großen Saals zu ertragen.

Auch im Februar wollte die Kälte nicht weichen. Zwar stiegen die Temperaturen auf etwa minus zehn Grad, aber das Kloster hatte sich in einen Eispalast verwandelt. Selbst Robert und Stefan trugen den ganzen Tag über Handschuhe, um sich gegen Infekte zu wappnen. Zwar war zuerst Alexander, dann auch Karin an einer Erkältung erkrankt, doch sie hatten kein Antibiotikum benötigt, um wieder gesund zu werden.

Im März, als die Frühlingssonne wärmend durch die Fenster schien und den härtesten Teil des Winters verabschiedete, atmeten sie erleichtert auf. Lange hielt dieser Zustand jedoch nicht an, denn Ludwigs gesundheitlicher Zustand verschlechterte sich zusehends. Während er anfänglich nur öfter Pausen benötigt hatte, klagte er seit Längerem über Schmerzen, war ohne Appetit und nahm sichtbar ab. Dazu befielen ihn immer wieder Schwindelanfälle, die ihn zum Teil stark verwirrten. Eine einwöchige Einnahme des Antibiotikums half nicht, somit konnte Ludwig zumindest eine bakterielle Infektion ausschließen.

Karin spürte, dass Emilie sich große Sorgen um ihren Mann machte. Sie zog sich zurück, wich oftmals über Stunden nicht von Ludwigs Bett und kam nur sporadisch zu den anderen, um zu essen oder zu reden.

Als die Gruppe gerade am Tisch saß, setzte sich Emilie zu ihnen. Ludwig lag seit zwei Tagen im Bett und war nur zum Wasserlassen aufgestanden.

»Ich bin mir nicht sicher, ob es richtig ist, dass ICH es euch sage, aber da Ludwig schläft, werde ich es tun.«

Gespannt starrte Karin auf die Frau, die wegen der Sorge um ihren Mann ebenfalls abgenommen hatte und mit aschfahlem Gesicht zitternd vor ihnen saß.

»Ludwig hat Krebs, und das im Endstadium. Er ist sich sicher.«

Keiner von ihnen konnte etwas erwidern, denn Emilies Worte trafen sie wie ein Keulenschlag. Auch wenn es für Karin nicht sonderlich überraschend kam, war es ein Urteil, das endgültig erschien. Ludwig war Arzt und hatte dementsprechend Erfahrung mit dieser Krankheit.

Nach einigen Augenblicken, in denen es so still gewesen war, dass man schmelzende Wassertropfen außerhalb der Fenster hörte, ging Karin auf Emilie zu und umarmte sie. Und als sie der alten Frau in die Augen sah, wusste sie, dass sie ohne ihren Mann nicht weiterleben wollte.

»Können wir irgendetwas tun?«, fragte sie. Dabei spürte sie, wie ihre Augen feucht wurden und die Freude über die steigenden Temperaturen mit einem Mal verflogen war.

Emilie nickte. »Er möchte nicht alleine sein und entschuldigt sich dafür, nicht mit euch an einem Tisch zu sitzen.«

»Er entschuldigt sich?«, sagte Robert. »Das sieht ihm ähnlich. Wir lassen ihn nicht alleine.«

Als er selbst an diesem Nachmittag an Ludwigs Bett saß, versuchte er, sich seinen Schrecken über Ludwigs schnellen Verfall nicht anmerken zu lassen. Es schien ihm, als wäre er innerhalb kürzester Zeit um Jahre gealtert, seine Haut war fleischlos über die Wangenknochen gespannt und seine Augen starrten ziellos aus dunklen Höhlen heraus. Mit rasender Bestürzung erkannte er, dass ihnen nicht mehr viel Zeit blieb und dass eine Krankheit in diesem Ausmaß ohne fachkundige ärztliche Betreuung explodieren musste.

»Ich will nicht alleine sein!«, keuchte Ludwig irgendwann und drückte Roberts Hand. »Das ist schlimmer als der Tod. Bitte stellt mein Bett zu euch.«

»Natürlich, Ludwig.«

Keine halbe Stunde später sah Ludwig von seinem Bett im Speisezimmer direkt zu den anderen und konnte an deren Gesprächen teilnehmen. Emilie fühlte, dass es ihrem Mann guttat, die Stimmen seiner Freunde zu hören, doch er schlief immer wieder ein, ohne etwas gegessen zu haben.

In dieser Nacht verspürte Karin ein ungutes Gefühl. Emilie hatte sich zu Ludwig ins Bett gelegt, um ihm nahe zu sein. Um ihre Zweisamkeit nicht zu stören, waren die anderen früh schlafen gegangen, Karin unterdrückte aber mehrmals den Drang, die beiden aufzusuchen, und Emilie durch ihre Anwesenheit zu unterstützen.

Als sie als Erstes am kommenden Morgen in den Speisesaal ging, fühlte sie, wie eine unsichtbare Hand ihr Herz zu zerquetschen drohte. Emilie und Ludwig lagen eng aneinandergeschmiegt tot in ihrem Bett, auf dem Tisch die leeren Packungen verschiedener Schlaftabletten. Zunächst ergriff sie ein zerstörend schlechtes Gewissen, ihrem Gefühl nicht nachgegangen zu sein, doch als sie Emilies friedliches Gesicht sah, wusste sie, dass es für beide der Weg war, für den sie sich aus freien Stücken entschieden hatten.

Als sie die anderen zu sich rief, machte sich tiefe Betroffenheit breit. Hanna vergoss Tränen, und Sarah starrte wortlos auf die beiden Toten. Karin hatte seit langem gespürt, dass Emilie Sarah besonders nahegestanden war. Die alte Dame hatte mit ihrer Äußerung, die Klosteranlage nicht mehr zu verlassen, letztendlich recht gehabt. Dies galt nun auch nach ihrem Ableben, denn die beiden Leichname wurden in dicke Vorhänge gehüllt und direkt an einer Mauer im Klostergarten begraben.

Während der ersten Tage nach dem Tod ihrer beiden Freunde fühlte sich das Leben im Kloster für alle leer und ungewohnt an. Auch wenn die Märzsonne an Kraft dazugewann und schon jetzt den Frühling ankündigte, spürten sie den Verlust der beiden Menschen, denen sie ihr Überleben durch diesen harten Winter verdankten, deutlich. Karin und Sarah begannen, den Gemüsegarten zu kultivieren, entdeckten Beerenbüsche, die im Spätsommer Früchte tragen würden, und säten die Kartoffelsamen ein, die ihnen Emilie zu Beginn des Winters übergeben hatte. Es war eine Tätigkeit, die ihnen Sicherheit verlieh, auch wenn noch niemand wusste, wie lange sie in diesem Kloster bleiben konnten. Die erhoffte Zuflucht in Dießen gab es nicht, und so hatten sie vorläufig kein Ziel. Falls sie sich dazu entscheiden sollten, ein Bergdorf aufzusuchen, mussten sie aufgrund der Witterung noch bis Juni warten. Momentan gab es aber keinen Grund, das Kloster aufzugeben, denn es war sicherer als einfache Wohnungen, enthielt eine offene Feuerstelle und sogar einen geschützten Garten, in dem Gemüse angepflanzt werden konnte. Diese Umstände waren so hoch einzuschätzen, dass sogar Stefan, der im Herbst noch unbedingt in die Alpen ziehen wollte, nun Abstand davon nahm.

Da die Märztage und der Beginn des Aprils weiterhin eine gute Wetterlage mit sich brachten, unternahmen Stefan und Alexander Erkundungszüge in die unmittelbare Nachbarschaft.
Gleich in ihrer Nähe befand sich ein kleiner Laden, der fast komplett geplündert war. Teile der eingebrochenen Tür lagen seit wenigstens einem halben Jahr verwittert auf dem Boden, und aus einigen Regalen stank es, als läge ein verfaultes Tier darin.
Erwartungsgemäß fanden sie in einigen der Wohnungen ihres Viertels die Besitzer tot an. Die wenigen, die

bis zuletzt überlebt hatten, waren offenbar dem ungewöhnlich harten Winter erlegen. Ausgemergelte und abgemagerte Leichen lagen zwischen leergegessenen Dosen, einige von ihnen hatten sich selbst umgebracht, und in einem Schlafzimmer fanden sie den Leichnam einer Mutter zwischen ihren zwei toten Kindern vor. Nirgends war eine ungeöffnete Konserve zu finden, keine Nudel- oder Reispackung oder andere Lebensmittel. Zwar hatten sie selbst noch genügend zu essen, doch irgendwann würden sie darauf angewiesen sein, ihren Vorrat wieder aufzustocken.

Als sich Robert am zweiten Tag Alexander und Stefan anschloss, blieben sie in der unmittelbaren Gegend, um die Frauen nicht allzu lange alleine zu lassen. Trotzdem ließ er ihnen das Gewehr da, und sie selbst führten Elisabeths Gaspistole mit sich.

Als sie aber auch diesmal keinen einzigen lebenden Menschen antrafen, spürten sie eine schleichende Beklemmung. Entweder hatten sich die letzten Überlebenden zu größeren Gruppen zusammengeschlossen, oder diese Gegend war tatsächlich menschenleer, was sie aber nicht glauben wollten.

In einer verlassenen Wohnung bot sich ihnen ein gespenstisches Bild: Die fauligen Reste einer verzehrten Mahlzeit waren auf dem Boden verstreut, dazwischen lag eine tote Katze, die von Maden angefressen war. Die Hälfte des Parkettbodens war herausgerissen und verheizt worden, denn Teile davon lagen noch in einem Kachelofen. Von den Bewohnern fehlte jede Spur.

Als sie etwas später in die Straße zum Kloster einbogen, blieb Robert wie gelähmt stehen: Auf dem Klosterplatz standen ein großer Personenbus sowie zwei Autos, daneben einige Männer, die mit Gewehren den Standort zu bewachen schienen.

Sofort zog er Stefan und Alexander hinter die nächstgelegene Hauswand. »Oh Gott, unsere Töchter ...«

»Scheiße!«, zischte Stefan. »Wir müssen sofort zu ihnen!«

Roberts Herzschlag raste. Vorsichtig robbte er bis zur Ecke der Hauswand und versuchte von dort aus, die Lage zu beurteilen. Die Männer standen nach wie vor neben den Fahrzeugen und sahen zu den vielen Fenstern des Klosters, doch als sein Blick auf die Eingangstür fiel, spürte er einen stechenden Schmerz in sich: Sie war aufgebrochen, und einige der Männer befanden sich ganz offenbar im Gebäude.

»Sie sind drin«, flüsterte er aufgeregt. Er hätte am liebsten laut aufgeschrien und wäre auf die Fremden zugerannt, doch dies hätte niemandem geholfen. »Wir müssen zu ihnen! «

Völlig außer sich strich sich Stefan über sein Gesicht und fühlte sich, als hätte er einen Schlag bekommen. Wie von Sinnen umklammerte er die Tränengaspistole.

»Ich gehe zu ihnen!«, sagte Stefan bestimmt, »ihr haltet die Stellung.«

Robert schüttelte entschieden den Kopf. »Du kannst nicht alleine gehen. Du bist ihnen ausgeliefert.«

»Wenn wir alle kommen, werden sie uns als Gefahr sehen und uns erschießen. Vielleicht sind es keine Plünderer, und sie suchen nur nach einer Unterkunft. Ich gehe!« Ohne eine Antwort abzuwarten, stand er auf, sah Robert entsetzt in die Augen und lief schließlich mit erhobenen Händen auf die Männer zu.

Es dauerte nicht lange, bis er von den Fremden gesehen wurde. »Nicht schießen, ich bin unbewaffnet.«

Sofort zielten die Männer auf ihn, schossen aber nicht.

»Was willst du?«, wollte einer von ihnen wissen. In den ersten Momenten konnte Stefan drei Männer ausmachen, die anscheinend die Wagen sicherten, während sich der Rest im Gebäude aufhielt. Das Türschloss war aufgebrochen worden.

»Es ist unsere Unterkunft. Gebt bitte die Frauen heraus, wir werden abziehen, ohne euch Schwierigkeiten zu bereiten. Es sind noch Kinder.«

»Wo sind die anderen?«

»Welche anderen?« Stefan hoffte, nicht schon zuvor von ihnen gesehen worden zu sein.

»Bist du alleine?«

»Ja.«

»Leg dich auf den Boden, Hände weit ausstrecken! Los!«

Ohne zu zögern, tat Stefan, was ihm befohlen wurde. Er hatte kurz Zweifel gehabt, ob es so gut gewesen war, ihnen von den Frauen zu erzählen, doch sie würden sie ohnehin finden. Am liebsten hätte er geschrien, weil er im Geiste Sarahs um Hilfe rufendes Gesicht vor sich sah.

Der Mann, der mit ihm gesprochen hatte, wandte sich einem anderen zu, redete mit ihm und ging wieder auf Stefan zu. Währenddessen nahm der andere ein Funkgerät, ging einige Schritte weg und sprach hinein.

Überrascht nahm Stefan wahr, dass die Männer über CB-Funkgeräte verfügten, doch der Mann, der auf ihn zielte, stieß ihn mit seinem Fuß an.

»Bleib ja liegen, Arschloch! Zu wievielt seid ihr?«

Spätestens jetzt wusste Stefan, dass er es nicht mit einer Gruppe zu tun hatte, die anderen Überlebenden helfen wollte. Ihm wurde übel, sein Magen verkrampfte sich und er schwor sich, diesem Typen den Kopf abzureißen, wenn er Sarah etwas antun würde. »Nur eine Handvoll.«

»Was ist das für eine Antwort? Drei, vier, fünf …?«

Es hatte keinen Zweck zu leugnen, denn sie würden jeden einzelnen Raum durchsuchen. »Zu viert.«

»Ihr habt zu viert ein ganzes Kloster gehalten? Wahrscheinlich habt ihr die anderen abgeknallt, was?«

»Nein, es war nicht besetzt.«

»Klar. Na, dafür ist es jetzt besetzt!«

Voller Sorge schloss Stefan die Augen und versuchte fieberhaft, einen Plan zu schmieden, wie er die Mädchen im Notfall frei bekommen könnte. Mal dachte er an ein erfundenes Waffendepot, das zum Austausch dienen könnte, dann an eine Art Tauschgeschäft, in dem er sich für die Frauen anbot.

Als er entschieden hatte, sich selbst anzubieten, trat ein Mann auf ihn zu. Offenbar war es der, der von dem zweiten Wachposten geholt worden war.

»Steh auf!«

Stefan schoss in die Höhe und sah dem Mann ins Gesicht, der ihn aus kalten Augen heraus musterte. Er trug eine schwarze Lederjacke, und an seinem Gürtel waren eine Pistole sowie ein Messer befestigt.

»Was willst du?«

»Ich möchte, dass meine Familie rauskommen kann. Wir überlassen euch das Kloster und werden verschwinden.«

»Ja, wir haben sie gefunden. Zwei Mädchen, eine Frau. Sehr hübsch.«

Stefan stand kurz davor, dem Mann die Augen einzudrücken. Panisch vor Angst klammerte er sich an die Hoffnung, die Männer würden lediglich eine Unterkunft suchen, doch das kalte Gesicht seines Gegenübers verhieß nichts Gutes. Der ehemalige Linienbus war leer, daher hatte er die Befürchtung, dass sich womöglich Dutzende Leute im Kloster aufhielten. Und Robert sowie Alexander konnten ihn nicht sehen, weil ihn die Männer hinter den Bus gezogen hatten.

»Bitte lasst sie gehen. Nehmt mich stattdessen, ich werde euch eher helfen können. Ich habe eine militärische Ausbildung und kenne mich mit Waffen aus.«

Der Mann sah ihn nur an, ohne etwas zu erwidern. Unerträglich lange bohrte sein Blick in Stefans Augen herum, zögerte den Moment der absoluten Überlegenheit lange heraus und lächelte schließlich. »Das ist wirklich kein schlechter Vorschlag. Dann weißt du bestimmt, was das ist.« Dabei zog er seine Waffe aus dem Halfter und hob sie Stefan an den Kopf.

»Das ist eine HK P8, die Standardhandfeuerwaffe der Bundeswehr.«

»Gut. Du hast also nicht gelogen.«

Stefan tropfte der Schweiß von der Stirn. Wenn ihm nichts einfiel, würden sie ihn töten. »Ich weiß von einem Waffendepot einer Gruppe aus Herrsching. Ich werde es euch zeigen!«

Der Mann schüttelte nur leicht den Kopf, ohne seine Waffe von Stefans Kopf nehmen. »Nicht das Thema wechseln. Da du dich ja so gut auskennst: Welche Nachteile sagt man der P8 nach?«

»Dass sie bei schneller Schussfolge Risse bekommen kann.«

»Stimmt, ich hatte solche Probleme aber nie. Aber bei nur einem Schuss macht sie keine Zicken.« Zu Stefans Entsetzen hob er die Waffe nun genau zwischen seine Augen. »Das mit dem Waffendepot war natürlich Mist. Du kennst einen ganzen Vorrat an Knarren und trägst selbst keine bei dir?«

Gerade, als Stefan antworten wollte, lächelte der Mann wieder.

»Die Frauen sind mehr wert als dein Wissen. Ich habe genügend Männer, aber niemals genügend Frauen. Wenn die anderen kommen, brauchen wir was zum Tauschen.«

Voller Entsetzen und wie in Zeitlupe sah Stefan, wie der Mann den Finger am Abzug bewegte, dann zerfetzte ein Schuss die Stille, und es wurde dunkel um ihn.

Getrennt

Mit weit aufgerissenen Augen hatten Robert und Alexander den Schuss gehört. Zuerst wollte Robert aufstehen, doch dann legte er sich flach auf den Boden, um unter dem etwa einhundert Meter weit entfernten Bus hindurchsehen zu können. Als er einen Körper dahinter erkannte, rang er nach Luft. »Oh Gott, sie haben ihn umgebracht!«

Wie von einer Keule getroffen sank Alexander nieder, doch die Sorge um Hanna war noch größer als der lähmende Schreck, Stefan verloren zu haben. »Diese Wichser!«

Voller Schmerz kniff Robert die Augen zusammen und strich sich über das Gesicht. Es konnte nicht sein, durfte nicht sein. »Wir müssen einen klaren Kopf bewahren, sonst riskieren wir Hannas Leben!«

»Aber wir müssen sie da rausholen!«

»Ja, aber nicht so. Was, wenn der ganze Bus voller Soldaten war? Selbst die vier da vorne machen uns kalt. Wir haben nur eine Gasknarre, aber die sind wirklich bewaffnet!«

Natürlich wusste das auch Alexander, doch seine Wut und seine Sorge waren offenbar so groß, dass er am liebsten von seiner Position aus geschossen hätte. »Ich habe die Schleuder. Wenn wir einen töten und seine Waffe haben, können wir durch eine Finte womöglich erreichen, dass sie sie freilassen.«

»So, wie ich Stefan kannte, hat er das bestimmt versucht.«

Die Sorge um die drei Frauen, aber besonders um Hanna, ließ Robert kaum atmen. Fieberhaft suchte er nach einer Lösung, nach einem Plan, diese Männer unter Druck zu setzen, doch ihm fiel nichts ein.

Mittlerweile hatte der Anführer wohl zwei der Männer losgeschickt, die Gegend zu erkunden, denn sie kamen geradewegs auf Robert und Stefan zu. Da beide aber bewaffnet waren, verzichtete Robert auf eine Konfrontation. Entschlossen zog er Alexander mit sich und versteckte sich mit ihm in einem Kellerabgang eines Hauses.

»Wir könnten sie von hinten überraschen und ihre Waffen nehmen«, flüsterte Alexander.

»Ja. Und dann? Wir werden trotzdem nur zwei gegen sehr viele sein, nur besser bewaffnet. Scheiße, was sollen wir nur tun?«

Einige Momente später hörten sie die beiden Männer am Haus vorbeilaufen, denn sie sprachen miteinander und schienen keinen Grund zu haben, sich leise zu verhalten.

»Das ist gut«, sagte Robert etwas später. »Sie wissen offenbar nicht, dass es uns gibt.« Er wartete noch etwas und umfasste mit einer Hand Alexanders Nacken. »Wir werden etwas tun, aber im richtigen Moment. Wir brauchen etwas, mit dem wir Hanna und die anderen freibekommen, und dafür müssen wir sie beobachten. Selbst, wenn es uns gelingen sollte, sie auszuschalten: Wegen zwei Männern und deren Waffen werden wir sie nicht austauschen können.«

Als sie sicher sein konnten, dass die beiden nicht mehr in ihrer Nähe waren, liefen sie zum letzten Haus der Straße und stiegen in den obersten Stock. Dort drangen sie gewaltsam in eine Wohnung ein und sahen aus dem Fenster. Von hier waren der Vorplatz des Klosters sowie die Eingangstür gut zu erkennen. Doch nicht nur das: Stefans Körper lag in seinem eigenen Blut. Voller Entsetzen sahen die beiden zu ihrem Freund. Robert wollte nicht glauben, dass er tot war. Doch jedes Mal, wenn er hinsah, schlich sich die unabwendbare Gewissheit in ihn, dass er Stefan nie mehr neben sich haben würde.

Hanna schreckte hoch, weil sie Stimmen hörte. Zuerst dachte sie, es wären Robert, Stefan und Alexander, doch nur Augenblicke später erkannte sie, dass sie ihr fremd waren. Noch bevor sie Sarah und vor allem Karin warnen konnte, die das Gewehr bei sich trug, zielten drei Pistolenläufe auf sie.

»Sofort hinlegen!« Die Stimme des Mannes verursachte einen so großen Schrecken in Hanna, dass sie dachte, ihr Herz würde ihr aus der Brust springen. Voller Panik legte sie sich auf den Boden und sah dabei, dass es ihr Sarah und Karin gleichtaten. Einer von ihnen hatte Karin die Waffe entrissen.

»Hände zur Seite, Beine auseinander!«

Unzählige Gedanken schossen Hanna durch den Kopf, doch die Angst um sich sowie um Robert und Alexander überwog alles. Sie hoffte so sehr, ihr Vater und Stefan würden die Situation rechtzeitig erkennen und sie befreien.

Als sie Hände an sich fühlte, die sie durchsuchten, schloss sie angewidert die Augen, denn der Mann verweilte länger als notwendig an ihrem Gesäß sowie an ihren Schenkeln.

»Sie sind sauber!«

Dann war eine andere Stimme zu hören. »Gut. Jetzt hoch mit euch, ich möchte eure Gesichter sehen!«

Ohne zu zögern, setzte sich Hanna auf und blickte zu Sarah und Karin. Auch in ihren Augen erkannte sie Angst und lähmendes Entsetzen.

Als sie dem Mann, der gerade zu ihnen getreten war, ins Gesicht sah, erschauderte sie. Sein Blick war kalt, brutal und zeigte, dass der Mann bereit war, sofort zu töten.

Aufreizend langsam setzte er sich auf die Tischkante und musterte sie. »Wie viele seid ihr?«

Hanna wusste nicht, was sie sagen sollte und sah zu Karin.

»Wir sind fünfzehn«, antwortete diese schließlich. »Unsere Männer sind schwer bewaffnet.«

Offenbar sollte es den Mann beeindrucken, doch er nickte nur. »Nein, seid ihr nicht. Fünfzehn Personen verlassen die Unterkunft und lassen drei Frauen alleine?«

»Sie werden zurückkommen«, beharrte Karin.

»Gut, dann werden wir sie erwarten.«

Augenblicklich wurde Hanna übel. Der Versuch, den Kerlen Angst einzujagen, war fehlgeschlagen. Sie musste sich zusammenreißen, um nicht laut loszuschreien.

»Was wollt ihr?«, fragte Sarah. »Wenn ihr das Kloster wollt, dann nehmt es, aber lasst uns bitte gehen.«

Mit einem sarkastischen Grinsen kommentierte der Mann Sarahs Bitte und lächelte. »Danke für dein Entgegenkommen, aber wir werden das Kloster auch so übernehmen. Es sollte auch in eurem Interesse sein, dass meine Männer in den anderen Gebäudeflügeln nicht auf Gegenwehr treffen. Die Welt wird kleiner, und die Anzahl der wehrfähigen Männer in ihr geringer. Mit anderen Worten: Ich möchte niemanden meiner Truppe verlieren.« Dann stand er auf, ging an ihnen vorbei und betrachtete sie von mehreren Seiten. »Wie alt seid ihr?«

»Fünfzehn«, antwortete Hanna.

Der Mann nickte und ging zu Sarah. »Kannst du auch antworten?«

»Siebzehn.«

»Hm, ein schönes Alter. Ist das eure Mutter?« Dabei wies er auf Karin.

»Nein, sie ist unsere Freundin.«

218

»Ist sie dafür nicht etwas zu alt?«

Er sagte es mit einem so gespielt schmeichelnden, verständnisvollen Ton, dass Hanna davon ausging, während der kommenden Momente entweder erschossen oder vergewaltigt zu werden. Sie spürte, dass vor ihr ein Monster stand.

Schließlich ging er zu Sarah und fuhr mit seinem Handrücken die Narbe in ihrem Gesicht nach. »Hattest du das vorher schon?«

Sarah ging davon aus, dass er mit ›vorher‹ die Zeit vor der Katastrophe meinte. »Nein.«

»Nun ja, wir sind alle gezeichnet. Der eine mehr, der andere weniger.« Dann wartete er, ohne weiter zu ihnen zu sprechen. Währenddessen spürten die beiden Mädchen die Blicke der anderen auf ihren Körpern.

Als drei Männer den Raum betraten, sprang der Anführer auf und sah sie fragend an.

»Es ist alles leer«, berichtete einer von ihnen, »keine Gegenwehr. Offenbar sind die anderen ausgeflogen.«

Der Mann nickte nur und stellte sich wieder zwischen die drei Frauen. »So, jetzt raus mit der Sprache: Zu wievielt seid ihr? Und diesmal keine Mätzchen!«

Schwer atmend hielte sich Hanna zurück, denn sie hoffte, Karin würde die für sie günstigste Antwort wählen. Vielleicht war es besser, wenn die Plünderer mit niemandem rechnen würden.

Offenbar sah Karin es ebenso. »Zu dritt. Ein altes Paar, das uns aufgenommen hatte, ist vor einigen Wochen gestorben. Wir sind alleine.«

Da die Miene des Mannes keinen Aufschluss darüber gab, ob er ihren Worten glaubte, begann Hanna stark zu zittern. Sie ahnte, was ihnen bevorstand, und hoffte inständig, dass sie es nicht mit Vergewaltigern zu tun hatten.

Nach einigen Augenblicken fasste sich der Mann an sein Kinn und rieb es. »Dann seid ihr weiter gekommen als so manche bewaffnete Gruppe. Offenbar ist das Kloster eine gute Unterkunft.«

Voller Abscheu spürte Hanna, wie die Stimme des Mannes allergrößtes Unbehagen in ihr auslöste. Doch sie verhielt sich still, obwohl sie beinahe auf den Boden gebrochen hätte.

Plötzlich waren Frauenstimmen zu hören. Verdutzt sahen sich Hanna, Sarah und Karin an. Offenbar wurden Frauen in die umliegenden Räume geführt, und als auch die letzte der Türen wieder verschlossen war, verstummte das aufgeregte Gemurmel, das von einigen Befehlen der Männer begleitet worden war.

Dieses unerwartete Ereignis gab Hanna einen allerletzten Hoffnungsschimmer.

»Wer war das? Seid ihr eine große Gruppe?«, fragte Karin.

»Ja, sind wir. Deshalb haben wir uns das Kloster ausgesucht.« Er sagte es in einer Tonlage, die Hannas Hoffnung vergrößerte.

»Können wir dann gehen?«, fragte Karin.

Gerade, als der Anführer antworten wollte, rauschte das Funkgerät, das an seinem Gürtel hing. Verdutzt lauschte er der krächzenden Stimme, bestätigte sein Kommen und verließ den Raum.

Während die Blicke der beiden zurückgebliebenen Männer Sarah und Hanna auffällig lange musterten, versuchte Karin, etwas über ihre Situation herauszufinden. »Warum lasst ihr uns nicht gehen? Wenigstens die beiden, ich werde freiwillig bleiben. Bitte!« Sie wusste nicht, was die Männer dachten und ob sie womöglich nicht sogar selbst Opfer einer Gruppendynamik geworden waren, die aus den Fugen geriet. Sie selbst hatte nämlich den Eindruck, die Frauen, die durch den Gang geführt worden waren, wären nicht freiwillig Teil dieser Gruppe.

»Das entscheiden wir später!«, antwortete einer der Männer. »Bis dahin bleibt ihr sitzen und wartet, bis er wieder zurückkommt!«

Der andere Mann hingegen stand auf, ging zu Hanna, begutachtete ihr Haar, ihr Gesicht und ihre Beine. »Wie heißt du?«

Innerhalb eines Augenblicks erstarrte Hanna. Die Blicke fühlten sich an wie Nadelstiche, und der kurzzeitig erschienene Hoffnungsschimmer erstarb. »Hanna.«

»Lasst sie in Ruhe!«, zischte Karin. Sie klang, als hätte sie sich am liebsten auf den gaffenden Typen gestürzt und ihm die Waffe entrissen.

»Keine Angst«, murmelte der Mann, »ich tue ihr nichts. Hanna ist ein außergewöhnlich schöner Name. Passt zu ihrem Gesicht.«

Während dieser Worte schloss Hanna die Augen. Sie konnte an nichts anderes denken als an schmierige Hände, die ihren Körper anfassten. Das aber würde sie nicht zulassen und sie nahm sich vor, demjenigen die Augen auszukratzen.

Zu ihrer eigenen Überraschung ging der Mann wieder zurück, sah seinen Kameraden vielsagend an und verzichtete auf weitere Fragen.

Plötzlich war ein Schuss zu hören. Voller Entsetzen riss Hanna die Augen auf und starrte zu Sarah und Karin, doch diese sahen ebenso erschrocken auf sie. Lähmende Angst überkam sie, als sie an ihren Vater und ihren Bruder dachte. Oder waren sie gerade dabei, in das Kloster einzudringen?

»Was ist passiert?«, fragte sie laut.

Die Männer waren ebenfalls irritiert, blieben aber im Raum. »Keine Ahnung. Ihr bleibt dort, wo ihr seid!«

Nachdem längere Zeit kein weiterer Schuss gefallen war, verwarf Hanna ihre Hoffnung, befreit zu werden. Dafür wuchs die beklemmende Angst, auf Robert, Alexander oder Stefan könnte geschossen worden sein.

Je mehr Zeit verging, desto mehr verzweifelte sie, und als Hanna dachte, nicht mehr atmen zu können, kam der mutmaßliche Anführer zurück.

»Ihr wart gar nicht zu dritt!«

Entsetzen machte sich breit. Augenblicklich wurden Sarahs Hände schweißnass, und als sie zu Hanna sah, blickte sie in völlig verstörte Augen.

»Ihr wart zu viert! Es hätte mich auch gewundert, wenn kein Mann dabei gewesen wäre. Es benötigt taktisches Verständnis, um es bis hierher zu schaffen.«

Sarahs Gedanken überschlugen sich. Warum zu viert? Hatten die Männer nur einen gefasst, und die anderen waren auf der Flucht? Sie durfte nicht nach dem Mann fragen, denn damit würde sie verraten, dass noch andere fehlten. Von ganzem Herzen hoffte sie, Hanna und Karin würden dies ebenfalls erkennen.

»Oder waren es doch mehr?« Nun klang die Stimme des Anführers nicht mehr gespielt freundlich, sondern gefährlich. »Mich wundert es, dass sich euer Freund zwar mit Waffen auskannte, aber selbst keine bei sich trug. Oder könnt ihr mir sagen, was er dort draußen ganz alleine gesucht hat, ohne sich verteidigen zu können?

»Er war auf der Suche nach Lebensmitteln!«, antwortete Sarah. Sie wollte unbedingt wissen, ob auf ihren Vater geschossen worden war, und ob er noch lebte, doch sie zwang sich, diese quälenden Fragen zu unterdrücken. Sie wunderte sich aber darüber, dass der Anführer keine Waffe bei ihm gefunden hatte.

»Aha. Und ihr wollt mir weismachen, ihr habt das Kloster mit nur einer Schusswaffe halten können?«

»Die meisten, denen wir begegnet sind, hatten keine Waffen. Wir sind niemals angegriffen worden.«

Der Mann sah Sarah unerträglich lange an, nickte aber dann und stellte sich zu seinen beiden Kameraden. »Die Wahrheit wird ans Licht kommen. Ihr solltet jedoch wissen, dass er tot ist, und falls er wirklich alleine war, hat er einen großen Fehler begangen.«

Bei diesen Worten schossen Sarah Tränen aus den Augen und sie begann, bitterlich zu weinen. Auch Hanna ließ den Kopf sinken. Da der Anführer jedoch gesagt hatte, der Mann würde sich mit Waffen auskennen, war sich Sarah sicher, dass es sich nur um Stefan handeln konnte.

Wie in einem Traum hörte sie die Stimme des Anführers. Sie schien aus einem Nebel zu kommen, aus einem anderen Raum, und doch wirkte sie, als dränge sie durch ihren gesamten Körper.

»Steckt sie zu den anderen! Aber trennt sie, ich möchte nicht, dass sie gemeinsam auf dumme Gedanken kommen.«

Robert stand kurz davor, vor Wut und Verzweiflung die Wohnung zu zertrümmern. Wie ein Raubtier ging er durch die Zimmer, sah immer wieder aus dem Fenster und suchte händeringend nach einer Lösung, doch ihm fiel nichts ein. Er musste einen ruhigen Kopf bewahren, doch jede einzelne Sekunde, in der die Männer Hanna in ihrer Gewalt hatten, war unerträglich.

Um nicht an utopischen Plänen festzuhalten, führten sie eine Bestandsaufnahme durch. Sie besaßen eine Gaspistole, Alexanders Schleuder, etwas Wasser, zwei Messer und drei Konservendosen, die stets in ihrem Rucksack als Notration dienten.

»Vielleicht können wir hier nicht bleiben!«, sagte Robert mit belegter Stimme. »Wenn sie das Kloster besetzt halten, werden sie die gesamte Gegend durchsuchen, um alle Gefahrenquellen auszulöschen. So ein Mist, denn von hier haben wir eine gute Sicht aufs Kloster sowie auf die gesamte Straße.«

»Wir könnten in einen anderen Stadtteil ziehen und warten. Wenn, werden sie die Wohnungen innerhalb der kommenden Tage durchsuchen.«

»Von woanders haben wir aber keinen Überblick. Was wäre, wenn sie gar nicht hierbleiben? Der Reisebus macht mich stutzig. Eine bewaffnete Gruppe fährt doch nicht in einem Bus durch die Gegend.«

»Und wenn es viele Leute sind?«

»Vielleicht. Und die beiden anderen Autos geben ihnen Geleitschutz.«

Wieder sah Robert aus dem Fenster. Jetzt wurde Stefans Leiche fortgeschleift. Der Tod seines Freundes ging ihm sehr nahe, doch die Angst um Hanna beherrschte ihn völlig.

Etwas später, als die Männer die Tür zum Klostertrakt zu bewachen schienen, sah sich Robert aufmerksamer in der Wohnung um. Er wollte unbedingt an diesem Ort bleiben, doch einer bewaffneten Durchsuchung der Räumlichkeiten hatten sie nichts entgegenzusetzen. Konserven fanden sie keine, nur einige der Küchenmesser konnten ihnen als Waffen dienen. Es war eine schlichte Dreizimmerwohnung, doch nach längerer Durchsicht fiel Robert auf, dass man den Durchgang des hintersten Raums durch ein neben der Tür stehendes Bücherregal, das eine Rückwand besaß, versperren konnte. Falls die Männer diese Wohnung durchsuchen würden, hätten er und Alexander die Möglichkeit, sich hinter dem Regal im dahinterliegenden Zimmer aufzuhalten. Es musste nur ein einziges Mal klappen.

»Wenn wir es schaffen sollten, wenigstens zwei Männer zu überwältigen, könnten wir sie vielleicht eintauschen«, sagte Alexander und riss Robert aus seinen Gedanken.

»Könnte sein, aber wie groß schätzt du die Möglichkeit ein, das zu schaffen? Die gehen vermutlich immer zusammen und sind bewaffnet – wir hätten keine Chance.«

Frustriert schlug er mit der Faust gegen die Wand und schloss die Augen. So sehr Alexanders Vorschlag zunächst unausführbar klang, formte sich in ihm jedoch ein Ziel, das es zu verfolgen galt. Weil sie das Kloster keinesfalls überfallen konnten, blieb ihnen nur die Möglichkeit, die Frauen aus den Fängen der Gruppe zu erpressen, und dies konnte nur mit einem Austausch gelingen.

Nach einigen Momenten drehte er sich zu Alexander um und sah ihn lange an. »Du hast recht. Und dazu benötigen wir nicht einmal ein entferntes Versteck, sondern nur dieses eine Zimmer dort.« Er ging zum Raumteiler und versuchte, ihn zu bewegen. Nur einige Bücher standen darin, dafür aber mehrere kleinere Schachteln, CDs und DVDs. Er konnte das Regal alleine verschieben.

Als der Raumteiler schließlich direkt vor der Tür des dahinterliegenden Zimmers stand, war nicht einmal mehr der Türrahmen zu erkennen.

»Falls sie kommen, verstecken wir uns dahinter«, erklärte Robert. »Wir müssen nur noch eine Möglichkeit finden, ihn von der anderen Seite verschieben zu können.«

Alexander schien einige Augenblicke zu überlegen und nickte schließlich. »Das könnte klappen. Falls wir es schaffen, diese Wichser zu überwältigen, verstecken wir sie gefesselt dort drin. Und falls sie nach ihnen suchen, schlagen wir sie bewusstlos, damit sie keine Geräusche machen.«

»Das ist der Plan. Ich glaube nicht, dass wir einen Besseren finden.«

»Wir werden Schnüre brauchen, Kabel oder Ähnliches.«

»Das Haus ist groß.«

Bevor sie anfingen, die anderen Wohnungen aufzubrechen und zu durchsuchen, sahen sie noch einmal aus
dem Fenster. Stefans Leiche war nicht mehr zu sehen,
und die beiden Autos sowie der Bus standen noch immer dort. Die zwei Wachposten hatten sich inzwischen
bei offener Tür in die Wagen gesetzt und beobachteten
von dort aus die unmittelbare Umgebung.

Schon bald fanden Robert und Alexander Paketband,
das ihnen aber nicht fest genug erschien. Schließlich
schnitten sie meterweise Elektrokabel ab, das sie in
größeren Mengen in das geplante Versteck brachten.
Obwohl es nur eine fixe Idee war, ein loser Plan, nahm
Robert eine Nagelschere mit, einige Nägel, Rasierklingen
aus Trockenrasieren, fand Klebeband, Nähnadeln, einen
Schraubenzieher sowie ein sehr scharfes Küchenmesser.
All die Dinge legte er auf einen Stuhl, den er in eine der
Ecken des Verstecks stellte, und dachte schließlich nach,
doch ihm fiel nichts mehr ein, was er noch dazu ver-
wenden könnte, einem der gefangenen Männer ein Ge-
ständnis zu entlocken.

Nachdem sie durch die Rückwand des Raumteilers
Hölzer gestoßen hatten, um ihn auch von seiner Rück-
seite aus verschieben zu können, ließen sie alle Wohnungstüren des Wohnhauses offenstehen, um jederzeit
Zutritt zu haben.

Dann sahen sie aus dem Fenster und hofften, es möge
bald jemand kommen, um die umliegenden Wohnungen
zu durchsuchen.

Sie waren bereit dafür.

Freiwild

Nachdem die Tür hinter Hanna geschlossen wurde, standen ihr vier andere Frauen gegenüber. Zwei von ihnen waren ebenfalls Jugendliche, die anderen beiden älter. An ihren Blicken erkannte sie, dass auch sie festgehalten wurden. »Wer seid ihr?«

»Wir sind Gefangene«, antwortete eine der älteren Frauen.

Hanna dachte, das Blut gefriere in ihren Adern. Es benötigte nicht viel Phantasie, sich auszumalen, warum sie festgehalten wurden. Augenblicklich rief sie sich die schmierigen Blicke der Männer auf ihrem Körper in ihr Gedächtnis zurück.

»Hast du hier im Kloster gelebt?«

»Ja, ich und zwei andere Frauen. Seid ihr schon länger in ihrer Gewalt?«

Während eine der Frauen aus dem Fenster sah, musterten die anderen drei Hanna auffällig lange. Keine von ihnen schien sie trösten oder aufmuntern zu wollen, und so kam Hanna in den Sinn, dass es womöglich nichts zu trösten gab.

Schließlich antwortete doch eine der Jugendlichen. Ihr Haar war schwarz, und fettig, und das Gesicht wies einen blauen Fleck an ihrer Wange auf.

»Seit einigen Wochen. Es gab mehrere von uns, doch einige wurden abgeholt.«

»Abgeholt? Von wem?«

»Das wissen wir nicht.«

Lähmendes Entsetzen machte sich in Hanna breit. Die Situation schien so ausweglos, dass sie nichts anderes tun konnte, als nur dazustehen und die anderen anzusehen.

Etwas später wurden die beiden Frauen mittleren Alters von einem Mann aus dem Zimmer geführt. Sie hatten sich in der kurzen Zeit weder vorgestellt noch irgendetwas anderes besprochen.

Kaum war die Tür geschlossen, ging sie wieder auf und der Anführer kam herein. Mit strengem Blick sah er zuerst auf die beiden anderen Mädchen, dann schließlich auf Hanna. »Komm mit!«

Obwohl Hannas Herz wie wild klopfte und ihre Finger vor Angst klamm wurden, stand sie gehorsam auf und folgte dem Mann. Sie gingen über den Flur, von dem aus Hanna auffiel, dass geschäftiges Treiben begonnen hatte. Männer trugen allerhand Kisten in den Speisesaal, während die beiden Frauen aus ihrem Zimmer offenbar zu kochen begannen.

Der Anführer führte sie bis in den letzten Raum des Flurs; dorthin, wo Ludwig für kurze Zeit gelegen hatte. Zu ihrer Überraschung stand ein Stuhl mitten im Zimmer und das Bett war abgeräumt.

»Setz dich!«

Wieder gehorchte Hanna, doch sie zitterte am ganzen Körper. Vor Angst war ihr so übel geworden, dass sie kaum mehr atmen konnte.

Währenddessen hatte der Mann die Tür geschlossen und ging einmal um Hanna herum. Dabei strich er über ihr Haar, streifte an ihrem Nacken entlang und verweilte an ihrem Ohr. Seine Berührungen waren so ekelerregend, dass sich Hanna zusammenreißen musste, um nicht laut loszuschreien.

Dann stellte er sich direkt vor sie und sah sie an. »Du bist noch jung, deshalb gehe ich davon aus, dass du die Regeln sehr schnell verstehen wirst. Diese sind: Ich stelle die Fragen, du antwortest. Wenn ich oder meine Männer etwas zu dir sagen, antwortest du, ohne eine Gegenfrage zu stellen. Wenn du versuchst zu fliehen, werden wir dich so lange bearbeiten, dass du nie wieder an Flucht denkst. Bei uns hast du es besser als dort draußen, hier bekommst du Essen und hast die Gesellschaft anderer Frauen.«

Schwer atmend hatte Hanna zugehört und nickte nun.

Wieder ging der Anführer um sie herum, diesmal jedoch, ohne sie zu berühren. »Und nun beginnen wir mit dem Frage-Antwort-Spiel.«

Bevor er eine Frage stellte, holte er aus und schlug Hanna mit voller Wucht ins Gesicht. Sie stürzte vom Stuhl und spürte, wie ihr schwarz vor Augen wurde. Blut rann ihr aus der Nase, lief in den Mund und über die Wangen. Es schmeckte metallisch, während sich ein stechender Schmerz in ihrem Gesicht ausbreitete.

»Setz dich wieder hin!«

Am ganzen Körper zitternd, stellte sie den Stuhl wieder auf und setzte sich. Offenbar hatte er ihre Nase getroffen, denn das Blut lief ohne Unterlass über ihre Lippen und sammelte sich an ihrem Kinn, von wo es auf die Schenkel tropfte. Während sie bebte, hielt sich ein zerstörender Pfeifton hartnäckig in ihrem Ohr fest.

»Wie viele von euch treiben sich dort draußen noch herum? Der Schwarzhaarige wird wohl nicht der Einzige gewesen sein.«

Der Schwarzhaarige! Obwohl Hanna den nächsten Schlag erwartete, spürte sie große Erleichterung. So schlimm der Verlust um Stefan auch war, doch nun wusste sie, dass weder ihr Vater noch Alexander tot waren.

Als sie den Mund öffnete, um zu antworten, lief ein Blutschwall hinaus. Selbst wenn er sie totschlagen würde, hatte Hanna nicht vor, ihre Familie zu verraten. »Niemand mehr. Er war der Einzige.«

Kaum hatte es Hanna ausgesprochen, landete der nächste Schlag in ihrem Gesicht. Wieder wurde es für Bruchteile von Sekunden schwarz um sie, und der herbe Geschmack im Mund verstärkte sich. Diesmal war der

Schlag noch heftiger gewesen, und als sie hustete, schien der Schmerz unerträglich zu sein. Zitternd und schluchzend hielt sie sich am Stuhl fest.

»Wie viele?«

Hanna wusste nicht, ob sie überhaupt noch antworten konnte. Der Schmerz war so stark, dass sie annahm, Nase und Wangenknochen wären gebrochen.

»Niemand mehr.«

Sofort schloss sie die Augen, denn sie erwartete den nächsten Schlag, doch er blieb aus.

Stattdessen warf ihr der Mann ein Handtuch zu. »Wisch dir das Gesicht ab!«

Während sie es säuberte, sog sich das Handtuch mit Blut voll. Noch immer strömte es aus ihrer Nase, die sie momentan nicht mehr fühlte.

Plötzlich kam der Anführer näher an sie heran, hielt mit der einen Hand ihr Kinn fest und schlug ihr mit der anderen so hart gegen die Wange, dass sie vom Stuhl geschleudert wurde und gegen die Bettkante fiel. Hanna spürte ein Krachen in ihrem Gesicht, dann machte sich Dunkelheit in ihr breit. Sie wurde jedoch nicht ohnmächtig, denn wie in Trance hörte sie die Schritte des Mannes, der sie in die Höhe hob und wieder auf den Stuhl setzte. Weil sie von dort zur Seite kippte, wurde sie auf das Bett geworfen. Erst dann verloren sich die beißenden Schmerzen und die Angst, und sie fiel in eine angenehme und schon seit Langem erwartete Bewusstlosigkeit.

Jemand wusch ihr Gesicht mit warmem Wasser. Zuerst schlug Hanna um sich, doch die nur schemenhaft zu erkennende Person hielt ihr die Hände fest.

»Ich bin's, Sarah!«

Als Hanna die Stimme ihrer Freundin erkannte, begann sie, hemmungslos zu weinen. Da ihr die Tränen aber zusätzlich die Sicht erschwerten, nahm sie das

Tuch aus Sarahs Hand und wischte sich damit über die Augen, doch sie brannten, als hätten sie Feuer gefangen.

Schließlich ließ sie stöhnend ihren Kopf auf Sarahs Schoß sinken.

»Dieses Schwein!«, zischte Sarah, »dieses Monster!«

Behutsam versuchte Hanna, mit den Fingern ihr Gesicht zu fühlen, doch sie spürte nur getrocknetes Blut und Schmerzen.

»Hat er dich vergewaltigt?«

»Nein.« Schon nach diesem einen Wort spürte Hanna das Ausmaß der Schläge, denn ihre Lippen waren derart geschwollen, dass ihre Antwort wie aus einem anderen Mund zu kommen schien. »Er hat mich nur geschlagen.«

»Schsch!«, flüsterte Sarah, »du solltest nicht sprechen, entschuldige. Er hat dich ziemlich zugerichtet.«

Zwar war Hanna unendlich froh, Sarah bei sich zu haben, doch wieder rannen ihr Tränen aus den Augen. Sie hatte nur noch Angst, befürchtete, weiterhin verprügelt, wenn nicht sogar vergewaltigt zu werden. Die Schläge waren bis in ihr Innerstes vorgedrungen und schienen sich dort festzusetzen. »Warum bist du da?«

Sarah hatte Schwierigkeiten, sie zu verstehen. Vorsichtig tupfte sie das noch immer aus der Nase rinnende Blut ab, war aber beruhigt darüber, dass die Menge abgenommen hatte. Und sie war froh, dass Hanna den Zustand ihres zerschlagenen Gesichts nicht sehen konnte.

»Sprich nicht, es muss dir weh tun.« Voller Sorge, aber auch tröstend strich sie Hanna über die Wangen, stoppte aber, als diese vor Schmerz zischte.

»Ich weiß nicht, warum er ausgerechnet mich zu dir gelassen hat. Vielleicht will er, dass ich sehe, wie hier Befragungen abgehalten werden.«

Plötzlich sah sie Hanna durchdringend an. So groß ihr Schmerz war, so unfair wäre es jedoch, Hanna nicht aufzuklären. »Ich glaube, mein Vater ist tot. Er ist es, nicht Robert.«

Nun füllten sich Hannas Augen wieder mit Tränen. »Ich weiß. Er sprach von einem Schwarzhaarigen. Sarah, es tut mir so leid.«

Nun weinte auch Sarah und umarmte Hanna. Niemals zuvor hatte sie größere Angst verspürt als in diesem Moment. Die Gewissheit über den Tod ihres Vaters nahm ihr den Atem, so, als würde ihr jemand die Kehle zudrücken. Sie spürte nur noch Hass, Wut und Trauer, biss sich die Lippen blutig und fühlte, wie sich die Erinnerung an ihn tief in ihre Seele brannte. »Ich schwöre dir: Wenn der Moment kommen sollte, dieses Arschloch zu töten, werde ich es tun. Es sind Bastarde, die keine Berechtigung haben, zu leben.«

Hanna hörte zwar ihre Worte, doch sie erreichten sie nicht. Voller Angst starrte sie auf die Tür und befürchtete, der Anführer würde abermals kommen, um sie zu verprügeln. Sofort begann sie wieder zu zittern und fühlte ihr Herz rasen.

Als Sarah ihre Hände ergriff und sie festhielt, war Hanna froh um diesen unerwarteten Augenblick, in dem sie ihre Freundin an ihrer Seite wusste.

Kurze Zeit später wurde wieder die Tür aufgerissen. Zu Hannas Entsetzen trat der Anführer herein. Während Sarah ihn hasserfüllt ansah, kroch Hanna erschrocken in die Ecke und zog ihre Knie vor das Gesicht.

»Wie ihr seht, gibt es durchaus Vergünstigungen. Ihr könnt euch sehen, könnt in Ruhe quatschen und all die Dinge tun, die Freundinnen eben gerne machen. Es ist aber nur ein Entgegenkommen, wenn ich das Gefühl habe, ihr rebelliert nicht.«

Zu Hannas Bestürzung kam er näher und blieb kurz vor dem Bett stehen. Keines der beiden Mädchen wagte es, sich zu bewegen.

»All dies kann sofort enden. Ich sperre euch tagelang alleine in ein Zimmer und schicke meine Männer rein, die große Lust darauf haben, ihre Zeit mit so hübschen, jungen Mädchen zu verbringen. Ich denke, ihnen würde allerhand einfallen, vor allem, wenn sie zu zweit oder zu dritt bei euch sind.« Dabei sah er erst Hanna an, bevor er sich Sarah zuwandte. Als sie seinem Blick standhielt, beugte er sich zu ihr herab und näherte sich mit seinem Gesicht so weit, dass sie seinen Atem riechen konnte.

»Und nun zu dir. Ich frage dich nur einmal, und ich möchte die Wahrheit hören. Wenn nicht, wird deine kleine Freundin so lange gefickt, bis sie denkt, ihre Muschi wäre ein aufgeblasener Blutschwamm. Ich mache euch zu Freiwild, jederzeit zugänglich für jeden, der hier ein- und ausgeht. Hört ihr? Also: Wer ist noch da draußen?«

Voller Entsetzen erkannte Sarah, dass sie nicht wusste, welche Antwort Hanna vor einer Vergewaltigung retten konnte. Doch sie vermutete, dass sie trotz der Schläge ihre Familie nicht verraten hatte und beschloss, diesen Weg weiter zu gehen. »Niemand mehr! Wir waren zu viert!«

Der stechende Blick des Anführers bohrte sich so tief in sie hinein, dass sie das Gefühl hatte, von ihm ausgeleuchtet zu werden. Da er nichts sagte, spürte sie nur seinen Atem an ihrer Haut und ein so ekelerregendes Gefühl, das sie sich beinahe übergeben ließ.

Nach für sie endlos erscheinender Zeit erhob er sich wieder und sah die beiden von oben herab an. »Okay. Falls es aber nicht so sein sollte, erschießen wir nicht nur eure Freunde, sondern ich verfüttere euch an meine Männer.«

Weder Sarah noch Hanna antworteten. Hanna hoffte inständig, dass der Anführer die Befragung nun endgültig beenden würde.

Als sich der Mann umdrehte, atmeten die beiden erleichtert auf. An der Tür blieb er jedoch noch einmal stehen und sah Sarah an. »Du kommst mit! Deine Widerspenstigkeit tut deiner Freundin nicht gut.«

»Bitte nicht!«, flehte Hanna aus aufgeplatzten Lippen heraus, »bitte lassen Sie sie da.«

»Vielleicht morgen wieder. Je nachdem, wie du dich benimmst!« Dann sah er Sarah noch einmal streng an und nickte ihr zu.

Voller Inbrunst umarmte Sarah Hanna kurz und stand auf. Sie hatte furchtbare Angst, hoffte jedoch, der Anführer würde seine Drohungen nicht wahrmachen, wenn sie tat, was er verlangte.

Als Sarah mit dem Mann den Raum verließ und Hanna hörte, wie die Tür versperrt wurde, begann sie bitterlich zu weinen. Ihr Gesicht tat höllisch weh, doch die Angst vor dem Alleinsein und die Sorge um Robert und Alexander waren größer als ihre körperlichen Wunden.

Nachdem Sarah in ein leeres Zimmer gebracht worden war, stutzte sie. Wortlos schob sie der Anführer an eine Wand und legte ihr eine Hand in ihren Nacken. Es war so ekelerregend, dass sie sich schüttelte.

»Ich habe entschieden, immer zwei Frauen zusammenwohnen zu lassen, um euch bei Laune zu halten. Heute wirst du alleine bleiben, morgen vielleicht nicht. Das hier ist ab sofort dein Zimmer.«

Sarah sagte nichts. Sie hatte ihre Augen geschlossen und versuchte, nicht an die Hand an ihrem Hals zu denken, doch es gelang ihr nicht.

Schließlich trat er vor sie und sah sie durchdringend an. »Ich spüre deinen Widerstand, doch er wird dir hier nichts nützen. Du machst, was wir dir sagen, und du erhältst Essen, einen sicheren Schlafplatz und die Sicherheit einer großen Gruppe. Widersetzt du dich, wirst du trotzdem tun, was wir verlangen, dann aber ohne

Vergünstigungen.« Nun fuhr seine Hand um ihren Hals herum und packte sie unterhalb des Kinns.

Sarah bekam Angst, erwürgt zu werden, und schnappte aufgeregt nach Luft.

»Du wirst lernen, das zu tun, was wir wollen. Manche Menschen brauchen mehr Zeit, andere nicht. Mehr Zeit bedeutet aber mehr Schmerzen.«

Mittlerweile hatte sich Sarahs Mund mit Speichel gefüllt, den sie aber nicht schlucken konnte. Es war schwer, nicht dem Reflex nachzugeben, seine Hand wegzuschlagen, doch es gelang ihr, sich zu beherrschen.

Schon bald lockerte er den Griff merklich, bevor er ihren Hals losließ. Dann sah er ihr noch einige Augenblicke in die Augen, bevor er den Raum verließ.

Erschrocken zuckte Hanna zusammen, als etwas später ihre Tür geöffnet wurde. Einer der anderen Männer führte eine Frau herein. »Behandle ihr Gesicht! Hol dir aus dem Gemeinschaftsraum, was du dafür brauchst!«

»Ja.«

Erst nachdem er Hanna längere Zeit ins Gesicht gesehen hatte, nickte er und ließ sie alleine.

»Ich komme gleich«, sagte die Frau zu Hanna und verließ den Raum wieder, kam aber kurz danach mit einer kleinen Gitterkiste wieder zu ihr. Vorsichtig setzte sie sich neben sie und fasste an ihr Kinn. »Zeig mal her!«

Da Hanna die Frau bisher noch nicht gesehen hatte, verhielt sie sich ruhig und ließ die Behandlungen über sich ergehen. Die Frau strich Salbe auf, überklebte offene Wunden mit Pflaster und säuberte Ohren und Nase vom Blut. Dabei ging sie sehr behutsam zu Werke, so dass Hanna es wagte, sie anzusprechen. »Bist du auch eine Gefangene?«

»Keine der Frauen ist freiwillig hier.«

»Warum machen die das?«

Die Frau hielt kurz inne und sah Hanna in die Augen. »Wie alt bist du?«

»Fünfzehn.«

»Dann muss ich dir ja nicht erklären, warum Männer in einer solchen Welt Frauen bei sich halten.«

Augenblicklich wurde Hannas Bauch von einer eisernen Hand umfasst. Sie hatte es zwar geahnt, doch die Bestätigung dieser Frau zerstörte auch ihren allerletzten Hoffnungsschimmer.

»Es bedeutet aber auch unser Überleben«, fuhr die Frau fort, »zumindest vorübergehend.«

»Warum nur vorübergehend?«

Die Frau salbte noch einen weiteren blauen Fleck direkt unterhalb von Hannas Auge ein und legte dann die Tube in die Kiste zurück. »Wie heißt du eigentlich?«

»Hanna. Und du?«

»Marion. Hör zu, ich gebe dir einen Ratschlag: Versuche, so wenig wie möglich rebellisch zu sein. Dann lassen sie dich eher in Ruhe. Es werden immer wieder Frauen abgeholt, die nicht mehr auftauchen. Ich glaube, sie werden verkauft. Ich bin seit Beginn des Winters in ihren Fängen.«

»Sie werden ... verkauft?«

»Oder eingetauscht, was auch immer.«

Sofort begann Hannas Gesicht zu glühen. Auf keinen Fall wollte sie von Sarah getrennt werden, also nahm sie sich vor, Marions Ratschlag anzunehmen. »Weniger rebellisch in Bezug auf alles?«

Plötzlich änderte sich Marions Gesichtsausdruck. Er schien härter, und für Bruchteile eines Augenblicks dachte Hanna, die Leiden der vergangenen Monate in ihr erkennen zu können.

»Ja. Wenn sie zu dir kommen, lass es zu. Wehre dich nicht. Es ist nur dein Körper, mehr nicht. Uns geht es hier gut, und es gibt sogar Tage, da lassen sie dich in

Ruhe. Wir sind gerade zu neunt, da verteilt sich das recht gut.«

Mit offenem Mund starrte Hanna Marion an. Sie sagte es so, als handle es sich um das Verteilen von Süßigkeiten. *Es verteilt sich gut?* »Ich glaube nicht, dass ich das kann!«

Nun wurde Marions Miene wieder weich, und sie strich über Hannas Hände. »Du wirst. Irgendwann ist es erträglich. Ich fand den Hunger zuvor schlimmer.«

Voller Entsetzen erkannte Hanna, dass Marion offensichtlich schon gebrochen war. Sie konnte nicht nachvollziehen, wie man sich ein solches Schicksal auch noch schönreden konnte. Auf keinen Fall wollte sie selbst so werden, und als sie sich vorstellte, wie gierige Hände ihren Körper berührten, wusste sie nicht, ob sie bei einer solchen Gelegenheit ruhig bleiben konnte.

»Es fällt auf, wenn ich längere Zeit bei dir bleibe«, sagte Marion schließlich und stand auf. »Dein Gesicht sieht zwar schlimm aus, aber es wird verheilen. Vielleicht sehe ich morgen nach dir, vielleicht jemand anderes.« Dann ging sie hinaus, ohne sich noch ein einziges Mal umzudrehen.

Bis zum Abend kam niemand zu Hanna. Erst als die Sonne untergegangen war, trat der Anführer zu ihr in die Stube. Er hielt ein Tablett mit herrlich duftendem Essen in der Hand und stellte dieses auf den Tisch.

Erst jetzt fiel Hanna auf, wie groß ihr Hunger war.

»Zuerst dachte ich, du könntest mit den anderen Frauen im Gemeinschaftsraum essen, doch ich denke, es ist noch zu früh dafür. Vielleicht morgen.« Er sagte es, als sei es der Ernstgemeinte Rat eines Arztes oder eines sorgenden Vaters, und Hanna glaubte, wieder diesen sarkastischen Unterton herauszuhören. Oder konnte es sein, dass er verrückt war?

Nachdem er ihr einige Momente ins Gesicht gesehen hatte, trat er näher zu ihr und berührte ihr Haar. Obwohl sie zu zittern begann, ließ sie es geschehen. Als er mit seinem Gesicht noch näher an sie herankam, roch sie, dass er Alkohol getrunken hatte.

»Du sagtest, du bist fünfzehn. Bist du noch Jungfrau?«

Augenblicklich breitete sich lähmende Kälte in Hanna aus. Noch während sie ihre Augen schloss, fühlte sie ihre Tränen. Voller Angst versuchte sie herauszufinden, welche Antwort diejenige wäre, die ihr weiterhalf. Vermutlich war es aber egal. »Ja.«

Plötzlich schien der Anführer enttäuscht. Grimmig sah er Hanna weiterhin an, trat aber einen Schritt zurück. »Tatsächlich?«

»Ich sage die Wahrheit.«

»Was für ein Jammer!«

Hanna verstand nicht. Warum sollte es für eine Horde Vergewaltiger eine Rolle spielen, ob sie noch Jungfrau war oder nicht? Ganz im Gegenteil: Sie hatte kurz befürchtet, er würde nun erst recht über sie herfallen.

»Dann bist du mein teuerstes Stück.« Er sagte es bedauernd, doch in Hanna löste es tiefstes Unbehagen aus.

Für einige Augenblicke sah er sie nur an, dann kam er wieder näher und blieb viel zu nahe vor ihr stehen. »Knie dich hin!«

Mit dem Aussprechen des letzten Wortes zitterte Hanna noch stärker. Wieder schossen ihr Tränen aus den Augen und trübten ihre Sicht. »Bitte nicht!«

»Ich sage es kein zweites Mal: Knie dich nieder. Du musst lernen, zu gehorchen!«

Hanna gehorchte. Es schien, als würde ihr Körper von jemand anderem gelenkt, als zwinge sie eine fremde Kraft, sich niederzuknien.

Dann nahm er behutsam ihren Kopf zwischen seine Hände, zog ihn näher zu sich und fuhr durch ihr Haar. Dabei ließ er sich besonders lange Zeit.

»Ich überlege gerade, dich zu behalten. Ich könnte mir dich sehr gut an meiner Seite vorstellen. Wirklich. Und du würdest erkennen, dass es gewisse Vorzüge für dich hätte.«

Hanna wagte nicht zu antworten. Unter aufsteigender Übelkeit erwartete sie nun, dass der Anführer seine Hose öffnen würde, doch er ging um sie herum, ohne seine Hand aus ihrem Haar zu nehmen.

»Bedauerlicherweise ist deine Jungfräulichkeit zu viel wert«, fuhr er fort. »Deshalb ist es ein Jammer.« Dann ließ er von ihr ab und stellte sich vor sie. »Ich werde es mir noch überlegen.«

Nun kam er Hanna bedrohlich nahe, und vor Ekel schloss sie die Augen.

»Berühre mit der Stirn den Boden!«

Sofort beugte sich Hanna nach vorne und legte ihre Stirn genau zwischen seinen Schuhen auf den Boden. Dort verweilte sie.

»Komm wieder nach oben!«

Als sie es tat, fasste er an ihr Kinn und hob ihren Kopf nach hinten. »Ich werde es mir tatsächlich überlegen.« Dann verließ er das Zimmer.

Niedere Instinkte

Robert war überrascht. Während dieses ersten Tages sowie auch in der Nacht kam keiner der Männer. Doch kurz nach Sonnenaufgang sah Alexander durch das Fenster, wie sich ihnen zwei Männer näherten. Beide waren bewaffnet und gingen durch die Straße, von wo aus sie in einem der Häuser verschwanden.

»Es geht los!«, zischte er Robert zu, »sie müssten noch heute Vormittag bei uns sein.«

»Okay. Wir packen alles in den Rucksack, bleiben aber so lange am Fenster stehen, bis sie in unser Haus kommen.«

Deutlich spürte Robert, wie aufgeregt er war. Wenn ihr Plan fehlschlug, wären sie beide tot und Hanna einem unbestimmten Schicksal ausgeliefert. Um spätere Schwierigkeiten zu vermeiden, klebte er schon jetzt den handbeschriebenen Zettel, der Teil des Plans war, an das Fenster und kontrollierte, ob er hielt.

Kurz bevor Stunden später die beiden Männer zu ihnen ins Haus drangen, umarmten sich Robert und Alexander und teilten sich auf. Während Robert hinter einer der Wände des zum Versteck umfunktionierten Raumes wartete, stellte sich Alexander hinter den halb zugezogenen Duschvorhang des Badezimmers, das völlig im Dunkeln lag, weil es kein Fenster besaß. Dort wartete er, bis er flüsternde Stimmen und das Quietschen von Sohlen auf den glatten Fliesen im Treppenhaus hörte. Sofort versuchte er, seinen Atem zu kontrollieren, und hoffte inständig, man würde ihn nicht hören.

Offenbar kamen die Männer zuerst in ihre Wohnung. Mit angehaltenem Atem erspähte Alexander durch den Duschvorhang den Lichtstrahl einer Taschenlampe, die zuerst die Schränke, dann die Dusche anleuchtete, schließlich aber ausging. Erleichtert atmete er aus: Sie hatten ihn nicht entdeckt. Er wartete noch einige Momente, bis sie ins Wohnzimmer vorgedrungen waren, stieg dann leise aus der Wanne und schlich sich in den Flur. Dort spannte er seine Schleuder.

Mittlerweile standen die Männer am Fenster des Wohnzimmers und nahmen gerade den Zettel ab. Plötzlich klickte eine Pistole und Roberts Stimme donnerte durch den Raum. »Keine Bewegung! Hände von der Waffe!«

Wie vom Donner gerührt, drehten sich die Männer um und standen wehrlos der auf sie zielenden Pistole gegenüber. Trotzdem hob einer der beiden seine Waffe, doch nur Augenblicke später traf ihn eine Metallkugel aus Alexanders Schleuder am Kopf. Er schrie auf, sackte zu Boden und blieb regungslos liegen.

»Hände weg von der Waffe, sonst blas ich dir deinen Kopf runter!«, rief Robert noch einmal.

Offenbar erkannte der Mann nicht, dass es sich nur um eine Gaspistole handelte, denn er ließ das Gewehr fallen und hob langsam seine Hände.

Schwer atmend näherte sich nun Alexander dem am Boden liegenden Mann und entriss ihm sein Gewehr. Mit diesem zielte er nun auch auf sein Gegenüber.

Entschlossen kam Robert einen Schritt näher. »So, du wirst dich nun langsam mit dem Gesicht voraus auf den Boden legen und deine Arme ausstrecken.«

Sofort tat der Mann, was von ihm verlangt wurde. »Ihr Idioten, wenn wir nicht zurückkehren, werden zwanzig Mann das Gebäude stürmen.«

»Vielleicht. Doch vorher werden wir euch erschießen, und einige andere auch.« Robert wartete, bis der Mann lag, band seine Hände auf dem Rücken fest und knebelte ihn. Dann wandte er sich dem zweiten Mann zu. Dieser erwachte gerade, stöhnte laut auf wollte um sich schlagen, doch Robert streckte ihn mit einem Faustschlag nieder. Nun konnte er auch ihn fesseln und knebeln.

Schließlich untersuchte er die beiden genau. Zu seiner Überraschung fand er noch zwei geladene Handfeuerwaffen, zwei Messer, zwei Ferngläser sowie die Funkgeräte der beiden. Sofort schaltete er sie aus und stellte sie auf den Tisch.

Erst jetzt atmete er erleichtert aus, ging zu Alex und legte ihm eine Hand auf die Schulter. Er sagte aber nichts, um keine Schwäche zu offenbaren, die unter Umständen von den Männern ausgenutzt werden konnte.

Nur kurze Zeit später hatten sie den unverletzten Mann im verborgenen Raum auf einen Stuhl gebunden, ohne ihm aber den Knebel abzunehmen. Bevor sich Robert nicht sicher war, dass der Mann seine Fragen beantwortete, würde er diesen Zustand nicht ändern.

Der andere lag auf dem Boden, weil er nicht selbständig sitzen konnte. Aus der Platzwunde flossen noch immer große Mengen Blut. Zudem schien er sehr benommen zu sein, denn er reagierte kaum auf sein Umfeld und stöhnte ohne Unterlass.

Roberts Aufmerksamkeit galt aber dem Mann auf dem Stuhl. Sorgfältig kontrollierte er noch einmal die Fesseln und sah dann dem Mann in die Augen. »Was passiert mit den Frauen, die ihr gefangengenommen habt?«

Der Mann erwiderte seinen Blick und nickte den Kopf, deswegen nahm Robert den Knebel aus dessen Mund.

»Du bekommst kein Wort aus mir heraus. Die anderen werden uns bald holen. Dann schlachten wir euch!«

Ohne etwas zu entgegnen, stülpte ihm Robert den Knebel wieder über und hob das Tuch hoch, das neben dem Stuhl ein Küchentablett verborgen hatte. Darauf lagen Nägel, Schnüre, eine Nagelschere, ein Feuerzeug, eine Kneifzange und ein Hammer.

Als er den Mann wieder ansah, wusste der wohl, dass er alles für diese Information tun würde. »Du hast die

Möglichkeit, es uns freiwillig zu sagen. Wenn nicht, werden wir beide herausfinden, wie viel Schmerz du ertragen kannst. Es kann stundenlang dauern, bis ich dir alles verbrannt, durchschnitten, herausgerissen und zertrümmert habe. Ihr habt meine Tochter!«

Wie versteinert sah der Mann auf das Tablett und schloss kurz die Augen.

»Also: Warum haltet ihr sie gefangen? Nachdem ihr meinen Freund erschossen habt, brauchst du mir nicht zu erzählen, ihnen gehe es gut!«

Zu seiner Überraschung schüttelte der Mann seinen Kopf und signalisierte, dass er dazu nichts sagen wollte. Robert hatte nun keine Hemmungen mehr vor dem, was vor ihm lag.

Mithilfe von Alexander band er mühevoll jeden einzelnen Finger des Mannes an die vorderen Stuhlbeine. Dabei zog er die Schnur so fest, dass die Finger des Mannes sofort blau anliefen. Dann brachte er das Ende eines dünnen Holzstäbchens mithilfe einer brennenden Kerze zum Glühen und drückte dieses unter einen der Fingernägel des Mannes. Sofort stieß dieser erstickte Schreie aus, während sich die Luft mit dem Geruch verbrannten Fleisches erfüllte.

Obwohl Robert selbst übel wurde, wiederholte er die Prozedur ein zweites und ein drittes Mal, bevor er das Stäbchen zu Seite legte.

Der Mann hatte die ganze Zeit über gebrüllt, doch der Knebel war so dicht, dass nur ein dumpfes Geräusch zu hören gewesen war.

»Bist du jetzt bereit, zu reden?«

Robert und Alexander erkannten, dass der Mann unfassbare Schmerzen erleiden musste. Sein Gesicht war rot und Tränen liefen aus seinen Augen, aber trotzdem schüttelte er den Kopf.

»Okay, wir haben Zeit.« Wieder erhitzte er das Stäbchen, bis es glühte, und nahm sich die Nägel der anderen Hand vor.

Nach dem dritten Finger war der Gestank kaum auszuhalten, deshalb kippte Alexander das Fenster. Für kurze Zeit erschrak er sich über sich selbst. Er hatte tatenlos dabei zugesehen, wie ein Mensch gefoltert wurde, ohne auch nur ansatzweise Mitleid mit ihm zu empfinden. Es war klar, dass sie die beiden töten mussten, wenn sie die gewünschten Informationen hatten. Aber auch dies berührte ihn nicht.

Als sich der beißende Geruch etwas verlor, ging er wieder zu Robert zurück. Da der andere Mann mit mattem Blick nur vor sich hinstöhnte, nahm Alexander an, sein Schuss hätte tatsächlich größeren Schaden angerichtet. Der Mann reagierte weder auf Worte noch auf Berührungen.

Inzwischen hatte Robert den siebten Nagel durch die Glut gelöst und legte das Stäbchen weg. Er wollte seinem Opfer eine Pause gönnen, eine Möglichkeit, sich doch noch zu äußern. Offenbar war er aber gerade kurzzeitig bewusstlos geworden, denn sein Kopf war zur Seite gesackt und seine Augen geschlossen.

»Bleib lieber am Fenster stehen«, forderte Robert seinen Sohn auf, »wir wissen nicht, wann sie nach ihnen suchen.«

Alexander hatte nichts dagegen.

Als der Mann wieder erwachte, sah Robert ihn nur fragend an. Zu seiner Erleichterung nickte er diesmal.

Bevor er ihm den Knebel abnahm, vergewisserte er sich, ob die Fesseln noch festsaßen. Erst dann sah er ihn an. »Ich höre?«

Während der ersten Augenblicke stöhnte und zischte der Mann nur. Seine Mundwinkel zitterten ebenso wie seine Hände. Schließlich formte sein Mund die ersten Laute: »Sie werden ...«

Es waren Worte, die kaum verständlich waren. Mühsam schluckte der Mann Speichel hinunter und wartete noch einige Augenblicke, bevor er einen weiteren Versuch startete. »Wir verkaufen sie.«

»Was? An wen?«

Wieder atmete der Mann schwer und versuchte, Luft zu holen. Robert hatte keine Ahnung, wie sehr sich Folter auf den gesamten Körper auswirkte, und überlegte, was er tun konnte, falls der Mann dauerhaft bewusstlos werden sollte. Also hielt er ihm eine Flasche Wasser an den Mund und ließ ihn trinken.

Es schien zu wirken, denn sein Atem verlangsamte sich deutlich. »Sie kommen alle drei bis vier Wochen und holen einige von ihnen ab. Wir tauschen sie gegen Waffen und Munition ein.«

»WER kauft sie?«

»Eine größere Gruppe. Sie müssen südlich von Weilheim einen Stützpunkt haben. Ich habe nur zwei von ihnen gesehen, einen Deutschen und einen mit osteuropäischem Akzent. Sie kommen mit Bundeswehrfahrzeugen.« Wieder atmete er durch und schloss kurz die Augen. »Unser Boss kennt sie. Ich war einmal bei einer Übergabe dabei.«

Voller Wut biss sich Robert auf die Lippen. Für einen Moment dachte er an die Mörder in Grafrath, die ebenfalls mit Bundeswehrfahrzeugen durch die Straßen gefahren waren, doch diese konnten kaum aus dem Süden stammen.

»Okay. Wann kommen sie das nächste Mal?«

»Nächste Woche. Sie funken uns zuvor an.«

»Aber ihr seid erst seit gestern hier. Wo habt ihr euch davor rumgetrieben?«

»In einem ehemaligen Seniorenwohnheim in St. Alban.«

»Und sie kommen mit Waffen und Munition?«

»Ja, so war es bisher.«

»Wie viele Männer seid ihr?«

»Neun.«

Robert nickte und schloss die Augen. Vor der nächsten Frage hatte er am meisten Angst. »Was ist mit den drei Frauen passiert, die ihr im Kloster angetroffen habt?«

»Nichts. Wir behalten sie.«

Zumindest lebten sie! Darüber erleichtert stand Robert auf, legte den Knebel wieder über den Mund des Mannes und ging zu Alexander.

»Ich habe es gehört«, flüsterte Alexander, »wir müssen sie befreien, bevor sie weggebracht werden.«

»Das können wir nicht. Wir brauchen einen anderen Plan. Ohne die beiden sind immerhin noch sieben bewaffnete Männer dort im Kloster.«

»Wir haben nicht mehr viel Zeit. Nächste Woche ist relativ, und ich habe keine Ahnung, welchen Tag wir haben.«

Während seiner Überlegungen fiel Roberts Blick auf die beiden Funkgeräte und er schaltete eines davon an. Zuerst war nur Rauschen zu hören, doch er behielt die Frequenz bei.

Es dauerte nicht lange, bis eine Stimme aus einem der kleinen Kasten krächzte. »Sascha! Hörst du mich? Melde dich endlich!«

Dann war wieder nur Rauschen zu hören.

»Sie werden bald kommen!«, sagte Robert, »wir dürfen uns nicht überraschen lassen.«

Um eventuell ins Haus eindringende Männer zu hören, versuchten sie, so still wie möglich zu sein. Deshalb fiel ihnen das unentwegte Stöhnen des Verletzten auf. Trotz des Knebels war ein dumpfes, ersticktes Brummen zu hören.

»Er ist zu laut!«, flüsterte Alexander.

Robert wusste, dass nicht nur der Verletzte, sondern auch der andere eine große Gefahr darstellte. Sie hatten ihre Antworten bekommen, nun mussten die Gefangenen zum Schweigen gebracht werden, doch dabei wollte er kein Risiko eingehen.

Entschlossen sah er Alexander an.

Als er mit einem herausgerissenen Tischbein und einem Kopfkissen in der Hand zu dem schwerverletzten Mann trat, sah dieser mit mattem Blick auf den Boden. Trotz dessen geistiger Abwesenheit spürte Robert, wie seine Hände zu zittern begannen. Es war ein Mord an einem wehrlosen Menschen und daher nicht so einfach zu bewerkstelligen. Doch er musste es tun.

Schwer atmend stellte er sich hinter ihn, holte aus und schlug das Tischbein krachend an den Schädel des Mannes. Sofort sackte der Kopf zur Seite.

Dann nahm er die Pistole, setzte sie auf das Kopfkissen, legte die Enden des Kissens über die Waffe, und schoss dem Mann in den Kopf. Der Knall war lauter als erwartet, und Robert hoffte, dass man ihn außerhalb des Hauses nicht gehört hatte. Dann ging er einige Schritte zur Seite und sah dabei zu Alexander, der mit versteinertem Gesichtsausdruck das Gemetzel verfolgt hatte.

Robert fühlte nur noch Kälte in sich. Wie fremdgesteuert zog er den leblosen Körper auf den Teppich und schlug ihn darin ein. Es dauerte, bis er seine Hände fühlte und sein Herz wild in sich schlagen spürte. Dann stieg Übelkeit in ihm auf. Er rannte ins Bad und erbrach sich in die Kloschüssel. Für einen Moment kam er sich wie ein Monster vor – er hatte einen Menschen hingerichtet, ohne auch nur den Bruchteil eines Augenblicks davor zurückzuschrecken.

Als er vor den anderen Mann trat, fühlte er sich wie ein Killer. »Wenn du nicht tust, was ich dir sage, ergeht es dir genauso!«

Erst dann ging er wieder ins Wohnzimmer. Er war er froh, dass ER es getan hatte und nicht Alexander. Fast regungslos blieb er noch eine Weile stehen und sah zum

Teppich, unter dem der reglose Körper lag. Schließlich setzte er sich auf einen Stuhl. Seine Hose war mit Blut bespritzt, und im Spiegelbild des Fensterglases sah er, dass auch sein Gesicht verschmiert war.

Wortlos ging Alexander ins Bad und kehrte mit einem Handtuch wieder zurück. »Wir haben nicht genügend Wasser, du musst es trocken versuchen.«

Später, während sie pausenlos aus dem Fenster sahen und dabei die immer dringlicher werdenden Rufe aus den Funkgeräten hörten, aßen und tranken sie etwas. Auf dem Tisch lagen vier Waffen; mehr, als sie jemals zuvor besessen hatten, doch beide wussten, dass sie auch damit kaum Chancen hatten, Hanna, Sarah und Karin zu befreien. Für einen kurzen Moment hatte Robert damit spekuliert, auch den eventuell eingesetzten Suchtrupp auf die gleiche Weise zu entwaffnen. Nur kam es darauf an, ob dieser Suchtrupp nicht aus mehreren Personen bestand und ob diese auch tatsächlich in jede Wohnung eindringen würden.

Sie mussten sich überraschen lassen.

Als am Spätnachmittag drei bewaffnete Männer unter ihnen die Straße entlanggingen, sprangen sie aufgeregt auf.

Die Schülerin

Zusammengekauert lag Hanna auf dem Bett und starrte an die Wand. Sie ekelte sich vor dem Geruch des Anführers, der auch jetzt noch in der Luft lag.

Um sich zu beruhigen und sich durch irgendetwas abzulenken, öffnete sie das Fenster und sah in die dunkle Nacht hinaus. Dann griff sie das Gitter und rüttelte daran, doch zu ihrem Bedauern war es fest in der Wand verankert.

Als sie die kühle Luft einatmete und die Sterne am Himmel sah, schwor sie sich, die Suche nach einer Fluchtmöglichkeit niemals aufzugeben. Selbst wenn sie ihren Vater und Alexander nie wiedersehen sollte, würde sie lieber alleine dort draußen um ihr Überleben kämpfen, als für den Rest des Lebens als Sklavin diesen Monstern ausgeliefert zu sein.

Plötzlich ging die Tür auf. Hanna befürchtete, der Anführer würde sie ein weiteres Mal heimsuchen und spürte, wie sich ihr Bauch verkrampfte. Als sie jedoch Karin vor sich sah, fing sie zu weinen an und fiel ihr um den Hals.

Karin sagte nichts, sondern drückte Hanna nur fest an sich. Voller Wut musterte sie die Wunden in ihrem Gesicht, und weil sie selbst vergewaltigt worden war, ging sie davon aus, dass es Hanna ähnlich ergangen war.

»Wissen sie, dass du hier bist?«, wollte Hanna nach einigen Momenten wissen. Schon jetzt, nach der kurzen Zeit, war ihr bewusst, dass ihre Isolierung noch schlimmer war als die Schläge des Anführers. Mit Sarah oder Karin dagegen würde sie jedes Leid ertragen können.

»Hat er dich vergewaltigt?«

»Nein. Er ist ein psychopathisches Schwein!«

Erleichtert nickte Karin. »Er hat mich zu dir geschickt. Wir beide sind eingeteilt, noch einmal Essen zuzubereiten. Es ist jemand gekommen.«

»Jetzt?«

»Baldmöglichst.«

Erst jetzt löste sich Hanna von Karin und sah ihr in die Augen. Wie sehr sie dieses Kloster nun hasste, obwohl es zuvor sicherer Schutz und beinahe ein Zuhause gewesen war. »Hast du irgendetwas von Vater und Alexander gehört?«

»Nein, wir erfahren hier gar nichts. Es fielen aber auch keine Schüsse mehr.«

»Gut. Wo ist Sarah?«

»Ich habe sie vorhin in der Küche gesehen. Sie tauschen uns in den Räumen aus, warum auch immer. Es geschieht offenbar willkürlich.«

»Hast du mit ihr gesprochen?«

»Nein, wir dürfen nicht miteinander sprechen.« Zitternd legte sie Hanna eine Hand auf ihr Haar. »Sie haben Regeln aufgestellt, die ich dir mitteilen soll. Hanna, es ist wichtig, dass du sie beachtest!«

Aufgrund der Art und Weise, wie sie es sagte, erkannte Hanna, dass Karin sehr viel Angst hatte. Sie spürte, dass sie es vor ihr verbergen wollte, doch Hanna kannte Karin gut genug.

Entschlossen fasste sie nach ihrer Hand. »Wir müssen hier raus!«

»Ich weiß. Ich sehe aber keine Möglichkeit, sie haben alles abgesperrt, und dauernd gehen Männer durch den Flur.«

»Es muss einen Weg geben!«

Für einen Moment schloss Karin die Augen und atmete tief ein. »Hanna, wir haben nicht viel Zeit. Du musst darauf achten, mit keiner anderen Frau zu sprechen, wenn diese Typen in der Nähe sind, außer, es handelt sich um einen Arbeitsauftrag. Wenn die Männer etwas zu dir sagen, erwarten sie, dass du es ohne Widerspruch erledigst. Und du darfst dem Anführer nicht in die Augen sehen, wenn er dich nicht anspricht.«

Voller Wut begannen Hannas Lippen zu zittern. »Das habe ich garantiert nicht vor. Wie könnte ich ihm in die Augen sehen?«

»Lass ihn deine Wut nicht spüren! Es sind Jäger, die sich an deinem Widerstand aufgeilen. Sie warten nur auf einen Fehler von dir. Ich habe die anderen Frauen beobachtet: Wenn du die Regeln einhältst, suchen sie dich weniger oft auf.«

Die Freude über die Begegnung mit Karin war nur von kurzer Dauer. Hanna wurde wieder übel, und als sie zur Tür sah, stieg beklemmende Angst in ihr auf.

Karin schien es zu spüren. Unbeholfen nahm sie ihre Hand und führte sie nach draußen.

Im Speisesaal schienen beinahe alle versammelt zu sein. Einige Frauen kochten, andere putzten, während vier Männer an einem der Tische saßen und Karten spielten. Der Anführer saß mit zwei anderen etwas abseits, zwischen ihnen lag eine Landkarte, daneben standen einige Flaschen Bier.

Als Hanna die Blicke der Männer auf sich spürte, stieg unermessliche Hitze in ihr auf. Sie hatte Angst vor jedem Einzelnen von ihnen, und sie befürchtete, nun auch von den anderen Männern gedemütigt zu werden.

Artig folgte sie Karin, sah aber keinem der Männer in die Augen, die sich schon gleich wieder ihren Beschäftigungen widmeten. Nur der Anführer sah ihr etwas länger hinterher.

An der Küchenzeile traf sie auf Sarah. Sofort wurden ihre Augen wieder feucht, und an ihrem Blick erkannte sie, dass es ihrer Freundin genauso erging.

Offenbar waren Sarah die Regeln einerlei: Entschlossen ging sie auf Hanna zu und nahm sie in den Arm.

Plötzlich drehte sich einer der Männer zu ihnen. »He, keine Zärtlichkeiten untereinander, habt ihr verstanden? Wenn schon, sind wir dafür zuständig!«

Augenblicklich schob Sarah Hanna von sich und flüsterte ihr so leise wie möglich »sei stark!« ins Ohr, bevor sie sich der Küchenarbeit widmete.

Für einige Momente stand Hanna nur da und starrte auf die Frauen, die alle sehr beschäftigt schienen. Gerade, als sie sich wieder Karin zuwenden wollte, donnerte eine männliche Stimme zu ihnen. Es war die des Anführers. »In etwa einer Stunde kommt der Nachschub. Wie sieht es aus? Meine Männer haben Hunger!«

»Wir werden fertig sein!«, antwortete Marion, lächelte dann Hanna an und winkte sie zu sich. »Kümmere dich um den Reis. Ich bereite die Linsen und Bohnen zu.«

Hanna nickte nur und stellte sich vor den Topf. Sie hatte absolut keine Ahnung, was sie tun oder sagen durfte, hielt sich aber daran, die Männer nicht anzusehen. Ab und zu rührte sie um, sah den Frauen zu und hoffte, den einen oder anderen Blick zu erhaschen, doch sie spürte auch deren Angst und Demut.

Obwohl sie nicht direkt hinsah, bemerkte sie, dass der Anführer den Saal verließ. Die Männer am anderen Tisch spielten weiter, doch einer kam unvermittelt auf sie zu.

»Wer ist zum Wasserholen eingeteilt?«

»Ich«, antwortete eine Frau, deren Namen Hanna nicht kannte.

»Jetzt nicht mehr. Sie wird gehen! Jetzt!« Dabei wies er auf Hanna, was sie zutiefst erschreckte.

»Komm mit, du kennst ja den Weg, schließlich bist du schon länger hier als wir.«

»Ja«. Sofort wurden ihre Hände kalt, und ihr Herz begann wild zu pochen. Ohne Widerspruch folgte sie dem Mann aus dem Saal in den Gang hinaus.

Während sie neben ihm im Lichtkegel seiner Taschenlampe durch den großen Flur ging, waren seine dumpfen Schritte die einzigen Geräusche inmitten hoher Wände. Sie wollte fragen, warum er sie zum Wasserholen schickte, wer überhaupt gekommen war und warum er sie begleitete, doch sie verschluckte ihre Worte. Sie spürte die Blicke des Wachpostens auf ihrem Rücken, dachte, sie würden unter ihre Kleidung dringen, um dort weiterzuforschen und sie auszuziehen, doch sie ließ sich nichts anmerken.

Als sie den Garten erreichten, blieb sie vor dem Brunnen stehen. Es war kühl, und sie begann sofort zu frösteln.

»Wenn du zukünftig zum Wasserholen geschickt wirst, bringst du zwei Eimer«, erklärte der Mann. »Die trägst du in die Küche. Aber vorher wird der Brunnen wieder abgedeckt, wir wollen ja schließlich keine Vogelscheiße serviert bekommen.«

»Ja.«

»Also, schöpfe zwei Eimer voll!«

Als Ludwig und Emilie noch lebten, hatte Hanna die Existenz des Brunnens bejubelt und die Zeit genossen, in denen sie Pläne für den Gemüseanbau im Garten geschmiedet hatten. All dies war nun vorbei, wie ein ferner Traum.

Ohne etwas zu entgegnen, erledigte Hanna die Arbeit und wollte die Eimer ins Gebäude tragen, doch der Mann hielt sie zurück.

»Halt, von Reintragen war nicht die Rede!«

Also ließ Hanna die Eimer stehen und hielt ihren Blick auf den Boden gerichtet. Immer wieder traf sie der Strahl seiner Taschenlampe im Gesicht, woraufhin sie für einige Momente geblendet war.

»Hat man dir nicht gesagt, nur das zu tun, was dir befohlen wird?«

»Doch.«

»Aha, und warum tust du es dann nicht?«

»Sie haben gesagt, ich solle sie in die Küche bringen.«

»Zukünftig. Nicht jetzt. Denk weniger, sondern höre mehr zu!«

»Ja.«

»Gut, jetzt kannst du sie tragen. Verschütte aber nichts!«

Mit Schrecken erkannte Hanna, dass die Eimer sehr voll waren und es vermutlich kaum möglich war, nichts zu verschütten. Somit ging sie sehr vorsichtig, doch das Gewicht der Eimer zwang sie bald, sie kurz abzustellen.

»Was tust du?«, wollte der Mann wissen.

»Ich stelle sie nur kurz ab, um Kraft zu tanken.«

»Aber das habe ich dir nicht befohlen.«

Sofort nahm Hanna die Eimer wieder auf, doch sie zitterte stark. Am liebsten hätte sie den Inhalt über den Kopf des Mannes geschüttet. *Sadistisches, minderbemitteltes Arschloch!*

»Halt!«

Augenblicklich ließ Hanna die Eimer stehen. Zu ihrem Entsetzten schaltete der Mann die Taschenlampe aus und kam näher. Voller Ekel spürte sie seinen Atem an ihrem Haar, ihrem Hals und ihrem Gesicht.

»Schade!«, flüsterte der Mann nahe an ihrem Ohr.

Hanna wollte fragen, was er meinte, doch ihre Stimme versagte. Sie zitterte so stark, dass ihr Körper bebte, und die lähmende Kälte durch ihren gesamten Körper kroch.

»Schade, dass der Boss dich nicht freigibt. Er sagt, du würdest besonders viel einbringen.«

Die beklemmende Furcht, der Mann würde sie vergewaltigen, war ebenso groß wie die Erkenntnis, als besonders ›wertvoll‹ zu gelten. Wieder spürte sie seinen Atem, und als er an ihr Gesäß fasste, schloss sie die Augen und bemühte sich, nicht sofort zu fliehen. Als würde jemand ihren Brustkorb zudrücken, fühlte sie nur noch pures Entsetzen und Angst. Angeekelt spürte sie, wie seine Finger ihr Gesäß kneteten, ihre Taille griffen und an sich zogen, und schließlich langsam nach oben wanderten.

»Zittere doch nicht so! Obwohl, vielleicht möchtest du es ja? Du zitterst vor Lust, oder?«

Hanna konnte nicht antworten. Langsam strich er über ihren Rücken, ihre Schultern und umgriff schließlich ihre Brüste, wo seine Hände verharrten. Als er sie langsam knetete, hätte sie am liebsten seine Finger durchgebissen.

Plötzlich erschien ein Lichtkegel vor ihr. Er wurde schnell heller, und als Schritte zu hören waren, ließ der Mann von ihr ab und stellte sich neben sie.

Es war der Anführer, der zuerst sie und dann dem Mann ins Gesicht leuchtete, schließlich aber den Strahl vor ihnen auf den Boden senkte.

»Was machst du da?«

Hanna dachte zuerst, sie wäre gemeint und wusste nicht, was sie antworten sollte, doch es war der Mann, der sich rechtfertigen musste.

»Sie hat Wasser geholt. Ich habe sie eingeteilt.«

Der Anführer kam noch etwas näher, leuchtete wieder Hanna ins Gesicht und verweilte dort. »Sieht mir aber nicht danach aus. Ich sagte, sie ist tabu! Für jeden!«

»Ich habe sie nur angefasst. Schade, dass wir sie abgeben.«

Der Anführer sagte nichts, sondern richtete nun den Strahl auf den Mann. »Ab sofort holt sie kein Wasser mehr. Sie bleibt in der Küche!« Dann wendete er sich Hanna zu. »Bring das Wasser in die Küche und lass dir von den Frauen Arbeit geben!«

Trotz der Gewissheit, doch nicht vergewaltigt zu werden, zitterte Hanna immer noch so stark, dass sie immer wieder Wasser verschüttete. Die beiden Männer liefen neben ihr und kommentierten es nicht, auch nicht, dass sie noch zweimal stehenbleiben musste, um ihre Arme kurz auszuruhen.

Erst als sie wieder in der Küche bei den Frauen war und sie sich zumindest vor den Übergriffen des einen Mannes geschützt wusste, hallten dessen Worte in ihr nach. Sie wurde abgegeben! Und weil ihre Jungfräulichkeit einen besonders hohen Verkaufswert erzielte, durfte sie hier niemand anfassen.

Die Aussicht darauf, wie Vieh an Unbekannte verkauft zu werden, lähmte sie. Mit erschrockenem Blick bemerkte sie, dass Karin gerade nicht anwesend war, dafür aber Sarah. Und als diese Hannas Verstörung erkannte, ließ sie alle Arbeit liegen und ging zu ihr.

»Haben sie dich ...?«

»Nein.«

Sofort kam der Mann, der Hanna begleitet hatte, auf sie zu. »Was fällt euch ein, einfach zu reden? An die Arbeit!«

Während Hanna versuchte, Marion zu helfen, stellte sich Sarah dem Blick des Mannes mit aufsteigendem Zorn. »Könnt ihr wenigstens SIE in Ruhe lassen? Sie ist gerade mal fünfzehn!«

Für kurze Zeit starrte der Mann Sarah nur an, bevor er schnellen Schrittes auf sie zuging. Sarah war klar, dass sie die Regeln gebrochen hatte, doch Hannas verstörter Blick hatte sie derart berührt, dass sie ihre Wut kaum zügeln konnte.

Bevor der Mann bei ihr war, rief ihn der Anführer zurück.

»Ich werde das regeln! Du löst Jens an der Tür ab, er ist bereits zu lange dort!«

Der Mann sah Sarah noch einige Momente wütend an, verließ aber dann aufgebracht den Speisesaal.

Derweil stand schon der Anführer neben Sarah und packte sie am Arm. »Komm mit!«

»Bitte lass sie!«, rief Hanna, »sie wollte mir doch nur helfen.«

Der Anführer reagierte nicht, rief zwei Männer zu sich und zog Sarah neben sich her. Als sie ihr Zimmer betraten, schob er sie hinein und schloss die Tür hinter sich.

Sarah hielt den Atem an, als sie sich den drei Männern gegenübersah. »Es tut mir leid. Ich hätte nicht sprechen dürfen.«

Zu ihrem Entsetzen schüttelte der Anführer nur den Kopf.

»Nein, du musst dich nicht entschuldigen, denn es nützt nichts. Ich habe schon zu Beginn erkannt, dass du eine Göre bist, eine kleine Rebellin. Dir wurden die Regeln erklärt, trotzdem machst du, was du willst. Bei Mädchen wie dir hilft es nicht, nur zu reden. Vielleicht sollte ich dir aber eine zweite Narbe durchs Gesicht ziehen, eine, die man noch besser sieht. Es wäre ein Symbol für unfolgsames Verhalten.«

Augenblicklich fing Sarah zu zittern an und ging einige Schritte rückwärts, bis sie mit dem Rücken am Fensterbrett anstieß. »Es tut mir leid.«

»Tut es dir nicht, Rebellin.« Er sagte es so, als hätte er tatsächlich Mitleid, doch Sarah spürte seinen Sarkasmus deutlich.

»Bist du noch Jungfrau?«

Sarah wusste nicht, welchen Grund diese Frage hatte. »Nein.«

Offenbar enttäuscht wandte sich der Anführer an die beiden Männer. »Sie gehört euch! Sie soll aber morgen früh wieder einsatzfähig sein, also übertreibt es nicht. Ich will keine beschädigte Ware.«

Als er das Zimmer verließ, legten die beiden Männer ihre Waffen ab und gingen auf Sarah zu. Sie wollte die Augen schließen, doch sie konnte nicht, und als sie gepackt wurde, hörte sie nur ihr eigenes Schreien.

Hanna machte sich bitterste Vorwürfe. Mit Sicherheit wurde Sarah gerade bestraft, und das nur, weil sie ihr geholfen hatte. Immer wieder drangen ihre Schreie bis in den Speisesaal, doch Hanna durfte sich nicht einmal umdrehen, um keine Schläge oder Schlimmeres zu provozieren. Dabei konnte sie kaum atmen. Inständig hoffte sie, die Männer würden endlich von Sarah ablassen. Es war grausam, sie zu hören und zu wissen, was mit ihr geschah.

Irgendwann verstummten die Schreie, und Hanna versuchte sich einzureden, dass man von ihr abgelassen hatte.

Als das Nachtessen fertiggestellt und die Küche geputzt war, wurde sie zusammen mit den anderen Frauen in die Zimmer geschickt. Zu ihrem Bedauern wieder einmal alleine, denn die Tür schloss sich hinter ihr, ohne dass sie auf Karin, Marion oder eine andere Frau an ihrer Seite hoffen durfte. Sarahs ungewisses Schicksal sowie die Aussicht, verkauft zu werden, ließ sie trotz ihrer Müdigkeit nicht schlafen. Immer wieder ging sie ans Fenster, sah hinaus oder lief wie ein Raubtier im Kreis, konnte jedoch nur schwer klaren Gedanken fassen.

Plötzlich hörte sie die Tür und erschrak furchtbar. Zu ihrer Überraschung betrat Marion das Zimmer.

»Sie haben gesagt, dass ich bis auf Weiteres bei dir wohnen kann.« Dabei lächelte sie Hanna an und setzte sich neben sie aufs Bett.

Hanna mutmaßte, dass es eine Sicherheitsmaßnahme des Anführers war. Da er sie unbedingt unversehrt verkaufen wollte, benötigte er jemanden, der auf sie aufpasste und sie vor sich selbst schützte. Trotz der Freude, jemanden bei sich zu haben, war sie enttäuscht, weil es sich nicht um Sarah handelte.

»Was heißt: bis auf Weiteres?«

»Ich weiß es nicht. Zumindest bis morgen.«

Plötzlich ging wieder die Tür auf und zwei der Wachen kamen herein. Sofort schoss Hanna in die Höhe.

»Runter vom Bett!«, befahl einer der Männer, »sofort!«

Im selben Moment standen die beiden Frauen auf und stellten sich vors Fenster. Währenddessen durchwühlten die Männer das Bett, sahen unter das Kissen und die Decke sowie unter das Bett.

»Und jetzt aufs Bett!«

Hanna befürchtete, zusammen mit Marion missbraucht zu werden, doch die Männer setzten ihre Suche in den Schubladen der Kommode und im kleinen Schränkchen fort.

Als sie nichts fanden, warfen sie Hanna einen durchdringenden Blick zu und verließen das Zimmer.

»Was wollten die?«, flüsterte Hanna. Sie hoffte, sie würden nicht doch noch einmal zurückkehren und ihre Gier an ihr auslassen.

»Er möchte nicht, dass dir etwas zustößt. Du warst doch vorhin in der Küche, und dort lagen spitze Gegenstände herum.«

Noch immer spürte Hanna ihr Herz wie wild pochen, doch als sie keine Stimmen vor der Tür hörte, beruhigte sie sich langsam.

»Wir sollten schlafen, Hanna. Morgen früh wollen sie ihr Frühstück.«

»Wie kannst du nur schlafen?«

»Ich kann es zumindest versuchen.«

Zu ihrer Überraschung legte sich Marion auf das Bett und winkte sie zu sich. Zuerst stutzte sie, dann kauerte sie sich aber daneben und spürte, wie Marion einen Arm um sie legte. Es tat ihr so gut, dass ihr Tränen in die Augen traten, und so versuchte sie, sich vorzustellen, in den Armen ihrer Mutter zu liegen und die Stimmen ihrer Familie zuhören.

Kein Erbarmen

Zu seinem Entsetzen sah Robert, dass einer der Männer vor dem Hauseingang stehengeblieben war und seinen Kameraden nicht folgte. Mit einem Mal geriet ihr Plan ins Wanken. Zweifelsfrei hatten sie beim ersten Mal Glück gehabt, und falls auch nur ein einziger Schuss fallen sollte, würde der Wache haltende Mann sofort Verstärkung holen.

Aufgeregt ging er zur offenstehenden Wohnungstür und lauschte. Tatsächlich hörte er entfernte Stimmen, die aus der Nähe des Hauseingangs zu kommen schienen. Deshalb schlich er zu Alexander zurück, winkte ihn zu sich und ging mit ihm in den Raum, in dem der geknebelte Mann saß. Entschlossen stellte er sich vor diesen und streckte ihn mit einem Faustschlag nieder.

Dann schoben sie vorsichtig das Regal vor den Eingang und verharrten, hielten aber die Waffen schussbereit vor sich.

»Aber hier können wir sie nicht überwältigen!«, flüsterte Alexander.

»Planänderung. Einer von ihnen sichert unten die Tür.«

»Scheiße!« Deutlich spürte Alexander, wie seine Aufregung zunahm. Sein Herz klopfte wie wild, und sein Blick blieb starr auf die Rückwand des Regals gerichtet. Er konnte sich nicht vorstellen, dass den Männern dieses Versteck auffiel, doch er würde sofort schießen, wenn sie das Regal verschoben.

Schließlich hörten sie Schritte und starrten sich mit angehaltenem Atem an. Die Männer waren in der Wohnung angekommen und riefen. »Sascha! Jens!«

Niemand antwortete, doch einer der Männer brummte etwas Unverständliches. Wie in einem Fieberrausch hoffte Robert, sie hätten im Wohnzimmer nichts liegengelassen, das ihre Anwesenheit verriet.

Wieder waren Schritte zu hören, einige Worte, ein Klicken, bevor unerwartet Stille eintrat. Weder Robert noch Alexander wagten es, sich zu rühren und versuchten, sogar das Atmen zu regulieren. Wie erstarrt standen sie da und warteten. Ein Blick auf den Mann offenbarte, dass er noch immer bewusstlos war. Sollte er erwachen, hatte Robert vor, ihm sofort das Tischbein auf den Schädel zu schlagen.

Schließlich hörten sie erneut Schritte, die sich aber entfernten. Nur kurze Zeit später schienen die Rufe deutlich weiter entfernt.

Offenbar hatten die Männer die Nachbarwohnung betreten.

Auch wenn sie noch nicht in Sicherheit waren, atmete Alexander durch. Er konnte sich nicht vorstellen, dass die Männer zurückkehren würden. Trotzdem wollte er Robert nicht einmal etwas zuflüstern, schließlich wusste er nicht, ob sich nicht doch noch einer von ihnen in ihrer Wohnung aufhielt.

Nach unendlich scheinender Zeit hörten sie eindeutig Stimmen im Hausflur. Irgendwann wurde im Erdgeschoss eine Tür zugeschlagen, der Knall hallte durchs Treppenhaus, dann folgte Stille.

»Sind sie weg?«, flüsterte Alexander fast lautlos. Zur Antwort hob Robert nur die Hand. Es galt also, noch zu warten.

Als auch nach längerer Zeit absolut nichts zu hören war, schob Robert so leise wie möglich das Regal beiseite. Vorsichtig spähte er hinaus, zwängte sich durch den Durchgang und sah auch in die anderen Räume, doch niemand war zu sehen. Dann ging er ans Fenster und sah hinaus. Einer der Männer stand an einem anderen Hauseingang und hielt offenbar Wache, während die anderen beiden in die Wohnungen vordrangen.

»Sie ziehen weiter«, rief er Alexander zu, »jetzt haben wir etwas Zeit gewonnen. Vielleicht haben sie ja vor, das gesamte Ortszentrum nach den beiden abzusuchen.«

Offenbar haderte Alexander noch immer mit ihrer Situation. »Wir waren so knapp dran! Warum muss dieser Penner auch dort unten bleiben?«

»Sie haben dazu gelernt.«

»Mist, was sollen wir jetzt tun?«

Müde, hungrig und überfordert rieb sich Robert die Augen und versuchte, nachzudenken. Egal, welchen Plan sie verwirklichen würden, blieb für sie nur ein Himmelfahrtskommando. Es gab nur alles oder nichts, und ihre Erfolgsaussichten waren so klein wie die Aussicht darauf, schnell aus diesem Alptraum zu erwachen.

»Okay, wir haben zwei Optionen. Möglichkeit A: Wir überfallen den Waffentransport aus Weilheim und pressen damit Hanna frei. Nur wissen wir nicht, wie viele Männer diesen Transport begleiten. Ich würde aber darauf wetten, dass es weit mehr als drei sind. Möglichkeit B: Wir folgen diesen hier, bis wir größeren Abstand zum Kloster gewonnen haben. Dann überfallen wir sie. Ich glaube nicht, dass sie noch mehr Männer aus dem Kloster schicken, denn sie sind dann nur noch zu viert, und sie werden eher das Gebäude halten wollen, als eine Straßenschlacht zu beginnen. Sie wissen nicht, mit wem sie es zu tun haben. Das ist unser Trumpf.«

»Klingt ganz nach Option B.«

»Es könnte aber auch unseren Tod bedeuten. Ich wäre ein schlechter Vater, wenn ich dich in so eine hirnrissige Aktion schicken würde. Vermutlich lassen wir uns von unserem Erfolg blenden. Es waren Anfänger, die wir überwältigt haben.«

»Wärst du ein besserer Vater, Hanna diesen Wichsern zu überlassen?«

»Das habe ich nicht vor. Niemals.«

»Ich auch nicht. Zudem sind wir auch Anfänger, vergiss das nicht. Wir haben keine andere Möglichkeit, also lass uns Plan B besprechen.«

Robert staunte. Stand vor ihm noch der gleiche Mensch, der ihn damals so anklagend angesehen hatte, als er den Apotheker umbrachte?

Um die Kontrolle nicht zu verlieren, sah er unauffällig aus dem Fenster. Der Wachposten stand noch immer vor demselben Hauseingang, doch sie schienen sich in südliche Richtung zu bewegen, also weg vom Kloster.

»Wenn sie nach der Kreuzung die Richtung ändern, müssen wir zuschlagen. Wie gesagt: Selbst, wenn Schüsse fallen, würde es mich wundern, wenn ihnen jemand von den vier verbleibenden Männern zu Hilfe eilen sollte.«

»Wir haben aber einen Nachteil gegenüber den zwei Ersten«, sagte Alexander. Da ihn Robert nur fragend ansah, fuhr er fort. »Wir dürfen nur einen erschießen, denn wir brauchen drei für den Austausch.«

»Du hast recht.« Robert musste sich eingestehen, dass ihr Plan gar nicht so utopisch klang wie noch kurz zuvor. Mit etwas Glück konnten sie auch das schaffen. Doch sie hatten es mit drei bewaffneten Männern zu tun.

Für kurze Zeit überlegten beide. Wohnungen gab es genügend, und die meisten Türen konnten ohne große Mühe aufgebrochen werden. Einzig und alleine die Tatsache, dass sie nicht alle erschießen konnten, erschwerte die Situation.

Ein weiterer Blick aus dem Fenster bestätigte ihnen, dass die Männer das nächste Wohnhaus ansteuerten. Vor ihnen lagen noch drei Häuser, dann würden sie auf die erste Kreuzung treffen.

Nach einigen Augenblicken, in denen keiner etwas gesagt hatte, sah Robert seinen Sohn an. »Ich habe einen Plan. Aber dafür müssen wir uns trennen.«

Etwa eine Stunde später bogen die drei Männer in die Straße nach Osten ab. Auf diesen Moment hatten Robert und Alexander gewartet. Inzwischen war der Gefangene wieder aufgewacht, doch die starken Fesseln zwangen ihn weiterhin auf den Stuhl. Wieder schoben sie das Regal vor den Durchgang und stellten noch eine Kommode davor, um sicherzugehen. Dann verließen sie das Haus, liefen auf die andere Straßenseite und rannten bis kurz vor die Kreuzung. Dort schlichen sie gebückt hinter zwei parkenden Autos über die Kreuzung, liefen in einer Parallelstraße ebenfalls nach Osten, und betraten schließlich über zwei weitere Kreuzungen die Straße, in der sich die drei Männer befanden. Dort versteckten sie sich in einem Hausflur und warteten ab.

Als sie wieder bei Atem waren, wagte es Robert und sah in die Richtung, aus der die Männer auf sie zukamen. Einer von ihnen stand vor einer Tür, die etwa fünfzig Meter von ihnen entfernt war. Offensichtlich waren sie nicht gesehen worden.

Während Alexander die Treppen in den Keller hinablief, ging Robert in den ersten Stock und verharrte dort. Einerseits konnte er durch das Flurfenster erkennen, wann die drei auftauchten, andererseits sah er durch das Treppengeländer, in welche Wohnung die Männer zuerst gehen würden.

Plötzlich erschrak er furchtbar. Eine Katze lief um die Ecke und fauchte, blieb einige Momente stehen und rannte schließlich in eine offenstehende Wohnung. Sofort zielte Robert in diese Richtung und hoffte, dass nicht ausgerechnet hier und jetzt ein Bewohner herauskommen würde. Zwar rumorte es in der Wohnung, aber Robert konnte nicht erkennen, ob es sich um die Katze oder um einen Menschen handelte. Langsam ging er um die Ecke, so dass er nicht im direkten Blickfeld stand. So verharrte er und spürte kleine Bäche Schweiß an seiner Stirn herablaufen.

Auf einmal hörte er das Geräusch einer sich schließenden Tür. Sofort sah er in die Richtung der Wohnung und erkannte, dass die Tür tatsächlich nicht mehr offenstand. Fassungslos schwenkte er seinen Blick zwischen Wohnung und dem Treppenaufgang hin und her und konnte nicht glauben, dass nicht nur sein Plan in Gefahr geriet, sondern er ausgerechnet hier auf einen Überlebenden stieß.

Hastig rannte er ans Fenster und sah hinaus. Die Männer waren mittlerweile auf dem Weg zum nächsten Hauseingang, doch noch immer lagen zwei Häuser zwischen ihnen. Somit hatte er noch genügend Zeit, Alexander Bescheid zu sagen.

Als er beinahe lautlos die Treppen hinunterging, sah er immer wieder nach oben, ob der Fremde ihm folgen würde, doch es war kein Geräusch zu hören.

Am Kellerabgang blieb er schließlich stehen, ohne seinen Sohn zu sehen. »Alexander!« Er flüsterte so leise, dass er Angst hatte, nicht gehört zu werden.

»Ja, was ist?«

»Im ersten Stock ist eine Wohnung besetzt.«

»Verdammt!«

Für einige Momente sagte keiner etwas.

»Was sollen wir tun?«, wollte schließlich Alexander wissen.

»Ich hoffe, er oder sie verlässt die Wohnung nicht. Wir können aber jetzt nicht mehr raus hier, dafür ist es zu spät. Sie würden uns sehen.«

»Dann bleib bei mir. Du könntest sie von hinten überraschen.«

Plötzlich hatte Robert eine Idee. »Nein, ich gehe ein Stockwerk höher. Wenn sie versuchen, in die Wohnung einzudringen, sind sie abgelenkt.«

Ohne eine Antwort abzuwarten, ging Robert die Treppen wieder hinauf und postierte sich zwischen der ersten und zweiten Etage. Die Wohnungstür war noch immer geschlossen.

Da er auch von dieser Position durch das Fenster auf die Straße blicken konnte, wusste er, wann er einsatzbereit sein musste.

In einiger Entfernung fielen Schüsse. Zutiefst erschrocken duckte sich Robert, doch als er begriff, dass sie von den Männern stammen mussten, sah er wieder hinaus. Zu seiner Überraschung hielt der Wache haltende Mann die Waffe an seinen Körper gepresst, lief aber nicht ins Haus zu seinen Kameraden. Dann fiel noch ein Schuss.

»Scheiße!«, flüsterte er zu sich selbst, »was ist da los?« Er konnte sich die Schüsse nur durch Widerstand anderer Überlebender erklären, oder aber sie hatten ein Türschloss durchschossen, weil ihr Weg versperrt gewesen war. Da aber der Mann vor der Haustür nicht in sein Funkgerät sprach und auch keine Anstalten machte, seinen Posten zu verlassen, nahm Robert an, dass sich die Männer nur durch eine Tür geschossen hatten.

Nach endlosen Minuten bewegten sich die Männer schließlich auf seinen Standort zu. Weil sich an der geschlossenen Wohnungstür nichts geändert hatte, ging Robert einige Schritte nach unten, um zu sehen, ob die Männer zuerst in den Keller oder nach oben gingen.

Sie kamen zu ihm. So leise wie möglich schlich er wieder die Treppen hoch und war heilfroh, dass der Boden aus Fliesen bestand und nicht aus knarrenden Holzdielen.

Zum ersten Mal bekam Robert die Vorgehensweise der Truppe hautnah mit. Zuerst klopften sie, dann riefen sie, bevor sie schließlich die Türen eintraten. Auch hier teilten sie sich auf, denn einer von ihnen ging durch die Räume, während der andere vor der Wohnungstür wartete. Dann gingen sie zur nächsten Tür.

Als sie die Wohnung erreichten, in die zuvor die Katze gelaufen war, machte sich Robert bereit. Wieder klopften und riefen sie, dann trat einer gegen die Tür.

Plötzlich gellten Schreie durch den Hausflur. Als wäre ein Blitz durch seinen Körper gefahren, erschrak Robert, trotzdem ging er einige Schritte die Treppe hinab, um zu sehen, was geschah. Beide Männer kämpften gegen eine Person, die mit einem Gegenstand auf sie einschlug. Inmitten dieses Gerangels fiel unversehens ein Schuss, dann noch einer.

Robert konnte nicht mehr warten. Schleunigst lief er die Treppe hinunter, stürmte auf die beiden Männer zu und schoss dem ersten von ihnen in den Oberschenkel. Schreiend sank dieser zu Boden, und als sich der andere verdutzt umdrehte, hielt er sein Gewehr im Anschlag. Dann schoss Robert ein weiteres Mal. Der Mann schrie auf, krachte gegen die offenstehende Tür und blieb regungslos am Boden liegen.

Nun stürmte Robert zu dem verletzten Mann, trat ihm die Waffe aus der Hand und hielt ihm den Gewehrlauf an den Kopf. Aus dieser Position sah er auf den anderen Mann, der aber offensichtlich tot war. Auf seiner Brust war bereits ein großer roter Fleck entstanden.

Alexander erschrak furchtbar. Inständig hoffte er, dass es Roberts Schuss gewesen war, und wollte schon die Treppen hinaufstürmen, um den Wachposten vor der Tür zu überwältigen, doch dann hallte ein zweiter Schuss, begleitet durch lautes Schreien, durch das Haus. Für einige Momente blieb er stehen. Was, wenn sein Vater getroffen worden war?

Bevor er eine Entscheidung treffen konnte, war ein weiterer Schuss zu hören, diesmal aus einer anderen Waffe. Sofort rannte er in das Erdgeschoss, blieb einige Momente hinter der Außenwand stehen und schob schließlich sein Gewehr aus dem Ausgang. Zu seinem

Entsetzen war der Mann gerade dabei, sich hinter einem der Autos zu verstecken, die am Straßenrand standen. Sofort schoss er, traf aber nicht. Geistesgegenwärtig kniete er sich hin und schoss unter dem Auto hindurch, doch er traf wieder nicht. Aufgrund des Beschusses floh der Mann, hielt sich dabei geduckt und rannte hinter der Autoreihe entlang. Alexander schoss noch zweimal, verfehlte ihn aber wieder.

Als der Flüchtende um die Ecke rannte, trat Alexander vor Wut gegen eines der Autos und fluchte.

Mittlerweile hatte Robert den verletzten Mann überwältigt und an den Händen gefesselt. Plötzlich hörte er die Schüsse von der Straße. *Alexander!* Zwar stöhnte der Mann laut, doch als Robert sah, dass dieser aufgrund eines Oberschenkeltreffers nicht lebensgefährlich verletzt war, rannte er die Treppe hinunter und stieß am Hauseingang auf seinen Sohn. Als er ihn unverletzt dort stehen sah, hätte er vor Freude am liebsten laut aufgeschrien.

»Ich habe ihn verloren!«, fluchte Alexander. »Er ist zurückgelaufen. So ein Mist!«

Obwohl ihr Plan dadurch in Gefahr geriet, umarmte Robert seinen Sohn. Er durfte ihm keine Vorwürfe machen.

»Einer lebt! Wir müssen ihn sofort wegbringen!«

Mit aller Gewalt versuchte Alexander, seine Wut hinunterzuschlucken und lief mit Robert die Treppen nach oben. Dort versuchte der Verletzte gerade, aufzustehen, deshalb warf ihn Robert wieder auf den Boden. Da der andere Mann sowie der Bewohner tot waren, zogen sie beide Leichen in die offenstehende Wohnung und schlossen die Tür.

Dann nahm Robert die Waffen, den Rucksack und das Funkgerät des Toten an sich, packte den Verletzten und half ihm auf die Beine. »Du wirst gehen müssen!«

»Was wollt ihr Schweine? Wo sind Sascha und Jens?«

»In einem sicheren Versteck. Hätte dein Kumpel nicht auf mich gezielt, würde auch er noch leben. Mir bringt euer Tod nichts!«

»Was wollt ihr dann von uns?«

»Halts Maul und komm mit!« Bevor der Mann etwas entgegnen konnte, knebelte ihn Robert und stieß ihn vor sich her.

Zwar stöhnte der Mann laut, doch er konnte die Treppe hinunterlaufen.

Als sie die Straße erreichten, bogen sie in die Richtung ab, die sich weiter vom Kloster entfernte. Immer wieder stöhnte der Mann, doch der Knebel verhinderte, dass man ihn weit hören konnte.

Bei der nächsten Seitengasse bogen sie ab und blieben für einige Momente hinter einem Kleinbus stehen. Entsetzt sah Robert, dass der Mann inzwischen viel Blut verloren hatte und immer schwächer wurde. Dennoch zog er ihn weiter bis zur nächsten Seitengasse, in der sie ein Haus eindrangen und im Obergeschoss eine der Wohnungstüren aufbrachen. Sofort drang ihnen der Gestank von Verwesung in die Nase.

»Bleib mit ihm da, ich sehe nach!«, sagte Robert und öffnete erst die Fenster, bevor er ins Schlafzimmer ging und dort die Leiche einer Frau im Bett vorfand. Also schloss er die Tür, ging wieder zu Alexander und zog den verletzten Mann ins Wohnzimmer. Stöhnend brach der Mann auf dem Sofa zusammen.

»Wir müssen die Blutung stillen!«, sagte Alexander. Weil er nicht ins Schlafzimmer gehen wollte, holte er Handtücher aus dem Bad und band mit Roberts Hilfe den Oberschenkel des Mannes über der Wunde ab.

In den Rucksäcken der Männer fanden sie Wasser, das sie gierig tranken. Da auch eingeschweißte Reiswaffeln darin lagen, konnten sie den größten Hunger vorläufig stillen.

»Wir müssen den Typen aus der anderen Wohnung holen«, sagte Robert etwas später, nachdem sie sich überzeugt hatten, dass niemand auf der Straße zu sehen war. Robert konnte sich nicht vorstellen, dass die fünf verbleibenden Männer ganz Dießen absuchen würden.

Inzwischen blutete die Wunde des Mannes deutlich weniger, und so hoffte Robert, dass es bei zwei Überlebenden blieb.

»Soll ich das übernehmen?«, fragte Alexander.

»Nein, du bleibst hier! Ich hole ihn, aber nicht jetzt, sondern erst, wenn es dunkel ist.«

»Aber das ist zu gefährlich!«

»Ich glaube, dass sie die Straßen gar nicht betreten, und wenn, dann erst recht nicht nachts. Sie müssen denken, sie hätten es mit einer ganzen Gruppe zu tun, die ihnen nachstellt. Solange es hell ist, müssen wir ein Fahrzeug besorgen!« Robert wollte nicht sagen, dass er diese Aufgabe seinem Sohn auftragen wollte, denn auch dies würde bedeuten, sich trennen zu müssen. Doch er ging davon aus, dass die Suche nach einem Auto weitaus weniger gefährlich war, als in die Wohnung zurückzukehren, die in Sichtweite des Klosters lag.

»Das werde ich tun!«

Auch wenn Robert ein schlechtes Gefühl dabei hatte, wusste er, dass es die einzig vernünftige Entscheidung war. Doch er bezweifelte, dass es nach diesem überaus harten Winter leicht sein würde, ein Auto zum Fahren zu bringen.

»Wir haben noch immer die Schlüssel für den Van. Wenn er nicht anspringt, dann sieh in Garagen nach. Und kein Risiko eingehen!«

Mit zitternden Händen gab er seinem Sohn die Autoschlüssel, ein Gewehr sowie eine Pistole und eines der Funkgeräte mit. »Nur für den Notfall. Sie werden es zwar hören, wenn du mich anfunkst, aber das können wir nicht ändern.«

»Ich werde mich beeilen.«

Als er seinen Sohn ansah, war er stolz, auch wenn er Angst um ihn hatte.

Dann verschwand Alexander aus der Wohnung.

Inzwischen hatte der Mann wieder zu stöhnen begonnen. Zwar blutete die Wunde noch immer, doch der Druckverband hielt gut. Mit wild klopfendem Herzen gab Robert ihm einige Schlucke Wasser und lief dann zum Fenster, um Alexander irgendwo zu erspähen, doch nichts bewegte sich.

Mach keinen Scheiß und komm ja zurück!

Mit beiden Händen das Gewehr umklammernd, lief Alexander durch die Straßen. Dabei versuchte er, so nahe wie möglich an Autoreihen oder Hauswänden entlangzugehen, um sich so unauffällig wie möglich fortzubewegen. An den Kreuzungen blieb er immer wieder stehen und sah in alle Richtungen, bevor er weiterlief. Zwar kannte er sich in Dießen nicht sonderlich gut aus, doch er orientierte sich an den Himmelsrichtungen.

Als er neben einem LKW eine kurze Pause machte, sah er zu den Fenstern des gegenüberliegenden Hauses. Gerade, als er seinen Blick wieder abwenden wollte, erschrak er: Ein Vorhang wurde zugezogen. Sofort hob er das Gewehr, doch außer dem Vorhang sah er nichts. Auch ein Blick zu den danebenliegenden Fenstern offenbarte nichts anderes. Für einen Augenblick fragte er sich, wie viele Menschen es in Dießen noch gab, die versteckt in ihren Wohnungen hausten, und anschließend, wie viel es überhaupt noch in Deutschland gab.

Nach nur wenigen Augenblicken zog er weiter. Er wollte keinesfalls Aufsehen erregen oder Opfer eines Überfalls werden. Zudem war es möglich, einer weiteren Gruppe derer zu begegnen, die sich im Kloster eingenistet hatten. Wer wusste schon, ob die Gefangenen sie nicht belogen hatten.

Als er in die Straße einbog, in der der Van stand, blieb er schlagartig stehen. Etwa zweihundert Meter vor ihm liefen zwei Personen. Sofort duckte er sich, schlich zu der nächsten Autoreihe und wartete. Um zu sehen, was vor sich ging, starrte er durch die Scheiben eines Wagens. Es waren zwei Männer, die schwer bepackt auf der anderen Straßenseite in jedes Auto sahen und sich in Richtung Innenstadt bewegten. Zu seiner Beruhigung waren sie offenbar unbewaffnet und wirkten auch nicht wie ein Erkundungstrupp. Wirre Gedanken schossen durch seinen Kopf, doch er durfte sich ihnen keinesfalls zeigen. Es spielte keine Rolle, ob es Menschen waren, die nur andere Überlebende suchten, oder ob sie sich dem Kloster näherten. Alexander traute niemandem mehr, und er hatte auch nicht vor, auch nur eine Minute länger als nötig von seinem Vater getrennt zu sein.

Als sie an der nächsten Abzweigung verschwanden, setzte er seinen Weg fort. Zu seiner Beruhigung stand der Van noch da. Aufgeregt sah er in jede Richtung, öffnete das Fahrzeug und versuchte, den Motor zu starten. Immer wieder betätigte er den Anlasser, doch der Motor sprang nicht an. Zwischenzeitlich befürchtete er, von den fremden Männern gehört zu werden, doch er wollte nicht aufgeben.

Gerade, als die Batterie deutlich schwächer wurde, heulte der Motor auf.

Robert war unendlich froh, Alexander wieder in die Wohnung treten zu sehen. Mittlerweile hatte er die Wunde des Gefangenen mit Desinfektionsmittel gesäubert, das er im Bad der fremden Wohnung gefunden hatte. Er war froh, dass die Kugel auf der anderen Seite des Schenkels wieder ausgetreten war, so waren die Überlebenschancen des Mannes deutlich höher.

Alexander hatte das Auto in Sichtweite direkt an einer strategisch günstigen Kreuzung stehengelassen. Wie die

Übergabe genau stattfinden sollte, wussten sie noch nicht, denn es galt noch, den anderen Mann zu holen. Am liebsten hätte Robert dies schon jetzt erledigt, denn er wollte Hanna keine weitere Nacht bei den Menschenhändlern lassen. Der Verletzte hatte ihm kurz zuvor unter vorgehaltener Waffe verraten, dass der Verkauf erst in frühestens drei Tagen stattfinden würde, insofern war die Gefahr gebannt, dass es für die Übergabe zu spät war.

Um in der kommenden Nacht wach zu bleiben, schliefen sie den Rest des Tages im Wechsel. Trotz der Verletzung blieb der Gefangene an Beinen und Händen gefesselt sowie geknebelt.

Als es dunkel wurde, nahm sich Robert die Waffen, gab Alexander letzte Instruktionen und verließ die Wohnung.

Während der nächsten Stunde versuchte Alexander, keinen Blickkontakt zu dem Mann aufzubauen, doch er spürte dessen Blicke wie Nadelstiche auf seiner Haut.

Gehorsam

Am nächsten Morgen wurden Hanna und Marion jäh geweckt. Der Mann, der sie wenige Stunden zuvor bedrängt hatte, stand im Zimmer und trat mit dem Fuß gegen das Bett.

Sofort schossen die beiden Frauen in die Höhe.

»Geh in die Küche und brühe Kaffee auf!«, brüllte er Hanna an. »Der Chef will, dass du ihn ihm bringst!«

Ohne etwas zu erwidern, lief Hanna los, um den Befehl auszuführen. Dabei hoffte sie umsonst, Sarah zu begegnen.

Als der Kaffee fertig war, sah sie, wie sich der Anführer gerade an einen der Tische setzte. Sie wollte ihn unbedingt fragen, wo Sarah war, ob es ihr gutging oder ob sie bestraft worden war, doch sie wagte es nicht. Nicht nur ihretwegen, sondern vor allem wegen Sarah.

Wortlos stellte sie ihm den Kaffee auf den Tisch und wartete gehorsam. Der Anführer zog die Tasse zu sich heran, schlürfte laut und stellte sie wieder ab. Dabei sah er Hanna kein einziges Mal an.

Irgendwann hoffte sie, gehen zu dürfen, und drehte sich um. Mittlerweile waren auch zwei weitere Männer in den Speisesaal gekommen und ließen sich von Marion und drei anderen Frauen bedienen.

»Halt!«

Zutiefst erschrocken blieb Hanna stehen. Die Stimme des Anführers drang durch ihren ganzen Körper wie ein Alarmsignal, das alle Sinne forderte und augenblicklich ihr Herz höherschlagen ließ.

»Hat hier irgendjemand gesagt, dass du gehen darfst?«

Hanna Stimme bebte. »Nein. Es tut mir leid.«

Dann drehte er sich zu seinen Kameraden. »Hat von euch jemand gesagt, sie dürfe gehen?«

Lächelnd schüttelten die Männer die Köpfe und sahen zu Hanna.

Der Anführer zog die Augenbrauen in die Höhe. »Aber, wenn sie auch nichts gesagt haben ... Warum gehst du dann?«

»Weil keiner gesagt hat, ich soll bleiben.«

»Aha. Also hast du gedacht?«

Hanna verstand nicht, was er von ihr wollte. Unsicher schüttelte sie den Kopf, weil sie nicht wusste, was sie antworten sollte.

»Hast du GEDACHT?«

»Ja, das habe ich.«

Lehrerhaft nahm der Anführer die Tasse, schlürfte wieder und stellte sie so leise ab, dass kein Geräusch zu hören war. »Und genau das ist der Fehler. Du sollst nicht denken. Nur, wenn ich es dir befehle. Habe ich es dir befohlen?«

»Nein.«

»Aha. Der Kaffee schmeckt nicht. Bringe mir einen neuen! Ich mag ihn stärker, mit zwei Löffeln Zucker.«

Hanna nahm die Tasse, lief in die Küche und beeilte sich, so gut sie konnte.

Als sie dem Anführer die zweite Tasse hinstellte, schlürfte er wieder davon und sah sie kopfnickend an. »Schon besser. Nicht perfekt, aber man kann ihn trinken. Und jetzt knie dich auf den Boden. Hier, direkt vor mir!«

Sofort schoss es Hanna heiß durch ihren Körper. Voller Panik befürchtete sie, ihn hier vor allen befriedigen zu müssen. Zu ihrem Entsetzen gehorchten ihre Beine ihr nicht.

»Du sollst dich hinknien. Jetzt!«

Zitternd ließ sie sich nieder und sah ihn angsterfüllt an. Auch die Frauen in der Küche waren kurz stehengeblieben und sahen zu Hanna, doch die Blicke der anderen Männer ließen sie schnell wieder weiterarbeiten.

Nun lächelte der Anführer. »Gut, geht doch. Du bleibst jetzt so lange hier, wie ich es dir sage. Sieh es als kleine Strafe für dein Vergehen.«

So sehr Hanna auch nachdachte, es fiel ihr kein Vergehen ein, das noch nicht gesühnt wäre. Doch sie durfte auch nicht danach fragen.

»Ah, du machst Fortschritte. Du weißt nicht, was ich meine, aber du fragst auch nicht. Gut!«

Dann sagte er längere Zeit nichts mehr, sondern trank von seinem Kaffee und sah den Frauen zu, wie sie Frühstück zubereiteten. Von Marion ließ er sich eine weitere Tasse bringen, ohne auf Hanna einzugehen oder ihr wenigstens einen Blick zuzuwerfen.

Die ganze Zeit über versuchte Hanna, sich nicht zu bewegen. Sie wollte weder dem Anführer ins Gesicht schauen noch die Blicke der anderen Männer sehen. Dabei versuchte sie, leise zu atmen und durch nichts die Aufmerksamkeit des Anführers auf sich zu lenken. Doch sie erschrak, als er sich auch das Frühstück bringen ließ und sie weiterhin missachtete.

Bei jedem Blick eines Mannes spürte sie, wie sehr es sie demütigte, vor dem Anführer zu knien und einfach nur zu warten. Sie dachte an seine Worte zurück, an seine erniedrigende Art und die Schläge, die sie erhalten hatte. Im Gegensatz zu dem Mann, der sie im Flur begrabscht hatte, war der Anführer in ihren Augen kein roher Vergewaltiger, sondern ein psychopathischer Irrer, ein Sadist, der sich daran ergötzte, den Stolz anderer Menschen zu brechen.

Sie hatte aber auch einen anderen Mann gesehen, dessen Blicke sie nicht als entwürdigend empfand. Manchmal hatte sie das Gefühl, sie täte ihm leid und er traue sich nur nicht, vor den anderen etwas zu sagen. Doch sie wehrte sich dagegen, an einen ›guten Menschen‹ unter ihnen zu glauben.

Irgendwann trug eine ihr fremde Frau das Tablett ab und reichte dem Anführer noch eine Schachtel Zigaretten. Davon rauchte er eine gemütlich, legte die Beine auf den Tisch und sah zum ersten Mal seit Langem wieder Hanna an.

Deutlich spürte sie seinen Blick über ihren Körper wandern und auf ihrem Gesicht ruhen.

»Denkst du noch immer über dein Vergehen nach?«

»Ich weiß nicht, welches gemeint ist.«

»Du weißt es nicht? Das ist eigenartig, denn ich dachte bisher, die freche Göre ist deine beste Freundin?«

»Ja, Sarah ist meine Freundin.«

»Dann solltest du dich noch an gestern Abend erinnern können. Du hast sie aufgestachelt, unsere Regeln zu brechen. Und nachdem SIE für etwas bestraft wurde, das DU eigentlich verursacht hast, sollte es dich durchaus etwas angehen.«

Hanna hätte ihm am liebsten ins Gesicht gespuckt. *Was hat dieses Drecksschwein mit Sarah angestellt?* »Ja, das tut es.«

Nun nickte der Anführer und erhob sich. »Na, dann komm mit, wenn du sie sehen willst.«

Schnell stand Hanna auf und folgte ihm. Dabei achtete sie darauf, dass sie nicht allzu nahe bei ihm lief. Sie konnte den Geruch des Mannes nicht mehr ertragen, und selbst seine Blicke lösten Übelkeit in ihr aus.

Als er sie zu Sarah ins Zimmer stieß, blieb er an der Tür stehen. Hanna hingegen fühlte sich wie von einem heißen Blitz getroffen. Mit zugeschwollenem Gesicht lag Sarah auf dem Bett, hatte die Decke bis an den Hals gezogen und sah nun ihrerseits Hanna überrascht an. Ihre Hose lag zerrissen auf dem Boden, ebenso ihr Pullover.

Zutiefst getroffen und mit schlechtem Gewissen legte sich Hanna neben ihre Freundin und zog sie an sich. Es war ihr egal, ob der Anführer dies guthieß oder nicht, was er dachte oder daraus folgerte. Sofort spürte sie, wie zerbrochen Sarah war, wie schwer es ihr fiel, selbst Hannas Blicke zu ertragen.

Der Anführer sagte nichts, sondern ging zu ihnen und riss Hanna an ihrem Arm aus dem Bett. »Das reicht, gekuschelt wird nicht! Ich wollte dir nur zeigen, was mit unartigen Gören geschieht.«

Hanna war derart außer sich, dass sie für einen Augenblick die Angst verlor. »Ihr Schweine! Lasst sie in Ruhe, sie hat überhaupt nichts getan!«

Im selben Moment bekam sie eine Ohrfeige, die sie rückwärts umfallen ließ. Ihr Gesicht brannte wie unter Dutzenden Nadelstichen.

»Steh auf!«

Noch wütender als zuvor stand sie auf, doch der Schlag zeigte Wirkung, und sie sagte kein Wort mehr.

»Hast du noch was zu sagen?«

»Ja. Lasst Sarah in Ruhe!« Sie schloss die Augen, denn sie erwartete einen weiteren Schlag, doch zu ihrer Überraschung blieb dieser aus.

»Du hast recht, ich denke, es reicht für heute. Je beschädigter die Göre ist, desto weniger bekomme ich für sie. Sieh es also als reine Geschäftsentscheidung.« Dabei grinste er, packte Hanna am Arm und zog sie aus dem Raum.

Im Vorbeigehen konnte Hanna Sarah noch einen kurzen Blick zuwerfen, doch sie erkannte nur Abscheu, Qual und Hass in ihrem Gesicht.

Vor der Tür stoppte der Anführer Hanna. Sofort fing sie zu zittern an, und ihr Magen krampfte sich zusammen.

»Der Kontakt zu deiner Freundin ist nicht gut für dich. Deine Eskapaden zeigen sich nur in ihrer Gegenwart. Oder siehst du das anders?«

»Sie ist meine Freundin.«

»Falsche Antwort!«

Wieder schloss sie die Augen, um den Schlag in ihr Gesicht nicht zu sehen, doch er blieb abermals aus.

»Knie dich hin!«

Zwar schauderte Hanna, doch sie tat, was er befahl. Voller Entsetzen erkannte sie, dass sie die Reaktionen des Anführers nie voraussehen konnte. Auch jetzt wusste sie nicht, was er vorhatte.

»Du wirst vor dieser Tür knien, bis ich dich davon erlöse. Wenn du zu deiner Görenfreundin hineingehst, bestrafe ich dich. Wenn du aufstehst, ebenfalls.«

»Ja.«

»Na schau, diese Antwort war richtig. Bezüglich meiner ersten Frage werde ich dich später nochmal fragen.«

Dann ließ er sie alleine.

Als er um die Ecke verschwunden war, war Hanna trotz ihrer Lage erleichtert. Lieber kniete sie, als geschlagen oder missbraucht zu werden. Doch als die Wache haltenden Männer etwa fünfzehn Schritte entfernt von ihr im breiten Flur auf- und abgingen und ihr dabei immer wieder Blicke zuwarfen, fühlte sie wieder diese Erniedrigung wie zuvor im Speisesaal. Ab und zu gingen Frauen an ihr vorbei, die entweder Wasser, Geschirr oder Lebensmittel trugen, doch sie vermieden den Blickkontakt aus Angst vor Bestrafungen.

Irgendwann wurde eine der Frauen in einen der Räume getrieben. Sie versuchte, sich zu wehren, doch die Männer schoben sie einfach vor sich her. Nachdem die Tür geschlossen wurde, fing die Frau zu schreien an. Hanna ahnte, dass sie vergewaltigt wurde, und hätte am liebsten ihre Ohren zugehalten, doch das hätte nichts genützt. Schon bald wandelte sich das Kreischen in Wimmern, bis schließlich nichts mehr zu hören war. Trotzdem kamen die Männer erst nach unendlich langer Zeit wieder heraus.

Gegen Mittag spürte Hanna ihre Knie kaum noch. Die Krämpfe waren einer unangenehmen Taubheit gewichen, und ihr Rücken schmerzte so sehr, dass sie schwerer atmen musste, um Luft zu bekommen. Durch die offenstehende Tür des Speisesaals sah sie, wie eine Frau den Boden putzte und dabei von einem der Männer herumgestoßen wurde.

Als sie das Gefühl hatte, in dieser Stellung nicht mehr länger knien zu können, verlagerte sie ihr Gewicht von einem Knie auf das andere, doch es verschaffte nur kurzfristig Linderung. Dann stützte sie sich auf die Hände auf, was ihr schon mehr half. Doch immer, wenn einer der Männer an der Flurkreuzung auftauchte, wechselte sie in die aufrechte Position.

Schließlich kehrte der Anführer zurück. Hanna wusste nicht, ob es schon Nachmittag war, und sie spürte auch ihre Beine nicht mehr.

»Nun, du hast wirklich gut durchgehalten. Nicht schlecht.«

Hanna sagte nichts, sondern hielt ihren Blick starr auf den Boden gerichtet.

»Also: Findest du nicht auch, dass dir der Kontakt zu deiner Freundin schadet?«

Obwohl Hanna meinte, keine Sekunde länger mehr knien zu können, wollte sie Sarah nicht verleugnen. Es war nur eine Antwort, nur ein Versuch des Anführers, seinen Willen durchzusetzen, doch sie sah es als Verrat an, würde sie ihm beipflichten. »Sie ist meine Freundin.«

Zu ihrer Verwunderung lächelte der Anführer. Am liebsten hätte sie ihm ins Gesicht gespuckt.

»Tja, jetzt fragst du dich bestimmt, ob diese Antwort ausreicht, dich zu erlösen. Es ist aber nicht das, was ich hören wollte.«

Mit mitleidiger Miene sah er sie an, kratzte sich am Kinn und schien zu überlegen. »Ich werde dir einfach etwas mehr Zeit geben. Vielleicht warst du abgelenkt oder ich kam zu früh zu dir zurück. Knie weiter!«

Als sich der Anführer umdrehte und Hanna alleine ließ, schossen ihr Tränen aus den Augen. Sie wusste nicht, wie lange sie noch durchhalten konnte. Ihr Rücken wurde von schmerzhaften Krämpfen ergriffen, ihre Knie fühlten sich an, als wären sie von Messern zerstochen und ihr Kopf schien zu platzen.

Da gerade keiner der Männer im großen Flur zu sehen war, stützte sie sich wieder mit den Händen ab. Auf diese Art verbrachte sie immer mehr Zeit, und letztendlich kehrte sie kaum noch in den knienden Zustand zurück. Irgendwann wurde ihr so übel, dass sie dachte, sich erbrechen zu müssen. Manchmal verlor sie für kurze Zeit ihre Besinnung, dann presste sie wieder die Lippen aufeinander, weil die Schmerzen überhandnahmen.

Dann kam der Zeitpunkt, ab dem sie jedes Gefühl für ihren Körper verlor. Es schien ihr wie ein Traum, im Gang zu knien, auch die Stimmen der Frauen hörten sich an, als würden sie durch einen unsichtbaren Schleier gesprochen. Ihre Schulter wurde warm, und als sie nach einiger Zeit hinfasste, spürte sie fremde Finger in ihrer Hand.

Zutiefst erschrocken riss sie die Augen auf und sah nach vorne. Sie konnte nicht sagen, wie lange der Anführer schon vor ihr stand, doch er hatte sie an der Schulter gegriffen.

»Hörst du nicht? Steh auf!«

Trotz aller Anstrengung gelang es ihr nur schwer, aufzustehen. Ihre Knie waren wie aus Blei, und ihre Beine fühlten sich an, als gehörten sie einem anderen.

Als sie stand, musste sie wegen ihrer Rückenschmerzen die Augen schließen.

»Geh in dein Zimmer. Es ist genug!«

Trotz ihrer Schmerzen gab sie keinen Laut von sich. Doch als sie die Tür hinter sich schloss, zischte sie laut auf, wankte zum Bett und legte sich mit ausgestreckten Gliedmaßen darauf.

Irgendwann wachte sie auf. Es wurde bereits dunkel, und deshalb überlegte sie, ob sie so lange geschlafen oder aber vor der Tür gekniet hatte. Zwar schmerzten ihre Beine noch immer, doch sie konnte sie gut bewegen, also ging sie zum Fenster und atmete frische Luft ein. Einige Vögel zwitscherten, eine Katze schlich auf dem Hof herum und sah zu ihr, und der Duft des Klostergartens wehte bis zu ihrer Stube. Sie dachte an ihren Vater und Alexander und hoffte, dass sie am Leben waren und eine Möglichkeit finden würden, sie aus den Klauen dieser Menschenhändler zu befreien. Auch wenn der Gedanke vorübergehend guttat, fürchtete sie aber, dass sie damit keinesfalls rechnen konnte.

Gerade, als sie sich wieder aufs Bett legen wollte, wurden Stimmen laut. Eine unerwartete Unruhe schien im Gang zu entstehen, mehrere Frauen sagten etwas, jemand schrie, ein Mann unterband den Schrei in scharfem Ton. Als die Tür aufgerissen wurde, erschrak sie und zog die Beine an. Zu ihrer Überraschung betrat der Anführer mit einem fremden Mädchen das Zimmer.

»Du wirst heute Nacht hierbleiben!«, sagte der Anführer zu der jungen Frau. Dann sah er zu Hanna. »Ich hoffe, es ist kein so rebellisches Mädchen wie deine Freundin. Erkläre ihr unsere Regeln! Zeit dazu habt ihr ja jetzt.«

»Wie geht es Sarah?« Sofort schoss es Hanna heiß durch den Körper. Sie erwartete Prügel, weil sie ihn ohne Aufforderung angesprochen hatte.

Doch er schien dazu keine Zeit zu haben, denn er drängte schon wieder nach draußen. »Sie wird es überleben.«

Da er kurz darauf die Tür hinter sich schloss, wandte sich Hanna der jungen Frau zu. Noch immer stand sie völlig verängstigt an der Tür und starrte sie nur an.

»Wo sind wir hier? Wer bist du?«

»Haben sie dich gekidnappt?«, fragte Hanna.

»Ja, mich und ...« Und dann brach sie in Tränen aus. »Diese verdammten Schweine!«

Obwohl Hannas Gemütszustand nicht besser war, ging sie zu ihr, nahm sie an der Hand und setzte sich mit ihr auf das Bett. »Dich und wen?«

»Wir waren zu dritt, doch sie erschossen meinen Onkel. Sie haben ihn einfach abgeknallt und uns mitgenommen!« Ihre Stimme zitterte stark, und als sie eine Weile nichts mehr gesagt hatte, sah sie Hanna genauer an. »Wie alt bist du?«

»Fünfzehn. Und du?«

»Achtzehn. Was haben sie mit uns vor?«

»Einige von uns werden weiterverkauft.«

Der entsetzte Gesichtsausdruck der jungen Frau berührte Hanna wenig. Als sie dies bemerkte, erschrak sie vor sich selbst.

»Ich bin Stefanie. Wir kommen aus Utting.«

»Hanna. Wir kamen aus Grafrath. Seid ihr in Utting noch anderen begegnet?«

»Vor dem Winter waren es noch mehr, aber bei Anbruch des Frühlings haben wir nur noch sehr wenige gesehen. Wohin werden wir verkauft?«

»Ich weiß es nicht. Sie haben Regeln aufgestellt, die du einhalten solltest. Sie reagieren sehr hart.«

Verzweifelt vergrub Stefanie das Gesicht in ihren Händen und stützte sich auf ihre Schenkel.

Hanna hätte sie trösten können, ihr Mut zusprechen, doch sie fühlte sich so unglaublich leer. Sie hatte schon an Selbstmord gedacht, doch da weder Messer oder andere spitze Gegenstände in ihrem Zimmer zu finden waren, war sie nicht einmal dazu in der Lage. Und sie wusste auch nichts über ihren Vater und Alexander.

»Warum stellen sie Regeln auf, wenn sie uns ohnehin verkaufen?«

»Weil es perverse, asoziale Schweine sind. Diese Wichser haben früher bestimmt nur an irgendwelchen Spielkonsolen gehangen, und jetzt finden sie die perfekte Welt vor. Zumindest für sich.«

»Welche Regeln?«

Während Hanna ihr die wenigen Grundsätze erklärte, verschwamm Stefanies Blick. Hanna wusste, dass die junge Frau völlig überfordert war, ihre Angst jeden klaren Gedanken verdrängte und sie darüber hinaus ihre Entführung und den Tod ihres Onkels noch nicht begriffen hatte. Doch sie selbst spürte nichts. Weder konnte sie Stefanie Halt geben noch ihre Hand in ihre nehmen. Sie wollte raus hier, und es war ihr egal, welche Opfer sie dafür bringen musste und wie es Stefanie erging.

Weil Stefanie nicht weiterfragte, sondern sich sitzend an die Wand lehnte und ihren Kopf zwischen den angezogenen Schenkeln vergrub, legte sich Hanna auf das Bett, da ihr Magen rebellierte. Dabei schlief sie nach längerer Zeit ein.

Auf Messers Schneide

Alexander war überrascht, wie schnell sein Vater mit dem Gefangenen wieder in der Wohnung stand. Da Robert weder auf Gegenwehr noch auf patrouillierende Kleingruppen gestoßen war, nahmen sie an, dass die Besetzer vorsichtig geworden waren und den Rest ihrer Mannschaft nicht in Gefahr bringen wollten.

Auch der zweite Gefangene wurde an einen Stuhl gefesselt und geknebelt. Die Wunde des angeschossenen Mannes hatte inzwischen fast aufgehört zu bluten, und nachdem er mehrmals zu trinken bekommen hatte, erschien sein Allgemeinzustand stabil.

Roberts Hände zitterten, als er an diesem Abend eines der CB-Funkgeräte in die Hand nahm. Da sie sich nochmals einige hundert Meter vom Kloster entfernt, aber einen Radius von etwa drei Kilometern keinesfalls überschritten hatten, hoffte er, noch gehört zu werden.

Als er es einschaltete, krächzte es. Dann drückte er den Sprechknopf.

»Hallo. Dies ist an die Gruppe im Marienkloster gerichtet. Wir haben vier eurer Männer in unserer Gewalt. Wir möchten einen Austausch.«

Dann ging er wieder auf Empfang und wartete. Nach kurzer Zeit wiederholte er seine Worte, und dann noch einmal. Weil niemand antwortete, sprach er immer denselben Text in das Funkgerät.

Schließlich antwortete jemand.

»Hallo? Wer spricht da?«

Aufgeregt wischte sich Robert seine schweißnasse Hand an der Hose ab. »Das tut nichts zur Sache! Spreche ich mit einem Weisungsbefugten?«

»Ja, das bin ich. Was wollen Sie?«

Kurz zuvor hatte sich Robert von dem verletzten Gefangenen die Namen aller vier Männer geben lassen.

»Wir haben eure Kameraden in unserer Gewalt. Für den Beweis, dass wir nicht lügen: Es sind Sascha, Jens, Mike und Conny.«

Für einen Moment blieb der Mann am anderen Ende still. Robert hoffte, ihn mit den Namen überzeugt zu haben, dass er nicht bluffte.

»Ich möchte sie sprechen!«

»Warte!« Entschlossen zog Robert dem Verletzten den Knebel vom Mund und hielt ihm das Funkgerät vors Gesicht.

»Hey Boss, ich bin's. Sie haben ...«

Noch bevor der Mann etwas aussprach, was ihnen womöglich schaden konnte, ließ Robert den Sprachknopf los und ließ Alexander den Knebel wieder aufziehen.

»Das reicht! Sie sehen, wir lügen nicht. Nun zu unserer Forderung: Wir wollen eure Leute gegen drei der unseren austauschen. Wir verschwinden, und ihr habt eure Ruhe vor uns.«

»Was heißt ›uns‹? Wie viele seid ihr?«

»Wir sind sieben. Drei haben sich uns angeschlossen, weil sie ebenfalls eine Rechnung mit euch offen haben.«

Robert fand, dass seine Angabe glaubwürdig klang. Einerseits hörte sie sich realistisch an, andererseits war die Anzahl der angeblichen Mitglieder so groß, dass sich die Gruppe niemals sicher sein konnte, dass die Attacken nicht fortgeführt würden.

»Ich möchte alle sprechen?«

Obwohl Robert damit gerechnet hatte, stand er kurz davor, das Gerät voller Wut an die Wand zu werfen. Er musste seinen Plan ändern. Um den Mann am Ende der Leitung nicht warten zu lassen, ging er nun zu dem anderen Gefangenen, nahm auch diesem den Knebel ab und hob ihm das Funkgerät hin.

»Ich bin's, Conny ...«

Sofort nahm ihm Robert die Möglichkeit, weiterzusprechen und schaltete auf stumm. Was sollte er nun tun? Es machte keinen Sinn, den Tod der anderen zu leugnen, und er befürchtete, er würde mit einer weiteren Finte Hannas, Sarahs und Karins Leben gefährden.

Mit schweißnassen Händen drückte er den Sprachknopf und schloss die Augen. »Mike und Jens sind tot. Es war nicht zu vermeiden.«

Wieder blieb es für einige Momente stumm.

»Ihr Wichser!«

»Ihr seid die Wichser!«, brüllte Robert, »und wir werden euch die Hölle heißmachen, wenn ihr unseren Mädchen etwas angetan habt. Ich möchte sie sprechen! Sofort! Sie heißen Hanna, Sarah und Karin.«

»Das sind aber DREI Frauen. Ihr habt nur zwei Männer von uns. Was soll das?«

Hilflos sah Robert seinen Sohn an. Er war gezwungen, sich für jemanden zu entscheiden.

»Ich möchte Hanna und Sarah sprechen.«

»Das dachte ich mir. Okay, warte!«

Dann war nur noch Rauschen zu hören.

Robert raste vor Zorn. Er wollte endlich ein Lebenszeichen seiner Tochter hören. Voller Wut packte er einen der Gefangenen am Kragen. »Wenn sie sie umgebracht haben, werde ich euch bei lebendigem Leib häuten!« Dann ging er ans Fenster, starrte in die Dunkelheit und schüttelte den Kopf.

Alexander wusste, dass es grausam war, Karin eventuell zurücklassen zu müssen, doch er hätte genauso entschieden. »Wir haben keine andere Wahl.«

»Ich weiß!«

Für beide begann die Zeit des Wartens. Während Robert wie ein eingeschlossener Tiger im Kreis herumlief, saß Alexander auf dem Tisch und biss sich auf die Lippen.

Schließlich knarzte das Funkgerät. »Papa? Alexander?«

Wie von Sinnen riss Robert das Gerät an seinen Mund. »Hanna? Bist du es?«

»Ja. Was ...«

»Das reicht!«, unterbrach die Männerstimme, »und jetzt die andere.«

»Ich bin's, Sarah.«

Mit Tränen in den Augen hob Robert das Gerät an seine Stirn und atmete tief aus. Dennoch war es noch ein weiter Weg, bis er sie endlich in die Arme schließen konnte.

Dann fuhr er fort. »Bringt die Mädchen bei Sonnenaufgang an die Kreuzung, die ich euch morgen früh nennen werde. Dann übergeben wir euch die beiden Männer. Karin wollen wir auch. Für sie bieten wir die Waffen der beiden Toten sowie ihre Funkgeräte. Wir übergeben immer jede Person einzeln und nacheinander.«

Zu seiner Überraschung antwortete der Mann nicht, und so wurde Robert noch nervöser. Vielleicht war noch eine Drohung nötig. »Falls ihr nicht darauf eingeht, werden wir beide Männer töten und auf jeden von euch schießen, den wir sehen. Ihr könnt euch nicht ewig im Kloster verstecken. Unsere Männer könnten hinter jedem Scheißfenster stehen, das ihr seht. Zudem überfallen wir den Transport aus Weilheim und jagen euch in die Luft. Die andere Option ist: Wir tauschen unsere Leute aus, wir verschwinden von hier und ihr habt eure Ruhe.«

Wieder antwortete der Mann nicht sofort, doch dann rauschte es wieder. »Okay. Morgen zu Sonnenaufgang an der Kreuzung. Ich hoffe, ihr haltet euch auch daran.«

»Mit Sicherheit!«

Schließlich klickte es und die Verbindung war unterbrochen.

Währenddessen ging Hanna von der Tür zum Fenster und wieder zurück. Sie war so aufgeregt, dass sie kaum atmen konnte. Vor wenigen Minuten hatte sie Roberts Stimme im Funkgerät gehört, was ihr augenblicklich Freudentränen in die Augen getrieben hatte. Nun bangte sie und hoffte gleichzeitig, er würde eine Möglichkeit finden, sie zu befreien.

Nach einer längeren Zeit des Wartens wurde plötzlich die Tür aufgerissen. Mit einem nicht zu entschlüsselnden Gesichtsausdruck kam der Anführer zu ihnen, riss Stefanie in die Höhe und stieß sie in Richtung Ausgang. »Verschwinde!«

Völlig konsterniert lief Stefanie nach draußen, wo schon ein Mann auf sie wartete und in einen anderen Raum brachte.

Nachdem der Anführer die Tür geschlossen hatte, sah er Hanna mit einem derart aggressiven Blick an, dass sie sofort erschrocken zurückwich.

»Du Scheißschlampe!«

Hanna fuhr es heiß und kalt durch den Körper. Erst jetzt fiel ihr ein, dass der Anführer nun wusste, bezüglich der Größe ihrer Gruppe angelogen worden zu sein. Bevor sie etwas erwidern konnte, traf sie ein so harter Schlag, dass sie umfiel und dachte, ihren Kopf verloren zu haben. Augenblicklich schmeckte sie Blut und versuchte, sich aufzusetzen. Doch der Anführer riss sie in die Höhe, hielt sie an den Haaren fest und verpasste ihr einen zweiten Schlag. Diesmal fiel sie aufs Bett. Wie in einem Traum sah sie die Silhouette des Mannes über ihr knien. Ihre Ohren rauschten und ihr Gesicht fühlte sich an wie unter einem Bügeleisen.

»Du dummes Drecksstück! Du meinst wohl, ich lasse mir meine Truppe nehmen?«

Wieder knallte seine Hand in ihr Gesicht. Verzweifelt versuchte sie, seine Hände abzuwehren, die nun an ihrer

Hose zogen, doch sie verlor immer mehr an Kraft. Nur kurze Zeit später lag sie mit heruntergezogener Jeans unter ihm und spürte seine Hände zwischen ihren Beinen.

»Ich werde dafür sorgen, dass dich keiner als Jungfrau verkaufen kann!«

Hanna schrie und schlug wild um sich. Nachdem sie ihn ins Gesicht getroffen hatte, fixierte er ihre Arme unter seinen Knien, so dass sie sich nur noch aufbäumen konnte.

Als er wieder zwischen ihre Beine griff, schrie sie, so laut sie konnte. Sie brüllte ihm all ihre Angst entgegen, ihren ganzen Schmerz und ihren Ekel, der so groß war, dass ihr Körper durchgeschüttelt wurde.

Plötzlich hielt der Anführer inne. Für einen Augenblick schloss er die Augen, als würde er überlegen oder sich einen anderen Weg suchen, sie zu vergewaltigen. Doch zu ihrer Überraschung stieg er von ihr herab und starrte sie nur an. Weil sie nicht wusste, was er vorhatte, zog sie die Decke an sich und bedeckte ihre Beine mit ihr. Erst jetzt spürte sie, wie stark ihr das Blut aus der Nase schoss.

»Zieh dich an und wasch dir dein Gesicht!«

Hanna konnte kaum glauben, was er sagte. Unsicher griff sie ihre Hose, zog sie an und nahm eines der Tücher, die neben der Tür auf der Kommode lagen. Sofort füllte es sich mit Blut.

»Sieh zu, dass deine Nase zu bluten aufhört! Und bleib in deinem Zimmer, ich möchte dich heute Nacht nicht dort draußen sehen!«

Er sah sie noch für einige Augenblicke an, ließ sie aber dann alleine.

Hanna konnte noch immer nicht glauben, nicht vergewaltigt worden zu sein. Dennoch zitterte sie so stark, dass sie sitzen bleiben musste. Schon nach kurzer Zeit wurden ihre Augen nass, und der Schock über das eben

Erlebte schwappte wie eine Welle über sie. Von einem Weinkrampf ergriffen, ließ sie sich zur Seite fallen und fühlte ihren Körper beben.

In dieser Nacht konnte sie nicht schlafen.

Schon vor Morgengrauen waren Robert, Alexander und die beiden Gefangenen unterwegs, um sich nach Plan zu positionieren. Während Alexander im Van saß, der in Fahrtrichtung der großen Kreuzung stand, um notfalls drei verschiedene Richtungen ansteuern zu können, stand Robert mit den beiden Gefangenen in einem Hauseingang auf der anderen Seite. Um zu verhindern, dass einige Männer der fremden Gruppe die unmittelbare Gegend um ihren Aufenthaltsort doch noch besetzten, hatte er dem Anführer erst sehr kurzfristig den Ort der Übergabe mitgeteilt.

Als es hell genug war, sah er eine Gruppe auf sich zukommen. Ein Blick durch das Fernglas bestätigte ihm, dass Hanna, Sarah und Karin unter ihnen waren. Sein Herz schlug schneller.

»Halt!«, rief er in das Funkgerät. Er war seit kurzer Zeit mit dem Anführer in Kontakt.

Sofort hielt die Gruppe an. Sie stand etwa einhundert Meter vom Van und von Robert mit den Gefangenen entfernt.

»Das reicht. Wir tauschen immer einzeln aus! Zuerst Hanna, ihr bekommt im Gegenzug einen eurer Männer.«

Hanna hatte das Gefühl, es nicht mehr aushalten zu können. Die Stimme ihres Vaters im Funkgerät zu hören und ihn direkt vor sich zu wissen, ließ ihre Aufregung ins Unermessliche wachsen. Dennoch hatte sie Angst vor einer unerwarteten Reaktion des Anführers.

Als er sie am Arm packte, schauderte sie.

»Du gehst jetzt bis zu diesem Baum am Straßenrand. Dort bleibst du stehen. Wenn du zu rennen anfängst, werde ich dich erschießen lassen!«

Hanna nickte, vermied es aber, ihm in die Augen zu sehen. Sie ahnte, dass er aufgrund dieser Übergabe an Macht und Ansehen verlor, deshalb traute sie ihm nach wie vor alles zu.

Schließlich ging sie mit zitternden Beinen los. Dabei spürte sie die Blicke der Männer wie Nadelstiche auf ihrem Rücken, und es war ihr, als fühle sie, wie die Gewehre auf sie gerichtet waren.

Als sie den Baum erreichte, blieb sie stehen.

Währenddessen konnte Robert kaum atmen. In dem Moment, in dem Hanna den Baum erreichte, löste er die Beinfesseln des ersten Gefangenen und schickte ihn los. Dabei zielte er auf ihn, um notfalls zu schießen, falls einer der anderen Männer die Nerven verlieren sollte.

Nachdem beide den Baum erreicht hatten, gingen sie aneinander vorbei und setzten ihren Weg fort. Jeder einzelne Schritt erschien Hanna quälend, als würde sie von einem Seil zurückgezogen. Schließlich waren es nur noch fünfzehn Schritte zum Hauseingang, noch zehn … Dann fiel sie Robert in die Arme. Sie wollte nicht, aber sie weinte wie ein kleines Kind, als er sie an sich riss und sie drückte.

»Hanna, oh mein Gott! Ich hab dich wieder!« Als er jedoch ihr Gesicht sah, erschrak er. Ein Auge war blau, ihre Nase blutverkrustet, ihre Lippen geschwollen und die Wangen schimmerten in sämtlichen Blau- und Rottönen.

»Dieses Schwein!« Er musste sich zwingen, nicht auf die Straße zu treten und in Richtung der Gruppe zu schießen. Doch die Freude darüber, seine Tochter endlich bei sich zu wissen, war grenzenlos. »Hanna, Alexander sitzt dort im Van. Geh zu ihm, aber bleibe unbedingt in Deckung der anderen Autos.«

Nachdem sie gegangen war, sah er zur fremden Gruppe. Mittlerweile war der Mann zu den anderen zurückgekehrt.

»Nun Sarah!«, befahl Robert. Er hätte den Anführer beschimpfen können, ihm drohen, weil er seine Tochter so zugerichtet hatte, doch er durfte das Leben der beiden anderen nicht gefährden.

Als Sarah loslief, spürte sie nichts. Sie hatte erwartet, unendliche Erleichterung oder Freude zu fühlen, doch die Leere in ihr war unendlich. Obwohl sie in die Freiheit ging, spürte sie nur Ekel und Schmerz in sich. In bunten Bildern malte sie sich aus, ihren Peinigern die Köpfe abzuschneiden und sie Schweinen zum Fraß vorzuwerfen, doch auch diese Gedanken verschafften ihr keine Genugtuung. Und als sie spürte, dass es ihr nichts ausmachen würde, sofort erschossen zu werden, stieg wieder diese Kälte in ihr auf, die sie seit dem Tod ihres Vaters und besonders seit der vorletzten Nacht so intensiv fühlte.

Wie durch einen Nebelschleier hindurch sah sie den Baum und stoppte. Fast gleichzeitig kam ein anderer Mann bei ihr an, sah kurz zu ihr und setzte seinen Weg fort. Schließlich lief sie zum Hauseingang, in dem Robert wartete.

Erleichtert über ihre Anwesenheit, drückte er sie ebenfalls an sich und küsste ihr Haar, doch sie schien eigenartig zurückhaltend. Er musste nicht lange überlegen, um zu wissen, was mit ihr geschehen war.

Nachdem er auch sie zu Alexander geschickt hatte, griff er wieder zum Funkgerät. »Die Waffen habe ich in der Nähe deponiert. Ich werde euch die Stelle sagen, wenn Karin bei mir ist.«

»Keine gute Idee!«, tönte es aus dem Funkgerät. »Ich habe keinerlei Sicherheit, dass du mich nicht bescheißt!«

Offenbar wurde die letzte Übergabe zu einer Nervenschlacht. Da er dies jedoch als möglichen Verlauf seines Plans in Betracht gezogen hatte, hatte er Alexander gesagt, was bei welchem Signal zu tun war. Er wollte nur im absoluten Notfall über das Funkgerät Kontakt zu ihm aufnehmen, da die anderen jedes Wort mithören konnten.

Womöglich wurde nur versucht, Zeit zu schinden, um Alexanders Auto zu finden und zu beschießen. Und dieses Risiko wollte er nicht eingehen. Deshalb hob er entschlossen eine Hand in Alexanders Richtung und ließ sie fallen.

Kurz darauf heulte der Motor auf, der Van fuhr in die Kreuzung ein und verschwand.

Nun wandte sich Robert wieder dem Funkgerät zu. »Hast du einen besseren Vorschlag?«

Einige Momente war nur Knacken und Rauschen zu hören. Dann ertönte die Stimme. »Ich schicke sie zum Baum. Du verrätst mir die Stelle, ich kontrolliere sie. Dann kann die Frau weitergehen. Wenn du gelogen hast, lasse ich sie abknallen.«

Robert wusste, dass er auf dieses Angebot eingehen musste. Er hatte keine andere Wahl, auch wenn ihm klar war, dass sein Gegner jederzeit schießen konnte. Er wartete jedoch noch etwas mit der Antwort, um Alexander genügend Vorsprung zu geben. Wer wusste schon, ob sie nicht in einer Seitengasse ebenfalls ein Fahrzeug postiert hatten, um die Verfolgung aufzunehmen. Er hörte jedoch weder einen Motor noch sonst etwas.

»Okay«, antwortete er, »so machen wir es.«

Zu seiner Bestürzung sah er, dass zwei der Männer sich etwas abseits postierten; so, als würden sie eine Gelegenheit zum Schießen suchen. Inbrünstig dachte er an Alexander und hoffte, er würde schon bald Dießen verlassen und an der zuvor vereinbarten Stelle warten.

Schließlich kam Karin am Baum an. Dort wartete sie und drehte sich nach allen Seiten um.

Wieder rauschte das Funkgerät. »Also?«

»Die Waffen sind in dem dunkelblauen Ford mit Landsberger Kennzeichen an der rechten Straßenseite.

Sie liegen im Kofferraum. Zwei Gewehre, zwei Pistolen, beide Funkgeräte.« Kaum hatte er ausgesprochen, ging einer der Männer, die sich von der Gruppe abgesetzt hatten, zu dem besagten Auto. Dort öffnete er den Kofferraum, nahm die Taschen heraus und lief damit zurück zu seiner Gruppe.

Auf einmal beschlich Robert ein seltsames Gefühl. Vorsichtig hob er den Kopf aus dem Eingang und sah zu Karin. »Jetzt komm zu mir! Sie haben die Waffen!«

Zuerst stutzte sie und ging langsam weiter, doch mit jedem einzelnen Schritt wurde sie schneller. Schließlich rannte sie zu ihm in den Hauseingang.

Dort zog Robert sie hinter eine der schützenden Wände und umarmte sie.

»Wo sind Hanna und Sarah?«, wollte sie wissen.

»Ich hoffe, in Sicherheit. Wir müssen rennen. Komm mit!« Ohne auf einen Einwand zu achten, zog er sie mit sich. Er stürmte mit ihr in den Keller, durch einen langen Gang, aus einer Tür hinaus und schließlich in einen Hinterhof. Dort lief er mit ihr durch eine enge Gasse, bis er an einem Auto anhielt.

»Unsere Lebensversicherung!«, sagte er knapp, zog den Schlüssel aus der Tasche und stieg mit Karin ein.

Dann brauste er davon.

Reise ins Nirgendwo

»Wo sind die anderen?«, wollte Karin ein weiteres Mal wissen.

»Auf dem Weg zu unserem Treffpunkt. Ich hoffe es zumindest!« Dann legte er ihr eine Pistole auf den Schoß. »Nimm sie. Vielleicht müssen wir uns verteidigen!«

Obwohl Karins Herz vor Aufregung und Glück darüber, der Hölle entronnen zu sein, aus der Brust zu springen schien, sagte sie kein Wort. Noch waren sie nicht in Sicherheit.

Sie sah, wie Robert mit äußerster Vorsicht das Auto durch die Straßen lenkte. Immer wieder standen andere Fahrzeuge ebenso im Weg wie Müll oder aus dem Fenster geworfene Möbelstücke.

Schließlich fragte sie doch. »Gegen wen haben die mich eingetauscht? Es kam mir keiner entgegen.«

»Vier Waffen und zwei Funkgeräte.«

Karins Blick verweilte lange auf Roberts Gesicht. So viel war inzwischen ein Menschenleben wert. Oder so wenig.

Als sie den Ortsrand erreichten, rechnete sie nicht mehr damit, beschossen zu werden. Dafür dachte sie umso öfter an Sarah und Hanna, die hoffentlich mit Alexander die Ortschaft längst verlassen hatten.

Auf der Landstraße Richtung Landsberg fuhr Robert schließlich langsamer. Schon von weitem sah Karin ein Fahrzeug auf einem Acker, doch es war nicht Alexanders Van. Bis zur nächsten Ortschaft passierten sie noch drei weitere Autos, die aber alle längst verlassen waren und deutliche Zeichen aufwiesen, mindestens seit Beginn der Pandemie hier zu stehen.

In Dettenhofen fuhr er nur noch Schrittgeschwindigkeit. »Wir treffen sie hier. Ich habe gesagt, sie sollen sich ein sicheres Plätzchen suchen. Es ist der rote Van, den wir in Herrsching gefunden haben.«

Aufgeregt hielt Karin Ausschau. Auf fast jedem Hof stand wenigstens ein Fahrzeug, bei manchen standen die Türen offen oder Scheiben waren eingeschlagen. Als im Fenster eines Hauses ein Gesicht zu erkennen war, erschrak sie. Vermutlich starrten die Bewohner ihnen aber ebenso hinterher wie Karin den Überlebenden.

An einer Kreuzung hielt Robert kurz an. »Scheiße. Wohin jetzt?«

Plötzlich sah sie etwas aufblitzen. Als sie zur Lichtquelle sah, erkannte sie, dass es das aufblendende Fernlicht des Vans war.

»Sie sind da!«, zischte Robert, »sie haben es geschafft!

Alexander hatte das Auto neben einem verlassenen Stall geparkt. Im riesigen Hof des Grundstücks stand weder ein Fahrzeug noch gab es Anzeichen auf Überlebende in diesem Haus.

Als Robert sein Auto direkt neben dem Van parkte, fielen sie sich alle in die Arme. Hanna liefen Tränen über die Wangen, und jetzt erst konnte Karin sich bei Robert bedanken.

»Ich danke euch!«

»Wir sind eine Familie, Karin.«

Auch Sarah umarmte Karin stumm, doch jedem von ihnen fiel auf, dass ihr das größte Leid ins Gesicht geschrieben war. Sie wirkte unendlich müde, beinahe ohne Emotionen und begegnete der allgemeinen Freude wie eine Fremde.

Als Hanna auf Sarah zuging und sie in den Arm nahm, sahen Robert, Alexander und Karin nur zu. Karin hoffte, dass Robert niemals erfahren würde, was sich genau in den Wänden des Klosters zugetragen hatte, denn sie befürchtete, er könne zurückfahren und wild um sich schießen. Doch tief in ihrem Innern wusste sie, dass er es spürte, doch von nun an verdrängen musste.

Robert genoss diese Augenblicke wie selten etwas zuvor. Immer wieder umarmte er Hanna, stellte aber keine Fragen zum Zustand ihres Gesichts. Sie war frei und bei ihm – alles andere war nicht wichtig. Zudem war er froh, dass es Alexander geschafft hatte, heil aus Dießen herauszukommen.

Nachdem sie das Grundstück näher inspiziert hatten, verteilte Robert endgültig die Waffen der beiden toten Männer, auch wenn Alexander, Sarah und Hanna bereits welche im Auto mit sich geführt hatten. Er wusste, dass spätestens ab dem heutigen Tag jeder von ihnen in der Lage war, einen Menschen zu erschießen.

Sarah und Hanna entschieden sich für die beiden Pistolen, während Alexander ein Gewehr behalten wollte. Doch da sie nur vier Waffen besaßen, aber fünf Personen waren, wollte niemand von ihnen zugreifen. Gerade, als Robert Karin das zweite Gewehr übergeben wollte, schob sie es ihm zu.

»Du kannst besser damit umgehen. Ich fühle mich sicherer, wenn du es trägst.« Und dann wandte sie sich Sarah, Hanna und Alexander zu. »Und ihr nehmt euch die anderen Waffen. Ihr sollt nie wieder unbewaffnet herumlaufen müssen. Nehmt sie!«

»Wirklich?«, fragte Robert. »Bist du dir sicher?«

»Ja, nimm das Gewehr.«

Zwar griff sich Robert die Waffe, doch er nahm sich vor, ihnen allen während der kommenden Tage deren Handhabung zu erklären.«

Obwohl sie hungrig waren und gerne das bäuerliche Anwesen durchsucht hätten, war Robert die Distanz zu Dießen noch nicht groß genug. Er wollte sichergehen, nicht doch noch durch einen Suchtrupp der Menschenhändler aufgefunden zu werden, oder sich im Radius des Landstrichs zu befinden, in dem Frauen eingefangen wurden. Also stiegen sie wieder in ihre Fahrzeuge, denn sie wollten beide Autos benutzen, um länger mobil zu bleiben, falls eines der beiden nicht mehr fahrtüchtig sein sollte.

Da sie momentan nur noch nach Westen fahren konnten, um Dießen, Weilheim sowie der Region um Fürstenfeldbruck aus dem Weg zu gehen, steuerten sie Landsberg an.

Im nächsten Dorf stoppten sie. Ein Mann war quer über die Straße gerannt und verschwand hinter einem Haus. Nur für kurze Zeit überlegte Robert, ob sie versuchen sollten, mit ihm Kontakt aufzunehmen.

Hanna, die mit Sarah bei ihm im Auto saß, nahm ihm jedoch die Entscheidung ab. »Fahr weiter! Sie haben Angst, und wir wissen nicht, wer sie sind.«

Zwar sah Robert noch einige Momente zu dem Haus, doch da sich dort nichts bewegte, fuhr er weiter.

Landsberg umfuhren sie großzügig, um das Stadtgebiet nicht betreten zu müssen. Robert wollte diesen Ort als Puffer zwischen sich und Dießen haben, denn er konnte sich nicht vorstellen, dass die Menschenhändler westlich von Landsberg agierten.

Schließlich hielten sie in einer kleinen Siedlung an, die nur aus drei Häusern bestand. Auf den ersten Blick war nicht zu erkennen, ob hier noch jemand wohnte. Also fuhren sie ihre Fahrzeuge auf den einzigen Hof und warteten.

Aufgeregt sahen sie aus dem Auto und beobachteten die Gegend. Die Gardinen an den Fenstern bewegten sich nicht, ebenso hörten sie keine Stimmen oder sonstigen Geräusche.

Schließlich stiegen sie aus und gingen zur Tür des größten Hauses. Dort klopften sie laut, und als niemand öffnete, drangen sie durch ein offenstehendes Fenster des Erdgeschosses ein.

Während Alexander und Sarah aus den Fenstern sahen und Wache hielten, durchstöberten die anderen die

Räume. Auf dem Boden lagen einige Tüten und Dosen, ansonsten fehlten aber die typischen Erscheinungen einer geplünderten Wohnung.

Zu ihrer Überraschung fanden sie im Bad neben fiebersenkenden Mitteln zwei Packungen Breitbandantibiotikum. Ihr Vorrat war im Kloster geblieben, und so waren sie alle erleichtert, einer möglichen Infektion nicht wehrlos gegenüberstehen zu müssen.

Als sie in die Küche kamen, riss Karin erstaunt die Augen auf. In einem Hängeregal standen Nudel- und Reispackungen neben Soßentüten, Suppenbrühe und Konservendosen. Und als Hanna in einem Fach daneben auch noch Schokolade fand, sahen sie sich ungläubig an.

Wegen der offenen, verdorbenen Speisen war der Geruch jedoch kaum auszuhalten, also trugen sie alle genießbaren Lebensmittel in ein anderes Zimmer. Zu ihrer Überraschung entdeckten sie auf der Terrasse einen Feuerofen, in dem sie sofort Wasser zum Kochen brachten, das sie aus einem direkt am Haus vorbeifließenden Bach schöpften.

Etwas später aßen sie ihre erste gemeinsame Speise seit Langem. Kaum einer von ihnen sprach, denn viel zu sehr genossen sie das Gefühl, sich sattessen zu können sowie ihre neu gewonnene Gemeinschaft.

Trotz des Geschenks, seine Kinder um sich zu wissen, beobachtete Robert Hanna und Sarah sehr genau. Er spürte, wie in sich gekehrt beide wirkten, schockiert, fast gelähmt, und vor allem Sarah starrte oft für längere Zeit zu Boden, ohne dass sie Kontakt zu jemandem um sich herum aufnahm.

Irgendwann stand sie auf und verließ den Raum, kam aber nach kurzer Zeit mit einigen Handtüchern wieder zurück. »Es sind noch jede Menge im Schlafzimmerschrank. Ich gehe mich waschen.«

Robert wollte schon aufstehen, um sie am Bach zu bewachen, doch er überließ es lieber Karin. Vermutlich war ein Mann das Letzte, das Sarah gerade um sich haben wollte.

Hanna schien die Hilflosigkeit ihres Vaters zu bemerken. »Sie braucht Zeit, Papa. Wir müssen ihr alle dabei helfen.«

Mit liebenden Augen sah er sie an. Der Zustand ihres Gesichtes verursachte jedoch Schmerzen in ihm. »Natürlich werden wir das, Hanna. Aber wie geht es dir? Kann ich etwas für dich tun? Oder Karin? War sie wenigstens all die Tage bei dir?«

»Sie war in meiner Nähe. Papa, du hast alles getan, was dir möglich war. Ich sitze hier, direkt bei dir.«

Nun kam auch Alexander näher und küsste ihr Haar. »Ich hätte am liebsten jedes dieser Schweine erschossen. Ich bin so froh, dass du wieder bei uns bist.«

Hannas Lächeln offenbarte all ihre Erleichterung und Freude über ihr Zusammensein. Zwar waren ihre Lippen noch immer geschwollen, blaue Ergüsse zogen sich über ihre linke Gesichtshälfte und ihre Nase war blutverkrustet, doch daran dachte sie momentan nicht. Sie genoss es, endlich zu essen und nicht in jeder Sekunde Angst vor einer unbesonnenen Reaktion des Anführers haben zu müssen.

Später durchsuchten sie das gesamte Anwesen. Es schien schon seit Längerem keiner mehr hier gewesen zu sein, denn teilweise lag auf den Tischen schon eine beachtliche Schicht Schmutz und Staub.

Im kleinsten Haus fanden sie im Schlafzimmer die Leichen einer dreiköpfigen Familie. Offenbar waren sie im Bett dem Erreger erlegen.

Vor allem Sarah hatte offenbar vor, nichts mehr von dem am Körper zu tragen, das sie an die Tage in Gefangenschaft erinnerte. Deshalb deckte sie sich aus dem Vorrat des Kleiderschranks komplett neu ein.

Als sie fertig war, ging sie hinter die Scheune und übte mit ihrer Waffe. Sie schoss nicht mit Munition, sondern übte das schnelle Ziehen und das Zielen auf Gegenstände. Auch jetzt war sie unzugänglich, sah aber immer wieder zu den anderen, um zu wissen, was diese gerade taten.

Da sie noch nicht wussten, wie lange sie an diesem Ort bleiben würden, fuhr Robert beide Autos hinter das Haus, damit sie von der Straße aus nicht sichtbar waren. Für ein mögliches Zwischendomizil wählte er die Obergeschosswohnung des mittleren Hauses, weil es am besten abzuriegeln war.

Ab dem Nachmittag schliefen sie abwechselnd, während immer zwei von ihnen Wache hielten. Gegen Abend schliefen Sarah und Hanna aber so tief, dass Robert und Alexander bis in die Nacht hinein deren Schicht übernahmen.

Karin hingegen schien überraschend stabil. Zwar sprach sie auch wenig, aber sie kümmerte sich auffallend intensiv um Sarah, versuchte mit ihr zu sprechen, oder war immer in ihrer Nähe.

Die Nacht war still und sternenklar. Robert und Alexander hatten geschlafen und übernahmen den Dienst von Karin und Hanna. Sie standen gerade auf dem Balkon und sahen nach Westen, als in weiter Ferne ein Licht zu sehen war.

»Was ist das?«, fragte Alexander.

»Ich glaube, eine Taschenlampe. Irgendjemand fuchtelt mit ihr herum.«

Erstaunt sahen sie in die Richtung des Lichts, wo der Strahl hin- und herschwenkte und an- und wieder ausging.

»Vielleicht eine Gruppe?«, riet Alexander.

»Möglich. Es muss etwa drei Kilometer entfernt sein.«

»Ich hatte in Dießen auch jemanden gesehen, der die Gardinen zuzog. Beinahe hätte ich geschossen. Ich würde gerne wissen, wie viele noch am Leben sind.«

»Immer weniger. Dieses Licht dort ist das erste, das wir in all den Stunden dieser Nacht gesehen haben. Es wirkt, als wäre alles ausgestorben, wie eine tote Welt.«

Alexander nickte nur und schaute weiterhin dem Lichtschein zu, bis er nicht mehr zu sehen war. Manchmal knackte etwas, aber es konnte auch ein Tier sein. Ab und zu hörten sie einen Hund bellen oder das Schrecken eines Rehs.

»Bleiben wir hier?«, wollte schließlich Alexander wissen.

»Ich habe auch schon daran gedacht. Es ist ein strategisch günstiger Ort, denn vom Obergeschoss aus haben wir die Landstraße in beiden Richtungen im Blickfeld. Und es ist ein so kleiner Weiler, dass hier vermutlich nicht allzu viele Menschen vorbeikommen.«

»Das denke ich auch. Lieber lebe ich hier als mitten in Landsberg oder einer anderen Stadt.«

Robert musste ihm beipflichten. Vielleicht war es ihnen ja vergönnt, für längere Zeit unbehelligt an einem Ort bleiben zu können.

Schweißgebadet schoss Hanna in die Höhe. Sie hatte den Geruch des Anführers in der Nase und spürte seinen Atem auf ihrer Haut. Panisch sah sie um sich und wusste zunächst nicht, wo sie sich befand.

Plötzlich spürte sie eine Hand und schlug sie weg. »Schsch! Du hast schlecht geträumt, Hanna«, hörte sie Karins Stimme dicht neben sich. »Es ist alles okay.«

Es dauerte noch einige Augenblicke, bis Hanna begriff, dass sie im Haus war. Zutiefst erleichtert atmete sie auf und erkannte im fahlen Mondschein Karins Silhouette. »Ich habe schlecht geträumt.«

»Ich weiß. Hast du von IHM geträumt?«

»Ja. Ich habe den Gestank dieses Dreckschweins in der Nase. Wo ist Sarah?«

»Sie ist im Nebenzimmer und kann nicht schlafen. Ich war vorhin bei ihr, aber sie ist nicht bereit, darüber zu sprechen. Ihr geht es nicht gut.«

»Ich weiß. Diese Wichser haben sie gebrochen.« Glücklich darüber, nicht mehr im Kloster zu sein, umarmte sie Karin und stand auf. »Ich gehe zu ihr. Vielleicht genügt es, einfach nur bei ihr zu sein. Sie muss ja nicht reden.«

Als Hanna die Tür des Nebenzimmers schloss, stand Sarah an einem der Fenster und sah hinaus. Der Mond erhellte den unmittelbaren Bereich des Hofes, doch die Landstraße lag schon in der Schwärze der Nacht.

»Was machst du?«

»Ich kann nicht schlafen.«

Langsam kam Hanna näher und blieb neben Sarah stehen. Deren schwarzes Haar verlor sich im Dunkel, und das Metall ihrer Pistole blitzte im Mondlicht.

»Ich auch nicht mehr.«

Unsicher legte Hanna ihrer Freundin eine Hand auf die Schulter. Als diese sich nicht dagegen wehrte, umarmte sie sie. Lange standen sie so da, hielten sich fest und sagten nichts. Hanna ahnte, dass auch Sarah an die Tage ihrer Gefangenschaft zurückdachte.

»Ich würde am liebsten umkehren und jeden Einzelnen von ihnen hinrichten!«, sagte Sarah plötzlich. »Und vorher würde ich ihre Schwänze abschneiden.«

»Ich wäre dabei. Aber wir sollten froh sein, das hinter uns zu haben. Die anderen werden in den nächsten Tagen verkauft, wir sitzen hier und sind frei.«

»Wir sind nicht frei, Hanna. Ja, momentan sind wir in diesem Haus, doch wie lange? Wann kommt die nächste Gruppe, die Frauen fängt und vergewaltigt? Wir sind doch ständig auf der Flucht!«

»Aber vielleicht nicht für immer. Es muss doch irgendwo einen Ort geben, wo wir in Sicherheit leben können.« Zu ihrer Beunruhigung spürte sie, wie sich Sarahs Körper verkrampfte. Sie kannte sie so nicht, und das machte ihr Angst. Doch IHR Vater lebte noch, während Sarah neben ihrem Trauma auch Stefans Tod verarbeiten musste.

»Hanna, ich möchte diesen Ort gar nicht finden. Ich glaube nicht daran. Die Zuflucht in Dießen war eine Lüge, Andechs von Krankheiten gebeutelt, das Schiff auf dem Ammersee für uns nicht erreichbar. Es gibt keinen Zufluchtsort!«

»Vielleicht nicht hier. Aber möglicherweise woanders. Ich möchte daran glauben, Sarah, und du solltest es auch.«

»Weißt du, an was ich glaube?« Augenblicklich löste sie sich von Hanna und hob die Pistole hoch. »An das hier. Das ist unsere Lebensversicherung. Die Einzige, die wir haben.«

Hanna wollte darauf nicht antworten. Sie hoffte, Sarah damit am besten helfen zu können, indem sie ihr nahestand. Vorsichtig strich sie ihr über das Haar. »Du hast deine Zöpfe gelöst?«

»Ja, ich habe sie im Bach gewaschen.«

»Gib mir die Gummis, ich werde sie dir flechten.«

Als Sarah ihr die Haargummis gab und sich beide auf das Bett setzten, ließ sich Hanna Zeit. Die Nähe zu Sarah tat ihr selbst unerklärlich gut, und so umarmte sie sie nach beendeter Arbeit und lehnte den Kopf auf ihren Rücken.

Irgendwann fuhr Sarah fort, die Waffe immer wieder auseinander- und zusammenzubauen. All die Zeit über saß Hanna hinter ihr, ließ sie nicht los und spürte Sarahs Atem, während sie ihren Kopf an deren Schulter gebettet hatte.

Sie hatte nicht vor, sie alleine zu lassen.

Die Botschaft

Am nächsten Tag regnete es. Karin nutzte dies, um Töpfe aufzustellen und das Regenwasser darin zu sammeln. Sämtliche Flaschen, die sie finden konnten, füllte sie auf und stellte sie in die Küche, um möglichst viel Vorrat zu horten.

Während des Frühstücks berieten sie sich über die weitere Vorgehensweise. Keiner von ihnen wollte wieterziehen, und so war die Entscheidung einstimmig, bis auf Weiteres an diesem Ort zu bleiben. Sie hatten einen Bach vor dem Haus, eine Feuerstelle in der Wohnung und mit dem Stall drei weitere Gebäude, in die sie sich notfalls zurückziehen konnten. Es waren schon beinahe ideale Voraussetzungen, auf die niemand freiwillig verzichten wollte.

Der Stall war noch nicht von ihnen untersucht worden. Weil Sarah Robert unbedingt begleiten wollte, nahm er sie mit. Er war sogar froh darüber, denn es war eine Gelegenheit, bei der sie nicht in ihre Lethargie verfiel.

Gerade, als sie im Stall angekommen waren, hielt Sarah Robert auf. »Ich hatte dich bisher noch nicht gefragt. Wie ist mein Vater umgekommen?«

Robert hatte das Gefühl, sein Herz würde von einer eisernen Faust zerquetscht. Dies ausgerechnet Sarah erzählen zu müssen, nötigte ihm sehr viel Kraft ab. »Sie haben ihn erschossen. Er hatte keine Chance.«

Für einige Momente war nur Sarahs schwerer Atem zu hören. Mit zusammengepressten Lippen sah sie auf den Boden und hielt die Waffe fest umklammert.

»Ich hätte ihn nicht gehen lassen dürfen«, fuhr Robert fort. »Er wollte es alleine probieren, weil wir auf diese Weise kein bedrohliches Feindbild abgaben. Es war ein Fehler. Mein Fehler! Es tut mir so leid, Sarah.«

Sarah sah noch einige Augenblicke ins Leere, dann drehte sie sich um und betrat das Innere des Stalls.

Frustriert sah Robert ihr nach. Es hätte ihm nichts ausgemacht, wenn sie ihn angeschrien oder geohrfeigt hätte, doch sie schien eigenartig benommen. Für einen kurzen Moment dachte er daran, sie in den Arm zu nehmen, doch er verwarf diese Idee schnell.

Zu seiner Überraschung fanden sie im weitläufigen Stall neben einem Traktor auch einen Jeep. Da ihm beißender Aasgeruch in die Nase drang, wagte er nur einen kurzen Blick zu den Viehkabinen. In den einzelnen Kammern lagen die stark verwesten Kadaver von Kühen, unzählige Fliegen überdeckten offene Stellen der Körper und Ratten rannten über den feuchten Boden.

Auf der anderen Seite des Stalls stand eine große Werkbank. Als Robert sich das mit allerlei Kisten und Mörtelsäcken zugestellte Areal näher ansah, fielen ihm zwei Tankkanister auf. Neugierig öffnete er den Verschluss und roch daran: Es handelte sich eindeutig um Diesel. Weil der Jeep ein Dieselfahrzeug war, hätten sie nun ein weiteres zu Verfügung.

Plötzlich rief ihn Sarah zu sich. Sie stand vor einem großen Strohberg und stieß mit ihrem Fuß gegen etwas. Als er sah, dass es sich um ein menschliches Bein handelte, erschrak er.

»Da hat wohl jemand etwas versteckt«, sagte sie.

Augenblicklich räumte Robert das Stroh zur Seite und starrte auf die Leiche einer Frau. Nur ein Stückchen daneben lag ein Schuh, und als Robert weiter wühlte, war der Arm eines weiteren Menschen zu sehen.

Angewidert wich er zurück. »Vielleicht sind es keine Gewaltopfer, sondern die Überlebenden haben sie hier abgelegt, nachdem sie gestorben waren.«

»Vielleicht.«

Vorsichtig schichtete Sarah wieder Stroh auf die menschlichen Glieder und sah sich weiter um. Hoch über ihnen zwitscherten Vögel, die ihre Nester in das Gebälk gebaut hatten, und der Regen trommelte weiterhin unablässig auf das Dach.

Hier gab es offenbar nichts mehr zu entdecken.

Während Sarah zu den anderen zurückging, sah Robert zu dem Jeep. Leider steckte der Schlüssel nicht, und da es keine Überlebenden auf dem Hofgelände gab, war der Autoschlüssel entweder verschwunden oder irgendwo in einer der Wohnungen versteckt. Oder aber in einer der Taschen der verwesten Leichen, die im Stroh lagen.

Hinter dem Stall entdeckte Robert einen aufgeschütteten Berg von Ziegeln. Zuerst wollte er ihm keine Aufmerksamkeit schenken, doch dann fiel ihm ein, dass er zuvor nach einer Möglichkeit gesucht hatte, die Fenster ihres Wohnhauses zu sichern. Und als er sich an die Mörtelsäcke erinnerte, die im Stall standen, fiel ihm die beste aller Möglichkeiten ein: Er würde die Fenster zu etwa zwei Dritteln zumauern, so dass zwar niemand einsteigen konnte, es aber möglich war, durch die verbleibenden Öffnungen hinauszuschießen.

Als er die anderen davon unterrichtete, waren sie sofort einverstanden. Sie würden sich eine Art Burg bauen, in die man nur mit schwerem Geschütz oder durch die Haustür eindringen konnte.

Um die vielen Ziegel zum etwa einhundert Meter entfernten Eingang des Hauses zu transportieren, schlug Robert vor, den Van vollzuladen und ihn bis zur Tür zu fahren. Da dieses Auto ebenfalls ein Dieselfahrzeug war, konnten sie die Kanister aus dem Stall gut gebrauchen. Sofort befüllte Robert den Tank und machte sich mit den anderen daran, das Auto mit Ziegeln zu beladen.

Als es voll war, fuhr Alexander es zur Baustelle, wo die Ziegel ausgeladen wurden. Dies wiederholten sie einige

Male, doch plötzlich blieb Alexander auf halbem Wege stehen.

»Kommt! Schnell!«

Zuerst sahen die anderen verblüfft auf, doch dann liefen sie aufgeregt ans Auto.

Völlig überrascht starrte Alexander auf das Radio. »Es war an, und dann ... hört selbst!«

Neben dem permanenten Rauschen war eine Stimme zu hören. Es waren nur einzelne Fetzen, dann wieder ein ganzes Wort, aber eindeutig eine Männerstimme.

Robert sprang auf den Beifahrersitz und versuchte, durch Verstellen des Senders einen besseren Empfang zu bekommen.

Währenddessen schrie Karin nach Sarah, die gerade in der Küche Essen zubereitete.

Als sie aufgeregt zu ihnen rannte und die anderen auf das Radio starren sah, wagte sie kaum zu atmen.

»Da spricht wirklich jemand!«, flüsterte Robert. »Das ist doch nicht möglich!«

Sein Herz sprang ihm fast aus der Brust, und er befürchtete, es sich nur einzubilden.

Zwar waren neben dem Rauschen nur einzelne Wortfetzen verständlich, doch sie waren eindeutig in Deutsch gesprochen. »*Einzelnen ... kommen und ... Nahrung ... Sicherheitszone ...*«

»Oh mein Gott!«, zischte Hanna.

Robert sah sie wütend an. »Ruhig!«

Für einige Augenblicke wurde die Stimme vom Rauschen verschluckt, dann konnten sie wieder etwas hören. »*Weg zum ... wer es hört ... berg.*«

Schließlich ging es im Krächzen und Rauschen unter.

Voller Aufregung versuchte Robert, den Empfang wiederherzustellen, doch wohin er den Sendeknopf auch drehte, es erwartete ihn überall rauschende Leere.

Schließlich drehte er den Regler wieder auf die Position, auf der die Stimme zuvor zu hören gewesen war, und wandte sich Alexander zu. »Hast du vorher etwas verstanden?«

»Nein, ich war so überrascht, dass ich erst mal lauter drehte. Es macht für mich keinen Sinn.«

»Welchen Berg hat er gemeint?«, rätselte Robert und sah dabei den anderen fassungslos in die Gesichter. Es war ein Gefühl, das alle völlig einnahm, doch auch etwas, das keiner für möglich gehalten hatte. Und schließlich ging jedem von ihnen nur eine einzige Frage durch den Kopf: Konnte es sein, dass es eine offizielle Sicherheitszone gab?

Sie standen noch sehr lange am Auto und warteten, doch die Stimme war nicht mehr zu hören. Schließlich sah Robert zum regenverhangenen Himmel.

»Mist, wir sehen die Sonne nicht! Welche Tageszeit haben wir wohl? Mittag?«

»Warum?«, wollte Karin wissen.

»Vielleicht senden sie immer zur gleichen Tageszeit. Ich glaube, wir haben etwa Mittag.«

»Könnte hinkommen«, bestätigte Hanna. »Hat er wirklich ›Sicherheitszone‹ gesagt?«

Mit noch immer überraschtem Gesichtsausdruck nickte Karin und legte ihr eine Hand auf die Schulter.

Da die Stimme nun dauerhaft verstummt war, wusste keiner von ihnen, was zu tun war. Während Alexander sitzen blieb und nach wie vor unablässig auf das Radio starrte, ging Sarah zurück in die Küche.

Hanna folgte ihr, weil sie spürte, dass sie dieses Ereignis ängstigte.

»Was hältst du davon?«, wollte sie im Haus von ihr wissen.

»Ich glaube nicht daran!«

»Warum nicht?«

»Hanna, wenn es wirklich eine Sicherheitszone geben sollte, warum werben sie damit? Haben sie wirklich die

Kapazität, alle aufzunehmen, die diese Botschaft hören? Was, wenn es wieder nur Menschenhändler sind?«

Mittlerweile war ihnen auch Karin nachgeeilt, und als Robert den Motor des Autos abstellte, um nicht weiter unnötig Kraftstoff zu verschwenden, folgte er ihnen mit Alexander ebenfalls.

»Wir müssen unbedingt herausfinden, wo diese Sicherheitszone ist!«, sagte Robert, als er die Küche betrat.

»Aber nicht mit dem Autoradio!«, entgegnete Alexander. »Wir können nicht permanent die Autobatterie belasten, um vielleicht eine Durchsage zu hören.«

»Was schlägst du vor?«

»Wir suchen nach Batterien und speisen den Radiowecker im Schlafzimmer. Ich habe dort einen entdeckt. Hast du dir die Frequenz gemerkt?«

»Ja, 90,4.«

Plötzlich knallte Sarah die Faust auf den Tisch. »Warum das alles? Ihr glaubt doch nicht etwa daran, dass da was dran ist?« Donnernd hallte ihre Stimme durchs Haus und enthüllte ihre Angst. Sie hatte sich darauf eingerichtet, auf diesem Hof zu bleiben, und sie hätte ihre Unterkunft mit dem Leben verteidigt.

»Sarah«, beschwichtigte Karin, »wir wollen nur wissen, wo diese angebliche Sicherheitszone ist. Es könnte doch tatsächlich möglich sein, dass es nach all den Monaten einer offiziellen Stelle gelungen ist, ein Lager einzurichten. Wir wissen nicht, wie viele Menschen überlebt haben.«

Robert nickte. »Wenn es jemandem möglich ist, über die Radiowellenfrequenz zu senden, muss er über ausreichend technische Möglichkeiten verfügen. Ich weiß, dass es für uns alle völlig überraschend ist. Tatsache ist aber, dass jemand sendet, und er hat eindeutig ›Sicherheitszone‹ gesagt.«

»Ja, hat er«, bestätigte Sarah. »Sagen kann er viel, nur was steckt dahinter? Vielleicht sind es Frauenhändler im großen Stil, und sie locken uns damit nur an. Warum sollten sie ihre Ressourcen gefährden, indem sie aus allen Teilen des Umlandes Menschen aufnehmen. Wer macht sowas?«

»Vielleicht eine offizielle Stelle?«, riet Alexander. »Oder aber, du hast recht.«

Für eine kurze Zeit sagte keiner etwas. Schließlich unterbrach Robert die Stille. »Sarah, ich würde uns niemals fahrlässig in Gefahr bringen. Ich möchte nur wissen, wo diese Zone ist. Falls wir dies jemals erfahren sollten, werden wir abstimmen. Und falls wir tatsächlich aufbrechen sollten, werden wir diesen Ort aus sicherer Entfernung beobachten, bevor wir ihn überhaupt betreten. Wer weiß, vielleicht ist er ja auch unerreichbar für uns, irgendwo in Norddeutschland oder in Österreich.«

»Es könnte auch eine Endlosschleife sein, die noch immer gesendet wird«, riet Alexander. »Ich kenne mich mit Radiotechnik nicht aus, aber möglich wäre es doch, oder? Vielleicht ist diese Sicherheitszone längst Vergangenheit.«

»Vielleicht aber auch nicht!«, rief plötzlich Hanna. »Mensch, wir haben eine Botschaft empfangen. Ich möchte auch wissen, was dran ist, und ich bin dafür, dass wir Batterien für diesen Scheißradiowecker finden. Ich mag einfach nicht daran glauben, dass ganz Deutschland eine leere, öde Wüste geworden ist.«

»Hast du bisher etwas anderes gesehen?«, wollte Sarah wissen.

»Ja! In Herrsching gab es ein ganzes Schiff voller Menschen und in Andechs gleich eine ganze Gruppe.«

Sarah nickte. »Ja, die gab es im Kloster auch. Ihr seid aber die einzige Gruppe, in der ich leben will!«

Da niemand antwortete, stand sie auf, löste das Magazin aus der Waffe und steckte sie in die Tasche. »Ich gehe üben. Irgendwann werden auch hier irgendwelche Wichser auftauchen, und dann sollten wir gut genug sein, ihnen die Birne wegzublasen.«

Aufgebracht ging sie zur Tür, blieb aber davor noch einmal stehen. »DAS ist unsere Zukunft. Und die einzige Sprache, die noch zählt. Ihr solltet auch üben, damit ihr nicht wie mein Vater endet!«

Dann verschwand sie im Freien.

Betroffen sahen sich die anderen an, wussten aber nicht, was sie sagen sollten. Während Robert schmerzvoll an Stefans Tod erinnert wurde, starrte Hanna mit leerem Blick vor sich hin.

Kurze Zeit später hörte man das Klicken von Sarahs Pistole. Sie übte, seit sie angekommen waren, und schien nicht damit aufhören zu wollen.

Schließlich stand Hanna auf und lief zu ihr. Sie konnte sie nicht mehr in ihrem Schmerz alleine lassen. Irgendetwas musste sie tun, um ihr beizustehen.

Als sie hinter ihr stand, übte Sarah gerade, die Schusswaffe schnellstmöglich aus einem selbstgebastelten Halfter zu ziehen. Dann zielte sie auf zwei aufgestellte Flaschen und drückte den Abzug. Wieder klickte es.

»Stell dir vor, es wären die Köpfe dieser Arschlöcher!«, zischte Sarah. »Komm, mach mit. Wir werden uns wieder verteidigen müssen.«

»Vielleicht!«

»Nicht vielleicht. Mit Sicherheit.« Sie zog wieder, und es klickte.

»Sarah, hör doch mal bitte auf.«

»Mach du doch mit!«

Plötzlich hielt es Hanna nicht mehr aus. Entschlossen hielt sie Sarahs Hand fest. »Hör auf! Du machst dich doch kaputt!«

Mit einem Mal wurde Sarahs Blick kalt und feindselig. »Nein, diese Welt macht uns kaputt. Aber wir haben

Waffen, und die werden wir auch nutzen. Hanna, ich versuche nur, mich dieser Scheiße anzupassen.«

Obwohl sie Sarah nur zu gut verstehen konnte, ließ sie ihre Hand nicht los und umarmte sie sogar.

»Was machst du da?«, fragte Sarah.

»Bitte, weise mich nicht ab.«

»Das tue ich nicht. Aber lass mich los!«

»Nein. Ich lasse dich nicht los, und ich lasse dich auch nicht allein.« Eher hilflos hielt sie ihre Freundin umschlungen, spürte aber, dass sich Sarah gegen diese Art von Wärme sträubte.

»Lass mich los!«

»Es tut mir so leid, was passiert ist. Aber es ist vorbei. Wir sind hier.«

»Nichts ist vorbei. Gar nichts!« Auch wenn sie Hanna nicht wehtun wollte, stieß sie sie weg. Zu ihrer Überraschung kam ihre Freundin aber wieder auf sie zu.

»Es tut mir leid, was mit deinem Vater passiert ist. Es tut mir so leid.«

Mit einem Mal schossen Sarah Tränen aus den Augen, und sie wollte Hanna wieder zur Seite stoßen. Doch sie konnte nicht. Aber sie schrie. Sie begann, so laut zu schreien, dass Karin, Robert und Alexander zutiefst erschrocken aus dem Haus stürmten.

Sarah spürte nur noch Schmerz und Verzweiflung. Sie hörte sich brüllen, spürte Tränen an ihren Wangen herablaufen und einen Schmerz in sich, der sie aufzufressen drohte.

Hanna konnte Sarah nicht daran hindern, ihre Verbitterung aus sich herauszuschreien. Sie wollte es auch nicht. Aber sie war froh, dass Sarah endlich aufbrach, dass sie schrie, weinte und sogar um sich schlug, und sie hoffte, sie könnte ihr mit ihrer Anwesenheit am besten helfen.

Etwas später saßen sie in der Küche und tranken Kaffee. Sarah hatte sich hingelegt und war tatsächlich eingeschlafen, was allen große Erleichterung bescherte. Auch jetzt wollte Hanna sie nicht alleine lassen und lag dicht neben ihr, schlief selbst aber nicht.

Mittlerweile hatte Alexander tatsächlich Batterien gefunden, die in den Radiowecker passten. Um deren Energie nicht zu schnell zu verbrauchen, hatten sie entschieden, einmal am Abend und dann erst zur kommenden Mittagszeit das Radio anzustellen.

Nachdem sie sich gestärkt hatten, begannen sie, die Fenster der Wohnung fast komplett zuzumauern. Sie ließen nur noch etwa dreißig Zentimeter offen, um einerseits Licht in die Räume zu lassen, andererseits in alle Richtungen hinaussehen und -schießen zu können.

Erst gegen Abend erwachte Sarah. Sie hatte mehr geschlafen als all die vergangenen Tage zuvor, trotzdem fühlte sie sich, als würde ihr gesamter Körper jegliche Betätigung verweigern.

Als Robert, Alexander und Karin mit der Arbeit fertig waren, ließen sie die Rollläden hinunter, um nicht einmal das schwache Kerzenlicht ins Freie zu lassen. Es würde genügen, um vorbeiziehende Gruppen auf sich aufmerksam zu machen.

An diesem Abend schaltete Alexander voller Spannung das Radio an, doch während einer ganzen Stunde war außer Rauschen nichts zu hören. Robert war nicht allzu überrascht darüber, doch Alexander schien die Enttäuschung zuzusetzen. Er sagte lange Zeit kein Wort, schaltete aber das Radio wieder aus, um diese Prozedur auch an den kommenden Tagen durchführen zu können.

In dieser Nacht schliefen sie alle schlecht. Während Sarah die Erlebnisse in Gefangenschaft immer wieder durchlebte und trotz ihres Gefühlsausbruchs sehr in sich zurückgezogen wirkte, fühlte sich Robert unerklärlich leer. Obwohl sie spätestens ab dem kommenden

Tag, wenn der Zement der neu erbauten Mauern fest geworden war, so sicher wie kaum jemals zuvor leben würden, fand er keine Ruhe. Erst jetzt, wo er keine Angst mehr um Hanna haben brauchte, dachte er beinahe pausenlos an Stefan zurück. Dabei machte er sich bitterste Vorwürfe. Nach wie vor konnte er den Tod seines Freundes nicht begreifen, und er fehlte ihm.

Als er während seiner Wachdienste Sarah ins Wohnzimmer kommen sah, lächelte sie ihn zwar an, doch er spürte, dass sie sich dazu zwang. Hanna war ihr offenbar der nächste Mensch, und er hoffte inständig, dass er Sarah im Gegensatz zu ihrem Vater Sicherheit bieten konnte.

Je näher am nächsten Tag die Mittagsstunden rückten, desto nervöser wurden sie. Selbst Sarah unterbrach ihre Waffenübungen immer wieder, um zum Himmel zu sehen, doch eine leichte Wolkendecke ließ den Sonnenstand zum Ratespiel werden.

Als schließlich das Radio angeschaltet wurde, saßen und standen alle um den großen Tisch und sahen gebannt auf die Zahlen und Linien des deutlich älteren Radioweckers. Wie gewohnt war nur Rauschen zu hören, doch ab und zu veränderte Robert die Senderposition minimal, um die Nebenfrequenzbereiche zu testen. Dies wiederholte er beinahe pausenlos, jedoch ohne Erfolg.

Gerade, als Sarah den Raum verlassen wollte, blieb sie wie angewurzelt stehen. Eine Stimme war zu hören.

»Psst!«, zischte Robert und drehte die Lautstärke höher. Tatsächlich war wieder die Stimme des Mannes zu hören, doch erneut waren es nur einzelne Wortfetzen.

Niemand wagte es, zu atmen. Es war, als käme die Stimme aus einer anderen Welt, wie aus einem fernen Traum. Schließlich war der Mann für einige Augenblicke überraschend deutlich zu hören.

»... nicht die Hauptanfahrtswege, sondern kleinere Zufahrtsstraßen ... immer um zwölf Uhr mittags auf der Frequenz 90,4 ...«. Dann setzte wieder Rauschen ein, doch Robert wagte es nicht, den Regler zu drehen. Nervös sah er die anderen an, als die Stimme wieder einsetzte.

»... sicheres Areal ... Nürnberg zwei Quadratkilometer ... werden gebeten, nicht die Tore zu besetzen ... das südlich gelegene Erstaufnahmezentrum ... auf dieser Frequenz zu bleiben, um ...«

Erneut wurde die Stimme aufgrund des verstärkten Rauschens unverständlich, verschwand jedoch nicht. Wurde das Rauschen schwächer, verstanden sie wieder einige Wörter, und es stellte sich heraus, dass die Botschaft zwar sehr kurz war, aber mehrmals wiederholt wurde.

Als die Stimme schließlich verstummte und das Rauschen alle anderen Geräusche überlagerte, schaltete Alexander das Radio aus.

Robert stand auf und sah schließlich die anderen an. »Wir haben es alle deutlich gehört. Offenbar gibt es in oder bei Nürnberg ein Aufnahmezentrum. Etwa zweihundert Kilometer von hier entfernt. Zweihundert verdammte Kilometer.«

Hoffnung und Zweifel

Niemand sagte ein Wort. Obwohl Robert erwartet hatte, dass eine solche Botschaft eine gewisse Euphorie auslösen würde, eine Hoffnung, die seit Langem verschüttet war, fühlte er sich leer. Gleichzeitig spürte er aber ein gemeinschaftliches Band, das durch nichts zerschnitten werden konnte. Sie waren eine Familie, die füreinander einstand und sich aufopferte.

Es wurde schnell deutlich, wie sehr diese unerwartete Aussicht sie alle überforderte. Doch es war eine reale Stimme gewesen, und daraus wuchs eine ebenso reale Hoffnung darauf, womöglich in geraumer Zeit wieder an ein Leben anknüpfen zu können, das bis vor etwa einem dreiviertel Jahr diesen Namen auch verdient hatte.

»Was denkt ihr?«, wollte Alexander schließlich wissen.

Während Sarah auf den Boden sah, musterte Hanna das schweigende Radio. Als keiner antwortete, fuhr Alexander fort: »Für mich klang es glaubwürdig. Eine Chance, mit der wir nicht mehr gerechnet haben.«

»Woher willst du wissen, was glaubwürdig ist und was nicht?«, fragte Sarah. »Wer wirklich wissen möchte, ob da was dran ist, müsste vor den Toren dieses angeblichen Zentrums stehen. Es ist aber verdammt weit weg.«

»Richtig«, antwortete Robert, »wir werden von hier aus niemals herausfinden können, ob diese Geschichte wahr oder noch aktuell ist. Wir wissen gar nichts. Alles kann möglich sein. Dennoch ist es ein Anhaltspunkt. Dass sie in der Lage sind, diesen Funkspruch abzugeben, weist auf eine offizielle Stelle hin.«

»Oder auch nicht«, entgegnete Sarah.

Nun richtete Robert seinen Blick auf Hanna und Karin. Er verstand, dass sie alle überfordert waren, etwas dazu zu sagen. Ihm selbst ging es nicht anders. Doch sie konnten es nicht einfach totschweigen.

Schließlich sah Karin in die Runde. »Selbst, wenn wir uns dazu entscheiden sollten, hierzubleiben, würde kein Tag vergehen, an dem ich nicht an Nürnberg denke. Vielleicht wäre es wie ein fauler Zahn, der sich jeden Tag meldet.«

»Wir sind erst vorgestern diesen Schweinen entkommen«, sagte schließlich Sarah, »und jetzt hören wir diese Nachricht. Ich weiß nicht, was wir tun sollen oder nicht. Nicht jetzt. Ich fühle mich wohl hier, und ich denke, wir können dieses Haus noch sicherer machen. Für UNS.«

Wieder kehrte unheimliche Stille ein. Zweihundert Kilometer in dieser Welt hatten eine gänzlich andere Dimension als früher. Im schlechtesten Fall und bei unbefahrbaren Straßen würden sie tagelang umherreisen müssen, nur um herauszufinden, ob es ein solches Lager gab. Doch wenn, wären sie vermutlich in Sicherheit.

Als sich keiner mehr äußerte und eine seltsam hilflose Stimmung aufkam, ging Sarah hinaus. Hanna folgte ihr zwar, um sie nicht alleine zu lassen, doch ihre Gedanken waren bei dieser Botschaft.

Robert und Alexander kontrollierten das frische Mauerwerk und testeten, wie effektiv man mit dem Gewehr aus den Scharten schießen konnte. Zu ihrer Zufriedenheit war es möglich, sämtliche Himmelsrichtungen einzusehen.

Als Robert am Abend die Wasserflaschen am Bach füllte, hörte er auf einmal deutlich das Geräusch eines Motorrads. Schnell lief er zum Haus, riss Sarah mit sich, rief die anderen und rannte ins Obergeschoss, um von dort aus dem Fensterspalt zu sehen.

Binnen weniger Augenblicke standen sie alle in einem Zimmer und starrten gebannt hinaus. Tatsächlich fuhren in diesem Moment zwei Motorräder auf der Straße vorbei. Zu ihrem Entsetzen wurden sie langsamer, blieben dann stehen und die Fahrer sahen in das Grundstück.

»Vielleicht kennen sie es«, mutmaßte Robert, »und sie sehen, dass sich etwas verändert hat. Unsere Autos stehen auf dem Hof.«

Entschlossen zog Sarah ihre Waffe. »Knallen wir sie ab, bevor sie Verstärkung holen.«

Karin schüttelte den Kopf. »Vielleicht fahren sie ja weiter.«

Doch nach einigen Momenten lenkten die beiden Fremden ihre Fahrzeuge von der Straße und fuhren auf das Grundstück.

»Sarah hat recht!«, zischte Alexander, »vielleicht sind es Spürhunde aus Dießen. Wir töten sie und verstecken die Bikes im Stall.«

»Nein«, meinte Robert, »Dießen ist viel zu weit weg. Wir sollten uns aber zeigen und herausfinden, wer sie sind, bevor sie hier herumschnüffeln.«

»Warum bleiben wir nicht hier oben?«, wollte Hanna wissen. »Vielleicht ziehen sie ja von alleine ab.«

Zu ihrer Bestürzung stiegen die beiden aber von den Motorrädern und gingen auf das große Haus zu. Dabei trugen sie weiterhin ihre Helme. Als sie näherkamen, fiel Robert auf, dass die beiden Messer in den Händen hielten.

»Okay, wir gehen runter. Aber nicht alle, wir müssen uns ihnen nicht komplett präsentieren.«

»Ich gehe mit!«, sagte Sarah entschieden.

Auch Alexander trat nach vorne. »Ich auch.«

Robert nickte, doch Hanna und Karin würden zwei Gewehre benötigen. Alexander schien zu verstehen. »Ich nehme ein Messer. Nimm du die Knarre.«

»Okay«, bestätigte Robert. »Karin und Hanna, ihr zielt von hier oben auf diese Typen. Sobald ihr seht, dass etwas aus dem Ruder läuft, knallt ihr sie ab.«

Seltsamerweise hatte Robert keine Scheu mehr, so etwas von seiner Tochter zu verlangen. Er bemerkte es nur flüchtig, und er machte sich auch keine weiteren Gedanken darüber.

Als sie im Hof ankamen, standen die zwei Fremden gerade vor der Haustür des großen Wohnhauses. Während Robert direkt auf sie zulief, ging Sarah an der Hauswand entlang. Alexander nahm die beiden in Zange, indem er sich ihnen von der Straßenseite näherte, doch er wurde schnell entdeckt. Wie vom Blitz getroffen blieben die Fremden stehen und sahen zu Alexander.

»Sofort die Messer fallen lassen, los!«, rief Robert und zog damit die Aufmerksamkeit auf sich. »Und keine Mätzchen!«

Die beiden Männer blieben zunächst wie angewurzelt stehen, doch als sie sahen, dass sich mit Sarah eine dritte bewaffnete Person näherte, legten sie ihre Messer auf den Boden.

Robert näherte sich ihnen einige Schritte, blieb aber in sicherer Entfernung stehen. »Und jetzt auf den Boden legen! Schön langsam, mit dem Gesicht nach unten.«

»He, wir sind keine Plünderer«, sagte einer der Männer, »wir haben nur eure Autos gesehen. Wir kennen hier jedes Dorf.«

»Auf den Boden!«, wiederholte Robert. »Und vorher nehmt ihr eure Helme ab.«

Wortlos taten die beiden Männer, was von ihnen verlangt wurde. Nachdem sie ihre Helme abgelegt hatten, fiel Robert ein deutlicher Altersunterschied zwischen den beiden auf. Der Ältere hatte bereits graue Haare an den Schläfen.

Als sie lagen, durchsuchten Alexander und Robert sie, doch auch jetzt fanden sie keine Schusswaffen.

»Wer seid ihr?«, wollte nun Robert wissen.

»Wir kommen aus Igling. Wir waren gerade auf der Suche nach Proviant«, antwortete der Ältere.

Robert sah, dass an der linken Hand des Mannes drei Finger fehlten.

»Seid ihr eine größere Gruppe?«

»Ja. Und ihr?«

»Ebenfalls.«

Robert wollte nicht sagen, wie viele sie wirklich waren. Und jetzt, da sie wussten, dass in einigen Kilometern Entfernung eine Gruppe wohnte, erschien ihm diese Unterkunft nicht mehr allzu sicher zu sein.

»He, Mann«, zischte der ältere der beiden, »können wir das nicht in Ruhe besprechen? Ihr müsst uns nicht bedrohen!«

»Halts Maul!«, rief plötzlich Sarah. Sie hielt die Waffe direkt auf die Körper der beiden. Robert befürchtete schon, sie würde sie einfach abknallen, und hielt sie mit einer Handbewegung zurück.

Beschwichtigend hob der Mann trotz seiner Lage eine der Hände. »Okay, ist ja gut! Warum seid ihr so aggressiv? Ihr seht doch, dass wir nicht bewaffnet sind.«

Mit einer Handbewegung wies Robert Sarah an, Ruhe zu bewahren. Für kurze Zeit wägte er ab, ob sie einer möglichen Bedrohung aus dem Weg gehen konnten, wenn sie die beiden umbrachten und die Motorräder versteckten. Sie wussten nichts über diese Gruppe in Igling, falls der Mann überhaupt die Wahrheit gesagt hatte. Doch sie hatten keine Schusswaffen, und dies sprach gegen plündernde Horden.

»Seid ihr die Einzigen in der Nähe?«, wollte er schließlich wissen.

»Zumindest die größte Gruppe. Es gibt hier und da Überlebende, aber es werden weniger.«

»Habt ihr etwas über eine Dießener Gruppe gehört?«, fragte Robert weiter. »Oder von einer militärischen Einheit aus der Fürstenfeldbrucker Kaserne?«

»Nein. Es gibt aber einige üble Jungs aus der Gegend. Wir hatten zweimal mit ihnen zu tun.«

Nun nahm Roberts Skepsis zu. »Und das ohne Schusswaffen?«

»Wir leben ziemlich sicher.«

»Wo?«, wollte Sarah nun wissen.

»Tja, Mädchen, auch wenn du mir eine Kugel in die Birne jagst, werde ich dir das nicht verraten.«

Wieder hielt Robert Sarah mit einer Handbewegung zurück.

»Und was machen wir jetzt?«, fragte der Mann.

Für einige Augenblicke sah Robert zu den Motorrädern und auf die Landstraße, die sich in einem weit entfernten Waldstück verlor. »Ihr steigt wieder auf eure Maschinen und verschwindet! Hier gibt es nichts zu holen!«

Ungläubig sah der Mann zu seinem Partner, der die ganze Zeit über kein Wort gesagt hatte. Dann standen sie auf und liefen zu ihren Motorrädern.

Als sie saßen, stellte sich Robert zu ihnen. »Wenn ihr das Grundstück wieder betreten solltet, schießen wir. Ohne Vorwarnung.«

Zu seiner Überraschung erntete Robert zur Antwort ein Kopfschütteln des Mannes, bevor dieser sich den Helm aufzog und die Maschine startete. Dann fuhren sie davon.

»Wir hätten sie erschießen sollen!«, zischte Sarah. »Bestimmt holen sie Verstärkung.«

»Ich hoffe, du liegst falsch. Ich kann mir aber nicht vorstellen, dass sie wiederkommen. Sie haben sich ziemlich dilettantisch angestellt. Wie sie so bis heute überlebt haben, ist mir ein Rätsel. Aber wer weiß: Vielleicht gibt es die angeblichen bösen Jungs gar nicht und sie leben in einer friedlichen Gegend.«

»Es gibt keine friedliche Gegend«, antwortete Sarah, »und das weißt du auch.«

»Möglich! Ich möchte es aber nicht wahrhaben.« Dann ging er zu ihr und sah sie durchdringend an. »Und wir sollten lernen, dass es noch Menschen gibt, die keine Mörder, Vergewaltiger oder Räuber sind. Wir müssen auch nicht jeden von ihnen erschießen.«

Eine Zeitlang schaute Sarah zu Boden, nahm dann aber wieder Blickkontakt auf. »Ich weiß nicht, ob ich es lernen kann. Ich kann niemandem vertrauen.«

»Ich weiß.«

Nachdem die Männer aus ihrem Sichtfeld verschwunden waren, sah Robert zu den Gewehrläufen, die Karin und Hanna aus den Scharten des Obergeschosses hielten. Er war froh, dass sie nicht hatten schießen müssen.

Die drei standen noch eine Weile da, sahen in die Richtung, in die die Fremden davongefahren waren, und gingen schließlich ins Haus zurück.

Während dieser Nacht hielten sie besonders aufmerksam Wache. Beinahe pausenlos sah einer von ihnen aus den schmalen Mauerschlitzen, um ein Licht oder eine Stimme auszumachen, doch es tat sich nichts.

Robert versuchte, sich einzureden, es doch mit Mitgliedern einer friedlichen Gruppe zu tun gehabt zu haben, falls aber nicht, könnte ein Überfall auch erst in einigen Wochen erfolgen.

Als die Sonne aufging, schliefen sie abwechselnd weiter. Noch immer schienen gerade Sarah und Hanna unendlich viel Schlaf nachholen zu müssen, Karin hingegen schlief nur jeweils die halbe Nacht und benötigte auch tagsüber keinen Schlaf.

Um die Mittagszeit schaltete Alexander das Radio ein. Wie erwartet, hörten sie auch diesmal die Stimme, doch sie schien schwächer zu sein und wurde vom Rauschen fast gänzlich verzerrt.

Enttäuscht, keine neuen Informationen erhalten zu haben, schaltete Alexander das Radio wieder aus und sah hinaus.

Robert wusste, dass eine Entscheidung getroffen werden musste. Entschlossen rief er die anderen zu sich und wartete, bis sie sich setzten.

»Wir werden nun abstimmen. Ich möchte wissen, ob es sich lohnt, diese Unterkunft noch stärker abzusichern, denn Ideen habe ich viele. Wenn wir aber aufbrechen wollen, sollten wir es bald tun.«

»Aber wir können doch nicht jedes Mal davonlaufen, wenn uns jemand über den Weg läuft«, erwiderte Hanna.

Robert schüttelte den Kopf. »Das werden wir auch nicht. Doch wenn wir aufbrechen wollen, hat es keinen Sinn, noch länger damit zu warten. Wenn wir aber bleiben, hauen wir nicht ab, sondern setzen uns zur Wehr.«

Er wartete etwas und fuhr dann fort. »Wer ist dafür, nach Nürnberg zu fahren?«

Es dauerte etwas, bis Alexander den Finger hob, doch dann folgten Karin, Hanna und auch Robert.

Betroffen sah Karin auf Sarah, die ihren Blick fest auf den Tisch gerichtet hielt. »Sarah, es ist okay, Angst zu haben. Aber ich glaube, eine lange Reise ist nicht gefährlicher, als hierzubleiben.«

»Es geht nicht darum, was gefährlicher ist. Jeder Scheißtag hier ist gefährlich.«

»Aber worum geht es dir dann?«, fragte Hanna.

»Dass ich nicht an diesen Mist glaube. Ich ...« Sie ließ den Kopf sinken, begrub ihn unter ihren Händen und atmete schwer. »Ich will nicht neben anderen Menschen leben. Ich kann es nicht.«

Nach ihrem letzten Wort wurde es still. Keiner sagte etwas und Hanna spürte, dass es ihr ähnlich erging. Womöglich mussten sie erst wieder lernen, sich anderen zu öffnen.

Dann stand Sarah auf. »Ich werde mich aber fügen. Wir haben abgestimmt, also werden wir fahren.«

Mit einem faden Beigeschmack erkannte Robert, dass sie zum ersten Mal nicht einer Meinung waren, was den nächsten Schritt anging. Er konnte Sarahs Beweggründe absolut verstehen, doch er wusste auch, dass sie zurzeit nicht sie selbst war, sondern von einem Trauma gesteuert wurde, das nur Hass und Verzweiflung entstehen ließ.

Und noch etwas war anders: Diesmal gingen sie aus freien Stücken, und nicht, weil sie dazu gezwungen wurden.

Die Entscheidung stand jedoch fest.

Zum ersten Mal, seit Robert Monate zuvor aus seiner eigenen Wohnung flüchten musste, fiel es ihm schwer, einen Ort zu verlassen. Mit den größtenteils zugemauerten Fenstern hätten sie sicherlich einzelne Plünderer abhalten können, doch einer regelrechten Belagerung hätten sie nicht standgehalten. Doch der Bach direkt an ihrem Grundstück und die günstige Aussicht auf die Landstraße waren gute Voraussetzungen gewesen, hier länger zu verweilen.

Unsicher, ob sie die richtige Entscheidung trafen, luden sie beide Autos voll, denn Robert wollte im Falle eines Autoschadens zur Sicherheit wenigstens ein zweites Fahrzeug dabeihaben. Dann packten sie Lebensmittel ein, füllten Flaschen auf und kontrollierten ihre Waffen. Da der Tank des kleineren Autos nur noch zur Hälfte mit Kraftstoff gefüllt war, würden sie Benzin aus einem anderen Fahrzeug ablassen müssen. Einen vollen Kanister Diesel hingegen nahmen sie mit.

Als sie den Weiler verließen, sah sich Sarah nicht um. Sie saß mit Hanna in Roberts Auto und richtete ihren Blick starr aus dem Seitenfenster. Bäume zogen an ihr vorbei, teilweise umgeknickte Leitpfosten, zwei Kadaver fast skelettierter Kühe lagen auf einer Wiese und wurden von Krähen angepickt. Sie hatte Angst vor diesem neuen Schritt, auch wenn sie das Gefühl hatte, nirgendwo auf dieser Welt sicher zu sein. Es würde immer Menschen geben, die vergewaltigten, mordeten, und ihre übelsten Charaktereigenschaften auslebten. Für einen kurzen Moment war sie jedoch froh, in dieser Gemeinschaft leben zu dürfen. Sie war ihre Familie geworden, auch wenn ihr Vater so sehr fehlte, dass sie manchmal kaum atmen konnte.

Von einem am Straßenrand abgestellten Auto ließen sie Benzin ab, indem sie ein Loch in den Tankboden schlugen. Es genügte, um Karins Tank immerhin über die Hälfte zu füllen.

Robert entschied, nicht über die Schnellstraße nach Augsburg zu fahren, da schon die Autobahn an mehreren Stellen durch Autos verstopft gewesen war. Zwar war der Weg über die Dörfer und Landstraßen gefährlicher, aber sie konnten wenigstens fahren.

Gelegentlich sahen sie Zeichen überlebender Menschen. Autos, die nicht vollkommen verschmutzt am Straßenrand standen, aufgestellte Schilder, die ungebetene Gäste abhalten sollten, und mit Stacheldraht umzäunte Mauern passierten sie ebenso wie mit Fahrzeugen zugestellte Grundstückseinfahrten. Es waren jedoch deutlich weniger Anzeichen von Leben als noch im vergangenen Herbst, und diese Tatsache bestätigte ihre Annahme, dass viele den harten und übermäßig kalten Winter nicht überlebt hatten.

Schon an diesem Nachmittag erreichten sie das Augsburger Umland, umfuhren es und wollten zuerst auf die Bundesstraße Richtung Ingolstadt, doch die Verbindung über die Autobahn war aufgrund eines offensichtlichen Unfalls durch unzählige Fahrzeuge verstopft. Also wagten sie es, im Norden der Stadt auf die Bundesstraße 17 zu fahren. Doch auch hier versperrten ihnen nach wenigen Kilometern dutzende Autos den Weg, so dass sie wieder über Land fahren mussten.

In einem kleinen Dorf erschrak Robert. Karin hielt ihr Auto an, weil ein Mann hinter ihnen herlief.

»Was macht sie da?«, brüllte Robert. »Fahr doch weiter!« Sofort stoppte auch er, griff nach seiner Waffe und stieg aus. Sarah und Hanna folgten und zielten auf den Mann.

»Stehenbleiben!«, rief Robert laut. »Keinen Schritt weiter!«

Als Karin sah, dass Robert und die anderen auf ihr Auto zugingen, stiegen sie und Alexander ebenfalls aus.

»Nicht schießen!«, bettelte der Mann. »Ich bin unbewaffnet. Ihr müsst uns helfen!«

»Keinen Schritt weiter!«, wiederholte Robert. »Ich werde schießen! Sie bleiben dort stehen, wo sie sind. Halten sie ihre Hände hoch!«

Der Mann tat, wie ihm befohlen wurde und sah sich um.

»Kommen da noch mehr?«, wollte Robert wissen.

»Ich hoffe nicht. Ich habe ihr gesagt, sie soll im Haus bleiben. Aber sie kann ohnehin kaum gehen.«

»Wer ist SIE?«

»Meine Frau. Hören Sie, sie ist schwer krank. Wir brauchen dringend Medikamente. Ich glaube, es ist eine Entzündung. Wir haben kein Antibiotikum.«

»Wir können Ihnen nicht weiterhelfen. Wohnt hier sonst noch jemand?«

»Außer uns noch zwei Familien. Sie haben nichts mehr, es wurde alles im Winter aufgebraucht.«

Sie hatten zwar noch zwei Packungen Amoxicillin, doch Robert hätte es weder verschenkt noch eingetauscht. Sie waren zu fünft – die Gefahr einer Infektion war allgegenwärtig.

»Das tut mir leid. Versuchen Sie es in der nächsten Ortschaft, plündern Sie die Wohnungen. Wir werden jetzt weiterfahren.«

»Bitte helfen Sie uns.«

»Wir können Ihnen nicht helfen.« Dann wandte er sich den anderen zu. »Steigt ein, wir fahren.«

Sarah und Alexander hatten mittlerweile die Gegend um sich herum inspiziert, aber keine Bewegungen hinter Fenstern oder Mauervorsprüngen entdeckt. Langsam gingen sie zu ihren Fahrzeugen zurück und stiegen ein, ohne jedoch die Waffen aus der Hand zu legen.

»Laufen Sie uns nicht hinterher!«, rief Robert dem Mann zu, als er am Auto stand. »Es tut mir leid um Ihre Frau. Aber wir können nicht helfen.«

Als er einstieg, sah er, wie der Mann zu Boden sank und dort das Gesicht in seinen Händen vergrub. Trotzdem startete er den Motor und fuhr davon.

Nachdem sie die Ortschaft verlassen hatten, hatte Hanna ein schlechtes Gewissen. Doch auch sie hatte Robert nicht überredet, dem Mann Medikamente zu überlassen. Sie besaßen selbst nur zwei Packungen, und ihre eigene Gesundheit ging vor.

Ein Blick zu Sarah ließ sie erahnen, dass sie ähnlich dachte.

Außerhalb des Dorfes hielt Robert an und ging zu Karin.

»Was war das denn?«

»Er hat um Hilfe geschrien. Ich weiß, dass es falsch war.«

»Ja, war es! Es hätte eine Falle sein können. Er hätte auch bewaffnet sein können.«

»Ich weiß.«

Noch immer wütend atmete er einige Male tief durch und stützte sich schließlich auf den Türrahmen.

»Karin, unsere Sicherheit hat oberste Priorität. Ich weiß, dass wir uns unsere Menschlichkeit bewahren müssen, aber solche Situationen sind es, die uns gefährden. Es sterben jeden Tag Menschen, vermutlich mehr, als uns bewusst ist. Wir können nur versuchen, nicht zu ihnen zu gehören.«

Da sie nicht antwortete, wollte er schon gehen, blieb aber noch einmal stehen. »Wenn wir eine ganze Kiste Antibiotikum gehabt hätten, hätte ich ihm etwas davon gegeben. Aber nur dann.«

Dann stieg er ins Auto.

Am Abend erreichten sie ohne weitere Zwischenfälle ein kleines Dörfchen bei Donauwörth. Auf den Wiesen lagen skelettierte Kühe, und einmal hatten sie eine durch einen Zaun eingegrenzte Weide mit unzähligen toten Schafen gesehen. Einige von ihnen waren angefressen, andere bis auf die Knochen abgenagt gewesen. An einem Straßenrand hatten drei männliche Leichen gelegen, und in einigen Fahrzeugen sahen sie die Leichen der Besitzer.

Außerhalb dieses Dorfes lag ein abgelegener Bauernhof. Weil es dämmerte, steuerten sie diesen an und blieben dicht davor stehen. Es war ein großes Haus mit Scheune und Viehunterkünften, einem Traktor auf dem Hof, aber keinen weiteren Fahrzeugen.

Vorsichtig stiegen sie aus, hielten ihre Waffen schussbereit und verteilten sich, um den Hof genauer beobachten zu können. Nichts regte sich, keine Stimme war zu hören.

Nach einer Weile gingen Robert und Alexander zum Wohnhaus und klopften an. Da niemand öffnete, gingen sie durch die nicht abgeschlossene Haustür.

»Hallo?«, rief Robert laut. Er hätte es aber nicht tun müssen, denn Verwesungsgeruch lag in der Luft. Bereits im Wohnzimmer fanden sie die erste Leiche, im Schlafzimmer dann zwei weitere.

Während Alexander Karin, Sarah und Hanna zu sich rief, wickelte Robert die Leiche aus dem Wohnzimmer in einen Vorhang und schleifte sie aus dem Hintereingang.

»Durchsuchen wir das Haus, falls oben nicht alles voller Leichen liegt, richten wir uns dort ein.«

Es gab keine weiteren Toten, doch zu ihrer Enttäuschung war die Küche voller Ratten, so dass sie die Tür schlossen und zwei der Zimmer des Obergeschosses bezogen.

Bevor es dunkel wurde, fuhr Robert die beiden Autos hinter die Scheune, damit sie von der Straße aus nicht zu sehen waren.

Als sie in dieser Nacht zusammensaßen, war ihnen klar, dass sie Glück gehabt hatten und bereits eine lange Strecke hinter ihnen lag.

Doch bis Nürnberg war es ein weiter Weg.

Dezimiert

In dieser Nacht konnte Sarah kaum schlafen. Immer wieder baute sie ihre Waffe auseinander und zusammen, um schließlich zwei Taschen zu nähen, in die sie ihre Magazine stecken konnte. Sie wollte sie nicht in einem Rucksack tragen, sondern ab sofort immer an ihrem Körper, um jederzeit schussbereit zu sein.

Nach einem kurzen Frühstück fuhren sie schließlich weiter. Kurz vor der Donau mussten sie auf die Bundesstraße fahren, um den Fluss zu überqueren, und zu ihrer Überraschung war sie nicht durch Fahrzeuge verstopft. Im gleißenden Sonnenlicht eines wunderschönen Frühlingstages sahen die Häuser von Donauwörth aus wie aus einem Märchen. Gebannt starrten sie aus dem Fenster, um dieses Bild in sich aufzunehmen. Auch hier hatte sich Stille ausgebreitet. Obwohl die Autofenster heruntergelassen waren, hörten sie weder Autos, Schreie oder sonstige Laute, die auf Zivilisation hinwiesen. Nur aus einigen wenigen Schornsteinen schienen dünne Rauchsäulen aufzusteigen.

Zu Roberts Überraschung war die B2 Richtung Nürnberg zumindest an dieser Stelle befahrbar. Zwar standen ab und zu Autos an den Straßenrändern, doch die Straße war frei.

In einer Kurve waren schließlich zwei Fahrzeuge ineinander verkeilt. Der gesamte Straßenbelag lag voller Metallschrott und Glasscherben, also lenkten sie ihre Autos über den Straßenrand hinaus, um diese Stelle umfahren zu können.

Plötzlich blieb Karin wieder stehen. Erschrocken stoppte auch Robert und sah sich um, doch er sah niemanden.

Noch bevor er Karins Auto erreichte, sah er, dass es aus dem Motorraum qualmte.

»So ein Mist!«, kommentierte er laut und sah zur Unfallstelle zurück. Niemand war zu sehen, die Autos waren alle verlassen.

Obwohl er sich nicht allzu gut auskannte, öffnete er die Motorhaube, doch es schlug ihm nur eine dampfende Wolke entgegen.

»Der Motor hat schon vorher gesponnen«, erklärte Karin, als sie neben ihm stand. »Er hat immer wieder gestottert.«

Robert schüttelte den Kopf. »Keine Ahnung, was kaputt ist. Aber wir müssen das Auto zurücklassen. Die Hälfte der Strecke haben wir bereits hinter uns, hoffentlich hält der Van durch.«

Frustriert packten sie die Sachen in Roberts Auto und fuhren weiter.

Nach nur kurzer Zeit war die Straße plötzlich blockiert. Ein von einem Sturm entwurzelter Baum lag quer über der Fahrbahn, und da beide Straßenränder steil abfielen, musste Robert wenden und zurückfahren. An der nächsten Ausfahrt fuhr er ab und versuchte, sich weiterhin Richtung Norden zu halten.

Als sie auf ein landwirtschaftliches Gehöft zufuhren, fielen plötzlich Schüsse. Hanna schrie auf, während Robert abrupt abbremste.

»Köpfe runter! Schnell!«, brüllte er, legte den Rückwärtsgang ein und raste, so schnell es ging, davon. Auch er musste sich ducken, weil die Schüsse durch die Scheiben schlugen. Dadurch verlor er die Kontrolle, kam von der Straße ab und donnerte über eine Wiese. Als ein Reifen platzte, krachte sein Kopf gegen die Seitenscheibe.

Erst als sie die Querstraße erreichten und die Schüsse verstummten, hielt er an.

»Ist jemand verletzt?«, rief er völlig außer sich. Eine der Kugeln hatte seine Schulter gestreift und sie brannte höllisch, doch er war nicht schwer verletzt. Sein Kopf fühlte sich allerdings an, als sei er zerbrochen.

»Scheiße, Karin hat's erwischt!«, rief Alexander.

Voller Entsetzen drehte sich Robert um und sah, dass Karins Oberteil schon voller Blut war. Sie hatte die Augen aufgerissen und blickte sich mit wirrem Blick um. Hanna und Sarah waren jedoch unverletzt.

»Raus hier!«, brüllte er wieder, »und hinter das Auto.«

Er stieg aus, ließ die Tür als Schutz offen, und half den anderen, Karin aus dem Auto zu ziehen. Als sie dahinter auf dem Boden lag, erkannten sie, dass sie unterhalb der Schulter getroffen worden war.

Verzweifelt schlug Robert Karin auf die Wangen. »Karin, bleib wach! Wir werden dir helfen.«

Er wusste, dass es ein erbärmlicher Versuch war, ihr Mut zuzusprechen. Die Kugel steckte irgendwo in ihrem Körper, und alleine mit Verbänden und Pflastern konnten sie ihr nicht helfen.

Während er durch die Scheiben in Richtung Gehöft sah, stöhnte Karin laut auf.

Noch kam niemand zu ihnen.

»Nehmt die Gewehre«, zischte Robert, »und legt euch auf den Boden! Wenn sie kommen, knallt sie ab!«

Während Sarah und Alexander unterhalb der Autotüren auf das Gehöft zielten, versuchten Robert und Hanna, die Blutung zu stillen. Zuerst drückten sie einen zusammengedrückten Pullover auf die Wunde, doch das Blut drang sofort durch.

Plötzlich riss ihn Sarahs Stimme aus seinen Bemühungen.

»Diese Arschlöcher kommen! Sie sind zu viert!«

Voller Panik sah auch Robert in die Richtung. Vier Männer liefen geduckt über die Wiese und hielten Waffen in ihren Händen.

Wütend schlug er mit der Faust gegen das Auto. Was sollte er nur tun?

»Hanna, drück weiter auf die Wunde! Wir dürfen diese Dreckskerle nicht an uns heranlassen.«

Entschlossen griff er zur Pistole und spähte unter einer der Türen hindurch.

»Wartet noch etwas! Wenn ich das Zeichen gebe, schießt ihr! Sarah, übernimm du den Linken! Alexander den Rechten!«

Sie warteten noch etwas, bevor Robert schließlich »jetzt« rief. Dann schossen sie.

Alexander traf, doch Sarah benötigte einen weiteren Schuss, bevor auch der linke Mann zu Boden fiel. Offenbar hatten die Männer nicht damit gerechnet, dass ihre Opfer bewaffnet waren, denn nun rannten die beiden verbliebenen Männer in verschiedene Richtungen davon. Auch Robert verfehlte sein Ziel, und zwei weitere Schüsse von Sarah und Alexander trafen nicht.

»Verdammt!«, rief Sarah, »sie laufen zurück.«

Sie schoss noch einmal, traf aber auch diesmal nicht.

»Hör auf!«, schrie Robert. »Sie sind zu weit entfernt. Wir dürfen die Munition nicht vergeuden.«

Schnell kroch er zurück zu Hanna und Karin, um seine Tochter abzulösen. Mittlerweile hatte sich der Pullover mit Blut vollgesogen.

Hannas Stimme klang panisch. »Ich kann es nicht stoppen. Was soll ich tun?«

Nun kamen auch Sarah und Alexander zu ihnen. Während Sarah Karins Kopf auf ihren Schoß bettete, starrte Alexander auf Karins Oberteil. »Es muss eine Hauptader getroffen worden sein. Es wird immer schlimmer.«

Nun nahm Robert Hanna den Pulli ab und presste ihn auf Karins Wunde. Ihr Stöhnen wurde leiser und ihr Gesicht aschfahl.

»Nein«, rief Robert, »bleib bei uns! Karin, hörst du? Du bleibst! Sag doch etwas, irgendwas!«

Doch sie schloss die Augen und blieb stumm. Völlig außer sich schlug Robert ihr wieder auf die Wangen, schrie sie an, schüttelte sie, aber sie rührte sich nicht mehr. Dann bettete er sie flach auf den Boden und legte sein Ohr auf ihre Brust. »Scheiße! Wir müssen sie zurückholen.«

Sofort begann er mit der Herzdruckmassage. Währenddessen setzte sich Hanna neben Karins Kopf und wartete, bis ihr Robert das Zeichen gab, sie zu beatmen.

Dann übernahm sie.

Völlig verstört sah Alexander auf Karins Gesicht. Es durfte nicht sein, es war unmöglich. Er zwang sich dazu, immer wieder zum Gehöft zu sehen, doch die Männer hatten sich dort offenbar verschanzt. Und auch Robert lief das Blut durch sein Haar bis auf seine Schultern.

Obwohl Robert und Hanna sich abwechselten, blieb Karin regungslos.

Irgendwann hielt Robert inne, sah auf Karin und schüttelte den Kopf. Er wollte es nicht wahrhaben, also horchte er wieder, ob er einen Herzschlag vernahm, doch es blieb still.

Schließlich setzte er sich auf, schloss die Augen und atmete tief durch.

Karin war tot.

»Nein!«, flüsterte Hanna, »Nicht du. Bitte nicht.« Zutiefst entsetzt legte sie den mit Blut vollgesogenen Pulli zur Seite, küsste Karins Haar und strich über ihre Wangen.

Entsetzt über Karins Tod saßen sie eine Weile nur da und sagten kein Wort. Irgendwann sah Robert wieder zum Gehöft, und da dort niemand zu sehen war, holte er das Gepäck aus dem Auto. Die beiden Vorderreifen waren zerschossen, und die Windschutzscheibe lag in Trümmern.

»Wir müssen zu Fuß weiter«, erklärte er, »und wir sollten es bald tun, bevor diese Schweine zurückkommen.«

»Und was ist mit Karin?«, fragte Alexander. »Wir können sie doch nicht einfach liegen lassen.«

»Wir können sie nicht begraben!« Es war schlimm, dass sie Karin nicht einmal mehr die letzte Ehre erweisen konnten, doch sie waren selbst noch nicht in Sicherheit. Deshalb zog er eine Decke aus dem Kofferraum und legte sie über Karins Körper.

»Es tut mir leid«, flüsterte er, »mehr können wir nicht tun.«

Nach einigen Momenten zogen sie ihre Rucksäcke über und liefen geduckt zur Straße. Dabei achteten sie darauf, dass das Auto als Schutz zwischen ihnen und dem Gehöft blieb.

Auf der anderen Straßenseite waren sie wegen eines Waldstücks sicherer. Schnell liefen sie hindurch, kletterten einen steilen Hang hinauf und hielten erst an, nachdem sie einen Bach überquert hatten und einen weiteren bewaldeten Steilhang emporgestiegen waren.

Hier rasteten sie.

Als Robert in die Gesichter der anderen sah, wurde er wütend. Binnen weniger Augenblicke war Karin aus ihrem Leben gerissen worden. Einfach so. Während Sarah stumm auf einer Baumwurzel saß, starrte Hanna hinter sich. Niemand folgte ihnen, alles blieb still.

»Wir müssen ein Auto auftreiben«, sagte Alexander schließlich, »je eher, desto besser.«

Sarah schüttelte aber nur den Kopf. »Wären wir bloß nicht losgefahren!« Dabei sah sie Robert scharf an, doch er kommentierte es nicht.

Sofort schaltete sich Hanna ein. »Sarah, es war nicht Roberts Schuld. Sie haben einfach so geschossen.«

»Ich weiß.«

Dann sah Hanna auf ihren Vater und erschrak. Sein Hemd hatte sich mit dem Blut seiner Kopfverletzung vollgesogen, und auch die Schusswunde schien sehr tief zu sein. Zwischen den zerfetzten Stoffresten auf seiner Schulter war deutlich eine längliche, offene Wunde zu sehen.

»Setz dich, ich muss dich verbinden.«

Erst jetzt, als sich Robert auf einen Stein setzte, wurde ihm schwindlig.

»Geht es?«, fragte Alexander.

»Ja, ist nur ein Streifschuss.«

»Und der Kopf?«

Besorgt öffnete Hanna eines der Verbandspäckchen und legte einen Druckverband. Er hatte sich eine Platzwunde zugezogen.

Als sie fertig war, sah Robert sie lange an. »Danke. Lasst uns weitergehen.«

»Bist du dir sicher?«

»Natürlich. Jetzt geht es besser.«

Sie tranken noch und brachen dann auf. Doch bevor sie einen Wanderweg erreichten, fiel Robert etwas zurück.

»Was ist?«, wollte Alexander wissen.

»Ich weiß es nicht. Es geht schon.«

Für einige Augenblicke musste sich Robert an einen Baumstamm lehnen, um besser durchatmen zu können.

Sofort kamen die anderen zu ihm zurück.

»Offenbar nicht,« sagte Alexander, »vielleicht sollten wir im nächsten Haus eine Pause machen.«

Doch Robert schüttelte den Kopf. »In der Nähe dieser Typen? Nein, wir müssen weiter.«

Weil Robert aber Schwierigkeiten hatte, das Tempo der anderen mitzugehen, entschieden sie, immer wieder zu rasten.

338

Schließlich erreichten sie ein Haus, das mehrere hundert Meter außerhalb des nächsten Dorfes stand. Mittlerweile konnten sie bereits am Staub, Schmutz und den Ablagerungen der Jahreszeiten auf den Autos erkennen, ob ein Haus bewohnt war oder nicht. In diesem Fall schien es nicht so zu sein, trotzdem hielten sie an ihrer Tradition fest, zuerst zu klopfen und zu rufen, bevor sie eines der Fenster einschlugen.

Es war ein altes Haus, in dem sie auch keine Leichen fanden. Da der Druckverband auf Roberts Schulter wieder mit Blut getränkt war, öffnete Hanna den Verband, und wusch die Wunde aus. Es war tatsächlich nur ein Streifschuss, jedoch recht tief. Wenigstens schien die Kopfwunde nicht mehr allzu sehr zu bluten.

Nicht nur in Situationen wie diesen vermisste sie Karin schmerzlich.

»Wir sollten es nähen!«, sagte plötzlich Sarah, »ich habe gestern Nacht Nadel und Faden gefunden.«

Während Alexander Wasser aufkochte, erhitzte Hanna die Nadel.

»Ich nähe!«, entschied sie, als sie fertig war, »Papa, beiß die Zähne zusammen.«

Stich für Stich nähte Hanna die Wunde, und als die Blutung deutlich abnahm, wickelte sie den Verband wieder auf.

Robert hatte keine Schmerzen verspürt. Sein Kopf brummte, und er zitterte, weil er fror. Immer wieder musste er an die sterbende Karin denken, an ihr Gesicht, bevor sie nicht mehr geatmet hatte, und an den Griff ihrer Finger in seiner Hand. Voller Wut fragte er sich, warum diese Männer auf sie geschossen hatten. Und dann verlor er sich in seinen Gedanken um ihre Flucht vor den Schüssen irgendwelcher Fremden.

Irgendwann bemerkte er, dass ihn Alexander skeptisch ansah.

»Wir sollten vielleicht vorerst hierbleiben, dir geht es nicht gut.«

»Warum?«

»Du hast geschlafen. Das hast du tagsüber nicht mehr, seit dieser Mist angefangen hat?«

»Wirklich ...?«

Tatsächlich saß Hanna gerade am Tisch und aß Reis. Sie mussten ihn zuvor zubereitet haben, und er hatte es nicht mitbekommen. Doch als er sich aufsetzte, spürte er, dass es ihm besserging. Er fror zwar noch, doch er schob es auf den Schlag gegen seinen Kopf und nicht auf einen beginnenden Infekt.

Als Hanna bemerkte, dass Robert wach war, reichte sie ihm einen vollen Teller.

»Wir bleiben auf jeden Fall. So können wir nicht weiterziehen.«

»Aber nicht allzu lange. Wir müssen ein Auto zum Laufen bringen, um von hier zu verschwinden.«

»Sarah probiert es gerade. Es stehen drei Wagen hinter dem Haus.«

Robert nickte und aß. Währenddessen begutachteten Hanna und Alexander die Wunde. Der Verband hatte sich kaum rot gefärbt.

Nach einer Weile kam schließlich Sarah zu ihnen.

»Nichts. Einer springt nicht an, die anderen sind wie tot. Vollkommen leere Batterien.«

»Macht nichts«, sagte Robert, »wir finden schon eins. Spätestens in dem Dorf da hinten.« Und dann sah er sie etwas strenger an. »Du solltest nicht alleine dort draußen sein.«

Sarah antwortete nicht, sondern nahm sich ebenfalls etwas Reis und aß. Schließlich wandte sie sich Robert zu. »Die Autos sind vom Fenster aus einsehbar. Was soll das? Selbst wenn wir zusammen sind, sind wir nicht sicher. Karin war auch nicht alleine.«

»Das ist etwas anders. Wir wurden vorhin ...«

»Blödsinn!«, schrie Sarah plötzlich. »Das ist doch alles Quatsch! Einer nach dem anderen stirbt, weil wir auf einer völlig sinnlosen Suche nach irgendetwas sind, das es wahrscheinlich gar nicht gibt. Robert, du kannst uns nicht schützen, nicht dich und nicht uns. Karin ist tot. Wer ist der Nächste?«

»Hör auf!«, zischte Alexander, »ohne Vater wären wir gar nicht hier. Und du noch in diesem Scheißkloster bei diesen Wichsern. Wir können immer und überall beschossen werden, selbst, wenn wir zu zehnt wären.«

»Ach ja?« Sarah schien plötzlich wie von Sinnen und starrte hasserfüllt auf Alexander und Robert. »Ja, vielleicht wären wir gar nicht hier, womöglich aber mit meinem Vater woanders. Ihr beide habt ihn gehen lassen, alleine! Jetzt sitzen wir hier, ohne Auto, irgendwo in einer miesen Gegend.«

»Hör auf!«, sagte jetzt Hanna bestimmt. »Das ist unfair. Und das weißt du!«

Mit voller Wucht warf Sarah den Teller gegen die Wand und griff nach der Pistole. »Was ist schon fair? Nichts!« Dann lief sie wütend hinaus.

Sofort lief ihr Alexander hinterher, doch sie drehte sich blitzschnell nach ihm um. »Bleib hier! Ich sehe nur nach Autos, ich bin kein Baby.«

»Ich lasse dich nicht alleine gehen!«

Offenbar sah sie an seinem Blick, dass er es ernst meinte und ihr auf jeden Fall folgen würde.

Nun kam auch Robert hinaus, doch er schwankte etwas und hielt sich am Türrahmen fest. »Sarah, lauf nicht weg! Du kannst wütend sein, mich von mir aus auch hassen, aber lauf bitte nicht weg.«

Sarah konnte ihm nicht in die Augen sehen. Ihr Körper bebte, und ihr Herz schlug wild. »Ich gehe in den Stall. Ist das den werten Herren wenigstens recht?«

Dann ließ sie die beiden stehen und verschwand in der gegenüberliegenden Scheune.

»Lass sie!«, sagte Robert und legte Alexander eine Hand auf die Schulter. »Wir müssen jetzt vor allem aufpassen, dass wir nicht auseinanderbrechen.«

Mittlerweile stand auch Hanna hinter ihnen und starrte zur Scheunentür. »Ich komme nicht mehr an sie ran. Mein Gott, diese Schweine haben sie fertiggemacht.«

Sie sahen noch eine Weile zur Scheune hinüber, gingen dann aber wieder ins Haus.

Sarah kam auch während der kommenden Stunden nicht zurück. In dieser Zeit sah Hanna noch einmal nach Roberts Wunde, und da sie kaum blutete, wickelte sie einen neuen Verband um die Naht. Dabei fragte sie sich, ob ein Breitbandantibiotikum bei einer möglichen Blutvergiftung helfen würde.

Robert fror auch jetzt noch, doch, weil seine Wunde stark schmerzte, schob er sein Unwohlsein auf die Folgen der Verletzung. Er hatte vor, noch am heutigen Tag zum Dorf zu gehen, um ein Auto fahrtüchtig zu machen. Falls die Straßen ohne weitere Zwischenfälle passierbar waren, könnten sie bereits am kommenden Tag das Nürnberger Umland erreichen.

Alexander sah immer wieder aus dem Fenster. Wenn jemand den Hof betreten sollte, würde er es von dieser Seite aus am ehesten erkennen. Doch in all der Zeit war weder ein Auto vorbeigefahren, noch irgendjemand zu sehen gewesen. Er nahm sich vor, Robert notfalls beim Weg ins Dorf zu stützen, denn er wollte keinesfalls die Nacht hier verbringen.

Da von Sarah noch immer nichts zu hören war, beschloss er, nach ihr zu sehen. Es war schon später

Nachmittag, und ihr langes Fernbleiben beunruhigte hin. Als er den Hof betrat, verschwand die Sonne bereits über dem westlichen Höhenzug. Es war so still, dass er sogar weit entfernte Rehe schrecken hören konnte. Vor der Scheunentür blieb er stehen und lauschte. Irgendetwas raschelte im Innern, dann hörte er ein Klicken. Sarah war also noch da, und gerade, als er auf die Klinke drückte, spürte er etwas Metallisches an seinem Hinterkopf.

»Keinen Mucks, oder ich blas dir dein Gehirn raus!«

Alexander erschrak furchtbar. Völlig erstarrt blieb er stehen und spürte, wie er zu schwitzen begann. Kurz darauf nestelte eine Hand an seinem Gürtel herum und entnahm ihm die Waffe.

»So, und jetzt umdrehen. Beim kleinsten Mucks bist du tot!«

Als er sich umwandte, sah er einem auffällig verwahrlosten Mann ins Gesicht.

»Und jetzt gehen wir zum Haus. Ganz leise.«

Vor dem Haus stand neben einem Fenster ein anderer Mann. Da es nur zwei waren, vermutete Alexander, dass es sich um die beiden handeln könnte, die ihren Beschuss überlebt hatten.

Als er die Haustür erreichte und den Raum betrat, in dem sich Robert und Hanna aufhielten, folgte ihnen der zweite Mann.

Der andere hielt noch immer die Waffe an Alexanders Kopf.

Als Hanna und Robert es bemerkten, erstarrten sie. Sofort griff Robert in Richtung seiner Waffe, doch das Klicken des Revolvers an Alexanders Schädel ließ ihn innehalten.

»Das würde ich nicht tun, Arschloch! Schön die Hände hoch und du auch, mein Kind!«

Entsetzt mussten die drei mitansehen, wie der zweite Mann ihre Pistolen an sich nahm und sie einsteckte. Dann sah er ihre Gewehre.

»Ah, da haben wir sie ja«, sagte der, der Alexander bedrohte. »Mit denen habt ihr meinen Bruder und einen guten Freund erschossen.« Dann stieß er Alexander zu Robert und zielte auf sie. »Und mit den gleichen Waffen werden wir euch erschießen. Einen nach dem anderen. Legt euch auf den Boden, mit dem Rücken nach oben. Sofort!«

Sie gehorchten. Als auch Hanna zu ihnen gehen wollte, zielte der Mann auf sie.

»Nein, du nicht, mein Zuckerhäschen. Du nicht!«

Hanna roch den ekelerregenden Atem des Mannes. Sie hatte die Blicke der Männer im Kloster schon beinahe studiert, doch ihr war klar, dass diese beiden Männer völlig verroht waren. Die Erinnerungen an das Kloster waren so frisch, als wäre es vor wenigen Augenblicken gewesen.

Während der eine Mann auf Robert und Alexander zielte, ging der andere unerträglich langsam um Hanna herum. »Erschießen können wir euch auch später. Warum die Eile?« Als er hinter Hanna stand, strich er über ihr Haar und riss schließlich ihren Kopf in die Höhe.

»Zuerst werden wir noch ein bisschen Spaß haben. Ist das dein Vater dort drüben?«

Hanna sagte nichts, doch Robert keuchte vor Wut. »Wehe, du rührst sie an. Ich werde dir deinen Kopf abschneiden!«

Der Mann lächelte und ließ Hanna los. »Ah, er ist dein Vater.« Triumphierend näherte er sich Robert und ging vor ihm in die Hocke. Dann sah er ihm einige Momente intensiv in die Augen. »So, du wirst jetzt zusehen, wie wir beide deine Kleine ficken. So richtig schön langsam, und du wirst alles beobachten. Wir lassen uns Zeit, wir haben keine Eile. Jedes Mal, wenn du die Augen schließt oder du wegsiehst, werde ich ihr einen Finger abschneiden. Hast du das verstanden, Arschloch?«

Panisch suchte Robert nach einem Ausweg. Der auf sie zielende Mann stand aber zu weit entfernt, um einen Überraschungsangriff zu wagen. Ihre Situation war aussichtslos.

»Und dann«, fuhr der Mann fort, »erst dann werden wir euch abknallen. Erst den Jungen, dann die Kleine, falls sie denn noch lebt, und zum Schluss dich.«

Dann ging er auf Hanna zu. Dort drehte er sich noch einmal zu Robert um. »Und nicht wegsehen. Du kannst es genau zehnmal machen, dann muss ich mir etwas anderes zum Abschneiden suchen.«

Als Robert nicht antwortete, ging der Mann zum Tisch, legte seinen Waffengürtel mit der Pistole ab und zog sich die Hose runter.

Plötzlich zerfetzte ein Schuss die Stille. Augenblicklich fiel der Mann, der auf Robert und Alexander gezielt hatte, wie ein Stein zu Boden. Blut trat aus seinem Kopf.

Sofort wollte sich der andere Mann auf seine Waffe stürzen, doch ein zweiter Schuss traf seine Schulter und ließ ihn stürzen.

Mit angelegter Waffe betrat Sarah den Raum und zielte auf ihn. »Na, wen willst du vergewaltigen, du kleiner Wichser?«

»Sarah!«, rief Hanna unendlich erleichtert, ging zum toten Mann und nahm die Waffe. Auch Robert und Alexander erhoben sich, griffen nach den Waffen und zielten auf den Überlebenden.

»Ihr Schweine!«, zischte der Kerl und hielt mit zitternder Hand seine Schulter. »Ihr habt ihn erschossen!«

»Natürlich!«, sagte Sarah. »Was dachtest du denn? Arschlöcher wir ihr gehören erschossen.«

Mit ruhiger Hand zielte sie auf den Kopf des Mannes. Sie hatte bemerkt, dass jemand am Stall gewesen war, und als sie hinausgesehen hatte, war sie den Männern ins Haus gefolgt.

Robert war voller Wut. Entschlossen ging er zu dem Mann und wollte ihm in den Kopf schießen, doch Sarah hielt ihn zurück.

»Er gehört mir!«

Erschrocken sah er in Sarahs Gesicht, spürte ihren Hass, ihren Schmerz, der jetzt seinen Höhepunkt zu erreichen schien. In diesem Moment kam sie ihm vor wie ein Racheengel, der sich all den Frust und die schrecklichen Erlebnisse von der Seele schießen wollte.

»Sag mir!«, schrie sie den Mann an, »wen willst du vergewaltigen, du kleiner, mieser Wichser?«

Er antwortete aber nicht, sondern starrte mit wirren Blicken um sich.

Dann zielte Sarah auf seine Genitalien und drückte ab. Wieder zerfetzte ein Schuss die Stille, der Mann schrie auf, sackte vornüber zu Boden und brüllte, bis er nur noch wimmerte.

»Erschieß ihn!«, rief nun Hanna, doch Sarah schien nicht zu hören. Als sei er ein Traumbild, starrte sie auf den Mann vor sich, ließ die Waffe sinken und rührte sich nicht.

Entsetzt sah auch Robert auf Sarah, ging aber dann auf den Mann zu und tötete ihn durch einen Kopfschuss. Dann nahm er Sarah die Waffe aus der Hand, legte sie auf den Tisch und sah sie an.

»Danke«, flüsterte er leise, »danke.«

Sarah erwiderte nichts, sondern starrte auf den Toten.

Dann drehte sie sich zu Robert um. »Es tut mir leid, was ich gesagt habe. Ich weiß, dass er dein Freund war.«

»Es muss dir nichts leidtun. Er war dein Vater, und du hast jedes Recht dazu, wütend zu sein.«

Entschlossen zog er sie an sich und umarmte sie. Zu seiner Überraschung ließ sie ihn gewähren. Dann schloss auch Alexander Sarah in die Arme, und als Hanna sie an sich drückte, hielt sie sie lange fest.

Etwas später schleiften sie die Leichen in die Scheune und waren nun im Besitz von zwei weiteren Waffen. Als die Dämmerung hereinbrach, beschlossen sie, diese Nacht doch hier zu verbringen, um Robert etwas Erholung zu ermöglichen. Doch sie sprachen nicht viel, denn der Schreck ließ sie lange Zeit nicht los.

In dieser Nacht fragte sich Robert, wie Sarah vor dieser Katastrophe gewesen war. Er versuchte, sie sich in einer Welt vorzustellen, in der man nicht täglich um sein Überleben kämpfen und hungern musste. Doch es gelang ihm nicht. Er konnte sich auch nicht mehr daran erinnern, wie er selbst zuvor gewesen war. Jetzt lebten sie nur noch für den Augenblick, und sie lagen nicht tot in der Scheune.

Nicht an diesem Tag.

Die Entscheidung

Obwohl die anderen Robert so gut wie möglich entlasteten und ihn schlafen ließen, fand er keine Ruhe. Offenbar war der Aufprall seines Kopfes so stark gewesen, dass seine Übelkeit zunahm und er sich in den frühen Morgenstunden sogar erbrechen musste. Hanna vermutete eine Gehirnerschütterung und verordnete ihm Bettruhe. Doch er fühlte sich nicht wohl in diesem Haus, und da die Wunde nicht mehr blutete, wollte er nicht noch einen Tag verstreichen lassen. Seiner Meinung nach konnte er sich auch in einem Auto sitzend erholen.

Gegen den Widerstand der anderen drei brachen sie schließlich auf. Robert wollte die vor ihnen liegende Ortschaft erreichen und dort ein Auto finden, und diesen Weg traute er sich trotz seines Zustands zu.

Nachdem sie das Ortsschild passiert hatten, sahen sie die ersten Autos an den Straßenrändern. Bereits in einem der ersten Fahrzeuge saß eine Leiche, und da sie ahnten, dass wohl auch der Schlüssel vor Ort war, wählten sie dieses aus. Es dauerte jedoch einige Zeit, bis die Luft wieder erträglich war, nachdem sie die Leiche aus dem Auto gezerrt hatten. Doch mit dem ersten Startversuch wurde klar, dass die Batterien leer waren.

»Nach dieser langen Zeit wird auch das Benzin flockig sein«, brummte Robert. »Wir müssen es einfach weiterhin probieren. Schaut vor allem nach Dieselfahrzeugen.«

Da ihnen nichts anderes übrigblieb, suchten sie weiter. Es fand sich jedoch keine weitere Leiche in einem Auto, daher würden sie wohl in die Wohnungen eindringen müssen, um nach den Schlüsseln zu suchen.

Robert musste sich immer wieder hinsetzen. Sein Kopf schmerzte, und er spürte eine ungewohnte Kurzatmigkeit. Doch er wollte unbedingt einen fahrbaren

Untersatz finden, und so vermied er es, den anderen die Wahrheit über seinen Zustand zu sagen.

Während einer Pause schaute er auf den Höhenzug direkt hinter dem Dorf. Zu seinem Erstaunen standen dort Burgmauern, die zu einer erstaunlich gut erhaltenen Festung gehören mussten. Und nachdem er einige Schritte weiterging, um ein Hausdach zu umgehen, das seine Sicht beeinflusste, offenbarten sich dazugehörige Türme und Dächer von Burggebäuden. Sorgfältig eingerahmte und verzierte Fenster zeigten, dass die Festung bestens erhalten und vermutlich eine Touristenattraktion gewesen war.

Er sah sich dieses imposante Bild noch einige Augenblicke an, bevor er mit den anderen in eine der Wohnungen eindrang. Sie war unbewohnt, und es roch auch nicht nach Verwesung. Nach kurzem Suchen entdeckten sie schließlich einen Autoschlüssel und fanden das dazugehörige Fahrzeug in einer der naheliegenden Garagen. Doch auch dieser Motor sprang zu ihrer Enttäuschung nicht an.

Gegen Mittag erbrach sich Robert ein weiteres Mal. Hanna machte sich besonders große Sorgen um ihn und riet ihm dringend, in einer Wohnung zu bleiben. Auch wenn Robert es nicht wollte, musste er sich wenigstens für kurze Zeit hinlegen. Zu seiner Überraschung schlief er ein.

Als er erwachte, standen Alexander, Sarah und Hanna im Zimmer und unterhielten sich.

»Wo bin ich?«, wollte er wissen.

Sofort kamen die anderen zu ihm ans Bett.

»In dem Bett, in das du dich zuvor gelegt hast«, antwortete Alexander. »Wie geht es dir?«

»Ich weiß nicht. Ich könnte tagelang schlafen.«

Besorgt sah Sarah auf den Kopfverband, aber der rote Fleck darauf war nicht größer geworden. »Wir haben ein Auto gefunden. Wir haben es bestimmt eine Stunde laufen lassen, die Batterie müsste jetzt einigermaßen aufgeladen sein.«

»Was?« Robert erschrak zutiefst. »Ihr wart alleine dort draußen?«

Ihr Blick war Antwort genug. Robert wusste, dass sie in der Lage waren, selbst auf sich aufzupassen. Mit jedem Tag mehr. »Super gemacht!«

Als er aufstehen wollte, reichte ihm Hanna zwei Kopfschmerztabletten. »Sie lagen im Bad. Nimm sie, während der Fahrt kannst du dann weiterschlafen.«

Robert schluckte die Tabletten, blieb noch eine Weile liegen und stand dann auf.

Etwas später saß er auf der Beifahrerseite neben Alexander und sah zu, wie er durch die Straßen fuhr. Noch immer thronte die Festungsanlage hoch über dem Ort, und als sie die Zufahrt zur Burg erreichten, bat Robert darum, kurz anzuhalten.

»Es ist die Harburg!«, erklärte Robert, »jetzt weiß ich auch, woher ich den Namen dieser Ortschaft kannte.«

Die anderen starrten ihn fragend an.

»Es sind nur einige hundert Meter«, fuhr Robert fort. »Was wäre, wenn sie leer steht? Es ist eine Festung. Was früher Invasoren abgehalten hat, könnte auch heute funktionieren.«

Nun sahen auch Sarah, Hanna und Alexander zu den hohen Mauern der Burg.

»Ich glaube nicht, dass sie unbewohnt ist«, meinte Sarah. »Und wenn, sind die Mauern bestimmt nicht mehr so unüberwindbar wie vor einigen hundert Jahren.«

»Und wenn doch?«

»Und wie willst du das testen?«, wollte Alexander wissen. »Du wärst der Erste, der uns davon abhalten würde, ein solches Risiko einzugehen. Wir haben ein Auto gefunden, das noch fährt, also lasst uns fahren.«

Trotz dieses Arguments wollte Robert die Gelegenheit nicht einfach so verstreichen lassen. »Ich möchte es mir nur ansehen. Wir fahren hoch, bleiben in sicherem Abstand und beobachten es eine Weile. Wir können jederzeit wieder fahren.«

Da niemand antwortete, schwenkte Alexander seinen Blick zwischen Robert und der Festung hin und her, legte dann aber den Gang ein und bog in Richtung Burganlage ab.

Sie kamen nur bis zur ersten Kurve. Zu ihrer Überraschung versperrte ein langer Baumstamm die gesamte Straße, dahinter waren Autoreifen aufgetürmt, die eine Durchfahrt absolut unmöglich machten. Robert erkannte schnell, dass es nicht einmal möglich wäre, mit einem gepanzerten Fahrzeug hindurchzubrettern.

Sie standen vor einer bewusst angelegten, perfekten Durchfahrtssperre.

Verblüfft sah Alexander auf das Bollwerk. »Scheiße! Was ist das denn?«

»Fahr zurück!«, rief Sarah. »Fahr, bevor uns noch jemand sieht!«

Doch er reagierte nicht, sondern starrte nur durch die Scheibe. Niemand war zu sehen, nichts war zu hören.

»Wartet!«, rief Robert. »Wenn diese Festung wirklich bewohnt ist, könnte es sich um eine große Gemeinschaft handeln. Vielleicht sind die Bewohner auch längst gestorben und alles liegt brach.«

Sarah schüttelte den Kopf. »Wir kennen diese Typen nicht. Sie werden uns abknallen.«

Wegen der plötzlichen Aufregung hatte Robert das Gefühl, sein Kopf würde platzen. Dennoch drehte er sich zu Sarah um. »Wir kennen die Menschen in Nürnberg auch nicht. Dort wird uns ein ähnliches Bild erwarten. Und auch dort müssen wir darauf vertrauen, dass nicht geschossen wird. Wir haben hier eine absolut vergleichbare Lage.«

Zu seiner Überraschung zog Hanna ihren Rucksack über und hob die Waffe in die Höhe. »Wir sollten nachsehen. Papa hat recht, wir werden es in Nürnberg auch tun müssen.«

Mit angehaltenem Atem sah Sarah noch einige Augenblicke nach vorn, nickte aber dann. »Okay. Wir nähern uns unauffällig. Sobald uns irgendein Arsch blöd kommt, sind wir weg.«

Robert nickte, auch Alexander stimmte zu.

Um ihr Auto nicht derart auffällig stehen zu lassen, parkten sie es an der Kreuzung, umgingen den großen Baumstamm und blieben vor dem ersten Berg von Autoreifen stehen. Er war bestimmt drei Meter hoch, und als Robert an dessen Seite vorbei sah, erkannte er noch zwei weitere dieser Anhäufungen.

»Da hat es jemand ganz genau genommen«, sagte er zu den anderen. »Gehen wir bis zum Letzten, und dann entscheiden wir weiter.«

Als sie zum zweiten Berg gingen, sahen sie, dass auch auf den Wiesenflächen neben der Straße Baumstämme und gestapelte Reifen eine Durchfahrt unmöglich machten. Falls es sich um die einzige Zufahrt zum Burggelände handelte, war die Festung nur zu Fuß erreichbar.

Am letzten Reifenstapel hielten sie an. Zu ihrer Überraschung war vor ihnen die gesamte Straße frei. Insgesamt verlief sie in einer großen Schlaufe, die oben am Burgeingang endete. Doch auf halber Strecke erkannten sie eine Holzbarriere mit einem Durchgang in der Mitte.

»Sollen wir wirklich weiter?«, fragte Sarah.

Robert wollte zwar unbedingt wissen, ob dieser Ort bewohnt war, doch er würde dafür keinesfalls ein größeres Risiko eingehen als nötig. »Warten wir erstmal ab. Vielleicht sehen wir ja jemanden.«

Vorsichtig postierten sie sich am Rande des Reifenwalls und inspizierten die Gegend. Zu ihrer rechten Seite begann ein Wald, aus dem jederzeit jemand hätte schießen können. Nach der Holzbarrikade, die etwa zweihundert Meter vor ihnen lag, war die Sicht wieder frei bis zu den hohen Mauern.

Plötzlich wies Hanna mit der Hand nach vorne. »Seht doch, da kommt jemand!«

Aufgeregt sah Robert nach vorn zur Barrikade. Deutlich erkannte auch er einen Mann, der von der Burg zum Holzwall ging. Dort blieb er stehen und sah in ihre Richtung.

»Scheint ein Wachposten zu sein«, sagte er. »Ich glaube, er hat uns gesehen.«

»Er HAT uns gesehen«, bestätigte Sarah, »er sieht genau zu uns.« Sie machte sich bereit, notfalls zu schießen.

Zu ihrer Überraschung hallte plötzlich eine Stimme zu ihnen. »Kommt heraus und zeigt euch! Oder verschwindet! Ihr könnt wieder in euer Auto steigen und fahren.«

Zutiefst erschrocken sahen sich die drei an. Deutlich spürte Sarah, wie ihr Herz vor Aufregung schneller schlug.

»Er lässt uns die Wahl?«, wunderte sich Robert. »Das ist seltsam.«

Kopfschüttelnd setzte sich Sarah auf einen der Reifen, steckte die Pistole ein und zielte mit dem Gewehr auf den Mann. »Sie haben unser Auto längst entdeckt. Sie hätten uns abknallen können.«

»Aber vielleicht wollen sie das gar nicht«, riet Alexander. »Wir müssen mit ihm reden.«

»Nein!« Sarah sah Alexander scharf an. »Auf dem Weg zu diesem Holzzaun haben wir keinerlei Schutz. Es wäre reiner Wahnsinn.«

»Vielleicht«, sagte Robert, »oder aber es ist eine wirklich gute Schutzmaßnahme gegen ungebetene Gäste. Sie kennen UNS ebenso wenig.«

Alexander biss sich auf die Lippen. »Es ist zu riskant. Lasst uns umdrehen.«

Für einige Momente schloss Robert die Augen und griff an seine Wunde. Sie waren doch so weit gekommen ...

»Wir sollten es versuchen!«, sagte er schließlich. »Ich glaube nicht, dass sie schießen. Sie haben uns angeboten zu gehen. Was glaubt ihr erwartet uns bei einer Zuflucht, auch der in Nürnberg? Genau das! Meint ihr, sie haben offene Türen, und es steht jemand vom Roten Kreuz mit einem Willkommensgeschenk und einem Blumenstrauß davor? Sie müssen sich besonders gegen Gruppen wie uns schützen. Und das sieht dann SO aus.« Dabei wies er mit seiner Hand in Richtung Festung. »Eine absolute Sicherheit gibt es natürlich nie, da hast du recht. Nicht hier, nicht in Nürnberg und auch nicht anderswo.«

»In Nürnberg soll es sich aber tatsächlich um eine Zuflucht handeln«, erwiderte Hanna.

Sarah schüttelte den Kopf. »›Soll‹! Wir wissen rein gar nichts.«

Ein Blick auf den Wachposten zeigte Robert, dass dieser nur ruhig dastand und offenbar abwartete. »Sie hätten uns längst ausschalten können. Vermutlich haben sie auf den Mauern Scharfschützen postiert. Unser Auto ist nicht mal in der Sichtweite des Postens, weil ein Wäldchen dazwischen steht. Schon entdeckt?« Als sie sich davon überzeugt hatten, wurde seine Stimme weicher. »Wir reden mit ihm und entscheiden dann. Wir müssen auch nicht weitergehen als bis zur Barrikade. Dass sie uns den Rückzug angeboten haben, zeigt mir, dass sie nicht auf Schwierigkeiten aus sind.«

Plötzlich hallte wieder die Stimme zu ihnen. »Ihr könnt herauskommen, euch wird nichts geschehen. Falls ihr aber schießt, werden wir euch ausschalten. Oder ihr geht zurück. Doch ihr werdet jetzt den Zugangsbereich verlassen.«

Für einige Augenblicke sahen sie sich stumm an. Sarah spürte, dass diese zweite Aufforderung Roberts These eher unterstrich. Vielleicht hatten sie es tatsächlich mit vernünftigen Menschen zu tun.

»Gehen wir!«, sagte Hanna. »Wenn sie wirklich friedlich sind, würden wir noch mehr Skepsis verursachen, wenn wir uns aufteilen.«

Als sie zu Sarah sah, blickte diese gerade zu dem Wäldchen, hinter dem ihr Auto stand. Niemand wusste, was sie gerade dachte oder fühlte, aber ihre Finger spielten auffällig lange mit ihrer Waffe.

Doch dann drehte sie sich zu ihnen. »Okay. Lasst es uns ausprobieren.«

Sie schauten zu dem Mann an der Barrikade, atmeten tief durch und betraten die freie Straße.

Nebeneinander gehend hielten sie die Waffen in den Händen, richteten sie aber nach unten. Einerseits wollten sie nicht aggressiv wirken, doch auch nicht wehrlos sein. Auf der ihnen zugewandten Festungsmauer waren nun zwei weitere Personen zu sehen, die eindeutig die Gegend absicherten und mit Gewehren in ihre Richtung zielten.

Etwa zehn Schritte vor der Barrikade blieben sie stehen. Ein Mann, der ungefähr in Roberts Alter war, stand hinter dem etwa anderthalb Meter hohen Holzwall und sah ihnen entgegen.

»Lasst euch keine Dummheiten einfallen«, begrüßte er sie, »ihr würdet es nicht überleben.«

»Ich weiß«, antwortete Robert. »Es ist nicht zu übersehen.«

Der Mann nickte und stand etwas aufrechter als zuvor. Für einige Augenblicke musterte er die vier Fremden.

»Wer seid ihr?«, fragte er schließlich.

Aufgeregt hielt Sarah den Finger am Abzug der Pistole. Sie würde dem Mann sofort eine Kugel in den Kopf schießen, sobald jemand auf der Mauer das Feuer eröffnen sollte.

Robert spürte ihre Ungeduld und warf ihr einen warnenden Blick zu. Dann antwortete er. »Wir kommen aus der Ammerseegegend und waren auf dem Weg nach Nürnberg. Doch wir sind hier überfallen worden.«

Offenbar war der Mann über ihre großzügige Bewaffnung erstaunt, denn sein Blick schwenkte auffällig lange zwischen ihnen hin und her.

»In Harburg?«

»Nein, außerhalb. Daher der Verband um meinen Kopf.«

»Waren es vier Typen?«

Robert stutzte. Plötzlich befürchtete er, es wären Mitglieder dieser Gruppe gewesen. »Ja.«

»Aha. Diese Typen terrorisieren schon länger die Gegend. Sie wissen, dass Menschen auftauchen, die von der Harburger Gruppe gehört haben. Diese rauben sie dann aus.«

»Dann gehören sie nicht zu euch?«

»Um Gottes willen, nein. Aber ihr seid ihnen ja entkommen. Habt ihr wenigstens einen von ihnen erwischt?«

»Alle vier!«

Auf einmal veränderte sich der Gesichtsausdruck des Mannes. »Was? Ihr habt sie alle erledigt?«

»Notgedrungen.«

Der Mann schwieg. Robert vermutete, dass er versuchte, sie etwas besser einzuschätzen.

»Und warum seid ihr hierhergekommen?«, wollte der Mann etwas später wissen.

»Wir sahen die Festung und haben uns gedacht, es wäre eine gute Gelegenheit. Ich bin ehrlich: Wir suchen eine Zuflucht. Seit Ausbruch dieser Scheiße sind wir auf der Flucht.«

»Aber ihr habt überlebt.«

»Nicht alle von uns.«

Zur Antwort nickte der Mann und zog ein Funkgerät aus der Tasche. »Wartet!« Dann drehte er sich um, ging einige Schritte weg und sprach mit jemandem.

Robert versuchte, die Zeit zu nutzen. »Was meint ihr?«

Bevor Alexander antwortete, sah er zu Sarah und Hanna. »Ich glaube, wir sollten es wagen. Mal sehen, was er jetzt macht und wie es weitergeht. Wir können immer noch gehen.«

»Vielleicht«, entgegnete Sarah. »Wenn sie es nicht auf unsere Waffen abgesehen haben. Vielleicht gehören die vier Typen doch zu ihnen, und jetzt ballern sie uns über den Haufen.«

Hanna schüttelte jedoch den Kopf. »Das glaube ich nicht. Lasst uns abwarten, mit wem er spricht.«

Sie mussten nicht lange warten, denn im großen Burgtor öffnete sich eine Tür und zwei Personen kamen heraus. Im Gegensatz zu dem Wachposten waren sie nicht bewaffnet. Robert wunderte dies nicht, schließlich hatten die Schützen auf der Mauer jeden von ihnen im Visier.

Auf halbem Wege empfing sie der Wachposten, sprach mit ihnen und sah dabei mehrmals zu Robert und seiner Gruppe.

Dann kamen sie zur Barrikade.

»Ich hörte, ihr habt diese Arschlöcher erledigt!«, sagte einer der beiden, die aus der Burg gekommen waren. Es war jünger als der Wachposten, wurde aber von einer wesentlich älteren Frau begleitet.

Zum ersten Mal schwand Sarahs Skepsis, denn die Anwesenheit einer Frau hatte sie nicht erwartet.

»Wir haben uns gewehrt«, erklärte Robert. »Sie haben eine Freundin erschossen.«

»Das tut uns leid«, antwortete die Frau. »Jeder hat Verluste erlitten. Es ist aber gut zu hören, dass diese

Typen nicht mehr dort draußen herumlungern.« Dann trat sie näher zu ihnen. »Bitte steckt eure Waffen ein!«

Zuerst sahen die anderen Robert an, der ihnen schließlich zunickte, so dass sie der Bitte nachkamen.

»Es ist weitaus ungefährlicher für uns alle«, erklärte die Frau. »Wer seid ihr?«

Robert konnte sich immer weniger vorstellen, hier großer Gefahr ausgesetzt zu sein. Die Fremden agierten genau so, wie er es an ihrer Stelle auch getan hätte.

»Mein Name ist Robert, und das sind meine Tochter Hanna, Sarah, die Tochter eines guten Freundes, und mein Sohn Alexander.«

Nun lächelte die Frau zum ersten Mal. »Eine Familie. Wie schön, denn das ist selten geworden in unserer Zeit. Mein Name ist Theresa und dies ist Ralf.« Dabei wies sie auf den jüngeren Mann, der mit ihr aus der Burg getreten war. Dann wechselte sie mehrdeutige Blicke mit den anderen beiden Männern, musterte noch einmal die Waffen und Taschen der Fremden und sah Hanna an. »Wie alt bist du?«

»Fünfzehn«.

»Und du?« Dabei sah sie Sarah an.

»Sechzehn«.

»Und ihr sucht eine Zuflucht?«

Überrascht sahen sie sich an. Konnte es tatsächlich sein, dass dieser Wunsch greifbar wurde?

»Ja«, antwortete Hanna. »Aber es kommt auf die Bedingungen an.«

Die Miene der Frau veränderte sich kurz. »Da hast du wohl recht, mein Kind. Vermutlich habt ihr schon zu viel Schlechtes erlebt, dass ihr euch nicht in jede Gemeinschaft integrieren wollt.« Wieder wartete sie einige Augenblicke und wies dann auf die Festung. »Dies ist ein guter Zufluchtsort. Und er könnte vielleicht auch euch aufnehmen.«

Sarah fühlte, dass ihr Herz schneller schlug. Sie hatte diesen Gedanken immer verworfen, und nun, wo diese Möglichkeit bestand, hatte sie Angst. Sie vertraute niemandem.

»Aber das ist an EURE Bedingungen geknüpft«, riet Robert.

Nun antwortete Ralf: »Natürlich. Es gibt Regeln, die unser Überleben sichern. Es sind sehr umfangreiche Sicherheitsmaßnahmen.«

Fragend sah Robert in die Gesichter der anderen. Mit Sicherheit waren sie nicht die Ersten, die für eine Aufnahme in dieser Festung in Frage kamen.

»Warum bietet ihr es UNS an?«, wollte er wissen. »Warum wir?«

»Zumindest habt ihr sehr gute Chancen«, antwortete Theresa. »Ihr seid eine Familie, es sind drei junge Menschen unter euch. Eine endgültige Entscheidung trifft aber der Rat. Wir brauchen Leute, die sich verteidigen können und wissen, wie man überlebt. Nun ja, in eurem Fall liegt es nahe.«

Für einige Augenblicke schwiegen alle und sahen sich an. Hanna ließ in der Zwischenzeit ihren Blick über die mächtigen Mauern der Festung schweifen. Sie sahen imposant aus, und sie konnte sich nicht vorstellen, wie es jemandem gelingen sollte, unbehelligt dort einzudringen.

»Ich werde euch unsere Zuflucht zeigen«, sagte Theresa. »Wenn ihr euch entscheidet, einzutreten, müsst ihr aber die Waffen abgeben. Das sollte selbstverständlich sein.«

Dies wunderte Robert nicht, aber er spürte, dass es viel änderte. Natürlich hatte er Verständnis für diese Maßnahme, doch er konnte sich nicht mehr vorstellen, ohne Waffe herumzulaufen.

»Beratet euch!«, riet Theresa, »wir warten an der Tür. Wenn ihr euch dagegen entscheidet, wünsche ich euch viel Glück bei eurem weiteren Weg.«

Dann lächelte sie noch einmal und ging mit Ralf zur Burg zurück.

Als Robert zu den anderen sah, wusste er zuerst nicht, was er sagen sollte. Doch er hatte Hoffnung. »Vielleicht ist das unser Zufluchtsort, vielleicht müssen wir gar nicht nach Nürnberg.«

»Was meinst DU?«, wollte Alexander von ihm wissen.

»Ich würde es wagen. Irgendwann müssen wir es tun. Wenn nicht hier, dann bei der nächsten Gelegenheit. Ob es allerdings viele Gelegenheiten geben wird, ist fraglich.«

Hanna nickte. »Ich möchte es mir ansehen. Ich glaube nicht, dass sie gelogen hat.«

Verbissen sah Sarah zum Burgeingang. Trotz ihrer Angst und Skepsis musste sie zugeben, dass eine Flucht von hier ein Weglaufen vor allen Möglichkeiten bedeutete, die eine schützende Gruppe bot.

»Gehen wir!«, sagte sie schließlich. »Wir sind zu weit gekommen, um jetzt davonzulaufen.«

Vorerst

Als sie vor dem Portal ihre Waffen und Rucksäcke abgaben, fühlten sie sich unwohl. Vor allem Sarah benötigte große Überwindung, ihre Pistole in Ralfs Hände zu legen. Vorsichtig steckte er sie in eine große Tasche. »Wir müssen euch noch durchsuchen.«

Robert hätte es gewundert, wenn sie es nicht getan hätten. Bereitwillig streckte er seine Arme zur Seite und sah zu, wie Ralf ihn am gesamten Körper abtastete.

Währenddessen führte Theresa bei Sarah und Hanna eine Leibesvisitation durch.

Nachdem Alexander ebenfalls durchsucht worden war, nickte ihnen Ralf zu, öffnete die Tür im Portal und ließ sie eintreten. Als sei es ein Tor zu einer anderen Welt, schloss sie sich mit einem dumpfen Ton hinter ihnen. Kurz dachte Robert darüber nach, dass alles auch eine Finte sein konnte, um sie hereinzulocken.

»Vielleicht sollten wir zuerst die Krankenstation aufsuchen«, riss Ralf ihn aus seinen Gedanken. »Ich denke, es kann nicht schaden, wenn sich ein Arzt die Wunde näher ansieht.«

Robert staunte. »Ihr habt hier eine Krankenstation?«

»Natürlich.« Er nahm das Funkgerät in die Hand. »Ralf hier. Ist die Krankenstation besetzt? Wir kommen mit einem Patienten.«

Erst, nachdem sich die äußere Burgtür geschlossen hatte, öffnete sich eine zweite Tür direkt vor ihnen. Als sie diese durchschritten, sahen sie sich einem großen Feld gegenüber, auf dem Gemüse und Früchte angebaut wurden. Fünf Häuser schienen bewohnt zu sein, denn einige der Fenster waren geschmückt, Spielsachen, Handwagen und Werkzeug standen herum. Am Ende des Platzes war ein kleiner Solarpark errichtet. Robert konnte nicht glauben, dass offenbar sogar eigener Strom produziert wurde.

»Das ist der äußere Burghof«, erklärte Theresa. »Wir versuchen, möglichst autark zu leben und immer weniger Lebensmittel und Zubehör von außerhalb zu holen.«

Sie blieben jedoch nicht lange an diesem Ort, sondern durchschritten bald ein kleines Tor und standen auf einem gepflasterten Platz.

»Willkommen auf der Harburg«, sagte Theresa. Sie konnte sich gut vorstellen, wie dieses Bild auf jemanden wirken musste, der all die Zeit um sein nacktes Überleben gekämpft hatte.

Vor den vier tat sich eine Welt auf, die sie nicht erwartet hatten. Auf dem großen Burghof waren Dutzende Menschen zu sehen, zwei Kinder amüsierten sich auf einer Schaukel und lachten dabei, eine Frau zog einen Wagen voller Gemüse zu einem Gebäude, ein bewaffneter Mann stand vor dem Eingang eines Hauses, und zwei Männer reparierten eine beschädigte Holzstange des Wehrgangs.

Als sei es ein Traum, starrte Sarah die beiden spielenden Kinder an. Es war bewegend, aber gleichzeitig surreal, und als sie Hanna ansah, konnte sie kaum glauben, Menschen um sich herum zu sehen, die einfach nur LEBTEN. Mit offenem Mund blickte sie auf das rege Leben und konnte nicht fassen, eine so friedliche Stimmung zu erleben.

Als Theresa und Ralf weitergingen, folgten sie ihnen. Einige der Menschen lächelten sie an oder grüßten, andere sahen ihnen einfach nur hinterher, ohne Kontakt aufzunehmen.

Am zweiten Haus gingen sie durch eine Tür, dann hinauf in den ersten Stock und fanden sich in einer Krankenstation wieder.

Während Theresa und Ralf warteten, empfing sie eine Frau.

»Willkommen«, begrüßte sie sie freundlich, »ich bin Jessica. Darf ich mir Ihre Wunde ansehen? Ich bin Ärztin.«

»Robert!«, stellte er sich vor.

Robert befürchtete, von einem Moment auf den anderen geweckt zu werden und festzustellen, dass dies alles nur ein süßer Traum war.

Um ihn herum standen unzählige Kisten mit Verbandmull, Scheren, Glasschränke voller Medizin, Kanülen und Spritzen. Es roch sogar wie in einem Krankenhaus.

»Wo habt ihr all das Zeug her?«, fragte Alexander.

Jessica hatte Robert inzwischen auf einem Stuhl platziert und wickelte seinen Verband ab. »Wir hatten Zeit, uns einzurichten. Und viele Arztpraxen der Umgebung standen leer. Es gibt eine Menge Menschen hier, die versorgt werden müssen.«

Ungläubig sah Sarah auf die Ärztin, ließ ihren Blick über all die medizinischen Dinge wandern, dachte an die spielenden Kinder zurück und an die Blicke der Menschen, denen sie begegnet waren. Obwohl sie es sich nicht eingestehen wollte, hatte sie das Gefühl, es mit einer Gruppe zu tun zu haben, die tatsächlich versuchte, gemeinsam zu überleben.

Als Robert zischte, sah sie zu ihm.

»Es ist etwas entzündet«, sagte Jessica, »aber nichts Gefährliches. Doch Sie sind blass, und Ihre Pupillen sind etwas erweitert.«

»Mir ist seit dem Aufprall übel.«

»Vermutlich eine Gehirnerschütterung. Sie müssen sich schonen.«

Mit offenem Mund sah Hanna der Ärztin nach, die zu einer Schublade ging und eine Salbe sowie ein Desinfektionsspray herausholte. Dann wickelte sie auch den Verband an der Schulter ab.

»Oh, es eitert. Nun wird es etwas wehtun.«

Wieder keuchte Robert.

»Sind Sie die einzige Ärztin hier?«, fragte Alexander.

»Nein, wir sind zu dritt. Außerdem gibt es noch zwei Heilpraktiker.«

Als Antwort erhielt sie nur fassungsloses Staunen.

»Ich weiß, es muss ziemlich erschlagend auf euch wirken, vor allem, wenn man längere Zeit dort draußen alleine gelebt hat. Eure Reaktionen sind ähnlich wie die derer, die vor euch kamen.«

Als sie beide Verbände aufgelegt hatte, musterte sie auch die Gesichter der anderen, doch offenbar schienen sie einen guten Gesamteindruck zu hinterlassen.

»Sie sollten sich hinlegen, Robert, auch wenn Sie alles sehen möchten«, riet sie ihm, bevor sie Theresa und Ralf zunickte.

»Wollen Sie auf der Station bleiben?«, wollte Theresa von Robert wissen.

Sofort schüttelte er den Kopf. »Nicht jetzt.«

Kurz darauf betraten sie wieder den inneren Burghof. Noch bevor sie den Brunnen erreichten, hatte Ralf zweimal sein Funkgerät benutzt, doch Robert konnte nicht ausmachen, ob es ihretwegen gewesen war.

Ein anderer Mann wartete auf sie. Er war etwa so alt wie Theresa, trug einen grauen Vollbart und nickte den beiden zu, bevor er die Fremden musterte.

»Willkommen«, empfing er sie mit tiefer Stimme, »ich bin Charly. Man nennt mich auch den Vogt. Mit unserer Krankenstation habt ihr ja schon Bekanntschaft gemacht. Ich hoffe, es ist alles in Ordnung.«

Robert bejahte und stellte auch sich sowie die anderen vor, sah jedoch immer wieder ungläubig auf die vielen Menschen. Sie waren es nicht mehr gewohnt, so viele Personen um sich zu haben, sondern darauf gepolt, in jedem Einzelnen eine potenzielle Gefahr zu sehen.

Charly schien dies zu spüren. »Mir ist zu Ohren gekommen, dass eure letzte Bekanntschaft mit anderen Menschen nicht erfreulich war. Es muss alles ungewohnt für euch sein, und das ist völlig nachvollziehbar.«

Wieder sah Sarah zwei etwa achtjährigen Jungen nach, die offenbar gerade Fangen spielten. Es war so absurd, so fremdartig geworden, dass sie sich überwinden musste, es als real zu akzeptieren.

»Wie viele Menschen leben hier?«, fragte schließlich Robert.

»Wenn ich euch dazu zähle, sind es achtundneunzig. Wir haben seit jeher eine Obergrenze von einhundert Personen, die wir nur im absoluten Notfall überschreiten. Wir würden zum Beispiel niemals eine Mutter mit Kind vor unseren Toren abweisen. Doch ihr wisst selbst, wie realistisch ein solches Szenario mittlerweile noch ist.«

»Deswegen gibt es diese strengen Sicherheitsmaßnahmen«, fuhr Ralf fort. »Wir können diese Zahl an Menschen versorgen, ohne dauerhaft unsere Ressourcen auszuschöpfen. Wir bauen Kartoffeln und Gemüse an, haben Obstbäume und besitzen sogar eine Mühle, um uns mit Mehl zu versorgen. Doch es ist ein zerbrechliches Gleichgewicht, und dies erfordert manchmal egoistische Maßnahmen.«

»Inwiefern egoistisch?«, wollte Alexander wissen.

»Wir müssen immer wieder Schutzsuchenden den Zugang zur Burg verwehren. Zudem nehmen wir niemals reine Männergruppen auf.«

Robert verstand sofort. Die Wahrscheinlichkeit einer Aggression durch eine Männergruppe war wesentlich höher als durch Familien.

»Musstet ihr schon oft jemanden abweisen?«, fragte Hanna.

»Ja«, antwortete Theresa, »öfter, als uns lieb war.«

Wieder ließ Robert seinen Blick über die Menschen schweifen. Sie alle schienen etwas zu tun zu haben, gingen einer bestimmten Aufgabe nach. Es musste eine logistische Meisterleistung sein, all dies zu ermöglichen. Diese Burg war ein Mikrokosmos in einer dunklen, grausamen Welt.

Charlys Stimme riss ihn wieder aus seinen Gedanken.

»Zu den Maßnahmen gehört auch, dass mit Ausnahme des Wachdienstes innerhalb der Burganlage niemand bewaffnet ist. Zum Wachdienst gehören einige Personen, die in der Festung verteilt sind, und fünfzehn auf den Mauern der Anlage.«

»Genau fünfzehn?«, wunderte sich Sarah.

»Ja. Diese Anzahl benötigen wir, um jeden einzelnen Winkel um uns herum permanent einsehen zu können.«

Und dann dachte Sarah an ihre Waffe. Die ganze Zeit über hatte sie sich ohne Pistole unwohl gefühlt, und leider änderte auch die überraschend friedliche Stimmung nur wenig daran. Sie würde wieder lernen müssen, anderen zu vertrauen.

»In den Wachdienst werden nur Personen aufgenommen, die mit der Waffe umgehen können und seit Längerem innerhalb dieser Mauern wohnen«, berichtete Ralf weiter. »Ich brauche euch nicht zu erklären, dass in einer so großen Gemeinschaft jede Art von Gefahr möglich ist. Es wäre fatal, etwas anderes anzunehmen. Aber man kann das Risiko minimieren.«

»Seid ihr schon einmal angegriffen worden?«, wollte Hanna wissen.

»Natürlich«, brummte Charly. »Viermal bisher, davon zweimal von Typen, die zuvor abgewiesen worden waren. Doch niemandem ist es bisher gelungen, über unsere Mauern zu klettern. Und das soll auch so bleiben.«

Robert nickte. Er hatte so viele Fragen, doch er wusste momentan nicht, was er sagen sollte. Zutiefst überwältigt sah er zu Hanna, merkte ihre Überraschung, spürte ihre Vorfreude, und selbst Sarah hatte ihren skeptischen Gesichtsausdruck verloren und schien jeden Winkel dieser Festung in sich aufzusaugen.

Auch Theresa musterte die Gesichter der Neuen. »Wenn diese Mauern halten, bieten sie ein Leben, wie es früher eines gewesen ist. Zumindest beinahe. Es ist ein hartes Dasein, man muss diszipliniert sein, und die Sicherheitsvorkehrungen sind unumstößlich, doch es ist ein Leben.«

»Es scheint wirklich so zu sein«, murmelte Sarah tonlos, doch alle verstanden sie.

»Morgen Abend ist Filmabend im Pfisterbau«, sagte Ralf. »Wir zeigen ›Das Dschungelbuch‹«.

Statt einer Antwort erntete er nur offene Münder und emporgezogene Augenbrauen.

Er schien es sofort zu verstehen. Offenbar lagen noch Welten zwischen ihnen. »Na ja, das ist der Vorteil einer eigenen Stromversorgung.«

»Einen FILM?«, wiederholte Sarah. Offenbar war es für sie, als würde ein Ufo direkt vor ihr landen.

»Oft können wir so etwas nicht machen, doch einmal in der Woche ist es in Ordnung.«

»Wird die Stromversorgung über die Solaranlage gespeist?«, wollte Robert wissen.

»Ja, zusätzlich sind noch vier Generatoren in Betrieb. Wir haben zwei Elektrotechniker in der Burg. Das Relais muss zwar anderweitig gespeist werden, doch sie haben es irgendwie geschafft. Ich kenne mich da nicht aus, aber wenn Sie wirklich interessiert sind, können Sie sie ja fragen.«

Das wollte Robert nicht. Es genügte ihm, dass es überhaupt möglich war.

Es folgte eine kurze Zeit der Stille. Sarah spürte, wie sehr all diese Geschehnisse sie momentan überforderten. Innerhalb kürzester Zeit und völlig unerwartet war ihnen ein Geschenk überreicht, und uralte Hoffnungen, die längst begraben waren, wieder ans Tageslicht geholt worden.

Robert hingegen legte einen Arm um Hanna und zog auch Sarah und Alexander zu sich heran. Ohne etwas zu sagen, beobachteten sie eine Frau, die zwei Wassereimer trug, sahen zu einem Wachposten auf den Mauern und blickten einem Mann hinterher, der gerade einem anderen etwas erklärte und dabei auf einen Plan tippte.

Plötzlich riss Charlys Stimme sie wieder zurück. »Jeder Bewohner dieser Anlage muss sich den Interessen der Allgemeinheit unterordnen. Nur, wer dazu bereit ist, wird von uns aufgenommen. Jeder Neuankömmling wird während der ersten Tage von einem Wachposten begleitet und beobachtet. Zudem werden eure Zimmer in den Nächten bewacht. In der Regel erkennen wir, wer sich auf unsere Gemeinschaft einlassen will.«

Robert nickte, denn er hatte an Hannas Gefangenschaft im Dießener Kloster zurückdenken müssen. Einen größeren Kontrast konnte es kaum geben.

»Ich würde vorschlagen, ihr lasst euch eure Unterkunft zeigen«, sagte Theresa. »Habt ihr mehr als nur diese Rucksäcke dabei?«

»Nur noch einige Wäschestücke und Konserven im Auto«, antwortete Robert.

»Ist es wichtig? Dann könnt ihr die Sachen noch holen. Am besten, solange es hell ist.«

»Nun ja, wir haben auch unsere Winterjacken dort unten.«

»Gut. Ralf wird euch eure Zimmer zeigen. Ihr seid im äußeren Burghof untergebracht.«

Als Robert und Alexander kurze Zeit später ihre Rucksäcke auf die Betten warfen, fühlten sie sich an die niedrigen Stuben im Dießener Kloster zurückerinnert. Auch hier hatten sie zwei Betten, einen Tisch, einen Schrank sowie ein Fenster, aus dem sie auf den Solarpark sowie auf die Gemüsebeete sehen konnten. Ralf hatte ihnen einen Mann mitgeschickt, der im Flur wartete und ihnen vermutlich wie angekündigt während der ersten Tage nicht von der Seite weichen würde.

Schon nach wenigen Momenten kamen Hanna und Sarah zu ihnen. Sie teilten sich ebenfalls ein Zimmer direkt nebenan.

Als sie zusammen aus dem Fenster sahen, fielen ihnen mehrere Gewächshäuser auf, die direkt an der Festungsmauer aufgebaut waren.

»Offenbar haben wir unsere Zuflucht gefunden!«, brummte er. »Es ist so natürlich hier, so normal. Als würde diese kranke Welt außerhalb dieser Festung gar nicht existieren.«

»Sie ist aber da«, antwortete Sarah. »Direkt vor unseren Mauern. Ich glaube nicht, dass viele von ihnen wissen, was da draußen wirklich abgeht.«

Hanna spürte, dass Sarah Schwierigkeiten hatte, sich in Sicherheit zu fühlen, nur, weil sie sich innerhalb schützender Mauern befanden. »Vielleicht müssen sie das auch gar nicht. Manchmal genügt es, es von anderen zu hören.«

»Nein, genügt es nicht. Wissen sie denn wirklich, was sie hier geschaffen haben?«

Keiner antwortete ihr, aber Hanna lehnte ihren Kopf an Sarahs Rücken.

»Eine Oase«, antwortete Robert, »und die haben wir uns verdient. Wir müssen allerdings wieder lernen, uns unterzuordnen. Und ich weiß, dass du das auch kannst, Sarah.«

Sarah antwortete nicht, nickte aber.

Etwas später wurden die vier vom Vogt und Ralf vor dem Hauseingang empfangen. Mittlerweile stand die Sonne deutlich tiefer, und es hatte vor Kurzem eine Wachablösung auf den Mauern stattgefunden.

Charly bestand darauf, ihnen noch vor Einbruch der Nacht die wichtigsten Orte der Anlage zu zeigen. Robert vermutete, er wollte damit auch verhindern, dass sie überall herumschnüffelten, und tatsächlich gab es Gebäude, zu denen der Zutritt nur den weisungsbefugten Personen erlaubt war. Dies galt für die Lebensmittelausgabe, die von vier Bewohnern geleitet wurde, für den Kraftstofflagerraum sowie den Generatorenraum, die Waffenkammer, die sogar extra von drei Wachposten gesichert wurde, und die Wasseraufbereitungsanlage. Der Vogt zeigte ihnen den Pfisterbau, in dem es einen Kinderspielraum sowie eine Großküche gab, die Aufgänge zu den Burgmauern, umlief mit ihnen einmal den kompletten Mauerrundgang und erklärte ihnen, wie die Wachposten geschult wurden, und dass in den Nächten jeder von ihnen ein Nachtsichtgerät im Einsatz hatte.

Zweimal am Tag trafen sich alle Bewohner zur Essenausgabe am Pfisterbau. Es war strikt untersagt, in den privaten Räumen zu kochen oder Kerzen anzuzünden, denn die vielen Holzbalken der alten Gebäude waren leicht entflammbar. Zudem hatte man durch die geordnete Essenausgabe den Gesamtbestand an Lebensmitteln im Blick, denn man wollte unbedingt vermeiden, die Ressourcen unkontrolliert aufzubrauchen.

Sie erfuhren, dass Charly eine der Personen gewesen war, die diese Zuflucht ermöglicht hatten. In früheren Zeiten war er Burgführer gewesen, und seine fast dreißigjährige Erfahrung kam diesem Projekt zugute.

Am hinteren Ende des spitz zulaufenden, äußeren Burghofs entdeckte Sarah Dutzende Holzschilder, die mit Namen verziert und an der Mauer befestigt waren. Ebenso lagen große Steine auf dem Boden, auf denen ebenfalls Namen standen. Sofort sprach sie Charly darauf an.

»Es ist unser Ehrenfriedhof«, erklärte er. »Hier liegt zwar kein einziger Mensch begraben, doch die Namen der Verstorbenen sollen für jeden von uns sichtbar sein. Jeder von uns hat Freunde oder Verwandte verloren. Hier kann man ihrer gedenken«.

Als sie wieder den Burghof erreichten, hatte ihnen der Vogt die Namen vieler Personen gesagt, die für die erste Kontaktaufnahme wichtig waren. Doch sie hatten nur die wenigsten behalten können, denn viel zu sehr hatten sie die Eindrücke dieser Festung beschäftigt.

Da sie vorerst keine Fragen mehr hatten, verabschiedeten sich Charly und Ralf, verwiesen aber darauf, alle Anwesenden jederzeit etwas fragen zu können.

Mittlerweile dämmerte es, und an einigen Ecken wurden Laternen entzündet. Beeindruckt und nicht weniger überfordert gingen sie durch den Burghof, grüßten andere Menschen, drehten sich gelegentlich zu dem Mann um, der sie seit dem Einzug in ihre Räumlichkeiten begleitete, und aßen still für sich die Abendspeise, nachdem diese ausgegeben worden war. Während des Essens lernten sie einige der anderen Bewohner kennen, die ihnen viele Fragen stellten, doch gerade Sarah spürte, dass sie auf die wenigsten antworten konnte.

Irgendwann stand sie auf.

»Möchtest du gehen?«, fragte Hanna.

»Ich habe etwas zu erledigen. Bleibt ruhig, ich komme gleich wieder.«

Schließlich verschwand sie im Dämmerlicht der Laternen.

Robert wusste zuerst nicht, wie er reagieren sollte, doch als seine Unruhe zunahm, stand er auf. Schließlich folgte er ihr zusammen mit Hanna und Alexander. Sie fanden sie lange Zeit nicht, doch dann entdeckten sie sie am Gedenkplatz für die Toten. Selbst dort hing eine Laterne, und Sarah war nicht die Einzige, die etwas schrieb.

Als sie hinter Sarah traten, lehnte sie gerade ein Schild an die Mauer. Darauf stand: ›Für Stefan, meinen Vater. In Liebe, deine Tochter Sarah.‹

Sofort schossen Hanna Tränen in die Augen, und um ihr nahe zu sein, half sie ihr beim Befestigen des Schilds.

Für Robert war es ein versöhnlicher Moment. In all der Zeit hatte er Stefans Tod nie gänzlich überwunden. Doch nun, wo er Sarah innerhalb dieser Mauern sah, hoffte er, einen Teil seiner Schuld beglichen zu haben.

»Morgen werden wir auch Karin und Elisabeth gedenken«, flüsterte Alexander, »und auch unserer Mutter.«

Sarah nickte stumm, und als sie ins Licht der Laterne sah, dachte sie an die gefangenen Frauen im Dießener Kloster, die nicht so viel Glück gehabt hatten wie sie. Und plötzlich meinte sie, den Geruch ihrer Peiniger zu riechen, ihren beißenden Atem, ihren Schweiß. Es genügte, um ihr Herz schneller schlagen zu lassen. Und es erinnerte sie daran, dass nur diese Mauern sie von der kalten Welt trennten. Es waren nur Steine und Ziegel.

Mittlerweile war der Mond aufgegangen. Er warf sein fahles Licht auf die Mauern und ließ ab und zu einen der Wachposten erkennen.

Aufgeregt sah ihnen Sarah nach und hoffte, baldmöglich ebenfalls zum Wachdienst eingeteilt zu werden. Sie wollte sehen, was dort draußen vor sich ging. »Hat Theresa gesagt, es sei vier Mal versucht worden, die Burg zu stürmen?«, wollte sie schließlich wissen.

Da Robert zunächst nicht wusste, was er antworten sollte, zog er sie zu sich und legte seine Hände auf ihre Schulter. »Ja, hat sie. Sarah, wir sind hier sicher.«

Sarah nickte und sah einem der über ihnen patrouillierenden Wachposten nach. »Ja, sind wir. Vorerst.«

... in der Hoffnung, dass so etwas niemals passieren wird.

Und so geht es weiter:

Mit der Fortsetzung "Die Letzten: Verlust"

Ein Jahr nach dem Ausbruch einer verheerenden Pandemie finden Robert, seine Kinder Hanna und Alexander sowie Sarah Zuflucht in einer Burggemeinschaft. Doch das Schicksal ist unbarmherzig: Wasser wird zur Mangelware und eine feindliche Gruppe belagert die Festung. Um dem drohenden Tod zu entgehen, müssen die Bewohner fliehen.

Während sich Hanna, Alexander und Robert auf ihrer Flucht gemeinsam durch eine sterbende Welt kämpfen, muss Sarah auf sich allein gestellt ihre größten Ängste besiegen.

Denn sie ist nicht die Einzige, die überleben will.

Und sie alle werden von einem neuen, unsichtbaren Feind bedroht ...